Melissa Foster

Herzen in Flammen

Die Remingtons

DIE AUTORIN

Melissa Foster ist eine preisgekrönte *New-York-Times-* und *USA-Today*-Bestsellerautorin. Ihre Bücher werden vom *USA-Today-Bücherblog*, vom *Hagerstown Magazin*, von *The Patriot* und vielen anderen Printmedien empfohlen. Melissa hat mehrere Wandgemälde für das *Hospital for Sick Children*, eine Kinderklinik in Washington, D. C., gemalt.

Besuchen Sie Melissa auf ihrer Website oder chatten Sie mit ihr in den sozialen Netzwerken. Sie diskutiert gern mit Lesezirkeln und Bücherclubs über ihre Romane und freut sich über Einladungen. Melissas Bücher sind bei den meisten Online-Buchhändlern als Taschenbuch und E-Book erhältlich.

www.MelissaFoster.com

Melissa Foster

Herzen in Flammen

Die Remingtons

LOVE IN BLOOM – HERZEN IM AUFBRUCH

Aus dem Amerikanischen von Rita Kloosterziel

Die Originalausgabe erschien erstmals 2014 unter dem Titel
»Flames of Love – The Remingtons« bei World Literary Press, MD, USA.

Deutsche Erstveröffentlichung
2020 bei World Literary Press, MD, USA
© 2014 der Originalausgabe: Melissa Foster
© 2020 der deutschsprachigen Ausgabe: Melissa Foster
Lektorat: Judith Zimmer, Hamburg
Umschlaggestaltung: Natasha Brown

ISBN: 978-1948868884

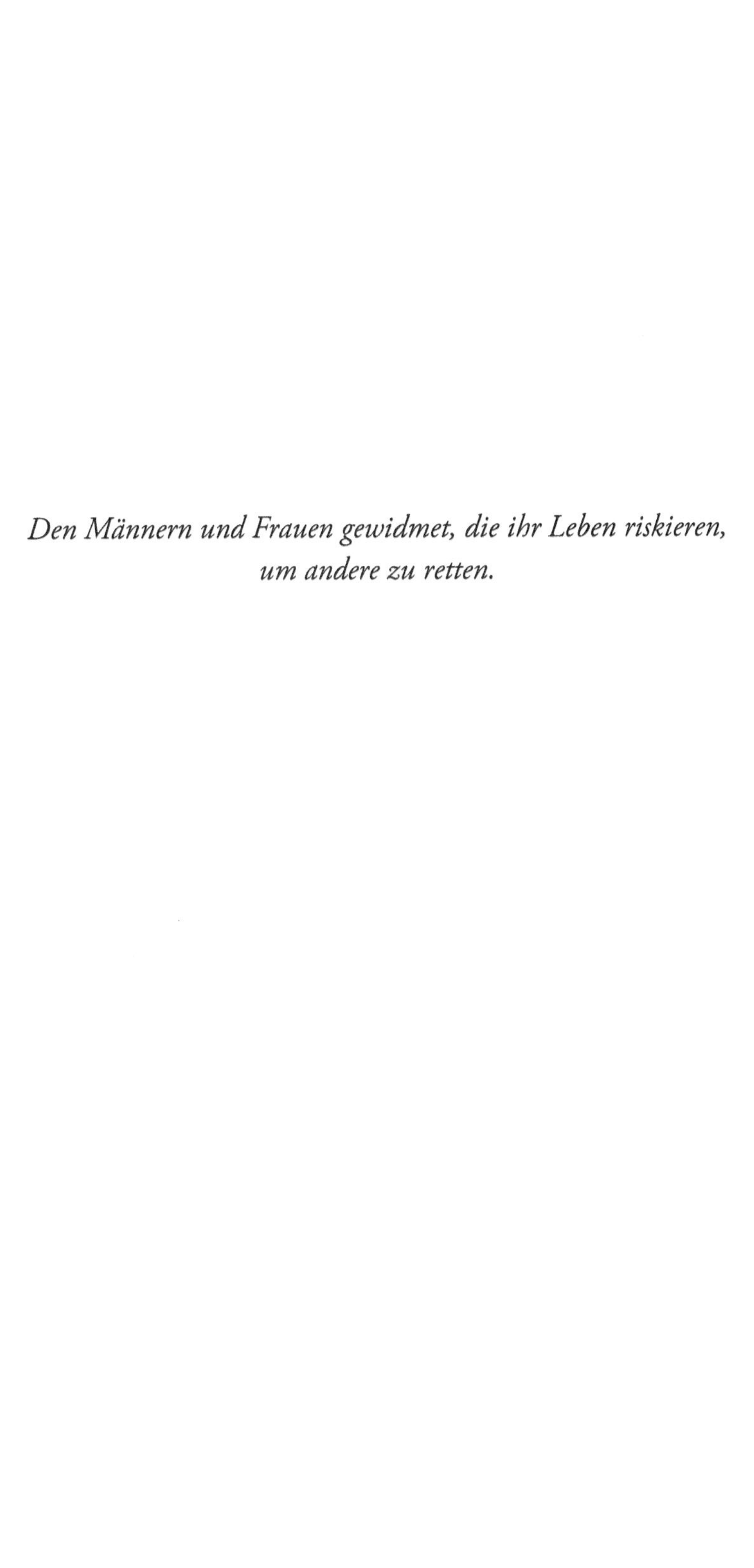

*Den Männern und Frauen gewidmet, die ihr Leben riskieren,
um andere zu retten.*

Figuren aus den einzelnen Serien tauchen auch in späteren Büchern auf, sodass Sie keine Verlobung, Hochzeit oder Geburt verpassen. Eine vollständige Liste aller Serientitel finden Sie am Ende dieses Buches.

Besuchen Sie Melissas Seite mit »Reader Goodies«, dort gibt es Serienübersichten, Checklisten, Stammbäume und mehr (in englischer Sprache).
www.MelissaFoster.com/RG

Eins

Fünfzehn Zentimeter Neuschnee bedeckten die Straßen. Obwohl sich die Scheibenwischer hektisch hin- und herbewegten, konnte Cash Ryder kaum ein paar Meter weit sehen. Er war in dem Geländewagen unterwegs, den er sich von seinem Kumpel Tommy geliehen hatte. Die Straßen schienen menschenleer, aber er wusste, dass bei einem Sturm wie diesem unmittelbar außerhalb seiner Sichtweite fünfzig Autos fahren konnten. Es war, als sei New York vom Schnee verschluckt worden, und Cash fragte sich, mit wie vielen Unfällen die örtliche Feuerwehr wohl zu kämpfen hatte. Als Feuerwehrmann hatte er alles gesehen, von übermütigen Teenagern, die gegen Bäume schlitterten, bis hin zu Truckern, die nicht rechtzeitig bremsen konnten und sich unaufhaltsam über Autos schoben, die vor ihnen auf dem Glatteis zusammengestoßen waren. Cash war gerade aufgebrochen, als der Sturm wie aus dem Nichts aufgezogen war. Er wollte zu seinem ältesten Bruder Duke, der nicht weit von New York lebte. Etwas Abstand von der Stadt würde ihm guttun. Verdammt, etwas Abstand vom Leben wäre noch besser. Ein Abend bei seinem Bruder war ihm wie die perfekte Gelegenheit erschienen, alles hinter sich zu lassen. Er hatte ihn einige Wochen nicht gesehen. Bei ihrem letzten

Zusammentreffen war Cash aufgewühlt und gereizt gewesen und hatte Duke und alle anderen, die ihm über den Weg liefen, mit einer giftigen Wut angegriffen, die ihn selbst überrascht hatte. Glücklicherweise war Duke nicht nachtragend. Er verstand, dass man von einem Moment auf den anderen aus der Bahn geworfen werden konnte, auch wenn man meinte, auf alle Eventualitäten vorbereitet zu sein. Und Cash wusste, dass sein Bruder immer für ihn da sein würde.

Er biss die Zähne zusammen, als die Erinnerung an jenen Tag wie die Endlosschleife eines schlechten Films in seinem Kopf vorbeizog. Die Erinnerung an jenen tragischen Tag, der ihm den Boden unter den Füßen weggezogen hatte. Sein Puls raste, sein ganzer Körper fühlte sich auf einmal eiskalt an. Trotz der winterlichen Temperaturen sammelten sich Schweißtropfen auf seiner Stirn. *Mist. Ich kam nicht an ihn ran.* Auf Anraten seines Chefs hatte Cash eine Therapie gemacht und versuchte nun, sich mit dem letzten und schwierigsten Mantra zu beruhigen, das die Therapeutin ihm mit auf den Weg gegeben hatte und das sie für das wichtigste hielt – und das er kaum zu denken vermochte. *Es war nicht meine Schuld.*

Bremsspuren im frisch gefallenen Schnee rissen ihn aus den schmerzhaften Gedanken. Es waren nicht einfach nur Bremsspuren, sondern tiefe Furchen, als wäre ein Auto zur Seite gerutscht. Er fuhr langsamer, reckte den Hals und blinzelte in die wirbelnden Schneeflocken. *So ein Mist. Offensichtlich frische Spuren. Und offensichtlich führen sie über die Felskante.* Leise fluchend lenkte er den Wagen auf die Standspur, stellte den Motor ab und zog sich seine Skimaske über Kopf und Mund, bevor er den Reißverschluss an seinem Parka schloss. Er holte sein Handy hervor, wählte die Notrufnummer und meldete den Unfall. Dann streifte er dicke Handschuhe über und griff nach der Notfalltasche, in der sich eine Erste-Hilfe-Ausrüstung, Werkzeug zum Zertrümmern einer Glasscheibe und andere nützliche Sachen befanden, ohne die er nie aus dem Haus ging. Schließlich stapfte er hinaus in den Schneesturm.

Siena Remingtons Zähne klapperten, während sie sich mit dem Airbag abmühte, der ihr gegen die Brust drückte. *Okay. Okay. Beruhige dich.* War das nicht der Schlüssel zum Überleben? Ruhig bleiben? Das Herz schlug ihr bis zum Hals, ihre Rippen schmerzten nach dem Aufprall. Sie versuchte sich zu orientieren, aber außer einer weißen Schneewüste konnte sie nichts sehen. Das Auto neigte sich nach rechts, und sie wusste nicht, ob sie sich an einem Felshang oder auf festem Boden befand. Sie hatte niemanden auf der Straße gesehen, als sie vor zehn Minuten von der Fahrbahn gerutscht war. Sie hatte ihrer Freundin Willow nicht einmal gesagt, dass sie unterwegs war. *Oh Gott.* Ihr Handy klingelte. Sie suchte den Boden mit den Augen ab. *Verdammtes Telefon.* Sie hatte nicht einmal die Hand danach ausgestreckt, als es während der Fahrt klingelte. Nur einen kurzen Blick hatte sie darauf geworfen, eine Sekunde lang oder vielleicht auch zwei, und da war es auch schon passiert: Ihr Auto schlidderte von der Straße auf den Abhang zu. Jetzt war das blöde Telefon nicht zu sehen. *Und ich werde hier draußen sterben, mitten in diesem verdammten Nirgendwo. Mist. Mist. Mist.*

»Hey, alles in Ordnung?«

Die tiefe Stimme eines Mannes drang in ihre angstvollen Gedanken. »Ja! Helfen Sie mir. Bitte!« *Oh, Gott sei Dank.*

»Machen Sie schnell. Bitte, beeilen Sie sich.« Sie zerrte ihre Mütze aus der Tasche und zog sie sich tief über beide Ohren. Sollte sie aus dem Auto steigen und sich dem dichten Schneetreiben aussetzen? Noch nie war ihr derart kalt gewesen.

Eine behandschuhte Hand schob den Schnee von der Windschutzscheibe, dann spähte ein Augenpaar ins Innere des Wagens. Siena zuckte erschrocken zusammen, doch dann fiel ihr ein, dass sich jeder vernünftige Mensch bei diesem Wetter dick einmummeln würde. Ihr Herz schlug schneller, als sie die Skimaske anstarrte, die fast sein ganzes Gesicht bedeckte. Nur der Bereich um seine ernsten dunklen Augen war frei. *Sexy dunkle Augen voller Sorge. Lieber Himmel, was fantasiere ich mir denn da zusammen?*

»Bitte helfen Sie mir.« Sie versuchte verzweifelt, den Sicherheitsgurt zu lösen.

»Tut Ihnen irgendetwas weh? Sind Sie verletzt?«

Vorsichtig bewegte Siena Beine und Arme. »Nein, ich glaube nicht.«

»Gut. Ihr Auto neigt sich zur Seite.« Durch die Skimaske und die Glasscheibe klang seine Stimme gedämpft. »Im Moment ist es stabil, aber wenn ich diese Tür aufmache, könnte es ins Rutschen geraten, deshalb möchte ich, dass Sie so schnell wie möglich rauskommen. Können Sie Ihren Sicherheitsgurt lösen?«

Sie zerrte an dem Gurtschloss. »Ja. Ja, ich denke, das geht.« *Oh Gott. Bitte hol mich hier raus. Das Auto neigt sich zur Seite?!* »Der Wagen könnte ins Rutschen geraten? Dann könnte ich also den Berg hinunterrutschen?« Tränen stiegen ihr in die Augen.

Er sah sich um, dann blickte er wieder durch das Fenster. »Ich glaube nicht. Sie befinden sich an einer ziemlich flachen

Stelle. Haben Sie den Sicherheitsgurt gelöst?«

»Ja. Moment mal, Sie *glauben* nicht? Was ist, wenn das Auto doch rutscht? Bin ich nah am Abgrund? Großer Gott, ich will nicht sterben.«

Seine Augen verengten sich. »Beruhigen Sie sich«, sagte er im Befehlston.

Siena biss die klappernden Zähne zusammen.

»Ich bin Feuerwehrmann. Ich kann Sie rausholen, aber Sie müssen ruhig bleiben. Schaffen Sie das?«

Sie nickte. *Ein Feuerwehrmann. Gott sei Dank. Beeil dich, beeil dich.*

Die Fahrertür schien keine Probleme zu bereiten. Er öffnete sie langsam und dann legte sich sein kräftiger Arm um ihre Schulter. »Okay, ich hab Sie. Schieben Sie jetzt die Beine aus dem Auto. Sind Sie sicher, dass Sie nicht verletzt sind?«

Dass sie nicht mehr allein war, gab ihr ein Gefühl der Sicherheit. Als sie jedoch aus dem Auto stieg, rutschte sie auf dem steilen Abhang aus und griff nach dem Ersten, das sie zu packen bekam – nach ihm. Sie klammerte sich an den dicken Parka des Mannes, als er sie vom Auto wegzog und beide Arme um sie legte. Ihre Beine begannen zu zittern. Vielleicht hatten sie auch die ganze Zeit gezittert und sie hatte es einfach nicht gemerkt.

»Alles okay, ich halte Sie fest.« Seine Stimme klang beruhigend.

Er hielt sie gut fest. Sein Körper war so groß, dass sie in seinen Armen verschwand. Sie wollte etwas sagen, aber sie zitterte so sehr, dass sie kein einziges Wort hervorbrachte. Stattdessen nickte sie stumm und senkte den Blick, damit ihr der Schnee nicht in die Augen wirbelte.

»Da oben müssen wir hin.« Er wies auf die Straße. »Die

Rettungsmannschaft müsste bald hier sein, aber ich möchte Sie auf jeden Fall zu meinem Wagen bringen, damit Sie sich aufwärmen können.«

Der Schnee fiel so dicht, dass sie die Straße auf dem Kamm des Hügels kaum erkennen konnte. Ihre schicke Burberry-Jacke schützte sie kaum vor der Kälte, die ihr in die Knochen kroch. Sein maskuliner Duft drang durch ihre Angst, als er seinen Körper an ihren drückte, und die Geborgenheit seiner Arme und seine erdige Wärme wirkten tröstlich. Sie kletterte den Abhang hinauf, er folgte dicht hinter ihr. Jedes Mal, wenn sie strauchelte, stützte er sie.

»Gleich haben Sie es geschafft. Gut so.«

Sie klammerte sich an seine Ermutigung wie an eine Rettungsleine.

»Prima, weiter so. Lassen Sie sich Zeit. Ich bin bei Ihnen.«

Als sie die Straße erreicht hatten, richtete sie ihre ganze Aufmerksamkeit auf die Scheinwerfer seines Wagens. *Sicherheit. Ich bin in Sicherheit.* »So, sehen wir zu, dass Sie in den Truck kommen.«

Die Spuren ihres Autos waren fast völlig unter Neuschnee begraben. Wenn er nicht gekommen wäre, säße sie wahrscheinlich immer noch da unten.

»Da... danke«, brachte sie mühsam hervor. Seine Stimme klang so fürsorglich, so ganz anders als bei den Männern, mit denen sie normalerweise zu tun hatte. Sie hätten sich nie in einen Schneesturm gewagt, um sie zu retten. Sie hatte diese Art von Männern satt. Weil sie hübsch war, behandelten sie sie wie ein Dummchen, das leicht zu haben war. Sie wollte geliebt und geschätzt werden, wollte umworben werden. Sie wollte nicht zum Abendessen ausgeführt werden, während ihr Gegenüber ganz selbstverständlich davon ausging, dass sie später im Bett landen würden. Sie wollte nicht mit eleganten Restaurantbesuchen und teuren Geschenken umgarnt werden. Sie wollte einen Mann, der sie so ansah, wie ihre Brüder ihre Freundinnen oder Verlobten ansahen. Ihre Brüder würden sich ein Bein ausreißen, um die Frauen in ihrem Leben zu retten, egal, wie riskant die Rettungsaktion auch sein mochte. *Eine richtig romantische Liebesgeschichte. Ja, das ist es, was ich will.* Und was könnte romantischer sein, als von einem geheimnisvollen Fremden mitten in einem Schneesturm gerettet zu werden? Sie erlaubte sich, einen Moment lang zu träumen und die Tatsache aus ihren Gedanken zu vertreiben, dass sie fünfzehn Meter einen Abhang hinuntergerutscht und fast erfroren war. Als sei der Unfall es wert gewesen. Als hätte das Schicksal seine Hand im Spiel gehabt. Der Mann ließ Siena in seinem Truck auf dem Beifahrersitz Platz nehmen, und sie sah, wie sein Blick dunkler, ernster wurde. Dann kletterte er hinter das Steuer und drehte seufzend die Heizung auf.

Sie zog ihre dünnen Lederhandschuhe aus und hielt ihre bloßen Hände vor das Gebläse. »Ahh. So ist es schon viel besser.« Das Zittern ließ allmählich nach. »Danke, dass Sie mir geholfen haben.«

Er sah sie an. »Ich muss noch einmal raus, meine Tasche holen. Ich habe die Notrufzentrale verständigt, also sollte die Rettungsmannschaft bald kommen. Sie bleiben hier, okay?« Er stieg aus dem Truck, ohne Sienas Antwort abzuwarten. Jetzt, da sie außer Gefahr war, landete sie mit einem Schlag wieder in der Realität. Sie hätte vor über einer Stunde bei den Eltern ihrer Freundin Willow ankommen sollen. *Verdammt.* Sie musste Willow anrufen. Froh über die Wärme wartete sie auf die Rückkehr ihres Retters. Zwanzig Minuten später fragte sie sich, wo er so lange steckte. Eigentlich konnte sie selbst den Abhang hinunterklettern und ihr Handy holen, statt ihm alles zu überlassen. Außerdem fiel ihr ein, dass sie ja auch ihre eigene Tasche brauchte. Schließlich war sie nicht verletzt, und jetzt, wo sie wusste, dass sie nicht sterben würde, hatte sie nicht mehr so viel Angst. Siena zog sich die Handschuhe wieder an und stapfte durch den dicken Schnee zum Straßenrand. Mittlerweile bereute sie ihren spontanen Entschluss. Zitternd vor Kälte spähte sie über die Felskante, konnte den Mann aber nirgendwo entdecken.

»Ich habe Ihnen gesagt, Sie sollen im Truck warten.« Seine strenge Stimme kam aus dem Nichts. »Die Sichtweite geht gegen null. Wenn jetzt ein Auto kommt, könnte es Sie umbringen.«

Sie versuchte, ihn in dem Schneetreiben auszumachen.

»Hier bin ich.« Er kletterte mit einer Tasche auf dem Rücken über die Felskante auf die Straße. »Ist Ihnen eigentlich nicht klar, wie gefährlich diese Wetterbedingungen sind?« Er packte sie am Arm und zog sie zum Truck zurück.

Er ist so verdammt sexy, selbst wenn ich nicht mal sein Gesicht sehen kann. Aber auch verdammt reizbar. Keine Ahnung, was er für ein Problem hat, aber du schlägst ihn dir besser aus dem Kopf.

Ihr Herz schien allerdings anderer Ansicht zu sein und hämmerte wie wild gegen ihre Brust. Siena entwand sich seinem Griff. »Ich muss meine Handtasche holen.«

»Die hole ich.«

»Ich brauche mein Handy.«

Er öffnete die Tür des Trucks, schob sie hinein und nagelte sie mit seinem dunklen, sexy Blick auf dem Sitz fest. »Nehmen Sie meins.« Sie sah auf seine dicken Handschuhe, einer auf ihrem Oberschenkel, der andere auf ihrem Arm, sodass sie keine Chance hatte, auszusteigen. Angst durchflutete sie. Sie kannte ihn nicht und hatte seiner Stärke nichts entgegenzusetzen. War er möglicherweise gar kein Feuerwehrmann? Sie holte tief Luft. Wenn er nicht gekommen war, um zu helfen, warum hatte er sie dann allein im Wagen gelassen? Hätte er sie nicht eher in die nächstbeste Höhle geschleift, um über sie herzufallen?

Das ist doch Unfug. Natürlich ist er hier, um zu helfen.

Sie schob die Gedanken beiseite und folgte ihrer Intuition. In seinen Augen war etwas, das ihr Vertrauen einflößte, auch wenn sie es nicht gewohnt war, dass ihr jemand sagte, was sie tun sollte. Siena war eines der gefragtesten Models in New York. Männer überschütteten sie mit Geschenken und stellten wer weiß was an, um sie auf sich aufmerksam zu machen. Eigentlich mochte sie es nicht, von ihren wohlhabenden Bewunderern so umschmeichelt zu werden, aber es war doch um Längen besser als mit diesem verkniffenen Retter vor ihr. Sie senkte den Blick auf seine breiten, kantigen Schultern und konnte fast die Alarmglocken in ihrem Kopf hören, die »Achtung, heißer Mann im Anmarsch« signalisierten.

Unter diesem Parka verbirgt sich ein Prachtexemplar von Körper. Sie begann wieder zu zittern, aber sie wusste nicht, ob es an der Kälte lag oder an den Gedanken, die ihr durch den Kopf gingen. Wieder suchte ihr Blick nach seinen unglaublich sexy Augen. *Sieh weg. Sieh einfach weg.*

Mit gerunzelter Stirn musterte er ihr Gesicht ebenso eingehend wie sie seins. Die Fürsorglichkeit, die sie zuvor gesehen hatte, war verschwunden und hatte etwas Härterem, Kälterem Platz gemacht.

»Wie heißen Sie?« Seine Stimme klang rau.

Sie nahm ihre Mütze ab und sah ihn herausfordernd an.

»Siena Remington.« *Ja, du hast richtig gehört.* Die *Siena Remington.* Ihr überheblicher Gedanke war bei ihm allerdings vergeudet. An seinem Blick erkannte sie, dass er keine Ahnung hatte, wer Siena Remington war.

»Nun, Siena Remington, ich bin Cash Ryder. Ist Ihnen nicht in den Sinn gekommen, Ketten auf Ihre Reifen aufzuziehen? Oder vielleicht ganz auf die abendliche Fahrt zu verzichten?« Er zog sich die Mütze vom Kopf und sein schmutzigblondes Haar fiel ihm in die Stirn. Es streifte seine Wimpern und ließ ihn weniger abweisend erscheinen, während er seinen Blick über ihren zitternden Körper schweifen ließ.

Wieder schlug ihr Herz schneller. Er müsste sich die Haare schneiden lassen und sich rasieren, und sie wünschte, er hätte seine Mütze nicht abgenommen. Wenn nicht so deutlich zu erkennen war, wie heiß er aussah, konnte sie seiner herablassenden Art viel besser Paroli bieten.

»Oder konnten Sie es kaum erwarten, Ihre neue Designerjacke auszuführen?« Er grinste.

Wütend setzte sie ihre Mütze wieder auf. »Es ist ein Mietwagen.« Auf keinen Fall war sie meilenweit von zu Hause fast gestorben, nur um dann von einem Mann gerettet zu werden, der aussah wie Bradley Cooper und einen Komplex hatte, so groß wie der von Charlie Sheen.

»Und warum sind *Sie* in diesem Mistwetter unterwegs?« Sie saß zitternd im Truck, während er wie ein Fels im Freien stand und sich kleine Schneeberge auf seinen Schultern bildeten. *Natürlich steht er draußen. Diese ganze Wut in seinem Blut hält ihn wahrscheinlich warm.* Wieder runzelte er die Stirn. »Ich wollte meinen Bruder besuchen.« Er schüttelte den Kopf. »Hat es Sie nicht stutzig gemacht, als Sie den ganzen Schnee gesehen haben?«

»Ich hatte ja keine Ahnung, dass es so übel werden würde. In der Stadt war es nicht so schlimm.« Sie glitt vom Sitz und baute sich vor ihm auf. Lieber Himmel, war er riesig. Und so nah, dass sie seine Oberschenkel an ihren spüren könnte.

Er sah sie scharf an. »Wo gehen Sie hin?«

»Ich gehe spazieren.«

Er packte ihren Arm. »Oh nein, das werden Sie nicht tun. Ich habe nicht Ihren Arsch gerettet, damit Sie an Unterkühlung sterben oder von einem Auto überfahren werden.« Er legte einen kräftigen Arm um ihre Taille und hob sie zurück in den Wagen. Er sah sie an: »Machen Sie die Tür zu.«

»Nein.«

»Sie wollen also unbedingt in der Kälte sterben?«

Sie presste die Lippen zusammen. »Ich werde nicht das hilflose Mädchen spielen, damit ein großspuriger Feuerwehrmann mit meiner Rettung prahlen kann.«

Sie wischte sich den Schnee von der Jeans, der durch die offene Wagentür geweht war. Verdammt, es war kalt. Und er war so verdammt heiß und solch ein Idiot, dass sie ihn küssen und gleichzeitig ohrfeigen wollte.

Er beugte sich in den Truck und sein Gesicht war nur ein paar Zentimeter von ihrem entfernt. Seine Augen wurden fast schwarz und ein Grinsen breitete sich auf seinen Lippen aus.

Siena konnte kaum atmen. Sie versuchte, die Hitze wegzublinzeln, die in Wellen von ihm ausging.

»Ich mache jetzt die Tür zu«, sagte er in verführerischem Ton, als hätte er gesagt: Ich kann es kaum erwarten, jeden Zentimeter von dir abzulecken.

Sie wünschte, ihre Zähne würden endlich aufhören zu klappern, obwohl das wahrscheinlich nicht so sehr mit der Kälte zu tun hatte, sondern eher mit ihrer Nervosität. »Ich rufe …« *Mist. Wen könnte ich anrufen?* »Ich rufe meine Brüder an. Einer von ihnen kann mich abholen.«

»Ich habe dem Rettungsdienst schon Bescheid gesagt, aber ich glaube, heute Abend wird das Telefon bei denen keine Sekunde still stehen.« Er presste seine schönen Lippen zu einem schmalen Strich zusammen und beugte sich wieder zu ihr. »Sie würden jemand anderen dazu bringen, unter diesen Umständen herauszufahren und sein Leben zu riskieren, obwohl ich schon hier bin, stimmt's?«

Ja! Nein! Mann, wieso klingt das so egoistisch? Frustriert warf sie sich im Sitz zurück, starrte missmutig geradeaus und wappnete sich für die Fahrt zu ihrer Wohnung, die wahrscheinlich alles andere als angenehm werden würde.

Zwei

Wo zum Teufel bleibt der Rettungsdienst? Cash hatte nicht die geringste Lust, stundenlang im Truck zu hocken und auf Siena Remington aufzupassen. Diese leichtsinnigen Frauen aus der Stadt waren nie richtig ausgerüstet und das ärgerte ihn. Cash war immer auf alle Eventualitäten vorbereitet. Außerdem konnte er sich auf seinen unfehlbaren Instinkt und seine blitzschnellen Reflexe verlassen. Weder das eine noch das andere hatte ihm jedoch vor einem Monat auch nur im Geringsten geholfen. Damals hatte er es nicht geschafft, in den dritten Stock eines Wohnhauses zu gelangen, das in Flammen aufgegangen war, weil ein unvorsichtiger Mieter eine Zeitung zu nahe am Herd hatte liegen lassen.

Selbst durch seinen Parka hindurch hatte er die Rundungen von Sienas Körper spüren können, als sie sich an ihn klammerte, als sei er ihre letzte Hoffnung, und ihn ansah, als sei er Superman. Sie fühlte sich verboten gut an und er war alles andere als Superman. Die widerstreitenden Gefühle krachten aufeinander und zerrten an seinen Nerven. Sie war so unglaublich dickköpfig, dass sie nicht einmal fünf Minuten brauchte, um ihn in den Wahnsinn zu treiben. Und trotzdem fühlte er sich von ihr angezogen wie ein Kind von Schokolade.

Verdammt, er fühlte sich viel zu sehr von ihr angezogen. Er musste von diesem Truck wegkommen. *Egal wie, Hauptsache Distanz.*

Er stieg aus dem Truck. »Ich muss Ihre Sachen holen. Versprechen Sie mir, dass Sie im Wagen bleiben. Draußen ist es einfach zu gefährlich zum Herumspazieren.«

Siena sah reglos aus dem Fenster. »Okay.«

Verstohlen betrachtete er ihr Profil. Sie hatte eine kecke Nase, hohe Wangenknochen und mandelförmige Augen, die sie im Moment wütend zu schmalen Schlitzen zusammengekniffen hatte. Als er sie aus dem Auto gezogen hatte, hatten jedoch Verletzlichkeit und noch etwas anderes in ihrem Blick gelegen – Entschlossenheit? Hoffnung? Wie mochten ihre Augen wohl auf dem Höhepunkt der Leidenschaft aussehen? *Heiliger Strohsack, wie komme ich auf so was?* Als er sich durch den dichten Schnee die Böschung hinuntermühte, wurde er das Gefühl nicht los, sie schon einmal gesehen zu haben. Er wusste jedoch nicht, wo, und war zu frustriert, um weiter darüber nachzudenken. Seine Gedanken wanderten zu dem Moment, als er sich zu ihr gebeugt hatte. Sie roch frisch und sauber, und ihre Haut sah so weich aus, dass er den Drang verspürt hatte, ihre Wange zu streicheln und sie zu küssen, und er hatte absolut keine Ahnung, warum. Himmel, er musste sich wirklich mal wieder flachlegen lassen. Das letzte Mal war schon viel zu lange her, doch bei dem bloßen Gedanken zuckte er zusammen. Noch vor einem Jahr wäre das sein bevorzugtes Ventil für Frustrationen aller Art gewesen, doch neuerdings standen solche Techtelmechtel gar nicht mehr auf dem Plan.

Cash schob seine Gedanken beiseite, als er die letzten drei Meter der Böschung zu ihrem Auto hinunterglitt. Er musste versuchen zu verstehen, was ihn dazu trieb, Siena Remington küssen zu wollen. Das Letzte, was sie – oder irgendeine andere Frau – brauchte, war ein Feuerwehrmann, der bei der Arbeit unnötige Risiken einging. *Lieber Himmel. Ich habe mich mittlerweile in einen dieser Typen verwandelt, die ich immer gehasst habe.*

Armselig.

Als er zum Truck zurückkehrte, starrte Siena geradeaus. Sie sah ihn nicht an, auch nicht, als er ihr Gepäck auf die Rückbank stellte und ihr ihre Handtasche gab.

»Danke«, sagte sie knapp.

Nachdem er dem Rettungsdienst Bescheid gesagt hatte, dass sie nicht länger warten, sondern in die Stadt zurückfahren würden, konzentrierte sich Cash darauf, den Truck auf den gefährlichen Highway zurückzusteuern und ihn durch die zugeschneiten Straßen zu manövrieren, statt den Versuch zu unternehmen, die Spannung zwischen ihnen zu lockern. Die Sicht war schlecht und selbst in der Stadt fuhren die Autos im Schneckentempo. *Was hat sie sich bloß dabei gedacht, sich in diesem Wetter vor die Tür zu wagen?* Als er schließlich in die Straße einbog, in der Siena wohnte, kam es ihm zumindest so vor, als würden keine wütenden Rauchwölkchen mehr aus ihren Ohren aufstiegen. Er hatte versucht, nicht zu lauschen, als sie ihre Freundin Willow angerufen hatte. *Willow? Weide?* Allerdings ließ es sich in der engen Fahrerkabine des Trucks kaum vermeiden, dass er mithörte. Sie hatte ihn nicht beim Namen genannt. *Ein vorbeifahrender Autofahrer hat angehalten und mir geholfen.* Dass ihr Auto abgeschleppt werden oder sie sich von einem Arzt untersuchen lassen sollte, erwähnte sie mit keiner Silbe.

»Sie sollten jemanden anrufen, der Ihr Auto holt.«

»Meinen Sie?«

Ihr Sarkasmus entging ihm nicht. »Und vielleicht lassen Sie sich von einem Arzt untersuchen.«

»Es geht mir gut.«

»In einer Notsituation spannen sich die Muskeln an. Möglicherweise haben Sie sich an der Schulter verletzt oder am Ellbogen oder Handgelenk.«

Er stellte den Motor ab und öffnete die Fahrertür.

»Sie müssen nicht aussteigen. Ich schaffe das alleine«, sagte Siena, als sie aus der Fahrerkabine kletterte.

»Warten Sie, ich gebe Ihnen Ihre Taschen.« Er griff gerade hinter sich, als Siena die hintere Tür öffnete und ihm ihre Taschen aus der Hand nahm.

»Danke, dass Sie mich gerettet haben«, sagte sie, ohne ihn eines Blickes zu würdigen. Dann warf sie die Tür zu und ging ins Haus.

Auf dem Weg zur Feuerwache drehte Cash das Radio auf volle Lautstärke, um Siena aus dem Kopf zu bekommen. Er brauchte ein Bier, doch ihm war klar, dass es auf der Wache keins gab. Außerdem hatte Tommy Dienst, sodass sie nicht zusammen in irgendeine Bar gehen konnten.

»Tom?«, rief Cash, als er die Wache betrat. Es roch nach Chili und er hörte die Jungs im Nebenraum reden. Er ging in die Küche, holte sich eine Limonade aus dem Kühlschrank und wünschte, es wäre etwas Stärkeres, um das unangenehme Gefühl abzuschütteln, das der Abend bei ihm hinterlassen hatte.

»Hey, Alter, du bist ja schon zurück.« Tommy Burke, seit zehn Jahren Cashs bester Freund, kam in die Küche und schlug ihm auf den Rücken. Mit seinen knapp eins dreiundneunzig war Cash nicht viel größer als Tommy, brachte aber gute zehn Kilo Muskelmasse mehr auf die Waage. Tommy schnappte sich einen Apfel und biss hinein. Sein dichtes dunkles Haar lockte sich an den Spitzen, woraus Cash schloss, dass er lange genug draußen gewesen war, um klatschnass zu werden. »Heute Abend ist es echt verrückt da draußen. Drei Einsätze haben wir schon hinter uns.«

»Und? Alles in Ordnung?« Cash zog seinen Parka aus und hängte ihn über einen Stuhl am Tisch.

»Klar, Mann. Ist es doch immer.«

Cash kniff die Augen zusammen. Sie wussten beide, dass das nicht stimmte.

Wieder schlug Tommy ihm auf den Rücken. »Ich weiß, Mann, ich weiß. Komm schon. Im Fernsehen läuft ein John-Wayne-Film. Irgendein blöder Western.«

Tommy wusste, dass Cash Fernsehen hasste. Ebenso wusste er, dass Cash Walnüsse hasste, dass er nicht zu denen gehörte, die Blondinen bevorzugten, dass er ihn beim Eishockey das Fürchten lehren konnte und Sportler für überbezahlte Loser hielt, die mit Spielen Unsummen verdienten, während sich Feuerwehrleute mit einem Hungerlohn begnügen mussten. Tommy wusste auch, dass Cash zu viele Risiken eingegangen war, seit er ihn von diesem verdammten Wohnungsbrand weggezerrt hatte. Diese Rettungsaktion hatte alles auf den Kopf gestellt, woran Cash glaubte, und hatte sein Verhalten in den letzten drei Wochen von Grund auf verändert. Sie hatten sich vor zehn Jahren kennengelernt, als Cash neu in New York war. Damals war er zweiundzwanzig und hatte gerade seinen Abschluss in Brandschutztechnik gemacht. Ihn interessierte nichts weiter als das Bekämpfen von Bränden. Cash und Tommy hatten gemeinsam die Ausbildung absolviert, sich gegenseitig geholfen, wenn es nötig war, und zusammen gelacht, wann immer es ging. Tommy war wie ein Bruder für Cash, genau wie viele der Jungs. Aber mit Tommy und ihrem Kumpel

Boyd Hudson, der gerade eine Fortbildung machte, verstand er sich am besten. Cash hatte vier Brüder und eine Schwester, aber Brüderlichkeit ging für ihn tiefer als Blutsverwandtschaft.

»Wie geht's Duke?«, fragte Tommy, als er es sich auf der abgewetzten braunen Couch vor dem Fernseher bequem machte.

Cash ließ sich seufzend in einen Sessel sinken. »So weit bin ich gar nicht gekommen.«

»Nein?«

Cash schüttelte den Kopf und nahm eine Zeitschrift vom Sofatisch. »Hab eine Frau gerettet, die von der Straße abgekommen war.« Wieder schüttelte er den Kopf und fragte sich, wie sich jemand hinters Steuer setzen konnte, ohne irgendwelche Vorkehrungen zu treffen.

»Schlimm?«, fragte Tommy.

»Ach was. Ist von der Fahrbahn die Böschung runtergerutscht. Das Auto hat sich nicht überschlagen.« Er blätterte achtlos in der Zeitschrift. Das Geschehen auf dem Fernsehbildschirm ignorierte er. »Was macht Kelly heute Abend?«

»Mit dieser Frau komme ich anscheinend nicht weiter.« Tommy warf den Kopf zurück, sodass sein dichtes dunkles Haar nach hinten fiel. Er schloss die Augen und seufzte.

»Hast du noch keine Fortschritte bei ihr gemacht?«, fragte Cash.

»Nun, das würde ich nicht sagen. Wir sind gute Freunde.«

»Ach komm, Alter, du bist in der Freundschaftszone gelandet? Hör doch mit diesem Quatsch auf. Damit solltest du gar nicht erst anfangen. Lass sie wissen, was du empfindest. Du spielst dieses Spielchen mit ihr schon seit Jahren.«

»Es ist kein Spiel, und sie weiß, was ich fühle.« Tommy griff sich eine Getränkedose vom Beistelltisch neben der Couch und trank einen Schluck. »Ich möchte nicht über Kelly reden.« Er beugte sich vor und stützte die Ellbogen auf die Knie. »Wann hörst du endlich auf, dich wie ein Idiot aufzuführen, und kriegst die Kurve?«

Cash wandte den Blick ab.

»Cash, du musst dich unter Kontrolle kriegen«, sagte Tommy im Flüsterton. »Der Boss wird sich das nicht mehr lange ansehen. Und die Jungs?« Er schüttelte den Kopf. »Mann, die sind vielleicht sauer.«

Cash fuhr sich mit der Hand durch die Haare. Er hörte die anderen in der Halle reden und lachen. »Ich kriege das schon hin. Lass gut sein, Tom.«

»Hey, ich versuche, deinen Arsch zu retten. Der Alte wird dich in die Leitstelle versetzen, das weißt du. Du kannst im Einsatz kein Risiko eingehen. Verdammt, du warst immer derjenige, der es den Anfängern eingetrichtert hat. Du legst nicht einmal deine Atemausrüstung an.«

Cash stand auf und ging auf und ab. »Mann, ich bin eigentlich hier, um von diesem Mist wegzukommen.«

»Okay, ist ja schon gut. Ich will nur helfen.« Tommy trank seine Limonade aus und zerdrückte die Dose in der Hand. »Wenn du dich weiterhin mit deinen Schuldgefühlen herumschlagen willst – bitteschön. Aber ich kann mir nicht vorstellen, dass der Chef noch lange zusieht, wie du unser aller Leben in Gefahr bringst. Irgendwann landest du im Innendienst am Schreibtisch.«

Cash warf ihm einen wütenden Blick zu und Tommy hob abwehrend die Hände.

Er blätterte eine Seite in der Zeitschrift um und erstarrte. *Heiliger Bimbam. Das ist doch nicht möglich.* Blinzelnd betrachtete er den wunderschönen, fast nackten Körper, der die ganze Seite ausfüllte. Die Augen des Models waren geschlossen, ihr rechter Arm bedeckte die Mitte ihrer rechten Brust, ihr Körper war so gedreht, dass die linke nicht zu sehen war, und sie hatte nichts weiter an als ein Spitzenhöschen aus rosafarbenem Seidenstoff. Er riss sich von dem Anblick des Höschens los und richtete den Blick wieder auf ihr Gesicht. Siena Remingtons Gesicht.

»Wasch dir lieber die Hände, wenn du diese Seite angefasst hast. Joey hat sich die Zeitschrift heute Nachmittag geschnappt und sich damit verdächtig lange ins Bad verkrochen.« Tommy lachte.

Cash konnte nicht aufhören, das Foto anzustarren.

»Hast du überhaupt die Whiskyflasche bemerkt?«

Cash schüttelte den Kopf. »Was?« Er blinzelte mehrmals und versuchte, einen klaren Kopf zu bekommen. *Sie ist ein Model. Ein superheißes Model.*

Tommy beugte sich vor und zeigte auf den Rand der Seite. »Es ist eine Anzeige für Whisky.« Er lachte wieder. »Diese Zeitschrift hat die Runde gemacht. Keine Ahnung, wer sie mitgebracht hat.«

»Glaub ich gerne, dass das rumgegangen ist.« Cash rollte die Zeitschrift zusammen und ging zu seinem Schließfach.

»Hey, pass auf, dass die Seiten nicht klebrig werden.«

Er würde dafür sorgen, dass niemand die Seiten klebrig machte, und schob die Zeitschrift in sein Schließfach. Er musste duschen. Und zwar eiskalt.

Drei

Vom sechsten Stock aus sah die Stadt frisch und wunderschön aus. Siena stand im Büro ihrer Agentin am Fenster und blickte auf die Straßen hinunter. Obwohl sich die Autos Stoßstange an Stoßstange voranschoben, drang kein Laut durch die dicken Glasscheiben, und alles wirkte ungewohnt ruhig. Sie liebte es, vom Lärm abgeschirmt zu sein, so wie sie es auch liebte, ein Teil davon zu sein. Sonne und Schneepflüge hatten die Fahrbahnen inzwischen wieder schwarz werden lassen, Schneeberge türmten sich an den Rändern, und obwohl es die Leute auf den Bürgersteigen offensichtlich eilig hatten, erschien ihr der Schnee nun eher friedlich und malerisch und nicht mehr so beängstigend und verwirrend wie am Abend zuvor. Siena wohnte gerne in der Stadt, und im Gegensatz zu ihren älteren Brüdern Sage und Jack, die am liebsten irgendwo im Wald hausen würden, konnte sie sich nicht vorstellen, das Stadtleben hinter sich zu lassen. In diesem Punkt waren sie und ihr Zwillingsbruder Dex sich ähnlich, während ihr anderer älterer Bruder Kurt, ein Schriftsteller, kaum jemals einen Fuß aus seinem Arbeitszimmer setzte. Vermutlich könnte er überall leben und glücklich sein, solange er eine Tastatur vor sich hatte.

»Siena, du siehst wundervoll aus.« Seit Sienas achtzehntem

Geburtstag war Jewel Wells ihre Agentin. Der Agent, der sie als Kind vertreten hatte, hatte sie an Jewel weiterverwiesen. Als Jewel ihr einen Luftkuss links und rechts gab, war Siena froh, dass sie sich für Chanel und gegen Jeans entschieden hatte.

»Danke.« Sie ließ sich auf einen Stuhl gegenüber von Jewels Schreibtisch nieder und fragte sich, warum die Agentin sie einbestellt hatte. »In deiner Nachricht stand, dass du etwas Wichtiges mit mir besprechen wolltest?«

Jewel strich sich mit der Hand über den blonden, stumpf geschnittenen Bob, der knapp über ihren Perlenohrringen endete. »Ja.« Sie rückte mit ihrem Stuhl näher an den Schreibtisch und verschränkte die Hände. »Siena, Schätzchen, du weißt, wie wichtig Image in unserem Geschäft ist.«

»Ja.« *Oh Gott, ja. Image ist alles.* Siena hielt den Atem an und ging in Gedanken rasch die Ereignisse der letzten Tage durch. Sie war mit niemand Unpassendem gesehen worden, hatte sich nicht betrunken und sich auch sonst keine Peinlichkeiten zuschulden kommen lassen. Und sie war auch nicht bekifft am Steuer erwischt worden. *Lieber Himmel. Der Unfall.* »Wenn es um den Unfall geht –«

»Unfall? Sollte es denn um einen Unfall gehen?« Jewel zog eine schmale Braue hoch.

»Nein. Ich wollte mich gestern Abend mit Willow bei ihren Eltern treffen, sie wohnen außerhalb der Stadt. Auf dem Weg zu ihrem Haus bin ich von der Straße abgekommen.« *Und habe einen heißen Feuerwehrmann getroffen, der ein kompletter Idiot ist und mir seitdem nicht mehr aus dem Kopf geht.*

»Das tut mir leid. Ich bin froh, dass dir nichts passiert ist.«

»Ja, ich auch. Ich hatte mir einen Wagen gemietet, er ist gestern Abend noch abgeschleppt worden. Anscheinend kein Totalschaden, zum Glück.«

Jewel nickte. »Ja, das ist gut. Siena, in den acht Jahren, in denen wir zusammenarbeiten, habe ich dich nie schlecht beraten, oder?«

Ihr ernsthafter Ton machte Siena hellhörig. »Nein«, sagte sie vorsichtig.

»Und ich habe dich zu einem Topmodel gemacht und dafür gesorgt, dass du ein sicheres siebenstelliges Einkommen hast. Und ich habe den Eindruck, dass du das durchaus zu schätzen weißt.«

Mist. Worauf will sie hinaus? Sienas Magen krampfte sich zusammen. »Ja.«

»Ich habe viel darüber nachgedacht und weiß, was du von einigen der Männer hältst, die wir dir in der Vergangenheit als Dates vorgeschlagen haben, aber ich denke, es ist Zeit, deine Sichtbarkeit zu erhöhen.« Jewel senkte das Kinn und lächelte. Diesen Blick kannte Siena. Er bedeutete: *Was jetzt kommt, solltest du sehr ernst nehmen.*

»Aber ich bin eines der gefragtesten Models in der Agentur. Meine Sichtbarkeit ist hoch.« Siena straffte die Schultern. »Was genau meinst du mit ›meine Sichtbarkeit erhöhen‹?«

»Wir haben die Karriere von Kristi Samington und Chloe Terlson genau unter die Lupe genommen. Seitdem sie mit prominenten Sportlern zusammen sind, sieht man sie regelmäßig in fast allen Zeitschriften auf der ganzen Welt, was sich in zusätzlichen Deals und höheren Angeboten niederschlägt. Außerdem wird auf diese Weise das Verfallsdatum eines Models ein bisschen weiter hinausgeschoben.« Jewels Augen weiteten sich, ihre Begeisterung war deutlich spürbar.

Siena schüttelte den Kopf. »Also … willst du, dass ich mit einem bekannten Sportler ausgehe? Mit einem Fußballspieler oder so?«

»Nun, wir haben einige für dich ausgewählt. Und du musst nicht wirklich mit ihnen ausgehen, aber wir möchten, dass du so oft mit ihnen gesehen wirst, dass die Presse anfängt zu spekulieren.« Sie schob Siena vier Porträtfotos über den Schreibtisch.

Siena nahm die Fotos in die Hand und blätterte darin. Vier Muskelprotze mit massigen Stiernacken starrten ihr entgegen. Sie war es so leid, gesagt zu bekommen, mit wem sie ausgehen sollte, dass ihr die Lust auf Dates gründlich vergangen war.

»Aber wenn die Presse glaubt, dass ich mit einem von ihnen zusammen bin, was passiert dann, wenn ich mich mit jemand anderem verabrede?«

Nicht, dass es auch nur den Hauch einer Chance gab, dass das passierte. Im Grunde hatte sie Männern abgeschworen. Bis sie einen fand, der wusste, was Romantik bedeutete – Händchen halten, die Hoffnungen und Träume des anderen in den Vordergrund stellen, über Blödsinn lachen, egal wie albern man dabei wirkte –, wollte sie lieber zu Hause sitzen und lesen oder mit Willow rumhängen oder tanzen und dann alleine heimgehen. Alles, nur nicht in einem Restaurant hocken und in einem Salat herumstochern, während ihr Begleiter sie mit den Augen auszog. *Ist es zu viel verlangt, wenn ich mir einen Mann wünsche, der nicht nur mein Aussehen wahrnimmt? Sondern auch die kleinen Dinge? Ungesagte Dinge?*

Jewels korallenrote Lippen verzogen sich zu einem Lächeln. »Nun, dann wird es kompliziert, nicht wahr?«

Sie zwinkerte und Sienas Magen krampfte sich zusammen. »Jewel, wie wichtig ist das? Ich meine, wenn ich es nicht tue ...«

»Nun, sagen wir es so: Wir wollen doch nicht, dass dein nächster Vertrag an Kristi oder Chloe geht, oder? Oh, und

Siena, du weißt ja, wie diese Dinge funktionieren. Du darfst natürlich keiner Menschenseele sagen, dass du nicht wirklich mit diesem Sportler zusammen bist. Wir können nicht riskieren, dass die Presse ihren eigenen Augen nicht traut. Sie sollen sich auf die Geschichten stürzen, mit denen wir sie füttern.« Jewel stand auf. »Ach, und vergiss nicht, dass morgen um drei das jährliche Fotoshooting für den Kalender ist. Willow wird natürlich dabei sein, und Trey freut sich darauf, den Kalender diesmal ein wenig gewagter zu gestalten.«

»Prima.« Siena zwang sich zu ihrem strahlendsten Lächeln und schob Jewel die Fotos zu.

»Sag mir bis heute Abend Bescheid, mit welchem dieser Typen du dich treffen möchtest, und ich arrangiere es. Und natürlich gebe ich auch den Paparazzi einen Tipp.«

Bei dem Gedanken, sich mit einem dieser Muskelmänner zu verabreden, drehte sich ihr der Magen um. Richtig übel wurde ihr allerdings bei der Tatsache, dass es ausgerechnet Jewel war, die sie zu diesen Dates drängte. Die Frau, der sie ihre Karriere anvertraut hatte. Noch nie hatte Jewel es als so ungeheuer wichtig dargestellt, dass sie sich mit den Männern zeigte, die sie ihr schmackhaft zu machen versuchte. Und noch nie hatte sie es so offen mit Sienas zukünftigem Erfolg verknüpft. Sie schätzte die Beziehung zu ihrer Agentin und war überzeugt, dass Jewel bisher immer nur ihr Bestes gewollt hatte, aber jetzt war sie sich nicht mehr so sicher. »Such dir einen aus und sag mir Bescheid.«

Cash stand vor Vetta Millers Wohnung, mit einem Strauß

Margeriten und einer Schüssel Spaghetti mit Fleischbällchen, einem der wenigen Gerichte, die Cash kochen konnte. Er zupfte sein langärmeliges Hemd zurecht und räusperte sich, bevor er klopfte. Er horchte auf Vettas langsames Schlurfen, hörte das Klicken des Riegels, das Rasseln der Türkette und dann das Klicken des zweiten Riegels. Die Tür öffnete sich langsam, und Cash wartete darauf, dass Vetta ihre grauen Augen hob und seinem Blick begegnete.

»Cash«, sagte sie lächelnd.

Sie schenkte ihm immer ein Lächeln, das sein Herz zusammenschnürte und die Schuldgefühle verschlimmerte, die ihm schwer auf den Schultern lasteten. Ihr silberweißes Haar war zu einem lockeren Knoten zusammengebunden. Ihr runzliges, rundes Gesicht zitterte ein wenig, wenn sie lächelte. Vetta trat einen Schritt beiseite, um Cash in die kleine Wohnung zu lassen.

»Kommen Sie rein, Schätzchen. Sie sehen so gut aus heute.«

»Danke, Vetta.« Er beugte sich hinunter und gab ihr einen Kuss auf die Wange. Cash besuchte Vetta seit einigen Wochen und konnte immer noch nicht genau ausmachen, wonach es in der Wohnung roch. Es war eine Mischung aus Mottenkugeln und Hühnersuppe. Jedes Fleckchen in dem kleinen Wohnzimmer war mit Spitzendecken verziert. Ein Großteil dessen, was Vetta besaß, war dem Brand zum Opfer gefallen, und obwohl sie jetzt in einer anderen Wohnung lebte, sahen das Sofa, der Polstersessel und der Kaffeetisch aus wie neue Zähne in einem alten Mund.

Cash wandte den Blick ab, als er an den Schwarz-Weiß-Fotos von Vetta und Samuel vorbeikam, die im Wohnzimmer an der Wand hingen.

»Ich habe Ihnen Spaghetti mit Fleischbällchen mitgebracht.

Soll ich es in die Küche stellen? Oder soll ich es Ihnen aufwärmen?«

Vetta ließ sich in einem prall gepolsterten Stuhl neben einer Leselampe sinken. »Wie schön. Danke, aber ich habe keinen großen Hunger. Vielleicht könnten Sie es mir einfach in den Kühlschrank stellen?« Sie summte leise vor sich hin, als er den Kühlschrank öffnete und das Essen hineinstellte. Ihm fiel auf, dass er fast leer war.

»Soll ich für Sie einkaufen?« Er kehrte ins Wohnzimmer zurück und setzte sich auf die Couch. Dabei spürte er Samuels Augen auf sich gerichtet, der von seinem Platz an der Wand auf ihn herabzustarren schien. Er hob den Blick zum Foto des alten Mannes. Samuel war zweiundneunzig Jahre alt gewesen, als er in dem Feuer umkam, das Cash nun nicht mehr losließ. Er schluckte gegen den Kloß in seiner Kehle an.

»Das ist lieb von Ihnen, aber nein danke. Ich habe genug für die Woche.« Die Ärmel ihres schwarzen Pullovers reichten ihr bis auf die Hände mit ihren dick hervortretenden Adern. Sie hob eine zittrige Hand und legte sie auf Cashs. »Wie geht es Ihnen, Cash?«

Als sie verstummte, las er unzählige Vorwürfe aus ihrem Schweigen. Vetta hatte Cash nie die Schuld an Samuels Tod gegeben, aber das hieß nicht, dass Cash sich nicht selbst die Schuld gab oder vermutete, dass sie es insgeheim auch tat. Er wandte den Blick von dem Foto an der Wand ab und sah ihr in die Augen mit ihren schweren Lidern.

»Mir geht es gut. Wie geht es Ihnen, Vetta? Kann ich Ihnen irgendetwas besorgen? Den Müll runterbringen? Oder die Heizung einstellen?« In Vettas Wohnung war es immer zu warm. Cash wusste nicht, welche Aufgaben Samuel früher im Haushalt hatte, also versuchte er ihr zu helfen, so gut er konnte.

Vetta hatte keine Kinder. Dass sie allein war, war schrecklich für Cash. So sehr er sich auch bemühte, würde er doch nie die Lücke schließen können, die Samuels Tod nach siebenundsechzig Ehejahren gerissen hatte.

»Oh, im Schlafzimmerschrank steht eine Kiste mit Fotos, die ich gerne ansehen würde, aber sie ist mir zu schwer. Und die Heizung scheint dort zu hoch eingestellt.«

Cash war aufgesprungen, noch bevor Vetta zu Ende gesprochen hatte. »Ich kümmere mich sofort darum.« Er stand in der Schlafzimmertür, starrte auf das Doppelbett und spürte, wie sich sein Herz zusammenkrampfte. Blanke Wut legte ihm ihren Klammergriff um den Nacken. Er zwang sich, den Raum zu betreten, überprüfte die Einstellung der Heizung, die sich ohne Probleme herunterregeln ließ. Dann zog er die Türen des Kleiderschranks auf, in dem eine Handvoll Kleider an Drahtbügeln hing. Zwei Paar orthopädische Schuhe standen ordentlich aufgereiht darunter. Er nahm den Schuhkarton von der obersten Ablage und eilte damit zurück ins Wohnzimmer.

»Sie sind ein Schatz. Stellen Sie ihn einfach hier ab«, sagte Vetta und zeigte auf den Couchtisch. In dem Karton lagen Umschläge in allen Größen und Farben. »Sind Sie so lieb und geben mir den Umschlag dort? Den blauen?«

Er reichte ihr einen blauen Umschlag, der ganz oben lag. Auf der Vorderseite stand mit Bleistift die Jahreszahl 1967 geschrieben.

»Ah ja. In jedem dieser Umschläge steckt ein Jahr, in dem wir zusammen waren. In einigen Umschlägen sind mehrere Jahre zusammengefasst, weil es schwierig ist, ein Jahr zu katalogisieren, wie Sie sich sicher vorstellen können. In manchen Jahren gibt es nur drei oder vier Bilder und einige Jahre sind gar nicht dabei. Das Leben geht so schnell vorbei.

Manchmal waren zwölf Monate im Handumdrehen vergangen, und wir stellten fest, dass wir kein einziges Foto gemacht hatten.« Mit ihren arthritischen Fingern hatte sie Probleme, die Fotos hervorzuziehen. »1967 arbeitete Samuel noch als Arzt im Krankenhaus. Das war, bevor seine Augen schlechter wurden. Er hatte einen kleinen Patienten – Paul hieß er.« Sie reichte Cash ein Foto, auf dem Samuel mit einem kleinen Jungen zu sehen war. Samuel trug einen weißen Kittel und lächelte breit in die Kamera. Er hatte den Arm um die Schultern des Jungen gelegt.

»Paul ist ein niedlicher kleiner Kerl.«

»Ja, das war er.« Sie fing Cashs Blick auf und hielt ihn fest. »Paul hatte ein schwaches Herz, und es gab eine Operation, mit der man ihn vielleicht hätte retten können, aber sie war riskant. Samuel und die Familie von Paul mussten eine sehr schwierige Entscheidung treffen.« Sie hielt inne und wandte den Blick ab, als würde sich vor ihrem inneren Auge eine Szene abspielen, die nur sie sehen konnte. »Ist schon seltsam, wie Bilder Erinnerungen wecken können.«

Cashs Muskeln spannten sich an.

»Sie haben Paul operiert und der Junge hat es überstanden. Ein, zwei Tage lang sah es nicht schlecht aus, doch dann hat sein kleines Herz aufgegeben.« Sie runzelte die Stirn und betrachtete das Foto erneut. »Samuel verzweifelte völlig über seinen Tod.«

Cash senkte den Blick. »Das tut mir leid.«

»Oh, Schätzchen, da konnte man nichts machen. Samuel hatte sein Bestes gegeben.« Sie legte ihre Hand auf Cashs. »Mehr kann man nicht verlangen.«

Ich habe nicht mein Bestes gegeben. Ich hätte noch entschlossener darum kämpfen müssen, in die Wohnung zu kom-

men und ihn zu retten. Cash hatte eine hervorragende Bilanz vorzuweisen. Niemand starb, wenn er im Dienst war. *Bis auf Samuel.* Cashs Puls beschleunigte sich. Er spürte, dass sie ihm die Geschichte erzählte, damit es ihm besser ging. Aber Schuldgefühle legten sich auf seine Brust, schwer und unverrückbar, genau wie der Balken, der ihn daran gehindert hatte, Samuel zu retten. *Unentrinnbar.* Cash holte tief Luft. *Samuel saß in der Falle.* Wut und Schuld verschmolzen miteinander und ließen ihn aufspringen.

Sie drückte seine Hand, als er aufstand.

»Vetta, es tut mir leid …«

»Es gibt nichts, wofür Sie sich entschuldigen müssen, Schätzchen. Wenn es Zeit ist abzutreten, dann ist es eben so, daran hat Samuel fest geglaubt. Jeder hat ein Ablaufdatum, Cash. Wir wissen nur nicht, wann es so weit ist«, sagte sie lächelnd. Cash schnürte es die Kehle zu. Er hustete und Vetta fragte besorgt: »Meine Güte, sind Sie sicher, dass es Ihnen gut geht?«

»Ja.« Der Kloß in seinem Hals ließ sich einfach nicht weghusten. »Ich … äh …« Er wies auf den Schuhkarton. »Möchten Sie, dass ich die für Sie in ein Album klebe? Eins, das Sie durchblättern können?«

»Das brauchen Sie nicht zu tun, Cash.«

»Ich würde es gerne machen.« Sie hatte ihren Ehemann verloren, weil er, Cash, zu schwach und nicht ausreichend vorbereitet gewesen war. Er hätte damit rechnen müssen, dass der Balken durchbrennen würde, und hätte schneller vordringen müssen, anstatt sich die Zeit zu nehmen, die Decke eingehend zu betrachten und ihre Stabilität einzuschätzen. Das Mindeste, was er tun konnte, war, es für Vetta einfacher zu machen, die Erinnerung an Samuel wachzuhalten. »Ich bringe sie zurück, sobald ich kann. Sind Sie sicher, dass ich Ihnen die Spaghetti nicht aufwärmen soll?«

»Ja, danke.« Sie stand auf, presste die schmalen Lippen zusammen und ihr Blick wurde weicher. »Cash, erzählen Sie mir von Ihrer Arbeit, bevor Sie gehen. Hatten Sie viele Einsätze wegen des Schneesturms?«

Er spannte den Kiefer an. »Ich war nicht im Dienst.«

»Also mussten Sie niemanden retten?« Ihre grauen Augen hielten seinen Blick fest.

»Doch, eine Rettungsaktion gab es tatsächlich. Auf einer Nebenstraße etwas außerhalb der Stadt kam eine Frau von der Fahrbahn ab und ich habe sie gerettet.« *Und sie war eine echte Nervensäge.*

»Mit Ihrer Einheit?«

»Nein. Ich war auf dem Weg zu meinem Bruder. Es war nach meiner Schicht.« *Meine Schicht.* Cash war stolz darauf, Feuerwehrmann zu sein, und er wusste, dass Tommy recht hatte. Die Jungs waren sauer auf ihn, weil er bei Einsätzen unnötige Risiken eingegangen war und es damit zu weit getrieben hatte. Es war nur eine Frage der Zeit, bis der Chef ihn dazu verdonnerte, am Schreibtisch zu hocken, Papierkram zu erledigen, Bestellungen zu organisieren und die Dienstpläne zu koordinieren. Der Gedanke daran brachte ihn schier um. Er musste sich wirklich zusammenreißen. Bei der Vorstellung, dass das Alarmsignal ertönte, die Männer in ihre Stiefel fuhren, sich gegenseitig Anweisungen zuriefen und sich für den Einsatz bereit machten, ohne dass er dabei war, bekam er Magenschmerzen. Aber er würde verdammt noch mal nicht aufhören, Risiken einzugehen, die er – seit Samuels Tod – für absolut notwendig hielt. Er hatte weniger zu verlieren als die anderen. Fast jeder von ihnen hatte eine Freundin oder eine

Frau, und sie riskierten jeden Tag ihr Leben, weil es eben ihr Job war. In letzter Zeit hatte Cash es auf die Spitze getrieben, seinen Kollegen stehen lassen und die Anweisung ignoriert, einen Brandort zu verlassen, solange sich ein Opfer darin befand. Und jetzt stand er bei Vetta und spürte, wie ihm die Luft aus der Lunge gesaugt wurde. Er musste hier raus. Er nahm den Karton und sie legte ihm die Hand auf den Arm.

»Cash, ich bin sicher, dass die Frau Ihnen sehr dankbar war.«

Er dachte an den gehässigen Blick, den Siena ihm zugeworfen hatte, als er ihr sagte, sie solle wieder in den Truck steigen. Und er dachte daran, wie er kaum einen klaren Gedanken hatte fassen können, als er sich zu ihr in den Truck beugte, und wie sie sich bedankt hatte, ohne ihn überhaupt anzusehen. *Nein, sie ist alles andere als dankbar.* »Sie ist unverletzt. Das ist alles, was zählt.«

Vier

Im NightCaps war wie immer viel los, als Siena dort ankam. Normalerweise machte sie sich nicht viel aus Alkohol, aber nach einem Tag wie dem heutigen war sie froh, den Abend mit ihren Brüdern Dex und Sage und Sages Freundin Kate bei einem ordentlichen Drink ausklingen zu lassen. Sie bahnte sich einen Weg durch die Menge und entdeckte die drei in einer Nische im hinteren Teil der Bar. Dex winkte und sofort fiel die Spannung von ihr ab. Ihre Brüder hatten diese Wirkung auf sie. Sie waren immer für sie da und heute Abend konnte sie sich keinen Ort vorstellen, an dem sie lieber wäre. Sie hängte ihren Mantel am Eingang der Nische auf und setzte sich neben Dex.

»Du siehst ganz schön abgekämpft aus.« Dex musterte ihr Gesicht. »Schlechter Tag auf dem Laufsteg?«

»Haha. Hallo, Sage, hi, Kate. Wo ist Ellie?« Dex hatte vor Kurzem Ellie Parker wiedergetroffen, eine Freundin aus ihrer Kindheit. Siena hatte keine Ahnung gehabt, wie es zwischen Dex und Ellie stand, und Dex hatte sich seine Gefühle lange nicht eingestehen wollen. Die Nachricht, dass die beiden zusammen waren, hatte Siena dann eiskalt erwischt. Sie fand Ellie wunderbar, aber als Dex' Zwillingsschwester war sie entsetzt, dass ihre Intuition sie im Stich gelassen hatte.

Eigentlich müsste sie für so etwas doch einen sechsten Sinn haben, oder?

»Sie arbeitet mit den anderen Lehrern an dem Softwareprojekt.« Ellie war Lehrerin und hatte sich auf Bildungsangebote für Kinder aus finanziell benachteiligten Familien spezialisiert. Sie hatte Fördermittel bekommen, um für diese Kinder eine Lernsoftware zu entwickeln. Auch Dex und einige seiner Angestellten arbeiteten an dem Programm mit.

»Beeindruckend. Sie macht Überstunden. Sie ist wirklich mit Leib und Seele bei der Sache.«

»Was trinkst du?«, fragte Sage. Vor seiner Reise nach Belize, wo er Kate kennengelernt hatte, hatte er seine dunkle Lockenpracht kurz geschnitten, doch nun wuchsen die Haare nach und umrahmten sein schönes Gesicht. Siena war immer schon neidisch auf sein dichtes, lockiges Haar gewesen. Und als sie jetzt sah, wie er Kate den Arm um die Schulter legte, war sie auch neidisch auf ihre Beziehung. Ihre Liebe war eine schmerzliche Erinnerung an das, was Jewel von ihr erwartete.

»Etwas, das richtig reinhaut, sodass ich nicht mehr alleine nach Hause komme.« Siena nahm Dex' Bier und trank einen Schluck.

»So schlimm?« Kates langes dunkles Haar fiel ihr über die Schulter, als sie über den Tisch nach Sienas Hand griff. Der trompetenförmige Ärmel ihres marineblauen Pullovers reichte ihr bis zu den Fingerspitzen. »Können Sage und ich dir irgendwie helfen?«

Kate lebte mit Sage zusammen, seit sie aus Belize zurückgekehrt waren. Dort hatte Kate ein gemeinnütziges Projekt für Künstler geleitet, das speziell für Schwellenländer konzipiert war. Sage war dazugestoßen und gemeinsam hatten sie vor Kurzem eine eigene Non-Profit-Organisation gegründet.

Siena hatte ihren Bruder noch nie so glücklich gesehen und Kate war bereits wie eine Schwester für sie. Sie war warmherzig, freundlich, klug und fleißig, aber was Siena am meisten an ihr liebte, war, dass sie ebenso sozial engagiert war wie Sage und sich überhaupt nicht für seinen Reichtum interessierte. Siena sehnte sich danach, jemanden zu finden, der sie als Mensch liebte und nicht das, was sie besaß.

»Danke, aber ich glaube nicht, dass ihr mir helfen könnt. Es sei denn, ihr kriegt die Erinnerung an einen unverschämt gut aussehenden Idioten aus meinem Kopf, könnt meine Agentin davon überzeugen, dass ich kein Date mit einem prominenten Sportler brauche, und dem Autoverleiher erklären, dass … ach, egal.« Seufzend lehnte sie den Kopf an Dex' Schulter. »Ich bin froh, dass ihr hier seid.«

Sage kehrte mit einem Tequila und einem Glas Sangria zurück. »Um die Seele meiner kleinen Schwester zu besänftigen.« Er gab ihr einen Kuss auf den Scheitel.

»Danke, Sage. Trinkt außer mir noch jemand Tequila?« Sie sah einen nach dem anderen an, doch alle winkten ab.

»Ich treffe mich in einer Stunde oder so mit Mitch und Regina und hab schon drei Bier intus.« Dex hingen die Haare in die Augen. Er trug ein schwarzes T-Shirt mit einer PC-Spielfigur auf der Vorderseite.

»Du verträgst wohl nichts, wie?«, neckte Siena.

»Ich werd heute Abend noch malen, also noch ein Bier und dann sind Kate und ich weg.« Sage zuckte die Achseln.

Sie hätte es wissen müssen, schließlich hatte er eines seiner vielen langärmligen, mit Farbspritzern beklecksten Hemden an. »Gut, dann trinke ich ihn alleine«, sagte Siena seufzend. Sie streute sich Salz auf die Hand, leckte es ab, kippte den Tequila hinunter und schüttete die Sangria hinterher. »Ah. Das reicht erst mal für den Anfang.«

»Willst du uns etwas über den gut aussehenden Idioten erzählen?« Dex zog sie an sich. »Sollen Sage und ich jemanden vermöbeln?«

»Bloß nicht. Ich bin gestern Abend mit einem Mietwagen von der Straße abgekommen und …«

»Moment mal.« Dex ließ den Arm von ihrer Schulter sinken und sah sie wütend an. »In diesem Sturm warst du unterwegs? Was hast du dir denn dabei gedacht?«

»Siena, musste das sein?« Sage trank einen Schluck aus seinem Glas.

»Sage, nun schimpf doch nicht gleich.« Kate verschränkte die Arme. »Siena, musste das sein?«

Siena lachte. »Okay, es war ziemlich dumm. Willow war bei ihren Eltern, sie hat mich angerufen und zum Abendessen eingeladen. Ich war gerade nach Hause gekommen und hatte drei Nachrichten von diesem Volltrottel auf dem Anrufbeantworter, mit dem ich mich letzte Woche getroffen habe. Es hat noch nicht so schlimm geschneit, als ich losgefahren bin …« Beim Autoverleih sah das Wetter tatsächlich noch ganz passabel aus, aber kaum dass sie vom Parkplatz der Autovermietung gefahren war, wurde das Schneetreiben zusehends heftiger.

Kate schüttelte den Kopf. »So etwas ist wirklich gefährlich.«

»Danke für den Hinweis. Ich wünschte, das hättest du mir gesagt, bevor ich über den Straßenrand gerutscht bin«, sagte Siena seufzend.

»Aber dir ist nichts passiert? Lieber Himmel, Siena.« Dex zog sie erneut an sich.

»Ja, alles in Ordnung, bis mich dieser Klugscheißer von Feuerwehrmann gerettet hat.«

»Ein Klugscheißer von Feuerwehrmann hat dich gerettet?

Klingt doch gut.« Jacks Verlobte Savannah zog zwei Stühle an den Rand der Nische. Sie war groß und schlank und hatte dichtes rotbraunes Haar, das ihr über die Schultern fiel. Savannah hatte sich als Anwältin auf die Unterhaltungsindustrie spezialisiert, und ihre schwarze Stoffhose und die weiße Seidenbluse unter der maßgeschneiderten Jacke deuteten darauf hin, dass sie direkt aus der Kanzlei kam.

»Hey.« Jack überragte Savannah und zog mit gespieltem Groll an ihrer Hand. Mit seinen eins zweiundneunzig überragte er fast alle, denen er begegnete. *Wie Cash.* »Hi, Siena.« Er beugte sich vor und küsste sie auf die Wange, dann streckte er Kate, die zu weit weg saß, um sie zu umarmen, eine Hand entgegen. »Kate, schön dich zu sehen.«

»Hi«, sagte Kate.

»Hallo, Jack.« Siena hatte gehofft, dass Jack nichts von ihrem Unfall erfahren würde. Er hatte einen ausgeprägten Beschützerinstinkt, sodass sie sich besser auf eine gehörige Standpauke gefasst machte.

Jack und Savannah setzten sich. »Erzähl mir von dem sexy Feuerwehrmann.« Savannah warf Jack einen Blick zu. »Ich möchte nur auf den neuesten Stand gebracht werden. Niemand ist heißer als mein Survivaltrainer.« Sie legte Jack eine Hand in den Nacken und küsste ihn.

»Ein Klugscheißer von einem Feuerwehrmann«, korrigierte Siena sie. »Er hat mir die Hölle heißgemacht, weil ich nicht genügend auf die Wetterverhältnisse vorbereitet war und ...« *Und dann hat er sich über mich gebeugt und hätte mich fast in seiner Männlichkeit ertränkt.* Sie räusperte sich. »Und er war wirklich süß, als er mich in Sicherheit gebracht hat, aber kaum hatte ich festen Boden unter den Füßen, hat er den Klugscheißer raushängen lassen.«

Savannah warf Jack einen Blick zu.

»Was ist?« Jack runzelte die Stirn.

»Das erinnert mich an dich, als wir uns kennengelernt haben.« Savannah nahm Jacks Hand und drückte einen Kuss darauf. »Jack war ganz schön durcheinander, als wir uns das erste Mal begegnet sind.«

»Ich war ein gebrochener Mann, daran besteht kein Zweifel.« Er trank einen Schluck von seinem Bier. »Aber du hast mich geheilt.« Er schlang die Arme um sie und gab ihr einen Kuss auf die Schläfe. »Manchmal sind arrogante Männer die besten Partner, oder zumindest habe ich das so gehört.«

»Nein danke«, sagte Siena. Sie lehnte sich an Dex' Schulter. »Ich will Romantik und Zärtlichkeit. Ich will, dass mich ein Mann so behandelt, wie ihr Ellie, Kate und Savannah behandelt.«

Kate und Savannah sahen sich an.

»Was ist?«, fragte Siena.

»Vermutlich bedeutet dieser Blick, dass unsere Beziehungen nicht nur aus Romantik und Zärtlichkeit bestehen. Und außerdem: Bist du dir sicher, dass du dich mit einem Schwächling abgeben willst? Siena, du bist eine starke Frau.« Sage lehnte sich zurück und griff nach Kates Hand. »Du bist kein Mauerblümchen. Du brauchst einen, der dir die Stirn bietet, wenn du …«

Siena kniff die Augen zusammen.

»Wenn du so bist, wie du eben bist.« Sage hob seine Bierflasche. »Du weißt, dass ich dich lieb habe.«

»Was zum Teufel soll das heißen?« Siena sah sich um. »Kommt schon. Bin ich eine Zicke?«

»Oh mein Gott, nein.« Savannah schlug Jack auf den Arm. »Sag ihr, dass sie keine Zicke ist. Ihr Männer seid schrecklich.«

»Du bist keine Zicke, Siena. Zickig bist du so gut wie nie, ehrlich. Aber wenn du dich mit einem Mann zusammentust, den du mühelos um den Finger wickeln kannst, langweilst du dich spätestens nach einer Woche. Du brauchst eine Herausforderung.«

»Warum? Bin ich so …? Ja, wie eigentlich? Mir fällt nicht einmal das richtige Wort dafür ein. Ich liebe Romantik. Ich finde es wunderbar, dass ihr alles für die Frau an eurer Seite tun würdet. Ich finde es wunderbar, dass Kate Sage um drei Uhr morgens anrufen könnte und er alles stehen und liegen lassen und nach Hause fahren würde, auch wenn er gerade malt.«

»Ja, das würde ich tun.« Sage gab Kate einen Kuss.

»Und ich finde es wunderbar, dass Dex uns vorflunkert, er hätte einen Geschäftstermin, während er in Wirklichkeit Ellie mit dem Taxi abholen will, damit sie nicht alleine nach Hause fahren muss.« Sie grinste Dex an.

»Woher weißt du das denn?«, fragte Dex.

»Ellie hat mir letzte Woche davon erzählt. Und sie hat gesagt, dass du sie abends nie allein nach Hause gehen lässt.« Siena sah Jack an. »Und du, Jack, du kochst Savannah jeden Morgen einen Kaffee, noch bevor sie wach ist. Und dann begleitest du sie zur U-Bahn. Ob es euch gefällt oder nicht, ihr seid total romantisch, und ich weiß nicht, warum ich nicht dasselbe erwarten sollte.«

Siena hatte ein hübsches Gesicht und einen Körper, den Männer ausgesprochen anziehend fanden: Sie war schlank, hatte lange Beine und volle Brüste – ohne Silikon. Aber manchmal waren diese Äußerlichkeiten genau das, was sie an sich hasste. Immer wieder zog sie die Aufmerksamkeit der falschen Art von Männern auf sich. Männer, die davon ausgingen, dass sie dumm und leicht zu haben war, nur weil sie als Model arbeitete. Sie hatten ja keine Ahnung, dass ihr Vater, ein Vier-Sterne-General, nichts von der Philosophie hielt, nach der Schönheit alles andere übertrumpfte. Er hatte sie und ihre fünf Brüder angehalten, das Beste aus sich zu machen, und obwohl sie seit ihrem achten Lebensjahr als Model arbeitete, hatte sie jetzt einen Abschluss in Biologie. Sie würde nie als Biologin ihr Brot verdienen, aber sie war trotzdem stolz, es geschafft zu haben. Siena war schlau und hübsch, und das reichte, dass manche Frauen sie verabscheuten und Männer, die nicht zu den begüterten Bevölkerungsschichten gehörten, sich von ihr ein-geschüchtert fühlten. In den vergangenen zwei Jahren war dies Sienas Fluch gewesen. Früher hatte sie die Aufmerksamkeit und das Gefühl genossen, etwas Besonderes und irgendwie anders zu sein als andere. Aber das nutzte sich schnell ab und ein Gefühl der Einsamkeit blieb zurück. Jetzt wollte sie nur noch geliebt und geschätzt werden. Sie wollte romantisch umgarnt werden, statt mit der Erwartung zum Abendessen ausgeführt werden, dass sie anschließend mit ihrem Begleiter ins Bett stieg. Mit übertriebenen Dates und einem Diamanten an jedem Finger konnte sie nichts anfangen. Sie wollte einen Mann, der sie so ansah, wie ihre Brüder ihre Freundinnen und Verlobten ansahen, als seien sie ihr Lebenselixier – und zwar aus einem einzigen Grund: weil sie so waren, wie sie waren.

Jack nahm Sienas Hand und sah sie mit einem sanften Blick an, der sagte: *Meine kleine naive Schwester, ich erkläre dir, wie es in der Welt wirklich zugeht.* »Süße, du brauchst einen Typen, der eine Herausforderung darstellt, wie Sage schon sagte. Und wir mögen zwar romantisch sein, aber wir sind auch Männer. Echte Männer. Männer, zu denen Dad uns gemacht hat, was bedeutet, dass wir wütend werden, wenn uns jemand dumm kommt, und dass wir uns wie Neandertaler benehmen, wenn wir herausgefordert werden. Das solltest du nicht aus den Augen verlieren, ansonsten hast du jetzt jeden von uns komplett entmannt.« Jack drückte ihre Hand. »Und jetzt erzähl mal, was zum Teufel du getan hast, dass er dir die Leviten lesen musste.«

Mist. Sie hatte gedacht, sie könnte ungeschoren davonkommen. Sie zog ihre Hand aus seiner und rutschte näher zu Dex.

»Sie ist im Sturm mit dem Auto losgefahren und von der Straße abgekommen«, sagte Kate.

»Hey!« Siena funkelte sie an.

»Es ist wie bei einem Pflaster. Reiß es schnell ab, dann tut es nicht so weh.« Kate kuschelte sich an Sage.

Siena sah, wie Jack die Kiefer zusammenpresste. Seine dunklen Augen wurden schmal.

Savannah strich ihm mit der Hand über den Arm. »Jack.«

»Dieser Sturm hätte dich das Leben kosten können.« Jacks Ton war streng. »Warum hast du mich nicht angerufen? Ich hätte dich überall hingefahren, wo auch immer du hinmusstest.«

»Jack, ich bin sechsundzwanzig, nicht fünfzehn.«

»Tja, mir ist es egal, ob du sechsundzwanzig oder sechsunddreißig bist. Du wirst immer meine kleine Schwester sein, und wenn du jemals wieder so etwas Dummes machst, werde ich …«

»Jack.« Savannah schüttelte den Kopf. »Er liebt dich einfach, Siena.«

»Ich weiß.« Lieber Gott, das erinnerte sie alles viel zu sehr an Cash. »Tut mir leid, Jack. Falls es dich beruhigt: Ich habe meine Lektion gelernt.«

»Das will ich verdammt noch mal auch hoffen.« Jack schüttelte den Kopf, atmete aus und beugte sich wieder vor. »Siena, hör zu, das Wetter kann jederzeit umschlagen. Es tut mir leid, dass ich dich so angeherrscht habe, aber immer wieder sterben Menschen in solchen Stürmen. Ich möchte nicht eines Tages die Nachricht überbracht bekommen, dass ich dich durch so etwas verloren habe.«

Da begriff sie. Vor ein paar Jahren war Jacks Frau bei einem Gewittersturm ums Leben gekommen. Schuldgefühle überschwemmten sie. »Ich weiß. Es tut mir leid.«

»Und jetzt sag mir, ob der Typ etwas von sich gegeben hat, wofür ich ihm eins auf die Nase geben muss. Oder war er einfach ganz allgemein ein Idiot?«

Siena seufzte. »Er war … so wie du gerade.«

»Guter Mann.« Jack lächelte.

»Du bist gemein.«

»Vermutlich hast du jetzt keine Lust mehr, uns von deinen Dates mit den Sportlern zu erzählen, oder?«, fragte Kate.

Siena verdrehte die Augen. Für einen Abend reichte es ihr an Frustrationen. Sie hatte weder Lust auf weitere Vorträge noch darauf, über die schreckliche Situation zu sprechen, in die Jewel sie drängte. Noch ein Glas Sangria, um die Erinnerung an Cash Ryder zu verwischen, und dann würde Dex sie nach Hause bringen, wo sie sich unter ihre Decken kuscheln und Willow anrufen wollte. Es war immer tröstlich, mit jemandem zu reden, der nichts weiter sagte als: *Oh Mann, wie blöd* oder *Ach je, so ein Mist*, ob er es nun wirklich so meinte oder nicht. Denn das war genau das, was Freundinnen taten – im Gegensatz zu Frauen, die eher wie Schwestern waren.

»Was zum Teufel machst du da?« Tommy stand in der Tür zum Schlafraum der Feuerwache.

Cash sah auf. Er saß auf einem der Betten, umgeben von Fotos von Vetta und Samuel. »Wonach sieht es denn aus?« Er nahm ein Foto und schob es in eine Einstecktasche eines der Fotoalben, die er gekauft hatte. Nachdem er sich von Vetta verabschiedet hatte, gingen ihm Siena und Samuel nicht aus dem Sinn. Er hatte anderthalb Stunden trainiert, doch danach war er immer noch unruhig und gereizt gewesen. Also war er losgegangen und hatte drei große Fotoalben gekauft.

»Dass du ein Album anlegst, ist mir klar, aber von wem sind diese Bilder und was machst du damit?« Tommy kam in den Raum, stand mit verschränkten Armen über ihm und schüttelte seinen Kopf. »Du bist ja verrückt, Mann.«

Cash biss die Zähne zusammen.

»Ich habe jetzt zwei Tage frei. Komm schon. Gehen wir einen trinken.«

Cash atmete aus und streckte die Hand aus, als würde er seinem Freund die Bilder präsentieren. »Sie gehören Vetta. Ich dachte, wenn ich ihr etwas gebe, was ihr hilft, sich an ihn zu erinnern, lassen meine Schuldgefühle nach.«

»Ich verstehe«, sagte Tommy. »Alter, du bist ein guter Kerl. Sie weiß das. Du hast selbst gesagt, dass sie dir keine Vorwürfe macht.«

»Tja, sie macht mir keine Vorwürfe, aber das heißt nicht, dass ich es nicht tue.«

»Du bist seit zehn Jahren dabei, und er war der Erste, den du bei einem Einsatz verloren hast«, sagte Tommy und betrachtete ihn besorgt.

Joe Arlen kam in den Schlafraum geschlendert und ließ sich auf ein Bett fallen. »Hallo.«

»Hallo, Joe. Wir sind weg.« Tommy stupste Cash an. »Na, komm, lass uns gehen.«

Cash kannte die Abläufe. Er hatte frei und Joe hatte Dienst. Der Schlafraum gehörte Joe und den anderen Jungs, die für die Nachtschicht eingeteilt waren. Höchste Zeit zu verschwinden, um sie nicht unnötig wachzuhalten. Er legte die Fotos in den Schuhkarton und trug sie zusammen mit den Fotoalben zu seinem Spind.

Tommy streckte die Hand nach der Zeitschrift auf dem obersten Schrankbrett aus. »Du hast die Zeitschrift mit den Fotos von der Remington geklaut? Ich dachte, die nimmst du nur mit ins Badezimmer. Alter, das ist so uncool.«

Cash packte seine Hand, bevor er die Zeitschrift greifen konnte.

Tommy legte den Kopf schief.

»Erinnerst du dich an die Frau, die ich gestern Abend gerettet habe?«

Er zuckte mit den Schultern. »Ja, klar.«

Cash wies mit dem Kopf auf die Zeitschrift.

»Du machst Witze.«

»Oh nein.« Cash knallte die Spindtür zu und schloss ihn ab.

»Und? Das gibt's doch nicht. Hast du dich mit ihr verabredet?«

Sie gingen die Treppe hinunter und traten auf die Straße. »Nein. Sie ist eine Nervensäge. Du kennst diesen Typ Frau – sehr selbstbewusst und streitlustig.«

»Heiß.«

»Als würde ihnen die Welt etwas schulden.« Cash zog die Schultern gegen die Kälte hoch. »Ins NightCaps?« Die Bar war ihr bevorzugter Treffpunkt und lag gleich um die Ecke von der Feuerwache.

»Eigentlich wollte ich zur Abwechslung mal ins Bart's, aber Kelly kann diese Kellnerin nicht leiden, die mich da anbaggert.

Also gehen wir lieber ins NightCaps.« Tommy schob die Hände in die Taschen.

Gleich darauf betraten sie das Lokal. »Nicht zu voll. Die Happy Hour muss schon vorbei sein. Hol uns ein paar Bier und ich suche uns einen Tisch.« Tommy sah sich um, während Cash zur Bar ging.

»Vier Killian's Reds.« An den Tresen gelehnt drehte sich Cash nach Tommy um. Er entdeckte ihn, wie er sich im hinteren Teil der Bar über einen Tisch mit mehreren Frauen beugte. Cash lachte in sich hinein. Typisch Tommy! Um das Bart's machte er einen Bogen, um der aufdringlichen Kellnerin aus dem Weg zu gehen, und hier steuerte er geradewegs auf einen Tisch voller Mädels zu. *Selektive Vermeidung.* Er bezahlte das Bier und sah sich nach einem freien Tisch um. Cash hatte heute Abend keine Lust auf belangloses Geplauder. Er streifte die Winterjacke ab und schob sich auf einen der Sitze, um auf Tommy zu warten.

»Cash!«

Verdammt, Tommy. Tommy winkte ihn zu dem Tisch, wo er sich gerade zwischen zwei Frauen niederließ. *Mist.* Cash rieb sich über einen verspannten Knoten im Nacken und überlegte, was er tun sollte. Ihn ignorieren? Sich zu ihm setzen und den ganzen Abend Fragen ausweichen, wie dick sein Schlauch sei und ob er gut mit der Axt umgehen könne? Der gleiche Blödsinn wie immer, nur aus einem anderen Mund. Er trank sein Bier aus und schob die leere Flasche beiseite. Der Gedanke, Tommy zu ignorieren, erschien ihm von Sekunde zu Sekunde vielversprechender. Sein Handy klingelte. *Chief Weber. Na toll.*

»Hallo, Chief.« Er rieb sich die Schläfen mit Finger und Daumen.

»Hallo, Cash. Wie geht's?«

Cash arbeitete seit acht Jahren unter Chief Jon Weber. Er war ein fairer und ehrlicher Mann. Zäh wie Leder und einer der fähigsten Feuerwehrmänner, dem Cash je begegnet war.

»Gut, Chief. Was gibt's?«

»Wir müssen reden, Cash. Wann bist du das nächste Mal im Dienst?«

Er wusste, dass seine Tage gezählt waren. Er musste bald wieder zu seiner alten Form zurückfinden, sonst würde er seinen Job verlieren. »Mittwochmorgen, von neun bis fünf; dann frei bis Freitag um fünf.«

»Prima. Mein Büro. Um acht?«

»Alles klar, Chief.« Cash beendete den Anruf und fuhr sich mit der Hand durch die Haare. Er sah zu Tommy hinüber und wünschte, er würde die Mädels Mädels sein lassen und sich zu ihm setzen, damit er diesen ganzen Mist mit ihm durchsprechen konnte. Er musste in seinem Kopf nur einiges geraderücken, mehr war es nicht. Bei der Arbeit unnötige Risiken einzugehen war Blödsinn. Wenn er doch nur die quälenden Schuldgefühle loswerden könnte, die ihn überschwemmt hatten, seit ihm dieser verfluchte Balken den Weg versperrt und man ihn weggezerrt hatte, bevor er Samuel retten konnte, dann … *verdammt!* Cashs Blick ging zu einer Frau auf der anderen Seite der Bar, die gerade aus einer Nische kletterte. Sie hielt die Hand eines Typen mit halblangem Haar und einem Tattoo im Nacken. *Siena.* Sie fuhr dem dunkelhaarigen Mann, der am Rand der Nische saß, mit der Hand über die Schulter. *Was zum Teufel treibt sie da?* Sie ging zu der Treppe, die zu den Toiletten führte.

Ohne nachzudenken, durchquerte er die Bar.

»Cash, komm her, Mann.«

Cash achtete gar nicht auf Tommy und folgte Siena die

Treppe hinunter. Die wundervollen Rundungen, die er gestern Abend unter ihrer Jacke gefühlt hatte und die er – und jeder andere Mann auf der Welt – in dieser verdammten Whiskeyanzeige gesehen hatte, bewegten sich verführerisch vor seinen Augen. Sie zog ihr Handy aus der Tasche und drückte eine Taste. Cash wandte ihr rasch den Rücken zu, als sie sich umdrehte.

»Hey, ich bin's.«

Mhm. Ihre Stimme klang süß, freundlich, ganz anders als gestern, als sie unbedingt zu ihrem Auto hatte hinunterklettern wollen.

»Ja, ich bin im NightCaps. Dexy bringt mich nach Hause, aber ich rufe dich an, wenn ich da bin. Bist du zu Hause? Ja, da gibt es ein paar Sachen, die ich dir heute noch erzählen möchte.«

Dexy? Kaum hast du dem Typen, mit dem du hier bist, den Rücken zugedreht, rufst du schon einen anderen an? Du bist schlimmer, als ich dachte. Cash war fast versucht, sie auf der Stelle damit zu konfrontieren.

»Okay. Cool. Gut, ich melde mich später.«

Er hörte, wie die Toilettentür aufging, und wirbelte herum, nur um Siena Auge in Auge gegenüberzustehen. Eine rothaarige Frau – offenbar die, die die Tür aufgemacht hatte –, schob sich zwischen ihnen hindurch zur Treppe.

»Sie.« Sie kniff die Augen zusammen.

Da war sie wieder, die Wut in ihrer Stimme. Verdammt, sie war heiß, und das Bild von ihr in dem rosafarbenen Slip ging ihm nicht aus dem Kopf. »Siena.«

»Wollen Sie mich jetzt auch noch zusammenfalten, weil ich etwas getrunken habe?« Sie krallte ihre Finger um ihr Handy.

Wenn er nicht aufhörte, sie sich in diesem Slip vorzustellen, war es um ihn geschehen. Er schloss die Lücke zwischen ihnen, seine Stimme war ein erhitztes Flüstern. »Ich habe Ihre Whiskey-Anzeige in dieser Zeitschrift gesehen.«

Sie atmete schwer und duftete unbeschreiblich süß.

»Herzlichen Glückwunsch. Das haben ungefähr zwei Millionen andere Menschen auch.«

Sein Kopf war wie leer gefegt, ihm fiel überhaupt nichts ein, was er hätte sagen können. Er schob die Hände in die Taschen, um Siena nicht an die Wand zu drücken und sie mit einem rauen Kuss auf die wunderschönen Schmolllippen zum Schweigen zu bringen. *Ich möchte meine Finger in deinen langen Haaren vergraben und –*

»Siena.« Hart. Präzise. Der dunkelhaarige Typ, der am Rand der Nische gesessen hatte, kam die Treppe hinuntergeeilt. Er starrte Siena an.

Der warnende Unterton entging Cash keineswegs. Er trat einen Schritt zurück.

Siena verdrehte die Augen und warf dem Mann, der die Kiefer fest zusammengepresst hatte, einen genervten Blick zu.

»Jack …«

Jack?

Jack hatte Schenkel, so massiv wie Baumstämme. Er verschränkte die Arme und sah zwischen Cash und Siena hin und her.

Mist. Es gab nur eins, um die Situation zu entschärfen. Er streckte die Hand aus. »Cash Ryder.«

Jack starrte auf seine Hand. »Siena?«

»Lieber Himmel, Jack. Das ist der Typ, der mich gestern Abend nach meinem Unfall gerettet hat.« Sie wandte sich ab.

Die Anspannung in Jacks Kiefer ließ nach. »Der Klugscheißer?«

Siena funkelte ihn wütend an.

Klugscheißer? »Ich glaube, das passt«, sagte Cash. *Du hast also über mich gesprochen.* Er straffte die Schultern und holte tief Luft, dann nickte er Jack zu und streckte erneut die Hand aus. »Cash.«

Jack schüttelte seine Hand, und zwischen den beiden Männern entspann sich ein stummer Wettkampf, wessen Griff stärker war. Jack schaute im selben Moment wie Cash auf ihre Hände und sie ließen gleichzeitig los.

»Ich bin Jack. Danke, dass Sie sie sicher nach Hause gebracht haben.«

»Ist doch selbstverständlich.« *Wer zum Teufel bist du? Ihr Ehemann?* Hoffentlich merkte Jack nicht, dass ihre bloße Nähe ihn hart werden ließ.

»Ich weiß das sehr zu schätzen. Ich habe mit Siena gesprochen. Von nun an wird sie vorsichtiger sein.«

Siena stöhnte. »Warum macht ihr zwei nicht einfach weiter mit eurem hübschen kleinen Tête-à-Tête? Ich gehe inzwischen zur Toilette.« Sie drängte sich an Cash vorbei und stürmte leise vor sich hin murmelnd in die Damentoilette.

Die Begegnung mit Sienas Freund, Ehemann, Liebhaber oder wer er auch immer sein mochte und die Nähe von Siena selbst brachten jeden Nerv in Cashs Körper zum Glühen und ließen seinen Magen zusammenkrampfen. Er musste so schnell wie möglich weg hier. »War nett, Sie kennenzulernen, Jack.« Cash machte einen Schritt in Richtung der Treppe.

Jack packte ihn am Arm. Er kniff die dunkelblauen Augen zusammen und sah Cash an. »Danke für alles, was Sie für diese Stadt tun. Ihre ganze Einheit. Wir wissen das zu schätzen.« Mit einem knappen Lächeln ließ er Cashs Arm los.

Siena riss die Tür der Damentoilette auf. »Hm, ihr beide

seid also immer noch hier?« Sie schob sich an ihnen vorbei und stapfte die Treppe hinauf.

Cash ließ Jack vor sich die Stufen hochgehen. Er hatte keine Ahnung, was los war, aber Siena hatte offenbar keinen Mangel an Männern, und er hatte keine Lust, sich da einzureihen – auch wenn sein Körper anscheinend anderer Meinung war. Er packte Tommy am Arm und zog ihn zu dem Tisch, auf dem sein Bier stand.

»Alter, was soll das? Diese Mädels waren heiß.«

»Und Kelly?«

»Sie ist doch nicht hier.« Tommy griff nach seinem Bier und winkte den Frauen zu, die ihm hungrig nachschauten.

Cash konnte den Blick nicht von Siena losreißen, auch wenn er gewollt hätte. Der Typ, dessen Hand sie gehalten hatte, kam aus der Nische und stellte sich neben sie. Sie umarmte Jack, dann die Frau neben Jack und dann das andere Paar, das er jetzt erst bemerkte. Jack schien mit der Frau mit kastanienbraunen Haaren zusammen zu sein, die den Finger in seine Gürtelschlaufe geschoben hatte und an der linken Hand einen riesigen Diamanten trug. Der große, dunkelhaarige Typ im T-Shirt mit Gamermotiv, dessen Hand Siena gehalten hatte, legte ihr jetzt einen Arm um die Schulter.

»Ist das nicht das Model?«, fragte Tommy, als sie näher kam.

»Halt die Klappe«, fuhr Cash ihn an. Er musterte sie, als sie vorbeiging, und konnte nicht umhin, den Kerl zu taxieren, der sie begleitete.

»Das ist ihr Bruder. Der Gamer-Typ. Wie heißt er noch mal?« Tommy schnippte mit den Fingern. »Dex. Dex Remington. Verrückter Kerl, aber richtig schlau. Er hat direkt nach dem College eine Million PC-Spiele verkauft.«

»Ihr Bruder? Bist du sicher?« Er sah noch einmal zu dem Tisch hinüber, an dem Siena gesessen hatte, und überlegte, ob er sich die Ähnlichkeit zwischen den beiden anderen Männern nur einbildete. »Wie viele Brüder hat sie?«

»Keine Ahnung.« Tommy trank sein Bier aus.

Ihr Bruder? Wenn Tommy recht hatte, beantwortete das eine Frage, aber dann war da immer noch der Typ, den sie anrufen wollte, wenn sie nach Hause kam.

»Du hast diesen Ich-will-jemandem-die Fresse-polieren-Gesichtsausdruck.« Tommy krümmte sich. »Oh Mann, mein Magen bringt mich um. Vielleicht musst du morgen bei diesem Kalendershooting für mich einspringen.«

Cash war viel zu angespannt, um klar zu denken. Kalendershooting? Keine Chance. »Kommt nicht in Frage.«

»Im Ernst, Alter«, sagte Tommy mit schmerzverzerrtem Gesicht. »Ich denke, wir sollten besser hier raus. Mein Magen spielt total verrückt.«

Cash stürzte den Rest seines Biers herunter und folgte Tommy. Dabei fragte er sich, ob Siena den gleichen Stromstoß zwischen ihnen gespürt hatte wie er, bevor Jack die Treppe heruntergekommen war und er sich eingeredet hatte, dass es ihm egal war.

Fünf

»Dies ist mein Lieblingsshooting des Jahres.« Willow Preacher zupfte den Träger ihres roten Bikinis zurecht und stieß Siena dann mit dem Ellbogen an. »Gleich kommen diese heißen Feuerwehrmänner. Mmm-mm. Und nur wir beide sind hier. Keine Konkurrenz. Such dir einen aus.«

Seit zwei Jahren arbeitete Jewels Modelagentur mit den New Yorker Feuerwehrwachen bei der Gestaltung des alljährlichen Kalenders zusammen. Siena hätte gewettet, dass sich diese Kalender millionenfach verkauften. Frauen liebten heiße, fast nackte Feuerwehrmänner, und weibliche Models bei den Aufnahmen dabeizuhaben, machte die ganze Sache noch ein wenig erotischer. Die Feuerwehrmänner, die jetzt nacheinander ins Studio kamen, hatten nichts weiter an als ihre Schutzhosen. Die roten Träger hingen herunter und die muskelbepackten, hinreißenden Körper glänzten in der Hitze der Studioleuchten. Siena hätte schon mit Blindheit geschlagen sein müssen, wenn ihr Herz bei ihrem Anblick nicht ein bisschen heftiger gepocht hätte. Ihre Gedanken wanderten zu dem sexy Feuerwehrmann, der sie gerettet hatte. Dies waren keine verwöhnten männlichen Models, die dafür bezahlt wurden, dass sie maskulin und urwüchsig aussahen, die stundenlang mit einem Personal Trainer arbeiteten und ins Sonnenstudio gingen. Das waren echte Männer. Sie dachte daran, wie Cash bei ihrem Unfall die Kontrolle übernommen hatte. Er hatte nicht die geringste Angst und wusste genau, was zu tun war. Oh ja, er war ein richtiger Mann. Robust, hart im Nehmen und verdammt gut aussehend.

Siena ließ den Blick über ihre Körper wandern, als sie die Schläuche, Stiefel und Schutzhelme zur Seite warfen und sich ihre Muskeln unter ihrer straffen Haut spannten und wölbten. Diese Männer waren jeden Tag unterwegs, um Leben zu retten und sich mit Naturgewalten auseinanderzusetzen, die ihr solche Angst machten, dass sie nicht einmal daran denken mochte. Für das Fotoshooting hatte sich ein Dutzend Feuerwehrmänner eingefunden, einer ansehnlicher als der andere, doch keiner von ihnen erregte sie so, wie Cash es getan hatte.

»Ach du meine Güte, sieh dir den Typen an, der da gerade hereinkommt.« Willows karibischer Akzent war immer noch so unüberhörbar wie vor anderthalb Jahren, als sie in die Staaten gekommen war und angefangen hatte, als Model zu arbeiten. Mit ihrer dunklen Haut und den dichten, wilden Ringellocken sah sie aus wie eine exotische Göttin.

Im selben Moment, als Siena den Blick hob, trat Cash durch die Tür. *Heiliger Strohsack. Er wird doch nicht als Model posieren?!* Seine verführerischen dunklen Augen musterten den Raum, und das finstere Grollen in seinem attraktiven Gesicht ließ erahnen, was er von der ganzen Sache hielt.

»Mist. Das ist er.« Siena atmete scharf ein, als sie seine bloße Brust sah. Seine olivfarbene Haut spannte sich über den harten Muskeln.

»Ehrlich? Das ist dieser Idiot?« Willow legte Siena eine Hand auf die Schulter. »Süße, egal, wie arrogant oder griesgrämig er ist: Du solltest seine wilde Energie zu etwas Nützlichem wie heißen, animalischen Sex verwenden.«

Siena konnte sich nicht konzentrieren. Wie sollte sie auch, wenn seine Hose gerade weit genug herunterhing, dass die Wölbung seiner Muskeln zu sehen war, wo sie unter den Hüften verliefen und in einem sexy V in Richtung Zentrum verschwanden? Sie spürte, wie sie rot anlief, und als er sich mit der Hand durch das schmutzigblonde Haar fuhr und es ihm wirr und sexy in die grüblerischen braunen Augen fiel, stockte ihr der Atem. Jedes Mal, wenn sie ihn sah, wurde die Anziehungskraft stärker. Gestern Abend, als sie sich umdrehte und wegging, hatte sie das Gefühl, gegen einen starken Sog ankämpfen zu müssen. *Wie um alles in der Welt soll ich das durchstehen?*

»Hör auf, ihn anzustarren.« Willow lachte. »Siena! Er hat es genau gemerkt. Na komm, Süße. Du brauchst jemanden, der dich vor dir selber schützt.« Willow packte sie am Arm und zog sie weg.

»Oh mein Gott. Er hat gesehen, wie ich ihn angestarrt habe? Was ist los mit mir?« Am liebsten hätte Siena über die Schulter zurückgeschaut, aber das wäre wirklich das Letzte gewesen. Diese Befriedigung gönnte sie ihm nicht.

»Er folgt jedem deiner Schritte mit den Augen, also würde ich sagen, ja, er hat dich gesehen.« Willow runzelte die Stirn. »Und er lächelt nicht, also …«

»Was stimmt mit mir nicht? Ich gaffe nie jemanden an. Angaffen ist ekelhaft. Und er ist ein Idiot.«

»Bei ihm lohnt sich das Angaffen aber. Und du könntest ihn ja auch küssen, bis er kein Wort mehr hervorbringt. Oder vielleicht würde eine Seidenkrawatte das gewünschte Ergebnis bringen.«

Siena schnappte nach Luft.

»Was ist? Ich meine ja bloß.«

»Cash Ryder, Joe Arlen, Mike Shilling, kommt bitte her. Ladys, lasst uns anfangen«, gab der Fotograf Trey Michaels seine Anweisungen.

Siena hatte oft genug mit Trey zusammengearbeitet und wusste, dass er ein pragmatischer, grundehrlicher Typ war. Manche Fotografen erlaubten spontane Improvisationen, Witze und sogar Neckereien zwischen den Models und den Assistenten und Assistentinnen des Fotografen, Trey jedoch nicht. Er war etwas über vierzig, hatte sein Haar zu einem Pferdeschwanz gebunden und kleidete seinen klapperdürren Körper ausschließlich in Baumwolle. Auf den ersten Blick wirkte er wie ein Mann, der sein Leben lang nichts anderes tat, als sich zu entspannen und zwischendurch vielleicht ein bisschen Gras zu rauchen, doch dieser Eindruck täuschte. Trey war bekannt für seine gewagten Aufnahmen, und trotz seiner relaxten Erscheinung war er ein Profi durch und durch, der nicht nur seinen Assistenten, sondern auch den Models Respekt abverlangte. Wenn er sprach, hörten alle zu und setzten dann seine Anweisungen um, und zwar sofort. Siena stand aufrecht mit gestrafften Schultern da und betete, dass sie das Shooting ohne peinliche Szene hinter sich bringen würde. Sie vermied es, Cash anzusehen, dessen dunkler Blick ein Loch durch sie hindurch brannte.

»Wo sollen wir stehen?«, fragte Siena und hoffte, dass ihre atemlose Sprechweise nicht verriet, wie sehr ihr Puls raste.

»Siena, du gehst dort hin.« Er zeigte auf einen Bereich hinter Cash. *Mist.* Sie stellte sich an die Stelle, die Trey ihr angewiesen hatte, und bedachte ihn mit einem frostigen Blick.

Mit fest zusammengepresstem Kiefer sah er sie an.

»Ich kann nicht glauben, dass Sie auch hier sind.«

»Ich auch nicht.« Seine Stimme war tief, rau, sexy ... und eiskalt.

Oh Gott, diese Stimme. Jeder Muskel in ihrem Körper spannte sich an. *Mist. Ganz ruhig. Meeresbrise. Babys. Blumen.* Bei ihrer Arbeit als Fotomodell musste sie sich konzentrieren, sich ganz auf die Situation einlassen, und seine Anwesenheit warf sie total aus der Bahn. Trey würde sauer werden, wenn sie ihre Sache nicht gut machte.

»Cash, du stützt dich auf ein Knie. Nimm die Axt in die linke Hand, und ich möchte, dass du Siena fest an dich ziehst, mit ihrer Hüfte an deinem Kinn, während deine Rechte von hinten um ihre Beine greift.«

Na prima. Intime Posen mit dem Eismann. Siena positionierte sich so, wie Trey es gesagt hatte. *Tu so, als sei er jemand anderes.* Sie schloss die Augen gerade lange genug, um sich das Ralph-Lauren-Model vorzustellen, mit dem sie vor zwei Wochen gearbeitet hatte. Ein Lächeln umspielte ihre Lippen und im nächsten Moment hatte sie die Augen geöffnet und folgte den Anweisungen mit der Professionalität, für die sie bekannt war.

»Ein bisschen näher, Siena.«

Sie schob sich dichter an ihn heran. Sein Gesicht war direkt neben ihrer linken Hüfte und verströmte eine Hitze wie ein glühender Ofen.

»Genau so. Und du, Cash, häng dich richtig rein, als könntest du nicht nah genug dran sein.« Trey wedelte mit der Hand, während Cash ein wenig näher rückte. Seine harte, muskulöse Schulter streifte Sienas Oberschenkel und brachte sie gerade genug aus dem Gleichgewicht, dass sie sich an ihm festhalten musste, um auf ihren High Heels nicht umzuknicken.

Er sah zu ihr auf und verzog das Gesicht. Wieder verengten sich seine dunklen Augen.

Hastig zog sie ihre Hand weg. *Idiot.*

»Gut. Prima. Willow, du kommst hierher.« Trey dirigierte die anderen an ihre Plätze, während Siena und Cash ihre Pose beibehielten.

Wenn es sein musste, konnte Siena stundenlang in einer Pose verharren. Das war einer der Gründe, warum Fotografen sie so oft anfragten. An das Modeln war sie immer schon so herangegangen wie an alles andere im Leben, nämlich so, wie ihr Vater es ihr beigebracht hatte: *Sei besser als die anderen. Stärker. Schlauer. Sieh zu, dass dir der nächste Schritt in deiner Karriere eher zusteht als anderen.* Diese Grundsätze hatten ihrem Vater gute Dienste geleistet. Dank ihrer Entschlossenheit, ihrer Intelligenz und ihres Selbstvertrauens ließ sie sich nicht leicht durch Gruppenzwang oder fragwürdige finanzielle Ratschläge von ihrem Weg abbringen. Sie hielt ihre Ausgaben unter Kontrolle, und selbst wenn ihre Karriere als Model morgen zu Ende sein sollte, hatte sie genug auf der hohen Kante, um allein von den Zinsen ihrer Ersparnisse gut leben zu können.

Cash stieß gegen ihren Oberschenkel und sie schnappte nach Luft, wollte wieder nach seiner Schulter greifen, überlegte es sich dann aber anders und stolperte stattdessen nach hinten.

»Gibt's Probleme?« Trey hob missbilligend eine Braue.

»Nein. Bin nur … aus dem Gleichgewicht geraten. Tut mir leid.«

Cash blickte über seine Schulter und grinste.

Na warte, dieses Spielchen kann ich auch spielen.

Willow sah sie an und hob zweimal kurz die Brauen. Der Rest ihres Körpers blieb dabei vollkommen ruhig. Unter Models bedeutete das: *Was zum Teufel machst du? Er wird uns dafür die*

Hölle heiß machen. Hör auf damit.

Siena riss die Augen auf und warf einen Blick auf den reizbaren Mann vor sich.

Willow verdrehte die Augen.

Nachdem er eine Stunde lang Aufnahmen von der Gruppe gemacht hatte, gönnte Trey ihnen zwei Minuten Pause. Siena hielt sich von Cash fern und trank Eiswasser durch einen Strohhalm, während die Visagistin ihre Grundierung nachbesserte.

Siena sah mit gerunzelter Stirn zu Cash und sagte zu Willow: »Wenn du diesen Idioten nicht von mir fernhältst, sage ich etwas, was ich besser nicht sagen sollte.« Die Feuerwehrmänner schlugen einander auf den Rücken und ließen den Bizeps spielen, als würden sie miteinander wetteifern. *Neandertaler.* Sie dachte an Jacks Bemerkung und wand sich innerlich. *Wir werden wütend, wenn uns jemand dumm kommt, und benehmen uns wie Neandertaler, wenn wir herausgefordert werden.* Er hatte nicht die geringste Ähnlichkeit mit ihren Brüdern.

Willow legte Siena eine Hand auf die Schulter und beugte sich vor. »Als Trey dich in der Nähe von Mike, diesem schwarzhaarigen Mann, platziert hat, hat Cash deinen Anblick in sich aufgesogen wie einen Tequila.« Willow wackelte verführerisch mit den Schultern. »Mir gefällt dieser da, der mit den braunen Haaren und der breiten Taille. Das ist wenigstens eine Taille, an der man sich festhalten kann. Joe heißt er. Baby, Joe könnte mein Feuer jeden Tag der Woche löschen.«

»Igitt.« Siena konnte es kaum erwarten, dass das Shooting vorbei war und sie von Cash wegkam. Sie war angespannt. Ihre Muskeln taten weh, weil sie so lange den Rücken gekrümmt und den Hals gereckt hatte, und ihre Füße brannten von den

Stilettos.

»Okay, jetzt machen wir Eins-zu-eins-Aufnahmen«, rief Trey.

»Hast du ein Glück«, neckte Willow. »Cash sieht aus wie Bradley Cooper, also beiß die Zähne zusammen und tu so, als wäre er es wirklich. Mannomann, was würde ich nicht alles geben für eine Nacht mit Bradley. Weißt du, wenn du die Augen schließt und dir vorstellst, dass …«

Das habe ich auch gedacht, als ich ihm das erste Mal begegnet bin.

»Nicht so einfach, wenn er sich benimmt wie Mel Gibson.«

Sechs

Cash hatte sich noch immer nicht von der Begegnung mit Siena am gestrigen Abend erholt und außerdem hatte er die halbe Nacht nicht geschlafen, weil ihm die Frage nicht aus dem Kopf ging, wen sie angerufen hatte, nachdem *Dexy* sie nach Hause gebracht hatte. Bisher hatte sich Cash noch nie freiwillig für diese blöden Werbeaufnahmen gemeldet und das aus gutem Grund. Er hasste alles daran, von den albernen Posen bis zu der Vorstellung, dass Frauen den lächerlichen Kalender kauften, um Bilder von seinen Kumpels zu begaffen, als seien Feuerwehrmänner bloße Fleischbrocken und nicht harte Männer, die ihr Leben riskierten, um andere zu retten. Sie hatten weiß Gott andere Sorgen als ihr Aussehen. Verdammt, wenn ihnen diese Frauen nach einer Rettungsaktion auch nur einen einzigen Blick zuwerfen würden, sähen sie rußgeschwärzte Typen, denen Stress und Anspannung ins Gesicht geschrieben waren. *Dann sind wir nicht mehr so ansehnlich, oder?* Und nun würde er tatsächlich auch in diesem dummen Kalender abgebildet sein. Das stellte ihn auf dieselbe Stufe wie Siena in ihrem rosa Höschen. *Nur wegen Tommy.* Tommy war die ganze Nacht übel gewesen, und wenn Cash nicht für ihn eingesprungen wäre, hätten sie nur elf Leute für das Shooting gehabt. Für Tommy würde er fast alles tun. Und nun war er also dazu verdonnert, mit dieser Siena Remington zu posieren. Mit einem der gefragtesten – und nach allem, was er bisher feststellen konnte, arrogantesten – Models der ganzen Stadt. Sobald er sie beim Hereinkommen im Studio gesehen hatte, stand sein Entschluss fest: Er würde sie einfach ignorieren. Siena Remington zu ignorieren, war jedoch leichter gesagt als getan. Jede ihrer Posen war so verführerisch. Kaum hatten sie ihre erste Position eingenommen, gerieten seine Nerven vollends aus dem Gleichgewicht, und er stieß sie an. Und das gleich zweimal. Sie sah ihn an, als sollte er sich vor ihr verneigen. Davon konnte sie lange träumen. Cash Ryder verneigte sich nicht vor jemandem, der es nicht auf die harte Tour zu etwas gebracht hatte im Leben – durch Arbeit und Hingabe. Und auf keinen Fall würde er nach der Pfeife eines verwöhnten Models tanzen, das keine Ahnung hatte, wie es im wirklichen Leben zuging.

»Siena, Cash.« Trey zeigte auf die Tür zum Treppenhaus. »Nimm den Schlauch, den Helm und die Stiefel«, rief Trey einer Assistentin zu.

Was zum Teufel kommt jetzt? Er folgte dem Fotografen durch die schwere Tür.

»Cash, zieh die Hose ein bisschen weiter runter. Ich möchte so nah an der Gefahrenzone sein, dass meine Linse raucht.« Trey zupfte an Cashs Hose.

Cash kämpfte gegen den Drang an, dem Fotografen die Hand wegzuschlagen, und sei es nur, um nicht stattdessen Siena anzuherrschen, die ihn nicht aus den Augen ließ. Ja, sie machte ihn nervös, und das ärgerte ihn.

»Siena. Auf die Stufen. Schätzchen ...« Trey deutete auf die in Jeans gekleidete Assistentin, die einen Schutzhelm und Stiefel in der Hand hielt. »Helm, Stiefel«, bellte er sie an, dann zeigte er auf Siena. »Wo ist mein Schlauch?«, fauchte er.

Die Assistentin half Siena, ihre Stöckelschuhe auszuziehen und in die Feuerwehrstiefel zu schlüpfen. Dann setzte sie ihr den Schutzhelm auf, der ihr prompt über die Augen rutschte. Sie sah so wahnsinnig bezaubernd aus, dass ein widerstrebendes Lächeln auf Cashs Lippen erschien, das er schnell zu einem Grinsen verzerrte.

Siena hatte die Arme leicht von sich gestreckt, sodass die Assistentinnen ihren Bikini zurechtzupfen, die Oberkante der Stiefel ein wenig verschieben und dann den Helm so versetzen konnten, dass ihre Augen – *Grundgütiger.* Sie hatte wunderschöne meerblaue Augen. Wie hatte er das übersehen können?

Trey stellte sie auf eine der unteren Stufen und wies Cash an, sich auf dem Rücken auf der Betontreppe auszustrecken. Warum zum Teufel sollte ein Feuerwehrmann auf der Treppe liegen? Wenn er bei einem Einsatz von den Füßen geholt wurde, würde er es bestimmt nicht darauf anlegen, dass dieser Moment auf einem Foto festgehalten wurde. Das war einer der Gründe, weshalb er diesen Mist so hasste.

Trey nahm Sienas Hand und legte sie auf eine höhere Stufe. Dann drapierte die Assistentin den Schlauch zwischen Sienas Beine und sie hielt ihn wie eine Pythonschlange über Cashs Oberkörper. Von seinem Platz auf der Treppe aus ließ es sich nicht vermeiden, dass er direkt auf die Unterseite ihrer vollen Brüste schaute, die den Stoff ihres winzigen roten Bikinioberteils dehnten und ein wenig nach oben zogen, sodass ein Stückchen der makellosen milchweißen Haut ihrer Brüste enthüllt wurde.

Siena konzentrierte sich ganz auf die Anweisungen des Fotografen, als existierte Cash gar nicht. Ihr langes braunes

Haar war eher fein und für das Shooting nicht übertrieben gestylt. Es fiel ihr ganz natürlich über die Schultern und auf den Rücken. Cash war sich jedes Zentimeters ihrer langen, schlanken Beine sehr bewusst, ebenso der Rundung ihrer Hüften und ihrer schmalen Taille. Plötzlich verspürte er das dringende Bedürfnis, die Hände um diese Taille zu legen und Siena an sich zu ziehen. *Zum Teufel, was mache ich denn?* Er spürte eine Anspannung in der Leistengegend und wusste, dass er tief in der Patsche saß. Er richtete den Blick auf die Wand. *Ugly Betty. Ugly Betty. Ugly Betty. Mist.* Es funktionierte nicht.

»Das ist zu steif«, sagte Trey scharf.

Mist.

Trey packte den Schlauch und legte ihn Siena über die Schulter. »Ja, so ist es besser. Siena, beug dich über ihn und streck den Hintern raus.«

Siena tat, was er ihr sagte, und lehnte sich vor. Ihre Haare fielen Cash ins Gesicht und sofort schossen ihm alle möglichen erotischen Gedanken durch den Kopf.

»Entschuldigung«, sagte sie, machte aber keine Anstalten, ihre Haare zur Seite zu streichen.

»Rücken durchbiegen«, befahl Trey.

Cash sah zu, wie sich ihr Hintern höher schob und ihr Rücken sich nach unten wölbte.

»Noch mehr«, sagte Trey. »Ja. Ja, genau so. Perfekt!«

Cash hörte das Klicken der Kamera irgendwo im Bereich seiner Füße. »Schätzchen, komm und kämme ihr die Haare nach hinten. Ich muss Cashs Gesicht sehen.«

Die Assistentin legte Siena vorsichtig die Haare über beide Schultern und den Rücken und ermöglichte Cash einen klaren Blick auf ihr Dekolleté. *Verdammmmt.*

Klick. Klick. Klick.

»Cash, sehen Sie sie an, als wollten Sie sie ins Bett zerren.«

»Was?« *Mist.* Er wusste, was Trey meinte, und er beherrschte diesen Blick sogar ziemlich gut, aber auf Befehl – und dann für sie?

»Wir haben einen Ständer. Beeilung. Das wird ein großartiges Bild.« Trey beäugte Cashs beeindruckende Erektion.

»Scheiße.« Cash sah Siena aus leicht zusammengekniffenen Augen an. Die Verlegenheit ließ seine Erregung sofort dahinschwinden.

»Siena«, sagte Trey mit einem Seufzer. »Zeig's ihm. Heiß. Sexy. Du willst ihn.«

Wortlos sah sie Cash an und hielt seinen Blick mit halb geöffneten Augen fest. Die Lippen spitzte sie ein wenig, als wollte sie sie verziehen, hätte es sich aber kurzfristig anders überlegt. Dann öffnete sie sie gerade weit genug, um ihre Zungenspitze hervorblitzen und langsam über ihre Lippen gleiten zu lassen.

Heiliger Strohsack. Mit wieder voll erblühter Erektion konnte Cash den Blick nicht von ihr wenden. Von irgendwoher drang das Klicken der Kamera an sein Ohr, er nahm verschwommen wahr, wie die Beleuchtung geändert wurde, hörte Treys Stimme, aber nichts davon schien irgendwie von Bedeutung zu sein. Und als Siena ihren Körper auf die Stufen senkte, ihr Bein über seins schob und dann mit der Hand über seine Brust fuhr, streckte er unwillkürlich die Arme nach ihr aus.

»Was machen Sie denn da? Er hat nicht gesagt, dass Sie das tun sollen«, zischte sie.

»Was?« Sein Blick wanderte zu Trey, der auf einer kleinen Leiter neben ihm stand und durch den Sucher der Kamera sah. *Na, prima.* Jetzt hatte sie ihn völlig aus der Bahn geworfen und der Fähigkeit beraubt, klar zu denken. Er hatte wirklich die Nase voll von ihr.

Für ein Model waren fünf Stunden Fotoshooting keine Seltenheit, aber fünf Stunden Fotoshooting mit Ganzkörperkontakt mit einem erfahrenen, arroganten Feuerwehrmann, der in Siena aus unerfindlichen Gründen den Wunsch weckte, ihn zu berühren, waren anstrengend und erregend und gleichzeitig schrecklich frustrierend. Sie hatte mit den heißesten männlichen Models gearbeitet. Sie hatte am Arm des *echten* Bradley Cooper gehangen, doch noch nie hatte ihr Körper so geglüht wie in jenem Treppenhaus.

In der Umkleidekabine zog sie den Reißverschluss an ihren Jeans zu und schlüpfte in ihr enges T-Shirt mit V-Ausschnitt, ließ den Pullover jedoch aus. Ihr war immer noch zu heiß.

Willow drehte und wand sich, bis sie schließlich ihr Kleid anhatte. Sie bevorzugte Kleider, während Siena lieber Jeans trug. Sie betrachtete Willows Hintern, während sie ihre Haare richtete, und warf über die Schulter einen Blick auf ihr eigenes Hinterteil. Ob Cash ihren Hintern wohl schön fand? *Oh mein Gott. Ich muss aufhören, an ihn zu denken.* Sie brauchte dringend eine Ablenkung.

»Wie kommst du bloß an diesen wunderbar runden Hintern? Meiner ist so flach«, sagte sie zu Willow und streckte die Hand aus.

»Willst du mal anfassen? Es ist, als wäre ich schwanger. Jeder will ihn anfassen.« Willow lachte. »So etwas bekommt man nicht im Fitnessstudio. Du musst damit geboren werden.«

»Lieber Himmel, er fühlt sich großartig an.«

»Dreh dich mal.« Mit erhobenem Zeigefinger beschrieb Willow einen Kreis.

Siena schaute über die Schulter in den Spiegel.

»Süße, du hast einen schönen Hintern. Mach dir deswegen keine Sorgen.« Willow trug Lippenstift auf und schmatzte mit den Lippen. »Außerdem sind Cash, Mike und Joe total auf dich abgefahren. Ist dir aufgefallen, dass einige der anderen Jungs kaum zwei Worte hervorgebracht haben?« Ohne Sienas Antwort abzuwarten, fuhr sie fort: »Mike, Joe und ich wollen noch ins NightCaps. Wie sieht's aus? Wollt ihr auch ein bisschen entspannen?«

Siena wusch sich das Gesicht und tupfte es trocken. »Meinst du Cash und mich? Wir sind kein ›ihr‹.«

»Egal. Du weißt, was ich meine.«

»Ich würde gerne mit dir abhängen, aber ich bin nicht sicher, ob ich zehn Minuten mit Cash zusammen sein kann, geschweige denn den ganzen Abend. Außerdem scheint er nicht der Typ zu sein, der gerne irgendwo abhängt. Ich hatte das Gefühl, dass ihm jede Sekunde des Shootings zuwider war.« Sie dachte daran, wie er auf der Treppe nach ihr gegriffen hatte. *Na ja, fast jede Sekunde.*

»Komm schon.« Willow nahm ihre eigene und Sienas Handtasche und zog Siena zur Tür. »Du weißt nicht, wie er ist, wenn er sich entspannt.«

Siena glaubte nicht, dass er überhaupt wusste, wie man sich entspannte, aber sie brachte das »Nein danke«, das ihr auf der Zunge lag, nicht über die Lippen.

Vor dem Studio zwängten sich Willow und Joe in ein Taxi. »Wir sehen uns im NightCaps«, sagte Willow und zog mit einem Augenzwinkern die Tür zu.

Toll.

Cash stand mit finsterem Gesicht neben ihr. »Vermutlich teilen wir uns ein Taxi.«

»Kann sein.« *Das ganze Vorhaben ist ein Riesenfehler.* »Ich kann gar nicht glauben, dass Sie mitgehen.«

»Was soll das heißen?«

»Nun, es sieht eher so aus, als könnten Sie es kaum erwarten, hier wegzukommen.«

Er presste die Lippen zusammen und winkte ein Taxi herbei. Als sie einstiegen, sagte er: »Gut beobachtet, aber nur teilweise richtig.«

Siena hatte keine Ahnung, was sie dazu sagen sollte. Bedeutete das, dass er nicht mitgehen wollte? Warum tat er es dann? Sie atmete frustriert aus und stellte ihre Handtasche zwischen sie. Sie brauchte eine Art Barriere. So sehr sie sich auch von ihm fernhalten wollte, spürte sie doch jedes Mal, wenn sie ihn ansah, wie sich in ihrem Innern etwas regte. Sie wandte sich ab und sah aus dem Fenster. *Besser. Sicherer.*

»Oh Mist.«

Sie sah ihn an.

»Ich muss noch etwas erledigen, bevor ich ins NightCaps gehe. Warum setzen Sie mich nicht irgendwo ab und ich komme nach?« Er rieb sich nervös mit der Hand übers Gesicht.

»Das ist das Einfallsloseste, was ich je gehört habe. Wenn Sie nicht mitgehen möchten, sagen Sie es doch einfach. Mir ist es egal. Es ist ja nicht so, als würden Sie damit meine Gefühle verletzen.« Ihr Magen krampfte sich zusammen, und ein Anflug von Schmerz drückte ihr aufs Herz, was dazu führte, dass sie ohne Sinn und Verstand drauflosplapperte. »Ich möchte sowieso nicht mit Ihnen hingehen.«

»Wovon reden Sie?«

»Diese blöde Ausrede. ›Noch etwas erledigen.‹ Das ist so offensichtlich, wie wenn eine Frau behauptet, sie hätte Kopfschmerzen.«

Seine Nasenflügel blähten sich und er ballte die Hände zu Fäusten. »Und wer sind Sie, dass Sie meinen, entscheiden zu können, ob ich die Wahrheit sage oder nicht? Ich denke mir keine Ausreden aus. Wenn ich nicht in die Bar gehen wollte, würde ich es nicht tun.«

Dann willst du also mitgehen. Ein Hitzestrahl durchfuhr sie. »Alles klar. Als würden Sie mehr Zeit mit mir verbringen wollen als unbedingt nötig.«

»Sie glauben mir nicht?« Er beugte sich vor und nannte dem Fahrer eine Adresse. »Sie kommen mit.«

Ein Befehl. Warum zum Teufel macht es mich an, wenn du so redest?

»Ich werde Ihnen zeigen, wer hier ein Lügner ist und wer nicht.«

»Ich werde Sie nicht zu irgendeiner vorgetäuschten Besorgung begleiten, die Sie sich gerade ausgedacht haben, um besser dazustehen.« Sie verschränkte die Arme vor der Brust, um ihr wild pochendes Herz zu beruhigen.

»Vorgetäuschte Besorgung?«

Er beugte sich vor. So nah, dass sie das Pfefferminzbonbon riechen konnte, das er zehn Minuten zuvor gegessen hatte.

Siena Remington war die frustrierendste Frau, der er jemals begegnet war, und Cash hatte ihre Spielchen gründlich satt. Seine Lippen waren ganz dicht an ihren, als er flüsterte: »Im

Gegensatz zu Frauen täusche ich nie etwas vor.«

Sie erschauderte sichtlich. Genau die Reaktion, auf die er gehofft hatte. Das würde ihr das Maul stopfen.

»Ich habe in meinem ganzen Leben noch nie etwas vorgetäuscht«, gab sie zurück. Ihre Augen wurden dunkel und sahen ihn herausfordernd an.

Nein, ich wette, das hast du nicht.

»Können Sie bitte zuerst bei dem Blumengeschäft an der Ecke anhalten?«

Sienas verwirrter Gesichtsausdruck entging ihm nicht, doch er ignorierte ihn. Vetta hatte in letzter Zeit nicht viel gegessen und er wollte nach ihr sehen. Vielleicht heiterte ein Blumenstrauß sie auf, falls sie traurig war oder sich einsam fühlte.

Das Taxi hielt an. »Bin sofort wieder da.« Sein Blick ging von Siena zum Taxifahrer. »Nicht wegfahren«, sagte er zu dem Taxifahrer. »Ich bin derjenige, der bezahlt.«

Fünf Minuten später kehrte er mit einem Strauß Margeriten zum Auto zurück. »Danke«, sagte er zum Taxifahrer.

Siena starrte auf den Blumenstrauß. Wahrscheinlich fragte sie sich, für wen er bestimmt war. *Gut. Lass sie schmoren.* Er wünschte, er hätte noch Zeit gehabt, ein paar Lebensmittel einzukaufen, obwohl Vetta gesagt hatte, dass sie nichts brauchte.

Als sie vor Vettas Wohnung anhielten, bezahlte Cash den Fahrer, ohne Siena aus den Augen zu lassen. »Bleiben Sie sitzen«, sagte er schroff zu Siena.

Er stieg aus dem Taxi und öffnete die Tür auf ihrer Seite. »Kommen Sie, oder was?«

»Sie haben mir gerade gesagt, ich solle sitzen bleiben. Wie einem Hund.«

»Ich meinte, dass Sie warten sollen, bis ich Ihnen die Tür

aufhalte.«

Sie sah ihn an.

»Sie sind wirklich verrückt. Von mir aus können Sie mich einen Lügner nennen, aber ich werde nicht zulassen, dass Sie mich in ihrem hübschen kleinen Kopf zu etwas machen, was ich nicht bin. Ich halte anderen Leuten die Tür auf. So bin ich nun mal.« Sie starrten sich so lange an, dass er schon dachte, der Taxifahrer würde ihnen einen Aufpreis berechnen. »Steigen Sie nun aus dem Auto aus?«

Mit beleidigter Miene stieg sie aus und stand schließlich mit fest vor der Brust verschränkten Armen vor ihm. Sie betrachtete die Häuserreihe vor sich, und als Cash eines der Backstein-gebäude betrat und ihr erneut die Tür aufhielt, verdrehte sie die Augen und ging hinein.

»Wo sind wir?«

Er hatte keine Ahnung, warum er gesagt hatte, sie solle mitkommen. Siena hatte ihn zu oft auf die Palme gebracht. Cash war bestimmt kein Engel, aber ein schäbiger Lügner war er ganz sicher nicht. Er dachte an seinen Termin mit dem Chief und wusste, dass er ihn allerdings durchaus anlügen würde, wenn er versprach, sich am Riemen zu reißen. Er hatte keine Kontrolle über diesen Drang, bei der Arbeit immer größere Risiken einzugehen – und sei es nur, um zu beweisen, dass er alles daransetzen würde, um den Verlust eines weiteren Menschenlebens zu verhindern, wenn er im Dienst war. Er schob den Gedanken an den Chief beiseite. Der Chief konnte bis morgen warten. Er brauchte einen klaren Kopf, um den heutigen Abend zu überstehen.

Er klopfte an die Tür und war sich nur zu deutlich der Tatsache bewusst, dass Siena neben ihm wütend schnaubte. Er hörte das Klicken des Riegels, das Klappern der Kette. Cash holte tief Luft und straffte die Schultern. Sein Blick wanderte zu Siena. Ihre Anspannung zeigte sich um ihre schönen Augen, auf ihrer Stirn und um ihren süßen Schmollmund. Als der letzte Riegel beiseitegeschoben wurde, wandte er sich wieder der Tür zu.

»Oh, Cash, meine Lieblingsblumen! Wie schön!« Vetta öffnete die Tür und erschrak, als sie Siena sah. »Du meine Güte, Sie haben eine Freundin mitgebracht.«

Siena warf Cash einen raschen Blick zu, dann setzte sie gekonnt ein Lächeln auf und ihre Miene wurde weicher. »Hallo, ich bin Siena Remington.«

Cash musste sich auf die Zunge beißen, um die sekundenschnelle Verwandlung von Modelzilla zum süßen Aschenputtel nicht mit einer scharfen Bemerkung zu kommentieren.

»Siena Remington. Ich kannte mal eine Remington. Bitte, kommen Sie rein.« Vetta ging langsam voraus ins Wohnzimmer.

Mit ausgestreckter Hand ließ Cash Siena den Vortritt.

»Ich bin Vetta Miller. Bitte setzen Sie sich.« Sie ließ sich auf ihrem Sessel nieder und überließ Siena und Cash das Sofa.

»Ich stelle die Blumen schnell in eine Vase.« Cash ging in die Küche. Er öffnete die Kühlschranktür, sah, dass Vetta die Spaghetti nicht angerührt hatte, und schloss sie wieder.

Vetta sprach leise, aber nicht so leise, dass Cash nicht mitbekam, was sie sagte – und was Siena antwortete.

»Siena, woher kennen Sie Cash?«

»Ich … wir …«

Cash, der gerade die Blumen in der Vase arrangierte, hielt inne und lauschte aufmerksam.

»Ich bin neulich abends mit meinem Auto von der Straße

abgekommen und er hat mich ger… und er hat mir geholfen.«

Gerettet. Ich habe dich gerettet. War sie zu dickköpfig, um das zuzugeben, oder verabscheute sie ihn so sehr, dass sie ihm die Anerkennung nicht gönnte? Bei diesem Gedanken zog sich sein Magen zusammen.

»Ah. Dann sind Sie es, von der er mir erzählt hat. Er ist ein netter Mann.«

Atemlos wartete er auf Sienas Antwort.

»Tatsächlich?«

Tatsächlich? Was ist das für eine Antwort? Er stopfte die Blumen in die Vase und machte einen Schritt in Richtung Wohnzimmer, dann blieb er beim Klang von Vettas Stimme stehen.

»Oh ja. Er besucht mich mehrmals in der Woche, bringt mir Abendessen und repariert, was kaputt ist.«

Cash schloss die Augen und wartete darauf, dass die Bombe platzte. *Er hat meinen Mann umgebracht.*

»Er ist ein Schatz.«

Seine Augen flogen auf. *Ein Schatz? Ein Schatz.*

Er wartete noch einen Moment, aber als keine von beiden mehr etwas sagte, räusperte er sich, trat ins Zimmer und stellte die Vase auf den Kaffeetisch.

»Oh, die machen den Raum gleich viel gemütlicher, nicht wahr?« Vetta sah ihn mit einem freundlichen Lächeln an. »Cash, wollen Sie sich nicht setzen?« Sie zeigte auf den freien Platz neben Siena, die auf dem kleinen Sofa saß.

Neben Siena wollte er lieber nicht sitzen. Er traute seinem Körper nicht, seine Reaktionen auf sie entzogen sich ganz und gar seiner Kontrolle. Außerdem reizte sie ihn bis zum Äußersten, was dazu führte, dass er noch ruppiger war als sonst.

»Nein, alles okay. Ich kann stehen.«

»Sie sollten sich setzen«, sagte Siena und klopfte grinsend auf den Platz neben sich.

Du weißt genau, was du mir antust.

»Ja, Cash. Sie machen mich nervös.« Vetta wies mit dem Kopf zum Sofa und er setzte sich widerwillig neben Siena. Der Duft ihres süßen Parfüms umfing ihn, und als sie sich vorbeugte, um Vetta eine Frage zu stellen, kam sie seinem Schoß so nahe, dass sich jeder Muskel anspannte.

»Vetta, Sie sagten, dass Sie eine Remington kennen?«

»Ja. Eine Joanie Remington. Sie brachte den Kindern auf der Kinderstation, auf der mein Mann arbeitete, Buntstifte und Papier. Das ist Ewigkeiten her.«

»Das ist meine Mutter.«

»Oh, was für ein Zufall. Ob sie sich wohl an meinen Mann Samuel erinnert?« Sie sah das Foto an der Wand an und seufzte.

»Ist er …?« Siena warf Cash einen raschen Blick zu.

Cash hielt den Atem an. *Jetzt kommt's.*

»Oh, er ist vor ein paar Wochen gestorben. Herzinfarkt.« Sie griff nach Cashs Hand. »Seitdem sieht Cash nach mir.«

Warum tun Sie das? Sagen Sie es ihr einfach. Bringen wir es hinter uns. Er konnte kaum atmen.

Siena sah Cash fragend an und er senkte den Blick. Trotzdem war er sich sicher, dass sie die Schuldgefühle darin entdeckte, die ihn tagein, tagaus verfolgten.

»Wirklich?«, sagte Siena leise.

»Oh ja. Er ist ein echter Gentleman.«

»Okay, jetzt wird's ein bisschen ungemütlich für mich.« Cash stand auf. »Ich wollte nur vorbeischauen und sehen, ob Sie etwas brauchen, bevor ich heute Abend weggehe. Ich habe gesehen, dass Sie die Spaghetti, die ich gestern mitgebracht habe, nicht angerührt haben. Stimmte etwas nicht damit? Soll ich Ihnen etwas anderes holen? Ich habe Zeit. Ich kann jetzt etwas besorgen.«

»Oh nein, danke. Im Alter hat man nicht mehr so viel Hunger.«

»Sind Sie sicher? Ich meine, wenn Sie einen Arzt brauchen oder andere Lebensmittel ...«

»Nein, nein. Sie sind so lieb, Cash. Mir geht es gut, wirklich. Und nun raus mit Ihnen. Mir geht es gut.« Vetta erhob sich langsam und Cash legte ihr eine Hand auf den Rücken und gab ihr zum Abschied einen Kuss auf die Wange.

»Schließen Sie hinter uns ab.«

»Das tue ich doch immer«, sagte Vetta lächelnd.

Er hielt Siena die Tür auf, und als sie hinausgegangen war, berührte Vetta ihn am Arm.

»Lassen Sie sie Sie so sehen, wie ich Sie sehe«, flüsterte Vetta. Dann nickte sie und schob ihn mit einem kleinen Schubs zur Tür hinaus.

Siena wartete im Hausflur auf ihn. Sie legte den Kopf zur Seite und blickte ihn prüfend an, als würde sie ihn zum ersten Mal sehen. Die Energie, die von ihr ausging, war nun nicht mehr scharf, sondern weich, als würde sie einen großen Spielzeugteddy betrachten und denken: *Och, ist er nicht süß?*

Hatte eigentlich alle Welt den Verstand verloren?

Sieben

Auf dem Weg zum NightCaps strich die kühle Nachtluft über Sienas Wangen. Sie wusste nicht, was sie von Cash Ryder, diesem zornigen und arroganten Mann, halten sollte, der schweigend neben ihr ging. Wie passten Zorn und Arroganz zu dem einfühlsamen, sanften Riesen, den sie kurz zuvor gesehen hatte? Sie hatte so viele Fragen und wusste doch, dass ihr jede einzelne gleichgültig sein sollte. Schließlich war es egal, wie er sich einer alten Frau gegenüber verhielt, die vor Kurzem ihren Ehemann verloren hatte. Oder dass er ihr Blumen brachte oder reparierte, was in ihrer Wohnung nicht funktionierte. Wenn er mit Siena zusammen war, war er ein ganz anderer Mann, und das sollte eigentlich Grund genug sein, sie in die Flucht zu schlagen. Aber sie konnte sich nicht abwenden. Er war zu faszinierend.

Gerade wollte sie vom Bürgersteig auf die Fahrbahn treten, als er sie am Arm packte und zurückhielt. Sie warf ihm über die Schulter einen Blick zu.

»Sie haben nicht einmal geguckt, ob ein Auto kommt«, fuhr er sie an. Seine Augen waren zu Schlitzen verengt und seine Kiefermuskeln angespannt.

Der zornige Mann ist wieder da. Sie hatte gehofft, dass ihr seine sanftere Seite noch eine Weile erhalten bleiben würde. Aber vielleicht kamen nur nette alte Damen in den Genuss. »Hab ich wohl, aus dem Augenwinkel.«

Er wies mit dem Kinn zu dem roten Lichtsignal am Zebrastreifen. »Sehen Sie das?«

»Ja, aber es kommen keine Autos.«

Er schüttelte den Kopf, hielt sie aber immer noch am Arm fest. Sie war gefangen und wollte sich auch gar nicht von ihm losreißen. Es gefiel ihr, seinen Körper an ihrem zu fühlen, und sie mochte es, dass er sie betrachtete, als wollte er sie verschlingen und gleichzeitig anschreien.

Mit einem Ruck entwand sie sich seinem Griff. *Was stimmt mit mir nicht? Er ist überhaupt nicht mein Typ. Er ist gemein, gereizt, unberechenbar.* Sie dachte daran, wie er Vetta angesehen hatte, als er ihr einen Kuss auf die Wange gab, an die Blumen, die er ihr gebracht hatte, an die Sorge in seiner Stimme, als er die Spaghetti erwähnte. *Er hat ihr Spaghetti gebracht?*

»Prima. Laufen Sie ruhig auf die Straße. Bringen Sie sich um. Aber erwarten Sie nicht, dass ich Sie ret... dass ich Ihnen helfe.«

»Sie sind so ... so ...« Sie wandte sich ab, die Hände in die Taschen gestopft, und marschierte über die Straße – nachdem das Lichtsignal umgesprungen war und nun statt der Hand den Fußgänger zeigte. Sie spürte ihn hinter sich, spürte seinen Ellbogen im Rücken, als sie ihren Schritt verlangsamte, um einem Paar auszuweichen.

»Ich habe nicht gelogen«, fauchte er.

Sie war nicht bereit, ihm offen zuzustimmen, aber in ihrem Innern wurde ihr immer noch warm ums Herz, wenn sie daran dachte, dass er einen Umweg gemacht hatte, um nach Vetta zu sehen. Die meisten Männer würden sich keine Sekunde ihrer

Zeit mit Siena Remington stehlen lassen, und den meisten Frauen würde es sehr gefallen, so umschwärmt zu werden. Siena fühlte sich noch mehr von ihm angezogen, weil er ihren gemeinsamen Abend hintangestellt hatte. Sie sah kurz zu ihm hinüber. Sein Blick war auf die Leute gerichtet, die ihnen auf dem Bürgersteig entgegenkamen. Offenbar war er sich seiner Umgebung jederzeit bewusst. Vermutlich ging einem Feuerwehrmann diese Wachsamkeit irgendwann in Fleisch und Blut über. Er schob die Hände in die Jackentaschen. Auf seinen Wangen zeigte sich ein dunkler Schatten aus Bartstoppeln, der beim Fotoshooting noch nicht zu sehen gewesen war und den sie unbedingt anfassen wollte. *Hör auf!*

Du bist kein Lügner.

Aber du bist ein Idiot.

Meistens.

Manchmal.

Er hielt ihr die Tür zur Bar auf, und als sie die anderen in der Nähe des Tresens entdeckt hatten, schob er ihr einen Stuhl an den Tisch.

Okay, ab und zu bist du auch ein Gentleman. Bei dieser Erkenntnis kehrte erst einmal Ruhe in ihren Gedanken ein. Sie musterte ihn, als er seinen Parka auszog. In dem eng anliegenden Feuerwehr-T-Shirt und den Jeans, die seine kräftigen Schenkel umschlossen, sah er viel zu heiß aus. Sie schluckte heftig gegen die Anziehungskraft an, die sich in ihrem Bauch zusammenballte.

»Was trinken Sie?«, fragte er schroff.

Sie wollte aufstehen, doch Cash legte ihr die Hand auf die Schulter und drückte sie sanft, aber bestimmt auf ihren Stuhl zurück, eine Geste, die ihr einen Schauder über den Rücken jagte. Seine Hand war wie ein Brandeisen, das ihr ein Zeichen einbrannte. Sie spürte, wie Willow jede ihrer Bewegungen mit Argusaugen beobachtete.

Cash hielt sie mit demselben erhitzten Blick auf ihrem Stuhl fest, mit dem er sie im Truck festgenagelt hatte. Verdammt, mit diesen Augen konnte er sie festnageln, wo auch immer er wollte.

»So bin ich nun mal, wissen Sie noch?«, fragte er streng.

Seit sie das Studio hinter sich gelassen hatten, hatte er sie immer wieder aus dem Gleichgewicht gebracht. Siena war es nicht gewohnt, die Kontrolle zu verlieren, schon gar nicht bei einem Mann. Sie hob eine Braue und sagte mit ihrer verführerischsten Stimme: »Jetzt brauche ich einen Cocktail. Ich nehme einen Screaming Orgasm.«

Sein Adamsapfel hüpfte auf und ab. Seine Finger krallten sich um ihre Schulter.

»Oder vielleicht gleich zwei«, fügte sie hinzu, bevor sie Willow ihre Aufmerksamkeit zuwandte.

Sie spielt mit mir. Cash kämpfte gegen den Ansturm der Begierde an, der ihn wie ein Feuerstrahl durchbohrte, als er für alle am Tisch zwei Runden Screaming Orgasm bestellte. *Oder vielleicht gleich zwei.* Er schnaubte verächtlich. Verdammt, eine Nacht mit ihm und sie würde um viel mehr betteln.

Er stellte die Getränke vor ihr auf den Tisch.

»Nur zwei?« Er schüttelte den Kopf. »Offenbar habe ich Sie ganz falsch eingeschätzt.«

Er verteilte die restlichen Gläser und spürte, wie sie ihn ansah.

»Du bist nicht wirklich mein Typ, aber ich nehme es

trotzdem.« Mikes Flirtversuche waren vollkommen harmlos. Er war verheiratet und hatte eine dreijährige Tochter. Jetzt klimperte er mit den dunklen Wimpern, ließ ein schiefes Lächeln aufblitzen und fuhr sich mit der Hand durch das kurze schwarze Haar.

»Also mein Typ ist er ganz bestimmt«, sagte Willow und hob ihr Cocktailglas. Sie zwinkerte Siena zu.

»Verdammt, ich hatte gehofft, *ich* wäre dein Typ«, sagte Joe und verzog schmollend den Mund.

Willow beugte sich vor und gab ihm einen Kuss auf die stoppelige Wange. »Baby, du bist ganz und gar mein Typ.«

Siena verdrehte die Augen.

Cash setzte sich ihr gegenüber und hob sein Glas. »Auf Orgasmen.«

Die anderen schlossen sich seinem Toast an und leerten ihre Gläser. Siena hielt seinen Blick fest, warf dann den Kopf zurück und kippte ihren Cocktail herunter.

»Hm. Nicht ganz so gut, wie ich es in Erinnerung hatte.« Sie zog eine Augenbraue hoch.

Seine Lippen verzogen sich zu einem Lächeln. *Aha, du willst also spielen?* Er trank das zweite Glas in einem Zug leer, setzte es mit einem Knall auf dem Tisch ab und sah sie erneut an. »Manchmal braucht man ein paar davon, um die richtigen Stellen zu aktivieren. Aber wenn Sie nicht mithalten können …« Er zuckte die Achseln.

Willow kippte ihren zweiten Cocktail. »Oh, wir können mithalten, keine Sorge. Mike, hol noch ein paar Runden.«

Siena ließ ihn keinen Moment aus den Augen. Ihre Zunge fuhr langsam über ihre Unterlippe und hinterließ einen feuchten Schimmer.

Verdammt.

»Normalerweise klappt es gleich beim ersten. Alle weiteren sind nur Zugabe.« Sie stürzte ihren Cocktail herunter. »Ah. Das war schon ein bisschen besser.«

Mike kam mit der nächsten Bestellung zurück. »Ja, Baby. Jetzt kommen wir der Sache schon näher.« Er warf einen Blick in die Runde. »Ich schätze, ich kann noch eine Viertelstunde bleiben, dann muss ich nach Hause.«

Cashs Puls raste. Die Herausforderung in Sienas Augen war mehr als ein Trinkspiel. Er erkannte Lust, wenn er sie sah – und wenn er sie spürte.

Siena stand auf. Cash folgte ihrem Beispiel.

»Ich gehe mal eben für kleine Mädchen.«

»Ich begleite Sie.«

Schwungvoll schob sie die Hüfte zur Seite und beugte sich über den Tisch. »Wie Sie wollen.«

Cash hatte das Gefühl, einer Feuerspur zu folgen, als er hinter ihr die Bar durchquerte und die Stufen hinunterging. Er lockerte seinen Kragen, während er einen Fuß vor den anderen setzte. Siena sah über die Schulter zurück, ließ ihren Blick langsam über seinen Körper gleiten und schlenderte dann in die Damentoilette.

Er ging hinterher.

»Das war keine Einladung«, sagte sie kalt.

Er vergewisserte sich rasch, dass die Toilettenkabinen leer waren. Mit zwei Schritten war er bei ihr, seine Nerven waren angespannt, sein Körper glühte. Sie sah ihn wortlos an. Er trat näher. Sie stieß mit dem Rücken an die Wand, seine Hüften drängten sich an ihre. Gott, sie fühlte sich gut an. Viel zu gut. Ihr Atem ging ebenso schwer wie seiner. Ihre Brüste hoben und senkten sich an seinem Körper. Sie musste sein Verlangen an ihrem Bauch spüren. Er beugte sich vor, seine Lippen nur einen

Atemzug von ihren entfernt, und stützte sich mit dem Unterarm neben ihrem Kopf an der Wand ab. Ihre Lippen öffneten sich, hinter ihren halb geschlossenen Lidern schwelte ihr verführerischer Blick. Begierig sog er ihn in sich auf, bevor er die Augen erst auf den pochenden Pulsschlag an ihrem Hals senkte, sie dann an ihrem Schlüsselbein und schließlich bis hinunter zum Ausschnitt ihres T-Shirts entlangwandern ließ, unter dem sich ihre Brüste wölbten.

Er leckte sich den süßen Alkohol von den Lippen und legte seine Wange an ihre.

»Vorsicht«, flüsterte er. »Du spielst mit dem Feuer, und ich bin ein Meister darin, die Flammen zu beherrschen.«

Acht

Siena atmete tief durch und sah ihm nach, wie er aus der Damentoilette schlenderte, als hätte er nicht gerade einen Sturm zwischen ihren Beinen entfacht, mit nichts weiter als seiner Stimme. Die Erinnerung, wie sich sein muskulöser Körper an ihren presste, weckte in ihr den schmerzlichen Wunsch nach mehr. *Allmächtiger.* Sie holte ein paarmal tief Luft und fuhr sich mit zitternder Hand durch die Haare. *Was zum Teufel war das gerade?*

Sie hielt die Hände unter kaltes Wasser, doch die Hitze, die von ihrem Verstand Besitz ergriffen hatte, ließ sich nicht so einfach vertreiben. Es gab kein Gegenmittel. Er hatte sich in ihrem Gehirn eingenistet. Sein maskuliner Duft umgab sie immer noch. Cash Ryder war stark, reizbar, gefährlich. Ein Gepard. Und sie wollte nichts lieber, als seine Beute sein. *Spring, Baby, spring.*

Siena holte tief Luft und trat in den Flur. Cash wartete an der Treppe auf sie. Sie blieb wie angewurzelt stehen und schluckte.

Er wies mit der Hand zur Treppe, sie machte einen Schritt in seine Richtung und hielt dann inne. Wieder winkte er sie vorwärts und nun ging sie vorsichtig die Stufen hinauf.

»So bin ich eben«, sagte er leise.

»Ein Stalker?« Ihr Versuch, locker und unbekümmert zu klingen, schlug fehl. Nicht einmal sie selbst lachte.

Sie spürte ihn hinter sich. Er beugte sich vor und sein heißer Atem strich ihr über den Hals.

»Nein.«

Sein strenger Tonfall ließ sie erschaudern.

»Ein Gentleman.«

Ihr Herz wurde etwas weicher.

Als sie zum Tisch zurückkamen, zog Willow gerade ihren Mantel an. »Hey, wir wollten sehen, ob Cheri drüben im Studio Twenty-One auflegt. Kommt ihr mit?«

Mist. Studio Twenty-One? Cash und Siena sahen sich an. Worauf ließ sie sich da ein? Sie hatte keine Ahnung, aber der Gedanke ans Studio Twenty-One war nicht gerade verlockend. Sie konnte den Blick nicht von ihm wenden. Mit Cash Ryder war sie noch nicht fertig. Noch lange nicht. Eines war jedoch sicher: Sie würde nicht mit ihm nach Hause gehen.

Siena holte tief Luft und bereitete sich insgeheim darauf vor, in ihr Loft zu fahren und den Rest des Abends zu lesen. Oder fernzusehen. Oder … im Bett zu liegen und an Cash zu denken. *Verdammt.* Auf dem Tisch sah sie vier volle Cocktailgläser. Cash und sie hatten die letzten beiden Runden nicht ausgetrunken. *Zum Glück. Genau das, was ich brauche, um meine Nerven zu beruhigen.*

Sie umarmte Willow. »Wir sehen uns morgen. Ich bleibe noch hier und trinke meine Cocktails und dann gehe ich nach Hause. Mike, Joe, passt gut auf sie auf.«

»Ich gehe nach Hause zu meiner Frau.« Mike zwinkerte Cash zu. »Danke für den netten Abend.«

»Du weißt, dass ich auf sie aufpasse«, sagte Joe auf dem Weg zur Tür.

Cash rückte Siena den Stuhl an den Tisch, die sich fragte, ob sie einen riesengroßen Fehler gemacht hatte. Sie wollte die Drinks, aber als Cash sich ihr nun gegenübersetzte, betrachtete sie ihn mit völlig neuen Augen. Bei Vetta hatte er eine sanftere Seite von sich gezeigt und gerade eben … hatte er seine rein sexuelle Seite offenbart. Verdammt, wie sollte sie in ihm wieder den Idioten sehen, für den sie ihn gehalten hatte?

Er nahm eines der Gläser und verengte die Augen. »Auf Orgasmen.«

Sehr. Großer. Fehler. Sie stürzte ihre beiden Cocktails so schnell wie möglich herunter und genoss die Süße, als die Flüssigkeit durch ihre Kehle rann. *Betäube mich, Baby.*

»Wow, ich hätte nicht gedacht, dass du der Typ für eine schnelle Nummer bist.«

Ihr nervöses Lächeln mündete in ein noch nervöseres Lachen. Sie musste sich unter Kontrolle bekommen. *Konzentrier dich. Wie bei einem Shooting.* Sofort tauchte vor ihrem inneren Auge das Bild von Cash auf, der sich mit einer beeindruckenden Erektion auf der Treppe räkelte. Sie spürte, wie ihr das Blut in die Wangen stieg, und senkte den Blick. *Das ist nicht gut. Überhaupt nicht gut.*

»Wer … wer ist diese Frau, die du besucht hast? Vetta?«

Cash sah auf die Uhr. »Es ist spät und ich habe morgen früh einen Termin bei meinem Chef.« Er schob seinen Stuhl vom Tisch weg und stand auf.

Du ignorierst mich? Sie konnte es nicht fassen. *Du gehst einfach über meine Frage hinweg?*

»Kommst du? Ich begleite dich, wo immer du auch hinwillst.«

So sehr sie sich darüber ärgerte, dass er nicht auf ihre Frage eingegangen war, so sehr überraschte sie nun sein freundlicher Tonfall. »Wie? Diesmal kein Befehl?« Siena lehnte sich zurück und überlegte, womit sie ihm als Nächstes auf die Nerven gehen konnte.

Er schob die Arme in die Jacke und zuckte stumm die Achseln.

»Mach dir keine Mühe, ich komme allein nach Hause.«

Cash seufzte schwer. Er sah sich in der Bar um, setzte sich dann neben sie und beugte sich vor.

Sienas Puls ging schlagartig nach oben.

»Was würde Jack sagen, wenn ich dich alleine nach Hause gehen ließe?«

»Was hat mein Bruder damit zu tun?«

»Ich hab mich schon gefragt, ob er dein Bruder ist. Nun, er würde mir die Hölle heißmachen, wenn ich dich nach vier Orgasmen allein nach Hause gehen ließe«, sagte er mit anzüglichem Grinsen.

Sie stand auf und griff nach ihrer Jacke. »Auf eins kannst du dich verlassen: Wenn du Jack erzählst, dass ich die vier Orgasmen von dir bekommen habe, sagst du nie wieder ein einziges Wort und bringst auch niemanden mehr nach Hause.«

»Das macht dir Feuer unterm Hintern, nicht wahr?«

»Wohin jetzt?«, fragte Cash Siena, als sie den Reißverschluss an ihrem Mantel bis oben hin zuzog und sich mit gekrümmten Schultern gegen die Kälte wappnete. Er hatte das Bedürfnis, sie in die Arme zu nehmen und warmzuhalten, und sehnte sich nach ihrer Nähe, nachdem er ihre Hitze in der Damentoilette gespürt hatte. Wie konnte eine Frau, die in einem Bikini so verdammt heiß aussah, in Steppmantel und Jeans genauso heiß aussehen?

»Ich kann allein nach Hause fahren.« Sie trat auf die Straße, um ein Taxi anzuhalten.

»Bist du immer so?«

»Was?« Sie winkte einem Taxi.

»So ... selbstbestimmt?« Er drückte ihre Hand herunter. »Mit der U-Bahn ist es viel billiger.«

Siena rümpfte die Nase. »Mit der U-Bahn? Du machst Witze, oder? Abends?«

»Moment mal, verstehe ich das richtig? Du hast keine Angst, abends allein herumzulaufen oder dich in einem Taxi von einem Fremden fahren zu lassen, würdest aber nicht die U-Bahn nehmen, in der du ständig von Tausenden von Leuten umgeben bist?« Er schüttelte den Kopf. »Nein. Ich glaube, das würdest du nicht tun.«

»Was soll das heißen?«

»Vergiss es.« *Ich sollte sie in ein Taxi steigen lassen und keinen weiteren Gedanken an sie verschwenden.*

»Meinst du damit, dass ich mir für die U-Bahn zu schade bin?« Sie trat dicht an ihn heran und stupste ihn mit dem Finger an. »Weil das verdammt noch mal nicht stimmt. Ich dachte, abends wäre ein Taxi sicherer.«

Er sah auf ihren zarten Finger hinunter, mit dem sie ihn an die Brust stieß, und hätte fast losgelacht. Sie hielt sich für tough. Eine Nervensäge war sie ganz sicher, aber tough? Längst nicht so, wie sie dachte, und nachdem er sie den ganzen Tag in diesem sexy Bikini beobachtet und dann gesehen hatte, wie ihr Widerstand in der Damentoilette dahingeschmolzen war, war es ihm egal, wie nervig sie war. Sie hatte seinen Kopf derart durcheinandergebracht, dass seine Gedanken nicht mehr von ihr loskamen, und er würde auf keinen Fall zulassen, dass ihr auf dem Nachhauseweg etwas zustieß.

»Wie dem auch sei, ich will nur, dass du sicher nach Hause kommst.« Er hielt ein Taxi an.

»Vergiss es. Ich nehme die U-Bahn.« Sie wirbelte herum und ging davon.

Du bist doch wirklich das Letzte. Hastig folgte er ihr.

»Danke, aber ich kann alleine U-Bahn fahren.« Mit schnellen, entschlossenen Schritten ging sie weiter, die Hände tief in die Manteltaschen gesteckt.

»Ach was, gib's auf. Daraus wird nichts.« Warum kümmerte es ihn überhaupt? Er sollte zur Feuerwache zurückgehen und … Verdammt. Er würde die ganze Nacht nur an sie denken.

In der Bahn waren keine Sitzplätze mehr frei. Siena klammerte sich an eine Stange an der Tür und Cash quetschte sich hinter ihr in den Waggon. Er griff um sie herum, um sich an einer Querstange festzuhalten, und unterdrückte ein Stöhnen, als die U-Bahn anfuhr und ihre Hüften an seine gepresst wurden. Er versuchte, Abstand von ihr zu halten, doch die U-Bahn machte ihm einen Strich durch die Rechnung. *Ach, verdammt.* Er gab den Versuch auf und überließ sich den schwankenden Bewegungen des Waggons.

Siena wandte sich zu ihm um und sagte: »Ich hätte allein fahren können.« Sie umklammerte die Haltestange so fest, dass ihre Fingerknöchel weiß waren. Er spürte, wie sie zitterte.

Cash bedeckte ihre Hand mit seiner und spürte, dass sie bei seiner Berührung zusammenzuckte. Er lehnte seine Wange an ihren Hinterkopf. »Deine Hand ist ganz kalt.«

»Ich … habe meine Handschuhe vergessen.«

Er griff nach ihrer anderen Hand. Sie wehrte seine

Berührung ab, aber er ließ nicht locker. »Ich will dir nur die Hände wärmen. Kein Grund, auszuflippen.« Dasselbe redete er sich selbst ein. Ihre Hand war weiblich und so klein, dass sie ganz unter seiner verschwand. Er rieb ihr mit den Fingern über den Handrücken und mit dem Daumen über ihre Handfläche, bis sie sich wärmer anfühlte und Siena aufhörte zu zittern. Verwirrt stellte er fest, dass Siena ihre Hand nicht mehr verkrampfte, sondern locker in seiner liegen ließ.

An der Haltestelle Bleeker Street im Village stiegen sie aus und folgten einer Gruppe Jugendlicher die Treppe hoch zum Bürgersteig. Ein Windstoß ließ Siena erschaudern und wehte ihr feine Haarsträhnen ins Gesicht. Sie versuchte, sich aus dem Wind zu drehen, doch nun flatterte ihr Haar in die andere Richtung. Vergeblich bemühte sie sich, es sich aus dem Gesicht zu streichen.

Cash trat vor sie und legte ihr die Hände auf die Schultern. »Halt still.«

Stirnrunzelnd sah sie zu ihm auf, während sie sich ein paar Strähnen aus den Augen wischte.

Er nahm ihr seidiges Haar mit beiden Händen und zwang sich, nicht seine Finger darin zu vergraben. »Besser?«

Sie nickte.

»Hast du eines dieser Dinger, die Mädchen immer am Handgelenk tragen?«

Sie lachte. »Nein. Das war in den Achtzigern.«

»Dann musst du mit mir vorliebnehmen.« Er legte ihr den Arm um die Schulter und hielt ihre Haare in der geballten Faust. »Kein Haargummi, die Handschuhe vergessen und einen Autounfall gebaut«, sagte er kopfschüttelnd. »Ich denke, ich sollte dir beibringen, wie du dich besser vorbereitest.«

Sie sagte kein Wort.

Es fühlte sich einfach nur gut an, wie sie so an seine Seite gedrückt war. So lange hatte sie noch nie geschwiegen, seit er sie kennengelernt hatte, und er fragte sich, wie er sie diesmal verärgert hatte. *Mein Arm um ihre Schulter. Anmaßend. Ich mache ihr Image kaputt.* Fast hatte er vergessen, dass sie niemand Geringerer war als Siena Remington. Kein Wunder, dass sie gezögert hatte, mit der U-Bahn zu fahren.

»Lass mich mal machen, okay?« *Warum klinge ich so wütend?*

Sie kniff die Augen zusammen, als er sich hinter sie stellte, ihre Haare mit beiden Händen zu einem Pferdeschwanz fasste und einen Knoten hineinmachte.

»So fallen sie dir nicht immer ins Gesicht.« Er schob die Hände in die Taschen und trat einen Schritt zurück.

»Wie, ist dein Arm schon müde geworden?«, stichelte sie.

»Sagen wir einfach, dass ich gut darin bin, nonverbale Signale zu lesen.«

»Nonverbale Signale? Was meinst du?«

Er starrte stumm vor sich hin, fest entschlossen, nicht mit ihr zu streiten. Schließlich fragte er: »Wo wohnst du?«

»Drei Blocks weiter.« Sie begann wieder, zu zittern.

»Na, komm.« Er schob die Tür zu einem Café auf und winkte sie an sich vorbei ins Innere, doch sie blieb reglos auf dem Bürgersteig stehen. »Lieber Himmel. Was ist los mit dir? Es ist ja nicht so, als würde ich dich zu einem Date zerren.«

Sie runzelte die Stirn.

»Ich wollte dir eine heiße Schokolade holen. Du zitterst vor Kälte wie ein kleiner Vogel. Du brauchst etwas, was dich von innen wärmt.« *Das könnte ich übernehmen*, schoss es ihm durch den Kopf. Er musste wirklich aufhören, so an sie zu denken. »Außerdem dachte ich, du willst nicht, dass ich dein Image beschädige. Heiße Schokolade war die nächstbeste Lösung.«

»Mein Image beschädigen?« Sie verschränkte die Arme vor der Brust.

»Ja, ich hatte ganz vergessen, wer du bist, als wir durch die Straßen gingen. Ich wollte nur nett sein, als ich dir die Haare aus dem Gesicht gehalten habe. Ich habe scheinbar meinen Verstand verloren, okay?« Seine Stimme wurde unwillkürlich lauter und sein Herz pochte heftig. Verdammt. Er konnte nicht einmal weggehen. Schließlich musste er sie sicher nach Hause bringen.

Sie trat einen Schritt näher. Ihre Unterlippe zitterte. »Danke. Okay?«, sagte sie ebenso giftig wie er. »Ich fand es schön, als du meine Haare zusammengehalten hast.«

»Warum bist du dann verstummt? Bisher hast du noch nie die Klappe gehalten. Wenn du mich nicht zurechtweist, verspottest du mich und machst klugscheißerische Bemerkungen.«

Sie stampfte davon.

Er folgte ihr auf dem Fuß. »Oh, und jetzt bist du wieder sauer?«

»Mir ist kalt.« Sie bog von der Hauptstraße in eine dunkle Seitenstraße ab.

»Deshalb wollte ich dir eine heiße Schokolade holen.« *Grundgütiger, man muss doch keine Intelligenzbestie sein, um zwei und zwei zusammenzurechnen.*

»Ach ja? Spar dir das.«

»Was ist los mit dir?«

Sie starrte angestrengt zu Boden und er packte sie erneut am Arm. Verdammt, das sollte er besser auch sein lassen. Er hob ihr Kinn, und sie entwand sich seinem Griff, aber nicht, bevor er den weicheren Ausdruck in ihren Augen gesehen hatte, der so gar nicht zu ihrem wütenden Tonfall passte.

»Bist du allergisch gegen heiße Schokolade?«

»Ich liebe heiße Schokolade.« Sie klapperte vor Kälte mit den Zähnen.

»Ich würde nie behaupten, dass ich viel über Frauen weiß, aber du bist mir wirklich ein Rätsel.« Er zog seinen Parka aus und legte ihn ihr um die Schultern.

»Nein«, fauchte sie und versuchte zappelnd, ihn abzustreifen.

»Hör auf.« Ja, es war ein Befehl, aber verdammt, sie brauchte seine Jacke, und er würde nicht zusehen, wie sie erfror. Im Vergleich zu ihm war sie so zierlich, dass er ihre Arme problemlos in den Parka schieben und den Reißverschluss zuziehen konnte. Dann holte er aus der Tasche eine Mütze, setzte sie ihr auf und achtete darauf, die Ohren zu bedecken.

»Das meinst du nicht ernst, oder?«

»Mach dir keine Sorgen. Du siehst richtig süß aus und du bist immer noch wunderschön und außerdem ...« Er wusste, dass er knurrig klang, aber er konnte nichts daran ändern. Den ganzen Tag hatte er gegen ihre Anziehungskraft angekämpft, das Verlangen hatte sich von einem dumpfen Schmerz zu einem ausgewachsenen Bedürfnis entwickelt. Was immer sie tat und sagte, alles war auf eine verrückte Weise frustrierend und verführerisch, und trotzdem schaffte er es nicht, sich umzudrehen und wegzugehen. »Außerdem wird dich niemand erkennen. Dein Image kann ich dir also nicht ruinieren.« Die Worte troffen wie Säure von seinen Lippen.

Die Jackenärmel reichten ihr bis zu den Knien, die Taille ebenfalls, und Cash war innerlich von einem solchen Feuer erfüllt, dass er nicht einmal spürte, wie ihm die eisige Luft in die Haut schnitt.

»Was hast du gesagt?« Sie hob den Kopf und versuchte, mit schlackernden Ärmeln, die Mütze zurechtzurücken.

»Warte«, sagte er scharf und krempelte ihr die Ärmel hoch. Dann holte er aus der Tiefe der Jackentasche ein Paar dicke Handschuhe hervor. »Gib mir deine Hand.«

Sie hob den Arm und er schob den Ärmel höher und streifte ihr den Handschuh über. Unaufgefordert streckte sie ihm den anderen Arm entgegen.

Sie schob die Mütze ein Stück höher und begegnete dem Zorn in seinen Augen mit ihrem weicheren Blick. »Jetzt hätte ich gerne diese heiße Schokolade.«

»Du … Herr im Himmel. Ich bringe dich nach Hause, damit du dich aufwärmen kannst, und dann hole ich dir eine.« Er wandte sich zum Gehen, doch diesmal war sie es, die ihn am Arm packte.

»Nein. Ich will mit dir reingehen.«

Ihre Lippen verzogen sich zu einem Schmollen, das ihn mitten im Herz traf und in ihm den Wunsch weckte, sie so lange zu küssen, bis sie wieder lächelten.

Sie drehte sich um und ging zum Café.

»Bin ich der Einzige, den du so auf die Palme bringst, oder nervst du alle so?«, rief er hinter ihr her.

»Nein, nur dich«, sagte sie leichthin.

Im Café war kein Platz frei. Siena ging zum Tresen und ihr Schmollmund verwandelte sich in ein warmes, freundliches Lächeln für den älteren, grauhaarigen Herrn dahinter. Die Mütze war wieder heruntergerutscht, sodass Cash ihre Augen nicht sehen konnte, doch auch ihre Stimme klang glücklicher.

»Hallo, Bogey. Wie geht's?«

Bogey?

»Siena? Ich habe dich gar nicht erkannt. Warm genug?« Er schaute von Siena zu Cash und runzelte die Stirn.

»Ja, jetzt ist mir warm.« Sie sah zu Cash auf. »Er war so nett, mir seine Jacke zu leihen.«

Was zum Teufel führt sie im Schilde?

»Sehr ritterlich an einem Abend wie diesem«, sagte Bogey augenzwinkernd.

»Tja, manche Leute haben ein Problem damit, sich richtig auszurüsten.« Er wies mit dem Kinn auf Siena.

Ohne einen Moment zu zögern, fuhr sie den Ellbogen aus, doch zum Glück konnte er ihn abfangen, bevor er ihn in den Bauch traf. Bogey zuliebe setzte er ein Lächeln auf.

Sie sah zu ihm auf und klimperte mit den Wimpern. »Hoppla. Ich bin ausgerutscht.« Zu Bogey gewandt sagte sie: »Könnten wir bitte zwei heiße Schokoladen mit Schlagsahne haben?«

»Für dich doch immer«, erwiderte Bogey und machte sich an die Arbeit.

Cash beugte sich vor und presste dabei seinen Körper an ihren. »Oje, bin ausgerutscht.« Er wollte sein Portemonnaie hervorholen, erinnerte sich dann aber daran, dass er es in seine Jackentasche gesteckt hatte. Wortlos steckte er die Hand hinein und tastete nach der Geldbörse, wobei seine Hand scheinbar versehentlich die Rundung von Sienas Hüfte streifte und zur Innenseite ihres Oberschenkels glitt.

Siena räusperte sich und blitzte ihn aus schmalen Augen wütend an.

Schließlich zog er das Portemonnaie hervor und ließ es grinsend zwischen Fingern und Daumen baumeln, während er gleichzeitig versuchte, sein brennendes Verlangen zu zügeln. Er musste sich auf die Innenseite seiner Wangen beißen, um angesichts ihrer finsteren Miene nicht zu lächeln.

Draußen nippte Siena an ihrer heißen Schokolade und sah ihn über den Rand des Bechers hinweg an. Sie ließ ihn langsam sinken und leckte sich die Schokolade von den Lippen.

Cash stöhnte. Er hakte sie unter und drückte beim Gehen seinen Körper an ihren. »Du bringst mich noch um.«

Siena verlangsamte ihr Tempo. Sie hielt den Becher in beiden Händen und blieb jedes Mal fast stehen, wenn sie auf die heiße Flüssigkeit blies.

»Vielleicht könnten wir etwas schneller gehen. Es ist bitterkalt hier draußen und ich habe keine Jacke.«

»Nö.«

»Wie bitte?«

»Nein. Ich glaube nicht, dass wir schneller gehen können.« Sie beäugte ihre heiße Schokolade. »Ich möchte meinen Kakao nicht verschütten.« Sie lächelte zu ihm auf, ihr Haar wehte flatternd unter dem Mützenrand.

»Du kannst von Glück sagen, dass du …« – *so sexy bist* – »so süß bist.« Sie kamen an einer Sitzbank vor einem Laden vorbei. »Hey, ich hab eine Idee.« Die vorgetäuschte Begeisterung ließ seine Stimme lauter werden. »Warum setzen wir uns nicht hin und entspannen uns ein bisschen?«

»Oh! Großartige Idee.« Siena setzte sich, rutschte mit ihrem Hinterteil auf der Bank hin und her und klopfte einladend auf den Platz neben sich.

»Offenbar ist Sarkasmus an dich völlig verschwendet.« Er nahm neben ihr Platz. »Wenn wir hier sitzen und frieren, dann musst du deine Wärme teilen.« Er zog sie an sich und Siena kuschelte sich unter seinen Arm und lehnte sich an seine Brust. *Gefährlich. Viel zu gefährlich.* In großen Schlucken trank er seinen Becher halb leer, um sich von innen zu wärmen. Wenn Siena weiter mit dem Hintern zappelte, würde er nichts mehr brauchen, um sich warmzuhalten.

»Siehst du? Das ist doch schön.« Sie lehnte den Kopf zurück

und sah zu ihm auf. »Oh, ich weiß, wie ich dich warmhalten kann.« Sie stellte ihren Becher auf den Boden, nahm ihm seinen aus den Händen und stellte ihn daneben. Dann kletterte sie ihm auf den Schoß und legte ihm die Hände auf die Schultern. »Besser?«

Er brachte kein Wort hervor, konnte kaum atmen. Er hatte genug damit zu tun, seine Erregung im Zaum zu halten.

Siena wusste, welche Qualen sie Cash bereitete, und es machte ihr viel zu viel Spaß, um es sein zu lassen. Wer hätte gedacht, dass dieser unfreundliche, launische Mann ein romantisches, ritterliches Herz hatte? Sie hatte nicht die geringste Ahnung, warum er in einem Moment glühend heiß war und ihr Inneres in einen Strudel aus Verlangen zog und dann wieder eiskalt wurde. Und als er sie an sich gedrückt und ihre Haare festgehalten hatte, war es für sie das Fürsorglichste, das sie sich vorstellen konnte. Aber sie hatte sich geirrt. Ihr seine Jacke umzuhängen, nachdem sie so garstig zu ihm gewesen war, war besser als alles, was sie sich je erträumt hatte, und ließ ihr Herz noch weicher werden.

Sein Blick zeigte ihr, dass er ebenso verwirrt war wie sie. Es war die Zärtlichkeit, die sie bei ihrem Besuch bei Vetta gesehen hatte, dieselbe Zärtlichkeit, die sie gerade wahrnahm und die in ihr den Wunsch weckte, ihn besser zu verstehen – *und ihn zu quälen.*

»Frierst du immer noch?«, fragte sie.

»Fühlt sich an wie im Sommer.« Seine Lippen verzogen sich zu einem schelmischen Grinsen.

Sie wackelte mit den Hüften hin und her und spürte seine mächtige Erregung unter sich.

»Du bist aber ganz schön böse.«

Sie schlang ihm die Arme um den Hals. Er runzelte die Stirn. Mit wild pochendem Herzen brachte sie ihre Lippen an seine. Er suchte ihren Blick, als sie seinen Mundwinkel streifte. Oh, wie gerne wollte sie seine verführerischen Lippen in einem gierigen Kuss nehmen. Sie zwang sich, seinen vollen, köstlichen Mund zu vergessen und stattdessen ihre Wange an seine zu drücken, bevor sie ihm mit den Fingern durch das dichte Haar fuhr und flüsterte: »Nun? Bist du immer noch ein Meister darin, die Flammen zu beherrschen?«

Er vergrub seine Hand in ihrem Haar und neigte ihren Kopf zurück, sodass er ihr direkt in die Augen sehen konnte. »Willst du, dass ich es bin?«, knurrte er.

Oh Gott, nein. Als sie den Mund aufmachte, brachte sie kein Wort heraus. Sie fuhr sich mit der Zunge über die Lippen, wohl wissend, welche Wirkung das auf ihn hatte.

»Siena.« Ihr Name klang wie ein einziges hitziges Grollen.

Gott, sie liebte dieses kehlige Knurren.

Er umfasste ihren Hinterkopf. »Willst du, dass ich die Flammen —«

Ihr Atem ging so schwer, dass sie fast hyperventilierte. »Nein. Oh Gott, nein.«

Er legte seine Lippen auf ihre und nahm sie in einem tiefen, leidenschaftlichen Kuss. Erst bewegte seine Zunge sich schnell, erkundete gierig, was Siena zu geben hatte, erforschte jede Vertiefung, ihre Zahnreihe, die Wölbung ihres Gaumens. Oh Gott, wenn dieser Kuss doch nie aufhören würde. Er schmeckte nach heißer Schokolade und Lust, und seine Umarmung fühlte sich an, als wären Himmel und Erde vereint – stark, beschützend und liebevoll zugleich. Sie krallte beide Hände in sein Haar, küsste ihn härter und verlangte stöhnend nach mehr. Er fing ihr Stöhnen mit dem Mund auf und zog sich dann schnell zurück. Beide keuchten heftig.

»Mehr«, war alles, was sie zustande brachte, bevor er seine Lippen wieder auf ihre senkte und einen Hitzestrahl durch sie schickte. Seine Zunge spielte mit quälender Langsamkeit mit ihr. *Heilige Hölle.* Noch nie hatte ein Mann sie so geküsst: voller maskuliner Wildheit in einem Moment und voller Zärtlichkeit im nächsten. Seine Hände glitten um die sperrige Jacke herum auf ihren Rücken. Die bloße Kraft seiner Hände brachte sie dazu, ihre Brust stöhnend an seine zu pressen, bis ihr siedend heiß einfiel, wo sie waren. *Draußen. Auf einer Bank. Heiliger Strohsack.* Sie strich mit ihrer Zunge noch einmal über seine Lippen und löste sich dann schwer atmend von ihm. *Mehr. Ich brauche mehr.*

Sie musste sich zusammenreißen.

»Geh mit mir aus«, sagte er drängend.

»Jetzt?«

Er schüttelte den Kopf und legte dann wieder die Hände um ihren Hinterkopf. Gott, sie liebte das.

»Morgen Abend. Ein Date. Ein richtiges Date.«

Sie nickte, während sich ein Lächeln auf ihren Lippen ausbreitete. »Okay«, erwiderte sie mit einer Stimme wie ein zerfranster Faden.

Bei seinem nächsten Kuss wäre es fast um sie geschehen, gleich hier auf der Bank. Er hatte recht. Es fühlte sich so heiß an wie im Sommer. *Nur besser.*

Neun

Als Cash, den Kopf voller Gedanken an Siena, am nächsten Morgen in die Feuerwache trat, duftete es nach Pfannkuchen und gebratenen Würstchen. Er hängte gerade seinen Parka auf, als Tommy den Flur herunterkam.

»Wie ich gehört habe, hattet ihr gestern einen richtig netten Abend.« Mit einer schwungvollen Kopfbewegung warf er die Haare zurück, die ihm immer wieder in die Augen fielen. In der Hand trug er einen Teller, auf dem Pfannkuchen und Würstchen in Sirup schwammen.

Cash warf ihm einen prüfenden Blick zu. Er war frisch geduscht, seine Wangen hatten wieder ihre normale Farbe und er wirkte ausgeruht und energiegeladen. »Geht's dir besser?«

»Oh ja. Alles bestens. Komm schon, hol dir was zu essen.«

Misstrauisch folgte er Tommy in die Küche. Joe, Mike und drei weitere Kollegen saßen am Tisch und schaufelten das Frühstück in sich hinein.

»Hey«, sagte Cash, während er seinen Teller belud.

»Ich habe dich gestern Abend im Studio Twenty-One vermisst. Das war ein Wahnsinnsabend, Alter. Willow kann tanzen, sag ich dir! Heißer als ein Großbrand.« Joe wedelte mit der Hand, als wollte er sich Luft zufächeln.

Nicht so heiß wie Siena. »Ehrlich?« Er setzte sich neben Joe und konzentrierte sich auf sein Frühstück. Auf keinen Fall würde er diesen Typen, die sich zu Zeitschriftenfotos einen runterholten, von seinem geplanten Date mit Siena erzählen. Es ärgerte ihn, dass sie sie so leicht bekleidet gesehen hatten. Verdammt, die halbe Welt hatte sie fast nackt gesehen. Die Eifersucht fuhr ihre scharfen Krallen aus.

»Frauen aus der Karibik. Mm-mmm.« Joe stieß Cash mit dem Ellbogen an. »Und du? Siena Remington. Mannomann. Etwas Besseres als so einen Hintern findest du selten.«

Cash biss die Zähne zusammen, um ihn nicht an der Gurgel zu packen und gegen die Wand zu schleudern. Das waren seine Kumpels, die Typen, mit denen er mehr Zeit verbrachte als in seiner Wohnung. Die Jungs, die ihr Leben für ihn geben würden. Er warf Tommy einen raschen Blick zu, der vor ein paar Wochen genau dazu bereit gewesen war.

»Und?« Mike beugte sich über den Tisch. Er hatte den Mund voller Pfannkuchen. Oft übernachtete er auf der Wache, aber wenn er tatsächlich einmal nach Hause ging, konnte man sich darauf verlassen, dass er noch vor seiner Schicht zum Frühstück wieder auftauchte. »Wo seid ihr abgeblieben? Auf die Wache bist du jedenfalls nicht gekommen.«

Ohne den Kopf zu heben, sah Cash zu Tommy hinüber, bevor er Mike antwortete. »Ich dachte, du wolltest gestern Abend nach Hause gehen.«

»Bin ich auch, zu Lisa.« Mike und Lisa waren seit fünf Jahren verheiratet. Sie passten perfekt zusammen. Mikes Frau hatte Verständnis dafür, wenn er sich im Kreise seiner Kumpels entspannen wollte. Wenn er zu Hause war, war er ein fürsorglicher und aufmerksamer Ehemann und Vater. »Katie hat geschlafen, also bin ich gegen zwei wieder hierhergekommen.

Ich wollte nicht, dass Lisa aufwacht, wenn ich früh losmuss. Aber jetzt hör auf, das Thema zu wechseln, und beantworte meine Frage.«

»Hab sie nach Hause gebracht.« Er schob sich eine Gabel voll Wurst in den Mund.

Das Signal, endlich die Klappe zu halten, überhörte Mike. »Sag bloß! Du bist mit dem pinkfarbenen Höschen nach Hause gegangen? Und?«

Cash sprang so hastig auf, dass sein Stuhl über den Boden schlitterte. Er starrte Tommy wütend an, schabte die Reste seines Frühstücks in den Müll und stellte sich dann an die Spüle, um seinen Teller unter dampfend heißem Wasser abzuschrubben.

»Verstehe, Kumpel. Du konntest nicht bei ihr landen, stimmt's?« Joe lachte.

Cash warf seinen Teller mit lautem Klirren in die Spüle und wirbelte herum. Die Angriffslust ließ seine Augen Funken sprühen. Er wollte nicht, dass sie so über Siena sprachen, geschweige denn, dass sie so an sie dachten. Seine Bizepse brannten. Er ballte die nassen Hände zu Fäusten.

Tommy legte Joe die Hand auf die Brust. »Alter, lass gut sein.«

»Was regst du dich denn so auf?«, fragte Mike mit vollem Mund.

Cash schnaubte höhnisch, bevor er sich wieder umdrehte, um sein Geschirr zu Ende zu spülen.

Tommy trat zu ihm. »Was zum Teufel war das denn?«, fragte er leise.

Cash stellte seinen Teller auf das Abtropfbrett, wischte sich die Hände an den Jeans ab und zog Tommy am Arm ins Nebenzimmer.

»Das solltest besser du mir sagen«, sagte Cash gereizt.

»Was?«

»Krank, Tom? Das glaubst du doch wohl selbst nicht.« Er zerrte ihn weiter in den Fernsehraum, außer Hörweite der anderen.

»Meinem Magen ging es gestern Morgen viel besser.« Tommy rieb sich den Bauch. Sein rechter Mundwinkel zuckte in die Höhe, und Cash wusste genau, dass er ihn reingelegt hatte.

Er schüttelte den Kopf. »Das war eine Falle. Du weißt, dass ich diese lächerlichen Kalender hasse.«

»Und ich weiß auch, dass du Siena im Schneesturm gerettet und die Zeitschrift mit ihrem Foto in deinem Schließfach versteckt hast. Meinst du, ich bin blind?« Er verschränkte die Arme und sah Cash mit seinen blauen Augen herausfordernd an. »Kapierst du's nicht? Ich hab dir einen Gefallen getan.«

Ja, das hatte er, aber Cash würde einen Teufel tun und es zugeben. Sienas Sinneswandel verwirrte ihn immer noch, ebenso wie sein eigener. »Kannst du mir noch einen tun?«

»Du stauchst mich zusammen und bettelst dann um einen Gefallen? Nach allem, was ich schon für dich getan habe?« Tommy ließ sich kopfschüttelnd auf die Couch sinken. »Setz dich und erzähl Onkel Tommy, was los ist. Was brauchst du diesmal? Ein Date mit Angelina Jolie?«

Cash versetzte seinem Stiefel einen Tritt. »Idiot.« Er hatte überlegt, wohin er mit Siena gehen sollte. Gestern Abend hatte er ihren Namen gegoogelt, um ein Gefühl für ihren Lebensstil zu bekommen, obwohl ihm klar war, dass er sein Herz wappnen musste. Dabei hatte er herausgefunden, dass sie mit fast allen heißen und reichen Männern von New York fotografiert worden war, wie sie aus teuren Restaurants und exklusiven

Clubs kamen. Cash hatte jedoch hinter die Fassade aus maß-geschneiderten Anzügen und strahlend weißen, regelmäßigen Zahnreihen geschaut. Er hatte hinter Sienas zehn Zentimeter hohe Absätze geschaut und selbst hinter ihre hautengen Kleider und das perfekt aufgelegte Make-up, nicht ohne sich allerdings vorher jede Rundung ihres unglaublichen Körpers einzuprägen. Den größten Teil der Nacht hatte er damit verbracht, Siena auf jedem dieser Fotos in die Augen zu starren. Und was er dabei entdeckt hatte, hatte ihn erschreckt. In den Augen anderer Frauen auf ähnlichen Bildern war ihm ihr fast magischer Blick aufgefallen, als könnten sie ihr Glück kaum fassen. In Sienas Augen dagegen schien Einsamkeit zu liegen. Möglicherweise war es Wunschdenken, dass sie anders war als diese Frauen, aber er wollte verdammt sein, wenn er darin nicht die Sehnsucht nach mehr sah. Und vielleicht konnte er diese Sehnsucht stillen.

Chief Weber steckte seinen massigen Hals mit dem riesigen Kopf zur Tür herein. »Ryder, zehn Minuten. Mein Büro.«

Seine Worte holten ihn mit einem Schlag in die Gegenwart zurück. Warum er auch nur einen Moment lang geglaubt hatte, er könnte Sienas Sehnsucht nach mehr stillen, war ihm nun unbegreiflich.

»Verstanden, Chief.«

»Welchen Gefallen soll ich dir tun?« Tommy beugte sich vor.

»Kannst du Paul fragen, ob er heute Abend für mich einspringt? Er schläft gerade und ich möchte ihn nicht wecken.«

Tommy lachte. »Was hast du heute Abend vor?«

»Geht dich nichts an.« Er funkelte ihn an.

»Geht mich nichts an? Nein, damit kommst du nicht durch. Das letzte Mal, als du das gesagt hast, hast du dich mit meiner Schwester verabredet.«

Ach ja. Das hatte er ganz vergessen. Er hatte überhaupt nicht mit ihr ausgehen, sondern Tommy nur eins auswischen wollen. Warum, hatte er längst vergessen. »Fragst du ihn oder nicht?«

Tommy stand auf und legte Cash die Hand auf die Schulter. »Klar, mach ich. Aber wie ich dir, so du mir. Frei nach dem Motto: Was mir gehört, gehört auch dir.« Er zwinkerte Cash zu, der genau wusste, was er meinte: Ich frage Paul, aber dann darf ich auch mit Siena ausgehen.

Cash wusste, dass Tommy ihn nur ärgern wollte, so wie er damals mit seinem Date mit seiner Schwester. »Habe ich dir eigentlich schon gesagt, dass du ein verdammter Idiot bist? Wenn nicht, dann möchte ich das hiermit zu Protokoll geben. Du bist ein Riesenidiot. Vergiss das nicht, okay? Ich weiß, dass Paul frei hat. Er hat es mir gestern erzählt, aber ich war mir nicht sicher, ob ich heute seine Hilfe brauchen würde.« Cash wandte sich ab, um zum Büro des Chiefs zu gehen, und drehte sich in der Tür noch einmal um. »Und, Tom?«

»Ja?«

»Morgen sage ich dir, ob ich dir für gestern etwas schulde oder ob du einen Tritt in den Hintern verdient hast.«

Als Cash eintrat, saß Chief Weber hinter seinem Schreibtisch, die Fingerspitzen unter dem Kinn aneinandergelegt.

»Passt es jetzt, Chief?«

Chief Weber nickte mit unbewegter Miene.

Cash holte tief Luft und wappnete sich gegen die Standpauke, die sein Boss ihm verpassen würde. Cash hatte sich schon gefragt, wie lange es dauern würde, bis der Chief ihn zu sich zitierte. Meist überließ er es den Jungs, Probleme untereinander zu lösen, aber Leute, die mit Cash diskutierten, zogen dabei für gewöhnlich den Kürzeren. Als sie ihn aus dem dritten Stock des brennenden Gebäudes gezerrt hatten, hatte er sich mit Händen und Füßen gewehrt, weil er zurückgehen und wenigstens den Versuch unternehmen wollte, Samuel zu retten. Nach außen hin hatte er den Einsatz unverletzt überstanden, doch seine seelischen Wunden heilten nicht so schnell.

»Wie geht es dir, Cash?«

Cash nickte. »Ganz gut.«

Der Chief sah ihn besorgt an.

Cash atmete tief durch. Er hatte zu viel Respekt vor seinem Vorgesetzten, um ihn anzulügen. »Ich komme darüber hinweg, Chief. Mir geht's schon viel besser.«

»Du kommst darüber hinweg?« Er lehnte sich auf seinem Stuhl zurück und verschränkte die Arme.

Acht Jahre waren eine lange Zeit, um mit jemandem zusammenzuarbeiten, und in den acht Jahren, in denen er mit Chief Weber zusammengearbeitet hatte, hatte der seine Integrität nicht ein einziges Mal in Frage gestellt. Cash wusste: Wenn dieser Zeitpunkt jemals kommen würde, dann jetzt. Er versuchte, eine ehrliche Antwort zu formulieren, und egal, wie er die Worte im Kopf aneinanderreihte: Immer sah er dabei wie ein lächerlicher Angeber aus, der erbärmliche Abklatsch eines Feuerwehrmanns, dabei war Cash alles andere als lächerlich und erbärmlich.

»Cash, ich weiß, dass du Probleme hast. Patti Forsythe hat mich angerufen.«

Cash hielt den Atem an. Er wusste, dass er nicht mit der verdammten Therapeutin hätte reden sollen, auch wenn es sein Vorgesetzter von ihm verlangt hatte.

»Keine Bange, sie hat keinen Vertrauensbruch begangen. Aber sie war besorgt, weil du die Behandlung plötzlich abgebrochen hast.« Er stand auf und schloss die Tür. Der Raum fühlte sich auf einmal viel zu eng an.

Cash rutschte auf seinem Stuhl hin und her. Er räusperte sich. Ein Adrenalinstoß durchfuhr ihn.

Chief Weber setzte sich mit verschränkten Armen auf eine Ecke seines Schreibtischs. »Ich weiß, wie sehr es dich fertiggemacht hat, dass dir dieser Balken den Weg versperrt hat, Cash. Nach einer solchen Erfahrung haben schon ganz andere Männer den Dienst quittiert.«

Ich kriege keine Luft mehr.

»Ich weiß, wie es dir geht, Cash, ich habe es selbst erlebt. Du hörst den Alarm, und ich sehe, wie dir der Schweiß ausbricht und dein Gesicht puterrot anläuft. Schuldgefühle und Zorn fressen dich bei lebendigem Leib auf.«

Cash fuhr sich mit den Händen über die Schenkel, nur um etwas zu spüren. Um sich zu vergewissern, dass er noch atmete.

»Ich erinnere mich, wie du früher in Panik geraten bist, wenn du zu lange ohne Einsatz auf der Wache gesessen hast.« Er nickte lächelnd. »So wie ich das sehe, hast du zwei Möglichkeiten. Du hörst auf, unnötige Risiken einzugehen, und tust, was man dir sagt: Wenn du dazu aufgefordert wirst, kommst du raus oder hältst dich von bestimmten Gebäudeteilen fern. Du bleibst bei deinem Partner, wenn ich es dir sage – und wirst wieder der vorbildliche Feuerwehrmann, der du immer warst. Oder du lässt es ganz bleiben.«

»Mit dem Balken hat es nichts zu tun.« Cashs Stimme war so leise, dass er selbst nicht sicher war, die Worte wirklich ausgesprochen zu haben.

»Natürlich hat es damit zu tun. Durch den Balken konnte der Mann nicht aus der Wohnung entkommen. Der Balken hat dich daran gehindert, deinen Job zu machen.«

»Nein. Es waren die Jungs, die mich daran gehindert haben, meinen Job zu machen. Wenn sie mich nicht rausgezerrt hätten, hätte ich diesen alten Mann vielleicht retten können.« Er zwang sich, den Verstorbenen bei seinem Namen zu nennen. »Samuel. Ich hätte Samuel retten können.«

»Du wusstest, dass du vielleicht nicht überlebt hättest. Du hast die Situation in Sekundenschnelle erfasst, Ryder. Dir war im Handumdrehen klar, wie die Chancen standen, reinzugehen und mit dem alten Mann wieder rauszukommen, bevor euch die Flammen eingeschlossen hätten. Du wusstest, dass ein weiterer Balken das Ende bedeuten würde.«

Mit Wucht presste ihm die Wut den Atem aus der Lunge. »Ich war bereit, dieses Risiko einzugehen. Ich hätte ihn retten können.«

»Cash, das ist nichts, wofür man sich schämen muss. Jeder Feuerwehrmann erlebt irgendwann eine Situation, wo er jemanden nicht retten kann. Ehrlich gesagt ist es mir egal, ob du im nächsten halben Jahr wieder zu deiner alten Form zurückfindest, aber ich muss wissen, was Sache ist. Du bist einer unserer besten Männer. Wenn sich dieses Problem irgendwie aus der Welt schaffen lässt, sollten wir es versuchen.«

Cash stand auf. Er fuhr sich mit der Hand durch die Haare, dann ballte er die Fäuste. »Es ist nicht so, dass ich mich schäme, Chief. Er war Vettas Ehemann. Ich habe sie gerettet. Ich hätte mir mehr Mühe geben sollen, ihn ebenfalls zu retten.«

»Mensch, Ryder. Du hast alles versucht. Diese Männer haben dir das Leben gerettet. Mir fallen hundert Gründe ein, warum du in diesem Feuer hättest umkommen können, und du kennst diese Gründe genau.«

»Nein.« Cash unterbrach seine ruhelose Wanderung und blieb vor Chief Weber stehen. Er sah ihm direkt in die Augen, schwer atmend, schwitzend, mit angespannten Muskeln. »Es ist mir egal, dass ich hätte sterben können. Das ist mein Beruf. Ich setze jedes Mal mein eigenes Leben aufs Spiel, wenn ich in ein Feuer gehe – genau wie alle anderen auf dieser Wache.« Er versuchte, seinen Zorn zu bändigen, aber der nagte schon zu lange an ihm. »Es geht um den Mann, den ich nicht retten konnte.« *Nenn ihn beim Namen. Gib ihm verdammt noch mal ein Gesicht.* »Samuel Miller.« Er holte tief Luft und blies sie schnell wieder aus. »Sein Schicksal lag in meiner Hand. In meiner Verantwortung, und ich habe ihn nicht nur im Stich gelassen. Ich habe ihn umgebracht.« *Umgebracht. Ich habe ihn umgebracht.* Cash begann wieder, auf und ab zu laufen.

Chief Weber seufzte. »Cash, du kennst die Risiken in diesem Job. Du kennst die Folgen, die damit einhergehen. Schließlich bist du lange genug dabei. Du weißt ganz genau, dass du diesen Mann nicht umgebracht hast. Du hast das Feuer nicht gelegt. Dein Job ist es, die Flammen einzudämmen und die Opfer zu retten, die du retten kannst. Dir war der Weg versperrt. Komm schon, sind wir doch mal ehrlich. Du wärst fast gestorben, als die Decke herunterkam. Wenn Tommy nicht sein eigenes Leben riskiert hätte, hättest du ebenso wie Mr. Miller sterben können.«

Cash blieb stehen. »Ich hatte alles unter Kontrolle.«

»Er hatte einen Herzinfarkt, Cash. Wir haben uns das genau angeschaut, das tun wir immer. Er ist nicht an einer Rauchvergiftung gestorben. Er ist nicht an Brandverletzungen gestorben. Es war sein Herz, das ihn im Stich gelassen hat, nicht du.« Chief Webers Stimme klang weicher.

»Hätte er den Herzinfarkt gehabt, wenn ich ihn rausgeholt hätte? Er war zweiundneunzig Jahre alt. Er muss schreckliche Angst gehabt haben. Und jedes Mal, wenn der verdammte

Alarm losgeht, kann ich nur daran denken, dass ich für diesen Mist eine Ausbildung gemacht habe. Brandschutzbeauftragter. Wenn einer von uns um die Gefahren hätte wissen müssen, war ich es. Ich hätte schneller handeln sollen, bevor der Balken durchbrannte.«

»Cash, du weißt, dass das Unfug ist, oder? Du warst mitten in einem Riesenmonster von einem Brand. Du hast vier Menschen lebend aus den Flammen geholt.« Chief Weber hielt Cashs wütenden Blick mit seinem eigenen, zunehmend machtvollen, fest. »Setz dich«, befahl er.

Cash setzte sich, stützte die Ellbogen auf die Knie und ließ den Kopf sinken.

»Was Mr. Miller angeht, kannst du glauben, was du willst. Wir können nicht mit letzter Sicherheit feststellen, ob sein Herz auch dann versagt hätte, wenn du ihn gerettet hättest. Du bist ein guter Mann, Cash. Du hast alles getan, was du tun musstest. Mrs. Miller hat mich schon ein paarmal angerufen und dich für deine Tapferkeit gelobt.«

»Sie hat dich angerufen?« *Verdammt.* »Dann weißt du also, dass mir diese Sache die ganze Zeit nicht aus dem Kopf geht?«

Chief Weber schüttelte den Kopf. »Es war ja kaum zu übersehen. Du bist bei jedem Brand draußen, ignorierst Evakuierungsbefehle, wenn sich der Rest des Teams schon längst zurückgezogen hat, und setzt dein Leben mehr aufs Spiel, als dein Beruf es erfordert. Und damit riskierst du das Leben deiner Kameraden. Diesen ganzen Mist kennst du in- und auswendig. Schließlich hast du es den Jungs früher oft genug eingebläut. Anfangs hat dein Team dich gedeckt, aber mir ist schließlich selbst aufgefallen, wie Wut und Schuldgefühle dich praktisch in die Flammen treiben. Der wilde Ausdruck in deinen Augen spricht Bände. Und dann läuten bei mir die

Alarmglocken. Wie ich schon sagte: Ich kenne das alles. Und jetzt ist es an der Zeit, das Problem zu lösen.«

»Meinst du, das hätte ich nicht schon längst getan, wenn ich könnte? Meinst du nicht, dass ich mein Leben zurückhaben will?« Cash setzte sich auf. »Wenn ich nicht zu hundert Prozent vorbereitet bin und verdammt noch mal genau das Richtige tue und wenn ich weiß, dass sich die Jungs Sorgen machen, weil ich mich wie ein Angeber aufführe, fühle ich mich erbärmlich. Aber verdammt, Chief. Ich passe auf sie auf und das müssen sie wissen. Ich habe weniger zu verlieren. Sie haben Ehefrauen und Freundinnen, und wenn jemand gerettet werden muss und es ein bisschen riskant ist, bin ich doch wohl am besten geeignet, die Sache in die Hand zu nehmen, oder?«

»Ich weiß, dass du so denkst.«

»Ich würde für jeden von ihnen mein Leben geben.«

»Das würdest du.«

Cash runzelte die Stirn.

»Deshalb biete ich dir zwei Möglichkeiten. Die Jungs respektieren dich bedingungslos, aber wenn du diesen Mist nicht in den Griff kriegst, muss ich dich zum Bürodienst verdonnern. Und dann werden sie dich nur noch belächeln.«

»Ich dachte, ich bräuchte eine, vielleicht zwei Wochen, um über diese Sache hinwegzukommen, aber es bringt mich um.« Es war, als würde eine große Last von seinen Schultern genommen, als er seinem Chef gegenüber offen aussprach, wie es um ihn stand. Vor eine Wahl gestellt zu werden, gab ihm jedoch das Gefühl, als würde man ihm eine neue Last aufbürden. »Du sprachst von zwei Möglichkeiten?«

»Stimmt. Ich habe mit Regan gesprochen.«

»Regan? Warum zum Teufel?« Ari Regan leitete die New Yorker Feuerwehrakademie auf Randalls Island und war einer der aggressivsten und unfreundlichsten Männer, denen Cash je begegnet war.

»Um eine Lösung für dieses Problem zu finden. Ich dachte, wenn Patti dir nicht helfen kann, dann musst du eben härter rangenommen werden.« Er ging um den Schreibtisch herum, zog eine Mappe aus der obersten Schublade und schob sie Cash zu. »Und das sind die Möglichkeiten. Löse das Problem und bringe die Sache in Ordnung. Und zwar sofort. Und bei künftigen Einsätzen benutzt du dein verdammtes Atemschutzgerät, verstanden?«

»Ich hasse dieses blöde Ding.«

»Interessiert mich nicht. Du riskierst dein Leben, und das bedeutet, dass du das Leben des Teams riskierst. Was auch immer du brauchst – einen anderen Therapeuten, Urlaub –, sag es mir. Wenn du deine Risikobereitschaft nicht in den Griff bekommst, habe ich keine andere Wahl, als dich zum Schreibtischdienst einzuteilen. Ganz offiziell. Du bekommst eine neue Stelle. Alle müssen wissen, wer wo ist und was sie erwarten können. Das ist wichtig für die Moral und für die Struktur.«

»Oder?«

»Oder du landest wieder bei Regan – dreimal in der Woche, bis du dieses Verhalten unter Kontrolle hast.« Er ließ sich auf den Stuhl neben Cash sinken. Als er fortfuhr, klang seine Stimme weicher. »Hör zu, was du gerade durchmachst, ist nichts Neues. Es ist nicht so, als hätte noch nie jemand so etwas erlebt. Erinnerst du dich, als Mike dieses vierjährige Kind im Schrank fand? Oder als Tyrone dachte, er hätte den jungen Mann gerettet, und dann ist er in seinen Armen gestorben? Der Tod gehört dazu. Das ist schrecklich und es ist nicht einfach, damit umzugehen, aber du musst entscheiden, wie viel von deinem Leben du dir davon stehlen lässt.«

»Und wie soll mir ein weiterer Lehrgang bei Regan helfen? Ich kann mit verbundenen Augen gegen ein Feuer kämpfen, und das weißt du.«

»Klar weiß ich das und Regan weiß es auch. Aber das, was in deinem Kopf vorgeht, hat nichts mit Fähigkeiten oder Reflexen zu tun.« Er deutete auf seinen Kopf. »Es passiert alles da oben, und bevor du dieses sehr reale Monster nicht besiegt hast, bringst du jeden Mann in unserer Einheit in Gefahr. Regan ist gut. Er hat sich schon andere Jungs in einer ähnlichen Lage vorgenommen, und zwar mit Erfolg.«

»Rau, aber herzlich.«

»Das kannst du laut sagen.« Chief Weber zuckte die Achseln. »Du hast die Wahl.«

Cash hatte nicht die geringsten Zweifel, was er die nächsten dreißig Jahre machen wollte. Allerdings war er sich nicht sicher, ob selbst ein harter Hund wie Regan ihn von diesem erstickenden Schuldgefühl befreien konnte, das seit jener Nacht sein ständiger Begleiter war. Aber bei der Vorstellung, mit einer Gruppe Anfänger unterrichtet zu werden, zog sich sein Magen zusammen.

»Ich nehme nicht an, dass Regan Einzelsitzungen plant?« *Nicht sein Stil.* Regan würde ihn demütigen, wo er nur konnte, nur so zum Spaß. Die Tatsache, dass er auf Regan angewiesen wäre, würde den Kerl nur noch mehr anstacheln.

Chief Weber stand wieder auf. »Ganz bestimmt nicht.«

Natürlich nicht. Cash fuhr sich mit der Hand übers Gesicht und dachte an sein Date mit Siena. Sie war hart wie Stahl, und wenn er sie nicht kennen würde, aber wüsste, dass sie mit einem Feuerwehrmann zusammen war, der seine Einheit in Gefahr brachte, hätte er fast Mitleid mit ihr. Sie verdiente einen Mann, der immer das Richtige tat.

»Es gibt nichts, was ich nicht in den Griff kriegen kann. Und dazu gehört auch dieser gottverdammte Gorilla auf meinem Rücken.«

Chief Weber schlug ihm auf die Schulter. »Das ist der Cash, den ich kenne.«

Cash betrachtete seinen Vorgesetzten misstrauisch.

Chief Weber nahm seine Schlüssel vom Schreibtisch. »Sieh mich nicht so an. Ich wusste, wie du dich entscheiden würdest.«

Als Cash zu seinem Spind ging, kam es ihm vor, als säße ihm der verdammte Regan im Nacken. Er nahm die Schachtel mit Vettas Fotos heraus. Eigentlich wollte er mit dem Fotoalbum weitermachen, aber die Zeitschrift lockte ihn. Er blätterte sie durch, bis er zu dem Bild mit Siena kam. Wie am gestrigen Abend sah er sich ihre Augen ganz genau an, doch diesmal entdeckte er keinen Anflug von Einsamkeit in ihrem Blick. Stattdessen sah er eine Frau, die genau da war, wo sie sein wollte. Und er hatte keine Ahnung, was er davon halten sollte.

Siena starrte schon seit einer gefühlten Ewigkeit auf die Geschenkliste, doch sie hatte immer noch nicht die geringste Ahnung, was sie Savannah zu ihrer Brautparty schenken sollte. Sie klickte auf die nächsten Geschenke am Kiosk-Terminal, als ihre Mutter ihr die Hand auf die Schulter legte.

»Sollen wir in ein anderes Geschäft gehen?« Joanie Remington strich ihr sanft über den Nacken. »Du bist so angespannt. Ist alles in Ordnung?«

»Jaja.« *Nein.*

»Oh, oh.« Sie drehte ihre Tochter sanft zu sich um. Sie hatten die gleichen strahlend blauen Augen und waren fast gleich groß, aber während Siena unten ausgestellte Jeans, Stiefel mit Absätzen und eine hüftlange Designerjacke trug, hatte ihre Mutter eine Hose aus Wollstoff mit weiten Beinen an, dazu zwei Baumwollhemden übereinander und einen langen Baumwollpullover darüber. Ihr langes graues Haar hing ihr offen über die Schultern und ergänzte den Hippiestil, der so typisch für sie war. Joanie war Künstlerin durch und durch. Wenn Siena und ihre Geschwister Probleme hatten, sprach sie sie mit ihrer freundlichen, aber sehr direkten Art an. Am Klang ihrer Stimme erkannte Siena, dass ihre Mutter sie wie ein offenes Buch las.

Sie heuchelte ein Lächeln. »Es ist nichts. Alles in Ordnung.«

»›Alles in Ordnung‹ …« Sie nahm Siena an der Hand und führte sie aus dem Laden nach draußen. »›Alles in Ordnung‹ reicht nicht. Es ist ›alles in Ordnung‹, wenn wir uns eigentlich wünschen, dass es anders wäre.« Sie öffnete die Tür zum nächsten Geschäft und steuerte auf die Damenabteilung zu. »Hast du eine Idee, was du Savannah für ihre Brautparty kaufen könntest? Ich bin völlig ratlos. Ich meine, was kauft man einer Anwältin, die überhaupt nicht materialistisch eingestellt ist? *Anwältin* und *nicht materialistisch eingestellt* passt doch hinten und vorne nicht zusammen.« Sie lachte.

Am Vormittag hatte ihre Agentin Jewel Siena angerufen und ihr gesagt, Gunner Gibson, der Quarterback der New York Furies, werde sie am Freitag um sieben abholen. Siena hatte noch einmal versucht, aus dem Date herauszukommen, doch Jewel konnte sehr überzeugend sein. *Es ist deine Karriere. Schlage keine Schlachten, bei denen du verlierst, wenn du sie gewinnst.* Nach dem Kuss von Cash war die Vorstellung, mit Gunner auszugehen, noch weniger verlockend als vor ein paar Tagen, als Jewel das Thema aufgebracht hatte.

»Ich weiß nicht, was ich ihr schenken soll. Sie ist so bescheiden. Wenn sie jemals um etwas bittet, dann möchte sie mehr Zeit mit Jack.« Und Jack wünschte es sich ebenso sehr wie sie. »Sie sind glücklich, oder, Mom?«

»Jack und Savannah?« Sie lachte leise. »Sie sind wie füreinander gemacht. Ich kann mir kein glücklicheres Paar vorstellen. Hast du Zweifel? Oder habe ich etwas nicht mitbekommen?«

»Nein. Ich weiß, dass sie glücklich sind. Wir haben uns neulich abends auf einen Drink getroffen, und man sieht es ihnen an, wenn sie zusammen sind. Sie halten sich immer an den Händen. Er passt auf sie auf, wie er auf mich aufpasst.«

»Was dir manchmal auf die Nerven geht.«

»Kann sein. Aber ich finde es trotzdem wunderbar.«

»Vielleicht ist es Zeitverschwendung, wenn wir in der Stadt nach einem Geschenk für Savannah zu suchen. Vielleicht sollten wir uns etwas überlegen, das sie hier nicht finden kann.« Nachdenklich tippte sich ihre Mutter mit der Fingerspitze an die Lippe.

»Ich habe eine Idee, was ihr gefallen könnte, aber ich weiß nicht, ob es das Richtige für eine Brautparty ist.« Siena blieb stehen, um sich einen Pullover anzusehen. »Ich denke, sie kann sich alles kaufen, was sie will. Wenn wir ihr etwas kaufen, ist das sicher eine nette Geste, aber nicht wirklich … ich weiß nicht. Nicht wirklich etwas Besonderes? Wie wäre es, wenn wir ein Fotoalbum mit alten Bildern von Jack zusammenstellen? Und ihr Vater würde uns sicher Fotos von Savannah geben. Wir könnten auf gegenüberliegenden Seiten jeweils Bilder einkleben, die sie ungefähr im gleichen Alter zeigen.«

Ihre Mutter nickte mit leuchtenden Augen. »Die Idee gefällt

mir, aber was ist mit Linda?«

»Ich dachte, wir könnten diese Jahre vielleicht auf einer Seite bündeln und sie mit ›Die Zeit dazwischen‹ oder etwas Ähnlichem überschreiben. Fotos von Linda würde ich nicht nehmen, aber wir könnten Aufnahmen von Jack aus seiner Armeezeit heraussuchen und dann vielleicht unten auf der Seite dieses Foto setzen, wo Jack auf dem großen Stein in eurem Garten sitzt.«

»Das wir nach Lindas Tod gemacht haben, als er am Boden zerstört war?«

»Ja, das meine ich. Das wäre dann der einzige Hinweis auf das, was passiert ist, und anschließend nehmen wir Bilder aus der Zeit, als Jack und Savannah sich kennengelernt haben, und danach. Du hast dich ja mit Savannah darüber unterhalten. Sie hat das Gefühl, dass sie sich zu einem Zeitpunkt kennengelernt haben, der für beide genau gepasst hat. Sie sagt, zehn Jahre früher wären sie nicht die Menschen gewesen, die sie jetzt sind.« Siena rechnete eigentlich nicht damit, dass ihre Mutter von ihrer Idee begeistert sein würde. Wahrscheinlich fand sie, dass die Erinnerungen für Jack zu schmerzhaft sein könnten – und möglicherweise auch für Savannah. »Sag es ruhig, wenn du meinst, dass es nicht das Richtige ist, Mom. War nur eine Idee.«

»Nein, ich finde sie genial. Um die Ecke ist ein Geschäft, in dem es Fotoalben aus Holz gibt, die auch auf einem Kaminsims oder einem Sofatisch gut aussehen. Sollen wir mal hingehen? Wenn du willst, nehmen wir ein unbehandeltes, das ich bemalen könnte.« Sie wandten sich zum Gehen.

»Das klingt super. Und es kommt von Herzen.« *Wie bei Cash, der mir seinen Parka umhängt.* Es war kalt und Siena zog den Reißverschluss ihrer Jacke zu. Cashs Stimme schoss ihr durch den Kopf. *Ich denke, ich sollte dir beibringen, wie du dich besser vorbereitest.* Er konnte ihr sicherlich einiges beibringen, aber das hatte nichts mit Notfallvorsorge zu tun.

»Fühlst du dich jetzt besser, nachdem wir wissen, was wir Savannah schenken?«

Anders als viele ihrer Altersgenossen hatte Siena ihre Eltern als Teenager nie angelogen. Sie war sicher keine Heilige, aber ihre Eltern hatten sie vor allem zu Aufrichtigkeit erzogen. Als sie nun die Sorge in der Stimme ihrer Mutter hörte, schämte sie sich, dass sie dem Date mit Gunner zugestimmt hatte. Andererseits war es nicht so, als würde sie irgendeine moralische Grenze verletzen. Zumindest redete sie sich das ein, seit Jewel angerufen hatte. Die Anwesenheit ihrer Mutter ließ sie diese Haltung jedoch überdenken.

»Das war nicht das Problem.« Siena ging langsamer, als sie an einem Café vorbeikamen. »Können wir einen Kaffee trinken und reden?«

»Sicher, Liebes. Was immer du willst.«

Kaum hatten sie sich mit ihrem Kaffee an einen Tisch gesetzt, begann Siena, ihrer Mutter von dem zu erzählen, was ihr auf der Seele brannte.

»Mom, wie weiß ich, wo ich bei meinem Beruf die Grenze ziehen sollte? Ich meine, wir haben die Grundregeln besprochen, und du weißt, dass ich nie mit einem Mann schlafen würde, um meine Karriere voranzubringen, aber was ist mit den Grauzonen?«

Ihre Mutter berührte ihre Hand. »Grauzonen? Siena, was beschäftigt dich?«

Sienas Telefon vibrierte. »Entschuldige, Mom.« Sie las Cashs Nachricht. *Hallo. Hier ist Cash. Bleibt es bei heute Abend?* Sie spürte, wie sich ein Lächeln auf ihren Lippen ausbreitete, und antwortete: *Was du nicht sagst. Hab deinen Namen und deine Nummer gespeichert. Ja, von mir aus bleibt es dabei. Es sei denn, du bläst alles ab.* Sie strich sich die Haare über die Schulter zurück und begegnete dem Blick ihrer Mutter, die eine Braue hob.

»Was ist?« Siena spürte, wie ihr das Blut in die Wangen stieg. Sie wusste genau, dass sich Cash ärgern würde, wenn er das »Was du nicht sagst« in ihrer Nachricht las.

»Nichts«, sagte ihre Mutter lächelnd. Ihre Augen huschten zu dem Handy in Sienas Hand. »Okay. Grauzonen?«

»Oh, stimmt.« *Konzentrier dich auf Mom, nicht auf Cash. Und auch nicht auf diesen unglaublichen Kuss. Oh mein Gott. Ich kann mich nicht konzentrieren.* An Cash zu denken, machte auf jeden Fall mehr Spaß, als ihrer Mutter zu gestehen, worauf sie sich eingelassen hatte. Sie trank einen Schluck Kaffee. Ihre Mutter wurde allmählich ungeduldig, das war nicht zu übersehen. Höchste Zeit, das Pflaster mit einem Ruck abzureißen. »Jewel möchte, dass ich mich mit einem prominenten Sportler verabrede.«

»Warum um alles in der Welt will sie das? Denkt sie an jemanden Bestimmtes?«

Siena sah sich rasch in dem gut besuchten Café um, dann beugte sie sich vor und antwortete leise: »Gunner Gibson. Sie meint, dass ich dadurch mehr Aufträge bekomme und mein Verfallsdatum ein bisschen weiter hinausgeschoben wird.«

»Ich habe keine Ahnung, wer Gunner Gibson ist, aber, Siena, du arbeitest ununterbrochen. Mir kommt es vor, als hättest du einen Auftrag nach dem anderen, oder habe ich etwas nicht mitbekommen? Hast du in letzter Zeit weniger Modeljobs?«

»Nein.« Ihr Telefon vibrierte. »Tut mir leid, Mom. Das ist das letzte Mal, versprochen.« Sie las Cashs Nachricht. *Hab ganz vergessen, dass ich arbeiten muss. Sorry. Vielleicht ein andermal.* Siena klappte die Kinnlade herunter. Sie las die Nachricht noch einmal. Und noch einmal. Dann legte sie ihr Handy mit einem hörbaren Stöhnen auf den Tisch.

»Gibt es ein Problem?«

»Nein«, antwortete sie gereizt. *Er gibt mir einen Korb? Prima. Ich wollte sowieso nicht mit ihm ausgehen. Dieser Idiot!* Ihr Handy vibrierte erneut, und sie warf ihrer Mutter einen entschuldigenden Blick zu, die schulterzuckend mit der Hand auf das Telefon deutete. Siena verdrehte die Augen und presste die Lippen zusammen. Da hatte sie doch tatsächlich angenommen, dass dieser arrogante Mann mehr zu bieten hätte, dachte sie wütend. Sie las die nächste Nachricht von Cash. *Wollte nur die Flammen beherrschen. Lol. Ist 7 okay?*

»Also wirklich!«

»Was ist los?«, fragte ihre Mutter.

»Nichts«, erwiderte sie knapp, während sie ihre Antwort tippte. *Prima. Sei pünktlich.* Kaum hatte sie sie verschickt, beschloss sie, ihn zurückzuärgern und verfasste eine weitere Nachricht: *Und komm auch nicht zu früh. Ich hasse es, wenn Männer das tun.*

Darüber kann er ruhig eine Weile brüten.

»Was auch immer du da schreibst, muss ganz schön zweideutig sein. Du wirst ja ganz rot.« Ihre Mutter trank einen Schluck Kaffee und hob die Brauen.

»Was? Nein.« *Doch.* Manchmal vergaß sie, dass ihrer Mutter kaum etwas entging. »Grauzonen. Konzentrieren wir uns darauf.« *Und hör auf, in einem Atemzug an Cash und kommen zu denken.* Sie erklärte, warum Jewel wollte, dass sie sich mit Gunner sehen ließ.

»Und was willst du machen? Welche Botschaft vermittelst

du der Welt, wenn du dich mit diesem Mann, diesem Gunner, triffst? Und warum interessiert es sie so sehr? Das verstehe ich einfach nicht.«

»Ich habe nicht die geringste Lust, mich mit ihm zu verabreden, aber du weißt ja, wie die Branche tickt. Es geht nur darum, wer mit wem gesehen wird. Erinnerst du dich an Josh Braden? Savannahs Bruder, den Modedesigner? Er hat erzählt, dass er solche Dates richtig satthatte.« Bevor Josh seinen Jugendschwarm Riley Banks wiedergetroffen, sie bei seiner Firma angestellt und sich schließlich in sie verliebt hatte, war er mit den Frauen ausgegangen, mit denen man Männer in seiner gesellschaftlichen Stellung in Verbindung brachte. Er hatte diese Dates gehasst. Riley und er hatten die gleichen Interessen und die gleichen Werte. Die Familie war ihnen wichtig, und sie genossen das Leben in der Kleinstadt, in der sie aufgewachsen waren.

Ihre Mutter nickte und Siena fuhr fort. »Es ist Teil der Modewelt. Und es ist Teil der Filmindustrie, der Model-industrie und wahrscheinlich auch der Sportindustrie. Möglicherweise hat Jewel sogar einen Deal mit Gunners Agenten ausgehandelt, denn wahrscheinlich wird es seine Sichtbarkeit ebenso erhöhen wie meine.« Ihr Telefon vibrierte, und sie legte es auf den Schoß, um Cashs Nachricht zu lesen.

Würdest du dann alles blasen?

Siena schnappte nach Luft. *Was war das denn?* Gleich darauf vibrierte ihr Handy mehrmals hintereinander. Sie scrollte durch die Texte.

Abblasen! Verdammtes Handy! Alles abblasen!!!

Ich hasse Handys. Ehrlich. So etwas würde ich nie sagen.

Vergiss es. Ist mir echt peinlich.

Siena lachte.

»Okay, das ist wirklich unhöflich. Entweder sagst du mir, was er schreibt, wozu du vermutlich keine Lust hast, weil deine Wangen hochrot sind, oder du erklärst mir, was los ist. Ich bin heute nicht mit dir unterwegs, um dir zuzusehen, wie du mit jemand anderem schreibst.« Die Worte ihrer Mutter klangen streng, aber in ihren Augen lag ein Lächeln.

»Ich sag ihm eben, dass ich mein Handy ausschalte.« Schnell tippte sie: *Bin mit meiner Mutter beim Mittagessen. Freu mich auf heute Abend um 7.* Dann schob sie das Telefon in ihre Handtasche und seufzte erneut, doch diesmal war es ein fröhliches, erleichtertes Seufzen. »Ich habe diesen Typen kennengelernt und mit ihm schreibe ich die ganze Zeit. Wir haben uns für heute Abend zu unserem ersten Date verabredet, aber er hat mich gestern Abend nach Hause gebracht, und er ist der Typ, der ...« Plötzlich fiel ihr ein, dass sie ihrer Mutter nichts von dem Autounfall erzählt hatte.

»Ist es der Feuerwehrmann?«

»Ist in unserer Familie eigentlich nichts heilig?« Siena wusste, dass ihre Eltern durch das Buschtelefon der Remingtons früher oder später von ihrem Unfall und von Cash hören würden, aber sie hätte nicht gedacht, dass es so schnell gehen würde.

»Jack kam vorbei, um etwas mit deinem Vater zu besprechen, und er sagte, dass ihr euch auf einen Drink getroffen habt. Und du kennst Jack ja.«

»Und das erzählst du mir erst jetzt? Und was genau hat Jack gesagt?«

»Ich dachte, wenn du so weit bist, würdest du schon mit der Sprache rausrücken. Jack sagte, er hat ihn kennengelernt. Er heißt Cash, richtig? Und Jack meinte, dass er ihn nicht für einen Idioten hält.« Ihre Mutter legte eine Hand auf die ihrer

Tochter. »Ist er der Grund, warum dich dieses Date mit dem Sportler so beschäftigt?«

»Nein, Mom, ist er nicht.« Sie lehnte sich zurück und rieb sich die Schläfen. »Okay, vielleicht ein bisschen, aber nicht wirklich. Als Jewel mir wegen Gunner die Pistole auf die Brust setzte, hatte ich mich noch nicht einmal mit Cash verabredet. Und ich darf niemandem sagen, dass das Date mit Gunner nur vorgetäuscht ist, also erzähle es bitte nicht herum. Das wäre wirklich schlecht für mein Image.« Sie beugte sich vor und sprach in einem rauen Flüsterton. »Es ist so ein Durcheinander. Wenn ich mich mit Gunner treffe, denken alle, dass wir zusammen sind. Eigentlich wäre es ja egal, aber ich weiß, dass es nicht wahr ist, und das stört mich. Und dann ist da Cash, der mich die halbe Zeit verrückt macht, weil er arrogant und von sich eingenommen ist …«

»Warum hast du dich dann mit ihm verabredet?«

»Weil er auch so viel mehr ist, als ich mir jemals vorgestellt habe, daher frage ich mich, warum er so arrogant und von sich eingenommen ist. Ich denke immer wieder an Jack und wie er drauf war, als er Savannah kennengelernt hat. Ich meine, sein Verhalten war doch damals echt grenzwertig. Nicht, dass Cash dreist oder unhöflich wäre.« Sie stöhnte erneut. »Ich kann es nicht erklären. Er fordert mich heraus und ich zahle es ihm sofort heim. Ich habe keine Ahnung, warum ich das tue, aber es macht Spaß.«

»Aha.« Ihre Mutter lehnte sich zurück und verschränkte die Arme vor der Brust. »Und inwieweit ist er ›so viel mehr‹?«

»In jeder Hinsicht. Als er mich nach Hause gebracht hat, hat er tatsächlich seine Jacke ausgezogen und mir umgehängt. Und seine Mütze und Handschuhe hat er mir auch gegeben, dabei hatte ich nicht einmal darum gebeten. Das klingt jetzt blöd, aber gestern Abend war es wirklich romantisch. Oder so kam es mir zumindest vor.« Sie runzelte die Stirn. »Oh Gott, oder bilde ich mir das alles nur ein?«

Ihre Mutter lachte wieder. »Sieh einer an! Du bist ganz durcheinander, und das wegen eines Mannes. Ich glaube nicht, dass ich diese Seite schon einmal an dir gesehen habe. Jedenfalls nicht, seit du erwachsen bist.«

Siena verdrehte wieder die Augen, was häufig vorkam, wenn sie mit ihrer Familie zusammen war. »Ist er wirklich romantisch? Oder liege ich völlig falsch damit? Er hat gesehen, dass ich mit den Zähnen geklappert habe, und hat mir heiße Schokolade gekauft, und gestern Abend in der U-Bahn hat er ...«

»Er hat dich dazu gebracht, abends mit der U-Bahn zu fahren?«

Siena spielte mit ihrer Serviette. »Ja. Ich weiß. Ich hätte nie gedacht, dass die U-Bahn sicherer ist als ein Taxi.«

»Kommt darauf an, wen du fragst«, entgegnete ihre Mutter.

»Ja, wahrscheinlich. Wie auch immer, ich weiß es nicht. Er hat meine Hände gewärmt, aber jetzt frage ich mich, ob er nur versucht hat, mir nahe zu kommen. Aber es kam mir nicht so vor. Na ja, vielleicht ein bisschen, aber in der Bar ...« Ihre Stimme wurde lauter. »In der Bar war es richtig romantisch. Er hat mir meinen Stuhl zurechtgerückt und die Tür aufgehalten, und als wir bei Vetta waren ...« Sie seufzte, und ihre Schultern sackten herunter, als sei sie ernüchtert. »Oh Mom, das hätte ich fast vergessen. Sie sagte, sie kennt dich. Ihr Mann war Kinderarzt.«

Ihre Mutter starrte gedankenversunken vor sich hin, die Hände um den Kaffeebecher geschlungen. »Vetta Miller?«

Siena zuckte die Achseln. »Ich bin mir nicht sicher. Aber sie heißt Vetta, das weiß ich genau. Ihr Mann ist vor ein paar Wochen gestorben. Samuel, glaube ich.«

»Oh, die arme Vetta. Ja, ich habe sie vor Jahren kennengelernt, als er im Krankenhaus angestellt war und ich dort ehrenamtlich gearbeitet habe. Wenn du sie wiedersiehst, sprich ihr doch bitte mein Beileid aus, ja? Ich werde ihr eine Karte schicken. Und Cash besucht sie? Sind sie irgendwie verwandt?«

»Ich weiß nicht, woher sie sich kennen, aber er besucht sie. Er hat ihr Blumen mitgebracht, und ich glaube, er hilft ihr, repariert Dinge im Haushalt und so weiter.«

»Tja, Siena, das hört sich an, als säßest du in einer Zwickmühle. Zu Cash kann ich dir nicht wirklich etwas raten, aber wenn du meinst, dass da mehr ist, als man beim ersten Eindruck vermuten würde, dann solltest du herausfinden, ob es stimmt. Aber sei vorsichtig. Jack ist ein ganz besonderer Mann, aber die meisten Männer, die arrogant und herrisch erscheinen, sind nicht sehr freundlich, wenn man hinter die Fassade schaut.«

»Dad ist es aber«, sagte sie leise und fing den Blick ihrer Mutter auf.

»Ja. Dein Vater ist so. Aber du kennst deinen Vater und Jack und liebst sie beide. Wie ich schon sagte, haben nicht alle Männer mit harter Schale einen weichen Kern. Geh die Sache einfach mit offenen Augen an, und bis du dir sicher bist, dass er nicht zu aggressiv ist, solltest du vielleicht nicht mit ihm allein sein?«

»Mom, ich würde mich nie mit jemandem auf ein Date einlassen, der mir zu aggressiv erscheint. Und aggressiv ist wahrscheinlich das falsche Wort für Cash. Er ist … sehr männlich.«

»Nun, das ist etwas ganz anderes.« Sie trank ihren Kaffee aus und sah Siena streng an. »Also, triffst du dich mit diesem Gunner?«

»Ich glaube schon. Ich weiß nicht, wie ich aus dieser Nummer wieder rauskommen soll.«

»Siena, du machst immer das Richtige und ich vertraue dir. Wenn sich etwas richtig anfühlt, dann vertraue darauf. So, und wenn wir dieses Fotoalbum noch kaufen wollen, müssen wir uns beeilen.«

Als sie aus dem Café auf die Straße traten, hörten sie das Martinshorn eines Feuerwehrautos, und Sienas Herz raste. *Cash.*

»Übrigens solltest du nicht glauben, dass ich mich über deinen Unfall nicht aufrege. Wir haben dich zu mehr Vorsicht erzogen. Erinnere mich daran, Cash zu danken, wenn ich ihm jemals begegne.«

»Mach ich, Mom. Wir werden sehen, ob er den ersten Test besteht.«

»Gibt es mittlerweile Dating-Tests? Wenn es das zu meiner Zeit schon gegeben hätte, wäre es vielleicht einfacher gewesen, die Spreu vom Weizen zu trennen«, scherzte ihre Mutter.

»Ich habe eine Art mentale Checkliste. Ich treffe mich mit so vielen Leuten, die nur ein paar Selfies mit mir machen wollen, um später sagen zu können, sie würden mich kennen. Normalerweise wird das leider immer erst hinterher klar. Weißt du was? Dates sind wirklich blöd. Sie brauchen richtige Tests.«

»Erzähl mir von dieser Checkliste.«

»Okay, es ist ein bisschen albern. Die erste Prüfung ist, wenn er mich abholt. Sieht er mir als Erstes in die Augen? Ich meine, alle Männer beäugen eine Frau, aber ich spreche von dieser ersten Sekunde. Genau die zählt. Und dann ist wichtig, ob er unaufgefordert in meine Wohnung kommt oder wartet, bis ich ihn hereinbitte. Und wie verhält er sich, wenn er in der Wohnung ist? Will er unbedingt herausfinden, wo das Bett – wo alles ist, oder konzentriert er sich eher auf mich und das, worüber wir uns gerade unterhalten? Wenn wir dann in einer Bar oder einem Restaurant sind, beobachte ich, ob er den Blick schweifen lässt. Vergewissert er sich, dass andere Leute uns zusammen sehen? Bei einem Promi lässt sich allerdings nicht so leicht feststellen, ob er will, dass die Leute gucken oder nicht. Und er kann auf keinen Fall mit seinem Handy spielen. Dann ist er komplett erledigt. Und –«

Ihre Mutter schüttelte den Kopf, während sie um die Straßenecke bogen. »Ist schon gut. Ich kann mir gar nicht vorstellen, dass ich bei einem ersten Date an all das denken könnte. Zu meiner Zeit waren wir froh, wenn unsere Verehrer uns die Autotür aufgehalten und uns wie Damen behandelt haben.«

»Nun, das sage ich doch gerade, oder?«

»Keine Ahnung. Deine Liste ist so lang, dass ich das meiste schon wieder vergessen habe. Hast du viele zweite Dates?«, fragte sie lachend.

»Ich bin anstrengend, stimmt's?«

»Nein, bist du nicht. Nur du selbst kannst wissen, welche Art von Mann du in dein Leben lassen willst.«

»Ich wünsche mir jemanden, der zu mir genauso gut ist wie Sage zu Kate, Dex zu Ellie und Jack zu Savannah. Und wie Dad zu dir.« Siena legte ihrer Mutter den Arm um die Schulter. »Was soll ich sagen? Der Mann, der in meinem Leben landet, muss viel aushalten.« Und, das wurde Siena in diesem Moment klar, da gab es noch etwas anderes, was sie sich bei einem Mann wünschte. Sie wollte einen Mann, der sie herausforderte.

Zehn

Siena stand vor dem bodenlangen Spiegel in ihrem Schlafzimmer und betrachtete sich kritisch. Sie hatte keine Ahnung, was ein Typ wie Cash zu einem Date anzog, und er hatte ihr keinen Hinweis gegeben, wohin sie gehen würden. In ihren Lederleggings und dem dicken weißen Pullover mit Wasserfallausschnitt fühlte sie sich wohl und würde weder in einem Restaurant noch in einem Café oder was immer er als Treffpunkt geplant hatte overdressed wirken. Alle Männer schienen sie in feine Restaurants ausführen zu wollen und dazu hatte sie nicht die geringste Lust. Sie hoffte, dass Cash nicht auch einer dieser Feine-Restaurants-Typen war. Eigentlich schätzte sie ihn nicht so ein. Sie prüfte ihr Make-up, legte ein Paar kleine Ohrringe an, schlüpfte in ihre Ankle Boots, die sie durch ihren Keilabsatz ein Stück näher an seine wahnsinnig köstlichen Lippen bringen würden, und bürstete noch einmal ihr Haar.

Als es klingelte, erstarrte sie. Es war erst Viertel vor sieben. Er war früh dran. Ihr Puls beschleunigte sich, als sie über den Holzboden ihres weitläufigen Lofts zur Wohnungstür ging. *Ganz ruhig.* Sie holte tief Luft und blies sie langsam wieder aus. Sie versuchte, ihre Gedanken zu zentrieren, bevor sie öffnete, doch der Treppenflur war leer. Auf ihrer Fußmatte stand ein riesiger Karton mit einer großen roten Schleife.

»Cash?« Sie spähte in den Flur. Keine Antwort. Aufgeregt holte sie den Karton in ihre Wohnung und versetzte der Tür einen Tritt, sodass sie krachend ins Schloss fiel. Hastig und voller Vorfreude zog sie die Schleife herunter und riss den Karton auf. Darin lagen ein Paar schwarze Handschuhe, ein roter Schal und eine hübsche schwarze Strickmütze, in der eine Karte steckte. Darunter fand sie einen weiteren Karton.

»Wahnsinn!« Sie probierte die Handschuhe an, die perfekt passten und so weich waren, dass sie sich am liebsten hineingekuschelt hätte, wickelte sich den Schal um den Hals und las die beiliegende Karte.

Siena,

ich konnte den Gedanken nicht ertragen, dass du auch nur eine Sekunde lang frieren könntest. Wenn du meinen Geschmack nicht magst, sag es mir nicht. Lächle wie auf deinen Fotos und sag, dass alles perfekt ist.

– Cash

Sie presste die Karte an ihre Brust. Als sie die Schachtel aus dem größeren Karton hob, sah sie, dass sich noch eine darunter befand. Zunächst öffnete sie die erste. Sie riss die Augen auf und die Kinnlade fiel ihr herunter.

»Oh mein Gott.« Bis auf einen Zettel war die Schachtel leer.

S,

es ist der Gedanke, der zählt, nicht wahr? Ich hatte daran gedacht, dir einen warmen Mantel zu kaufen, aber dann hättest du keinen Grund, mir näherkommen zu wollen.

Wie beim letzten Mal. Du weißt ja, wie das läuft. Wenn dir die Idee nicht gefällt, lüg mich an.

– C

Nein, heute Abend würde es keine Lüge geben. Sie hatte ihn offenbar ganz richtig eingeschätzt und spürte, wie sich ihr Herz ein bisschen weiter auftat. Auf der dritten und letzten Schachtel klebte eine kleine Notiz. Bevor sie sie las, nahm sie die Schachtel und schüttelte sie. Ein Klirren war zu hören.

Hallo, Schluckspecht,

hier sind die Zutaten für einen Screaming Orgasm (oder auch zwei). Aber nicht zu früh. Ich finde es immer besser, wenn Frauen mit ihren Orgasmen ein bisschen warten.

Dein persönlicher Barkeeper,
– Cash

»Ha!« Sie öffnete die Schachtel und fand darin tatsächlich je eine Flasche Wodka, Irish-Cream-Likör und Kaffeelikör. »Oh, du bist schlimm. Schlimm, schlimm, schlimm.« Wieder klingelte es und sie warf einen Blick auf die Uhr. Punkt sieben. »Und das macht dich oh so gut.« Mit einem Grinsen, das sie unmöglich eindämmen konnte, öffnete sie. Bei Cashs Anblick stockte ihr der Atem. Seine breiten Schultern füllten den Türrahmen aus.

»Hi.« Er legte ihr eine Hand auf die Hüfte, beugte sich herunter und gab ihr einen Kuss auf die Wange. »Es ist so toll, dich zu sehen.«

Augen. Okay. Seine Lippen waren weich und sein Geruch war betörend. In seinem schwarzen V-Ausschnitt-Pullover und dem dicken schwarzen Parka sah er noch besser aus, als sie es in

Erinnerung hatte, dabei hatte sie so oft an ihn gedacht, dass sie sich eigentlich jedes Detail eingeprägt haben müsste. Doch sie hatte sich geirrt. Lieber Gott, und wie sie sich geirrt hatte. *Vergiss die Checkliste.* Für einen Moment weidete sie sich an seinem Anblick. Er sah heiß aus in seiner Jeans, die seine Hüften perfekt umschloss, der Stoff über den massiven Schenkeln straff gespannt.

»Hey, meine Augen sind hier oben.« Mit Zeige- und Mittelfinger wies er auf seine Augen.

Oh Mist. Ich habe gegen meine eigene Checkliste verstoßen!

»Wie ich sehe, hast du das Paket bekommen.« Er sah auf die Handschuhe, die sie immer noch anhatte. Dann nahm er sanft die Enden des Schals, den sie sich um dem Hals geschlungen hatte, und zog sie an sich.

Sienas Puls beschleunigte sich um ein Vielfaches. »Du musstest mir nichts kaufen.« *Küss mich. Küss mich einfach.*

»Ich weiß, aber bei einem Date mit einem Feuerwehrmann musst du auf alles vorbereitet sein.«

Auf alles. Das hörte sich gut an. Sie konnte sich jede Menge Dinge denken, die sie gerne mit ihm machen würde. Und für nichts davon brauchte man Handschuhe.

»Das waren die fürsorglichsten Geschenke, die ich je bekommen habe.« Sie wurde rot, als sie an die dritte Schachtel dachte. »Vor allem die zweite Schachtel … und auch die dritte.«

Sein Grinsen reichte bis zu den Augen, die verdammt verführerisch aussahen: ein ganz klein wenig verengt, verdunkelten sie sich mit jeder Sekunde mehr. Seit Siena die Tür aufgemacht hatte, war sein Blick nur von ihrem Gesicht gewichen, um die Handschuhe und den Schal zu begutachten.

»Und ich bin auch nicht früher gekommen, so wie du gesagt hast.«

Siena holte tief Luft.

Mit einem Blick auf den Karton, der hinter Siena auf dem Boden stand, sagte er: »Die Frage ist, ob du dir schon einen Orgasmus gegönnt hast – oder auch zwei.«

Halt den Mund und küss mich. Sie bekam kaum noch Luft. Das Wort *Orgasmus* von diesen Lippen zu hören, die ihr in den letzten vierundzwanzig Stunden nicht mehr aus dem Kopf gegangen waren, ließ einen Schwarm Schmetterlinge in ihrem Bauch aufwirbeln. Die Hitze, die sein Körper verströmte, schickte lustvolle Signale von ihrem Gehirn an ihre geheimsten Stellen. Sie schluckte an dem Verlangen vorbei, ihn zu küssen, und zwang sich, einen Schritt zur Seite zu treten.

»Komm … komm rein.« Sie betete, dass ihre butterweichen Knie nicht unter ihr nachgaben. Sie spürte ihn dicht hinter sich.

»Schnapp dir deinen Mantel, dann gehen wir los.«

Keine Verzögerungstaktik? Bis jetzt hatten alle Männer versucht, die Dinge auf sexueller Ebene voranzutreiben, bevor das eigentliche Date begann – oder am liebsten anstelle eines Dates. Dass Cash anders war, nahm sie mit Erleichterung und Neugierde zur Kenntnis. Vielleicht spürte er nicht den gleichen Hitzeschwall wie sie. *Oh Gott, was ist los mit mir? Ich sollte nicht weiter daran denken, ihn zu küssen!* Sie lächelte ihn an. *Leichter gesagt als getan.*

»Klar, ich hole ihn eben. Wohin gehen wir?«

»Das ist eine Überraschung.«

Siena holte einen Mantel aus dem Schrank, und als sie ihren Arm in den Ärmel schob, hielt Cash ihre Haare fest, sodass sie den Mantel mühelos anziehen konnte. Seine sanfte Berührung ließ ihre Knie noch weicher werden, und sie hatte alle Mühe, ihre ungestümen Gedanken unter Kontrolle zu halten. *So bin ich doch sonst nie. Was ist bloß los mit mir?*

Cash überprüfte das Schloss, nachdem sie die Tür hinter sich zugezogen hatte.

»Es schließt automatisch.«

»Ich will mich nur vergewissern, dass deine Orgasmen gesichert sind.«

Oh, du bist schlimm. Richtig schlimm. Siena hatte das Gefühl, als käme sein Spruch mit dem Beherrschen der Flammen nicht von ungefähr. Jedenfalls wusste er ganz genau, wie er ihr Feuer entfachte.

Elf

Cash musste all seine Disziplin aufbieten, um Siena nicht in die Arme zu nehmen, kaum dass sie die Tür öffnete. Den ganzen Nachmittag über hatte er an ihre süßen Lippen gedacht, und als er die Handschuhe für sie aussuchte, konnte er ihre Hand praktisch in seiner fühlen. Ihre Form hatte sich gestern Abend bei der Fahrt mit der U-Bahn in seine Handfläche eingegraben. Als sie ihn jedoch mit ihren großen blauen Augen ansah, war ihm klar, dass er nicht wieder aufhören würde, wenn er erst einmal anfing, sie zu küssen. Und obwohl er die Idee hasste, sie nicht zu küssen, war das, was ihn am Abend zuvor auf die Palme getrieben hatte, gar nicht mehr wichtig, kaum, dass ihre Blicke sich heute Abend gekreuzt hatten. Noch nie hatte jemand so auf ihn gewirkt. Und jetzt, als sie vor der Eisbahn des Rockefeller Centers standen und ihre Augen beim Anblick des Weihnachtsbaumes aufleuchteten, ergriff ihn erneut der Drang, sie zu küssen.

Siena beugte sich seufzend über die umlaufende Bande. »Es gibt doch nichts Schöneres als einen Weihnachtsbaum.«

Cash lehnte sich mit dem Rücken an die Bande und schob die Hände zur Vorsicht tief in die Jackentaschen, damit sie sich nicht selbstständig machten und nach ihr griffen. Verdammt, das würde schwieriger werden, als er gedacht hatte. Der Wunsch, sie zu küssen, war stärker als das Bedürfnis, den nächsten Atemzug zu tun.

»Stimmt, Weihnachtsbäume sind wunderschön, aber ehrlich gesagt bist du viel hübscher als dieser Baum. Alles andere wäre glatt gelogen. Und ich könnte mir vorstellen, dass jeder Mann hier zustimmen würde.«

Siena drehte sich so, dass sie ihn ansehen konnte. »Das ist aber süß.«

»Lieber Himmel, sag das bloß nicht zu laut. Welcher Mann will schon als süß gelten?« *Süß? Großer Gott.* Er musste sich wirklich zusammenreißen. »Willst du Schlittschuh laufen?«

»Oh nein. Ich glaube, meine älteren Brüder haben das gesamte sportliche Talent der Familie für sich gepachtet.«

»Umso besser. Komm schon.« Er drückte sich von der Bande ab und ging zu dem Schalter, an dem man die Schlittschuhe leihen konnte. Siena rührte sich nicht von der Stelle. »Kommst du?«

»Ich kann wirklich nicht Schlittschuh laufen. Ich bin eine totale Niete.«

»Ich bezweifle sehr, dass du in irgendetwas eine totale Niete bist. Komm schon.« Er griff nach ihrer Hand.

Sie schüttelte den Kopf.

Die fest zusammengepressten Kiefer zeigten ihm nur zu deutlich, dass er sie austricksen musste, um sie aufs Eis zu locken. »Ja, du hast wahrscheinlich recht. Es ist viel schwieriger, als hübsch zu sein«, sagte er und drehte sich wieder zur Bande.

Aus den Augenwinkeln sah er, wie sie die Schultern straffte.

»Ist schon okay. Wir können auch einfach hier rumstehen und den Leuten zusehen. Wahrscheinlich hätte ich einen Tisch in einem schönen Restaurant oder so etwas reservieren sollen.

Mein Fehler.«

»Ehrlich, ich kann überhaupt nicht Schlittschuh laufen«, sagte sie mit zusammengezogenen Brauen. Die Anspannung in ihren Schultern zeigte ihm ihre zunehmende Gereiztheit.

»Egal, ist doch kein Problem.« Er wandte sich von der Eisbahn ab. »Mir war klar, dass es ein bisschen gewagt war, dich hierherzubringen, aber ich dachte …« Er zuckte die Achseln. »Verdammt, ich weiß nicht, was ich mir dabei gedacht habe. Komm, wir suchen uns ein nobles Restaurant und reden über Promis.«

»Oh mein Gott. Glaubst du, das ist mein Ding?«

Wieder zuckte er mit den Achseln und hatte Mühe, ein Lächeln zu unterdrücken.

»Pfui Teufel! Also gut, ich werde dir beweisen, dass ich nicht eislaufen kann«, fauchte sie und stolzierte in Richtung der Schlittschuhausgabe davon. »Aber wenn ich mir den Knöchel breche, musst du es meiner Agentin erklären.«

Zwanzig Minuten später klammerte sich Siena auf wackligen Beinen an die Bande.

»Ich hasse dich dafür«, fauchte sie.

»Damit kann ich leben. Komm, ich helfe dir.« Er griff nach ihrer Hand.

»Ich brauche keine Hilfe. Wenn du es kannst, kann ich es auch. Ich habe es seit meiner Kindheit nicht mehr versucht.«

So ist es recht. »Ja?«

»Ja. Fahr schon mal los. Ich komme gleich nach.«

Er zeigte auf die Mitte der Eisbahn und dann auf seine Brust. »Willst du mich loswerden?«

»Nein. Ich will nur sehen, dass du tatsächlich eislaufen kannst und dich nicht nur über mich lustig machst, obwohl du selbst nicht wagst, die Bande loszulassen.«

»Oh, ich traue mich sehr wohl, loszulassen.« Er reckte entschlossen das Kinn, um ihr zu zeigen, dass er es ernst meinte.

»Dann beweise es.«

»Ich kann dich doch nicht einfach hier stehen lassen. Womöglich fällst du hin und die Kinder machen Kleinholz aus dir, wenn sie über dich drübersausen.«

»Was hab ich gesagt? Du kannst überhaupt nicht eislaufen.«

»Quatsch. Sieh zu, dann kannst du was lernen.« Er lief eine rasche Runde um die Eisbahn, drehte sich um und glitt dann in hohem Tempo rückwärts zum Ausgangspunkt zurück. In einem Schauer aus kleinen Eisstücken kam er zum Stehen und sah sie an.

Sie hob das Kinn, verschränkte die Arme und geriet sofort ins Straucheln. Sie griff nach der Bande, und er griff nach ihr und fing sie auf, bevor sie auf dem Eis landete.

»Alles okay?« Er ließ seine Hände um ihre Taille gleiten. Gott, sie fühlte sich gut an.

»Wo hast du gelernt, so zu laufen?«

»Zu viele einsame Abende. Komm, ich zeig dir, wie es geht.« Er hielt sie von hinten an der Taille fest. »Grundkenntnisse hast du aber, nicht wahr?«

»Na klar. Ich bin doch kein Idiot.«

»Ich meinte nicht … ach, egal. Ich halte dich von hinten fest, sodass du nicht hinfällst. Du musst nur die Beine bewegen.«

Sie warf einen Blick über die Schulter, die Lippe zwischen die Zähne geklemmt. »Jetzt kapiere ich es endlich. Du hast mich hierhergebracht, um mich anzufassen.« Bei dem schelmischen Blitzen in ihren Augen wurde ihm ganz schwindelig.

»Dafür brauche ich keine Eisbahn. Aber jetzt, wo du es

sagst …« Er drückte seine Hüften an sie und spürte, wie sich ihr Körper versteifte. Er küsste sie sanft auf eine Stelle direkt neben dem Ohr und flüsterte: »Hör auf, mit dem Hintern zu wackeln, und fahr los.«

Siena konnte nicht nur nicht eislaufen. Nun stand auch noch jeder Nerv in ihrem Körper in Flammen. Wie sollte sie sich auf irgendetwas konzentrieren, solange sie seinen festen Körper an ihrem Rücken und seine Hände an ihrer Taille spürte? Sie fühlte, wie seine Hüften gegen ihren Hintern drückten, sein Bein schob erst ihr rechtes Bein nach vorne, dann ihr linkes. So ein Mist, er brachte sie aufs Eis. Sie ergriff seine Hände, und ein Adrenalinschwall zwang sie, ihre Gedanken auf jede Bewegung ihrer Füße zu richten, auf jeden Druck seines Knies gegen ihres, mit dem er sie vorwärtstrieb.

»Na, sieh mal einer an«, sagte er mit rauer, sexy Stimme. »Die kleine Siena Remington läuft Schlittschuh.«

»Halt die Klappe. Ich laufe überhaupt nicht Schlittschuh, sondern werde geschoben.«

»Soll ich loslassen?«

»Oh Gott, nein. Wage es bloß nicht.« Sie drückte ihre Hände fest auf seine und hielt sie an ihrer Taille fest. Von der anderen Seite der Bande beobachtete sie eine Gruppe von Männern, doch Cashs Aufmerksamkeit galt allein ihr, sodass er die Leute gar nicht bemerkte. *Das gefällt mir.* Es war ihr egal, dass sie sich vielleicht lächerlich machte. Es war ihr egal, wie sie für andere als Cash aussah.

So sehr Siena das Gefühl hasste, etwas nicht zu können, so

sehr freute sie sich, dass Cash sich um sie kümmerte. Für einen kurzen Moment glaubte sie zu verstehen, warum sich einige der fähigsten Frauen, die sie kannte, im Beisein der Männer, mit denen sie zusammen waren, weniger tough zeigten. Im nächsten Atemzug fiel ihr ein, dass ihr regelmäßig übel wurde, wenn sie das beobachtete, und schon war der Augenblick des Verstehens dahin.

Cashs Griff lockerte sich und sie sog die Luft ein.

»Was machst du da? Nicht loslassen!« Voller Panik griff sie mit beiden Händen nach dem Ärmel seines Parkas.

»Entspann dich.« Da war er wieder, sein Befehlston. Ohne seine Hände von ihrer Hüfte zu nehmen, fuhr er behände um sie herum, packte sie nun von vorne und zog sie mit sich, während er rückwärts lief.

»Oh mein Gott, hast du mich erschreckt! Solange du mich festhältst, ist alles in Ordnung, aber sobald du loslässt, falle ich hin, und das wird nicht lustig.« *Und fühlt sich auch nicht so gut an.*

»Hör auf, so einen Quatsch zu reden. Konzentriere dich auf mich, nicht auf deine Füße.«

Kein Problem. Die Ernsthaftigkeit in seinen Augen erinnerte sie an den Abend, an dem sie sich kennengelernt hatten, und das wiederum erinnerte sie daran, wie er sich im Truck über sie gebeugt hatte. Sie spürte, wie ihr die Knie schwach wurden, und ohne eine Sekunde zu zögern, wurde sein Griff um ihre Hüfte fester.

»Ich hab dich. Erzähl mir von deinen Brüdern. Wie viele hast du?«

»Fünf. Jack hast du in der Bar getroffen – der ganz Große mit dem ausgeprägten Beschützerinstinkt. Die anderen waren Sage und Dex. Sage ist Künstler und ein guter Sportler. Und

Dex ist der, der mich nach Hause gebracht hat. Wir sind Zwillinge. Und dann sind da noch meine anderen Brüder, Kurt – er ist Schriftsteller, aber er kommt fast nie mit, wenn wir einen trinken gehen – und Rush. Er ist Skiprofi.« Wie von selbst glitten ihre Füße vorwärts, einer nach dem anderen, und an den Knöcheln knickte sie nicht mehr ein.

»Jetzt fällt der Groschen! Rush Remington? Der Olympionike?«

»Genau der.«

Seine Augen blitzten schelmisch. »Und wer von euch beiden ist der böse Zwilling?«

Sie konzentrierte sich auf die Bewegung seiner Hüften unter ihren Händen. Stark und sicher. »Hm … das hängt davon ab, wen du fragst.«

Er hob die Brauen. »Vielleicht sollte ich diese Frage selbst beantworten, wenn ich dich besser kenne.«

Sie musterte sein Gesicht, sah, wie er immer wieder einen raschen Blick über die Schulter nach hinten warf, und bewunderte seine Umsicht. Wenn er mit ihr sprach, galt ihr seine ganze Aufmerksamkeit, doch wenn sich andere Eisläufer näherten, folgte er ihnen mit den Augen und packte sie fester, beschützender. Wenn ihre Knöchel wegzuknicken drohten, hielt er sie reflexartig hoch. Wie konnte er sich so auf sie konzentrieren und gleichzeitig rückwärts übers Eis laufen?

»Du bist also als verwöhnte Prinzessin aufgewachsen? So kann ich mir dich nämlich gar nicht vorstellen.«

»Ach was, so ist meine Familie nun wirklich nicht. Ich meine, meine Brüder waren immer gut zu mir, aber mein Vater ist richtig streng, ein typischer Militär. Dass ich ein Mädchen war, spielte keine Rolle. Erzähl mir von deiner Familie.«

»Gerne. Meine Familie ist so groß wie deine, was komisch

ist. Aber ich möchte mehr über dich wissen. Wie bist du zum Modeln gekommen?«

Sie verdrehte die Augen. »Ich hasse es, das zuzugeben, weil es sich total verquer anhört.«

Cash kratzte sich die Wange und auf seinem gut geschnittenen Gesicht breitete sich langsam ein Lächeln aus. Sie liebte die kleine Falte, die sich gleich links neben seinem Mundwinkel bildete, wenn er lächelte und – *heiliger Strohsack! Er kratzt sich die Wange.* Sie sah nach unten und seine andere Hand schwebte knapp neben ihrer Hüfte. Sie lief alleine Schlittschuh!

Sie griff nach seinem Parka.

»Sieh einer an. Ein Model, das eislaufen kann. Dass ich das noch erleben darf«, neckte Cash.

»Oh mein Gott. Halt mich fest! Leg deine Hand wieder da hin, wo sie eben war. Ich falle!«

»Nein, tust du nicht.« Wieder der Befehlston.

»Cash.«

»Ich bin da. Du strauchelst, ich fange dich auf. Ist doch selbstverständlich.«

Gibt es etwas, was für dich nicht selbstverständlich ist? Sie holte tief Luft und konzentrierte sich darauf, ihre Füße zu bewegen. *Oh mein Gott. Oh mein Gott. Oh mein Gott!*

»Siena, konzentriere dich auf mich. Erzähl mir etwas übers Modeln.«

»Ich falle hin.«

»Wenn ich die Arme heben würde, hätte ich dich daran baumeln, so fest hältst du dich. Modeln. Du. Wie du dazu gekommen bist.«

Er wartete ab, und sie nickte, holte tief Luft und atmete langsam aus.

»Ich war acht. In einem Einkaufszentrum mit meiner Mutter.« Sie versuchte, ihr wild pochendes Herz zu beruhigen. Sie lief Schlittschuh. Sie hatte es geschafft! In ihrem Alltag spielte das Eislaufen keine Rolle, aber sie hätte es immer schon gerne gekonnt. Ihre Mutter hatte versucht, es ihr beizubringen. Als sie Kinder waren, hatte sogar Dex es probiert, aber ständig war sie auf den Hintern gefallen und hatte schließlich aufgegeben. Und nun …

»Okay. Das Einkaufszentrum. Ein Typ kam auf meine Mutter zu, weil er Fotos von mir machen wollte. Er sagte, er sei Fotograf, und gab ihr eine Visitenkarte. Sie schenkte ihm kaum Beachtung, aber ich konnte danach an nichts anderes mehr denken. Als wir nach Hause kamen, habe ich den ganzen Nachmittag in Zeitschriften geblättert und mir die Mimik und die Posen der Models eingeprägt.«

Sein Blick glitt von ihren Augen zu ihrem Mund und zurück. Er lächelte.

»Ich habe sie überredet, den Fotografen Aufnahmen von mir machen zu lassen, und von diesem Moment an war ich süchtig.«

Er nickte. »Das erklärt es.« Erneut legte sich sein Arm um ihre Taille, als er neben ihr herlief.

»Das erklärt was?«

»Nichts. Nur, dass man deinen Fotos ansieht, wie sehr du deinen Job liebst.«

Sie griff nach ihm. »Warte. Ich falle bestimmt gleich hin.«

Er lachte und drückte ihr den Arm an den Rücken. »Keine Sorge, ich gehe nicht weg. Ich hab dich nur nicht so fest gehalten wie anfangs. Du kannst das. Du brauchst mich so, wie du Make-up brauchst.«

»Was meinst du damit?«

»Dass du nichts und niemanden brauchst, der dir hilft,

mehr zu sein, als du bist.«

Keine Ahnung, was sie damit anfangen sollte. Sie brauchte kein Make-up? Sie brauchte keinen Mann? War sie zu dickköpfig? Zu eingebildet? Warum sah er sie so an? Ein unergründliches Lächeln umspielte seine Lippen, und als sie versuchte, in seinen Augen zu lesen, unterbrach er den Blickkontakt.

»Lieber Himmel.«

»Was habe ich jetzt wieder gemacht?«

Er führte sie zur Bande und platzierte ihre Hände fest auf den Rand. »Bleib hier stehen.«

»Cash!«

Hastig fuhr er davon, glitt vornübergebeugt wie ein geübter Eisläufer an allen anderen vorbei, bevor er nach zwei, drei Runden um die Eisfläche atemlos und mit rotem Gesicht neben ihr zum Stehen kam. Sie beobachtete seine Augen. Er musste einfach angeben, eine andere Erklärung hatte sie nicht. Siena sah sich auf der Eisbahn um und suchte nach einem hübschen Mädchen, dem er Eindruck machen wollte. Sie musterte ihn, wie er sich schwer atmend vorbeugte und auf das Eis starrte.

»Entschuldigung.« Kopfschüttelnd sah er zu ihr auf. »Wenn du diesen Blick hast, dann …«

Dieser Blick? Was für ein Blick? Bei Shootings hatte sie natürlich die unterschiedlichsten Gesichtsausdrücke parat, aber bei Cash hatte sie noch nicht einen vortäuschen müssen.

Er richtete sich zu seiner vollen Größe auf und in ihrem Bauch flog ein ganzer Schmetterlingsschwarm auf – *so breitschultrig, so männlich.*

»Ich musste nur schnell weg.«

»Welcher Blick?«

Er schüttelte den Kopf. »Es ist … etwas mit deinen Augen.

Sie werden auf einmal ganz ernst, als würden deine Gedanken in rasender Geschwindigkeit herumwirbeln, und dann schiebst du die Unterlippe ein wenig vor, sodass du diesen wahnsinnig verführerischen Schmollmund hast und …« Er fuhr sich mit der Hand durch die Haare und sah wieder weg. »Lieber Himmel, ich kann es nicht genau beschreiben.«

Sie seufzte und ärgerte sich über sich selbst, weil sie sich ihm geöffnet hatte. »Ich wusste es. Ich hätte dir die Sache mit dem Einkaufszentrum nicht erzählen sollen. Ich weiß, dass es sich schrecklich oberflächlich anhört.«

Mit geblähten Nasenflügeln sah er auf sie herunter. Er machte einen Schritt auf sie zu und ihre Schenkel berührten sich. *Oh Gott.* Sie wollte die Hand ausstrecken und seine kräftigen zusammengepressten Kiefer berühren, die pulsierenden Muskeln spüren. Sie wollte ihre Lippen auf seine legen, seine Arme um sich fühlen, und nun hatte sie alles zunichtegemacht. Manchmal hasste sie es, dass sie so war, wie sie war – ein Plappermaul, zu stur, zu hübsch –, auch wenn sie genau diese Eigenschaften an sich gleichzeitig liebte.

Im nächsten Moment senkte er seine Lippen auf ihre und küsste sie leidenschaftlich, vertrieb alle sorgenvollen Gedanken und raubte ihr den Atem. Ein starker Arm hielt sie umfangen, als ihre Knie unter ihr nachzugeben drohten, und er zog sie an sich, während er den Kuss tiefer werden ließ. In der Geborgenheit seiner Arme brauchte sie sich nicht länger an der Bande festzuhalten und strich ihm mit der Hand über den Kiefer. *Oh Gott. Oh Gott, du fühlst dich so gut an.* Als er sich von ihr löste, stahl er ihr auch den letzten Atem, und sie wünschte sich keuchend, dass er weitermachen möge.

Sie unterdrückte ein Stöhnen, als er sie losließ und die Luft zwischen ihnen kühler wurde. Er sah sie eindringlich an und runzelte die Stirn.

»Tut mir leid«, flüsterte er. »Dieser Blick schafft mich jedes Mal.«

»Dann muss ich öfter so gucken.« Ohne zu überlegen und ohne einen Gedanken an die vorbeirasenden Eisläufer und neugierigen Zuschauer zu verschwenden, zog sie ihn in einen süßen, zärtlichen Kuss und wünschte, sie wüsste, was er meinte.

Noch nie hatte sich Cash so sehr danach gesehnt, einen Moment in sein Gedächtnis einzubrennen. Der Blick in Sienas Augen, als sie ihn in einen weiteren Kuss zog, ließ einen Hitzestrahl durch seinen Körper schießen. Und der sanfte, zärtliche Kuss weckte die Sehnsucht nach mehr. Als sie sich nun durch die Menschenmenge am Times Square drängten, fühlte sich alles anders an. Er fühlte sich anders. Cash ließ sich nicht leicht verunsichern, aber während er überlegte, ob er ihr den Arm um die Schultern legen sollte, stellte er fest, dass er eingeschüchtert war. Sie war Siena Remington und für viele Menschen auf der Welt bedeutete das etwas völlig anderes als für ihn. Für die meisten Leute war sie ein wunderschöner Körper, ein hübsches Gesicht. Ein Topmodel. Natürlich war sie alles, was ein Topmodel ausmachte, aber wenn er ihr in die Augen sah, entdeckte er Dinge, die er nicht verstand – und die er unbedingt verstehen wollte. Verletzlichkeit. Aufgestaute Frustration. Intelligenz. Verdammt, die Liste war endlos.

Ein Mann schob sich an ihnen vorbei und drängte Siena zur Seite. »Au!«, stieß sie hervor.

Cash sah dem davoneilenden Mann wütend nach. Zum

Teufel mit dem Eingeschüchtertsein. Sie war, wer sie war, aber bei keiner anderen Frau, die er so mochte, wie er sie mochte, würde er auch nur einen Moment zögern. Er schlang seinen Arm um sie und zog sie an sich.

»Alles okay?«

»Ja, alles in Ordnung. In der Weihnachtszeit haben es die Leute immer so eilig.« Sie kuschelte sich an ihn und er drückte sie noch fester an sich.

Dort sollte sie sein, so nah bei ihm, dass ihr niemand etwas anhaben konnte. Sicher. Geborgen.

»Hast du Hunger?«

Sie zuckte mit den Schultern. »Ein bisschen.«

»Worauf hast du Lust? Eine Frau kann schließlich nicht nur von Screaming Orgasms leben.« Er liebte es, sie zu necken und zu sehen, wie sie die Schultern straffte und ihre Augen funkelten, während sie sich eine vorlaute Antwort überlegte.

Sie legte den Kopf schief und blitzte ihn an. »Zu zweit sind Screaming Orgasms doch viel schöner.« Sie biss sich auf die Unterlippe, die Wangen gerötet.

Heilige Hölle. Er war wie vor den Kopf geschlagen und schaffte es gerade noch, einen Fuß vor den anderen zu setzen. Sein Atem ging schwer, seine Muskeln waren angespannt, und als sie sich noch enger an ihn drückte, verspürte er eine untrügliche Regung hinter seinem Reißverschluss. Wie zum Teufel sollte er einen Weg durch dieses Flammenmeer finden? Den ganzen Abend schon drängte sein Körper danach, so schnell wie möglich zu ihrer Wohnung zurückzufahren und sie zu lieben, bis der Morgen dämmerte. Sein Herz befahl ihm jedoch, es langsam angehen zu lassen. Und sein Verstand hatte nicht die geringste Ahnung, was er machen sollte.

Essen. Er würde sich aufs Essen konzentrieren. Was sie wohl

am liebsten mochte? Models mussten vorsichtig sein, so viel wusste er.

Er räusperte sich. »Möchtest du ... ähm ... Salat? Ja, wie wär's mit einem Salat?«

Sie lächelte ihn herausfordernd an. »Lass uns mal so richtig über die Stränge schlagen.«

Lieber Himmel. Sie meint doch nicht etwa ...

Sie nahm seine Hand und zog ihn über die Straße in eine kleine Pizzeria. An der Theke trat sie vor ihn und legte seine Hand auf ihre Taille. Dann griff sie nach hinten, legte auch seine andere Hand um ihre Taille und lehnte sich dann entspannt an seine Brust.

Besser geht es nicht. Ohne zu überlegen, gab er ihr einen Kuss aufs Haar. Der Duft von Kokosshampoo erfüllte seine Sinne. Als sie sich vor ihn schob, hatte sie mit dieser einzigen Bewegung auch den letzten Rest seiner Schüchternheit vertrieben, und als sie nun den Kopf nach hinten fallen ließ, der so perfekt zwischen seine Brustmuskeln passte, entfuhr ihm ein Seufzer, von dem er gar nicht gemerkt hatte, dass er ihn zurückgehalten hatte. Siena legte ihre Hände auf seine, und er drehte seine Handflächen so, dass er ihre Finger mit seinen verschränken konnte. In diesem Augenblick gab es für ihn nichts anderes. Sein Hunger war vergessen, sein Herz war voll.

»Was darf es sein?« Der große, dunkelhaarige Mann hinter der Theke unterbrach seinen Gedankenfluss.

Siena sah zu ihm auf. Gott, sie war wunderschön. »Veggie«, flüsterte sie.

Er nickte. »Zwei Stücke Veggie-Pizza, bitte.«

Mit geschickten Bewegungen packte der Mann die Bestellung so schnell ein, dass Cash nicht einmal Zeit hatte, sich zu überlegen, dass er seine Hände von Sienas lösen und sein

Portemonnaie hervorziehen sollte. Was er widerstrebend tat, als der Verkäufer ihm den Karton reichte. Siena hakte sich bei ihm unter, als sie hinausgingen. Cash war so in sie vertieft, dass er die Tickets, die er für den anderen Teil ihres Dates gekauft hatte, fast vergessen hatte. Er schaute auf die Uhr.

»Ich hoffe, du nimmst es mir nicht übel, aber wir müssen uns beeilen.«

»Warum?«

Ihre Hand fest in seiner ging er so schnell voran, dass Siena fast laufen musste, um mit ihm Schritt zu halten. »Ich bin ein Idiot. Ich habe Tickets für eine Kutschfahrt gekauft, das hätte ich fast vergessen. In sieben Minuten müssen wir am Times Square sein.« Er bemerkte, wie sich ihre Augen bei seinen Worten weiteten.

»Das hast du gemacht?«

»Ja, eine blöde Idee, ich weiß. Ich dachte, es wäre romantisch und vielleicht etwas, was du nicht jeden Tag machst.«

Vorbei an festlich geschmückten Schaufenstern hasteten sie zum Times Square und kamen gerade noch rechtzeitig an. Cash half ihr hoch und ließ sich außer Atem neben ihr nieder.

»Puh, tut mir leid. Eigentlich sollte es einer dieser magischen Momente sein, wie man sie in Filmen sieht.« Er schüttelte den Kopf. *Ich bin so ein Idiot.*

Sie schaute ihn wortlos an.

»Hör auf, mich so anzusehen.« Er hielt den Blick starr geradeaus gerichtet und wusste, dass er gerade ihren Abend versaut hatte. Sie war ihm so nahe gewesen. Er hatte es gefühlt. Ihre Augen hatten ihm deutlich gezeigt, wie sehr sie ihn mochte, und jetzt ... jetzt würde sie ihn für einen ausgemachten Trottel halten. Wer machte schon eine Kutschfahrt durch die

Stadt, in der man jahrein, jahraus lebte? Und warum dachte er überhaupt, dass es romantisch sein könnte?

Die Kutsche fuhr langsam durch die Straße und Cash lehnte sich in seinem Sitz zurück. Dies würde sicherlich die längste Fahrt seines Lebens werden.

»Du bist ein hoffnungsloser Romantiker.«

»Lass gut sein, okay?«

»Nein«, sagte sie scharf. Sie legte ihm die Hand auf den Schenkel und beugte sich näher zu ihm. So nah, dass er winzige weiße Flecken in dem Blau ihrer Augen erkennen konnte.

»Natürlich bist du ein Romantiker.« Ihre Lippen verzogen sich zu einem Lächeln. »Sieh dich doch an. Der Macho hat eine romantische Kutschfahrt geplant.« Sie hob seinen Arm an und kuschelte sich darunter. »Mir gefällt es.«

»Du machst dich über mich lustig, oder?«

»Nein.« Sie griff nach der Pizzaschachtel. »Aber jetzt hab ich Hunger.« Sie zog die Handschuhe aus, die er ihr gekauft hatte, und legte sie ihm in den Schoß.

Die Leichtigkeit, mit der sie ihn als Tisch benutzte, gefiel ihm, so seltsam das auch sein mochte. Sie gab ihm ein rundum warmes Gefühl. Das Stück Pizza sah zu groß für sie aus, und als sie den Mund aufmachte, um abzubeißen, weiteten sich ihre Augen. Er hätte sie den ganzen Tag anstarren können, ohne sich an ihren Gesichtsausdrücken sattzusehen.

Nachdem sie fertig gegessen hatten, stellte er den Karton beiseite und wischte ihr mit dem Daumen einen Fleck Pizzasauce von der Wange.

»Ich habe vergessen, dir zu sagen, dass ich esse wie ein Schwein. Es ist wirklich schlimm. Meine Brüder ziehen mich immer damit auf.«

»Wie ein kleines Ferkel vielleicht, aber schlimm ist das

nicht. Es war nur ein Saucenfleck.« *Und deine Wange war so weich, dass ich sie am liebsten gleich noch mal anfassen würde.*

Sie schüttelte den Kopf. »Du solltest mich sehen, wenn ich ein Eis esse. Es landet unweigerlich auf meinem T-Shirt.«

»Da gibt es eine einfache Lösung.«

»Ein Lätzchen?« Sie lachte.

Er schmiegte seine Wange an ihre und flüsterte: »Trag beim Eisessen einfach kein T-Shirt.« Er zog sich langsam zurück, streifte mit den Lippen ihre Wange, prüfte, wog ihre Reaktionen ab und suchte nach Anzeichen dafür, dass sie auf einer Wellenlänge waren. Sie berührte sein Gesicht, so wie sie es auf der Eisbahn getan hatte, und die intime Berührung gab ihm die Antwort. Oh ja, sie waren auf einer Wellenlänge. Mit leicht geöffneten Lippen drehte sie sich zu ihm um und er nahm ihren Mund in einem tiefen, sinnlichen Kuss. Eine Woge der Begierde überschwemmte ihn, als sie ihre Hand unter seine Jacke schob und ihn näher zu sich zog. Die Hitze sprach ihre eigene Sprache, und inzwischen hatte er kein Interesse mehr daran, die Flammen unter Kontrolle zu bringen.

Eine halbe Stunde später stiegen sie vor dem Mehrfamilienhaus, in dem er wohnte, aus einem Taxi. Er hatte keine Ahnung, warum er sie hierherbrachte statt zu ihrem Loft. Seine Wohnung war klein, lächerlich klein, aber er wollte, dass sie ihn als den kennenlernte, der er war. Und mit Chief Webers Stimme im Ohr hoffte er, dass auch der andere Teil seines wahren Ichs eines Tages wieder zum Vorschein kommen würde.

Er nahm ihre Hand, und als er sie nach oben in den zweiten Stock führte, betrachtete er das Gebäude mit neuen Augen. Der abgeplatzte Putz an den Wänden und der verschlissene Teppich waren ihm noch nie aufgefallen. Verlegen schloss er die alte Tür auf.

»Es ist nicht so, wie du es gewohnt bist, aber …« Er zuckte mit den Schultern, als die Tür aufschwang. »Bitte sehr, nach dir.« Sie ließ den Blick durch das winzige Wohnzimmer schweifen, das gerade groß genug war für ein kleines Sofa, einen Couchtisch und ein Bücherregal. In die Außenwand aus unverputzten Backsteinen war ein Fenster mit Aussicht auf die Straße eingelassen. Sie sah hinaus und fuhr mit den Fingern über die Fensterbank, dann drehte sie sich zu ihm um und legte den Kopf zur Seite, als wollte sie das Bild von ihm und der Wohnung in Gedanken zusammenfügen. Er zog die Jacke aus und hängte ihn an einen Haken neben der Tür.

»Komm, ich zeig's dir.« Als er nach ihrer Hand griff, war sie mit wenigen Schritten neben ihm. Er zog den Reißverschluss an ihrem Mantel auf und streifte ihn ihr von den Schultern, doch ihr Blick gab ihm das Gefühl, ihr etwas viel Intimeres aus-zuziehen. Sanft nahm er ihre Hände, zog ihr die Handschuhe aus, steckte sie in die Manteltasche und hängte den Mantel neben seinen. Es gefiel ihm, ihn dort zu sehen. Es war nicht das erste Mal, dass Cash eine Frau in seine Wohnung mitgenom-men hatte, aber Siena war die erste, von der er sich wünschte, dass sie bleiben möge. Vor seinem inneren Auge sah er sie in jedem Raum der kleinen Wohnung: wie sie auf dem Sofa saß, wenn er aus der Küche ins Wohnzimmer kam, wie sie neben ihm in seinem großen Bett aufwachte, wie sie mit ihm zusam-men kochte und dabei ganz dicht neben ihm stand. Er schob die dummen Gedanken beiseite und ging Hand in Hand mit ihr in die Küche.

»Das ist so gemütlich«, sagte sie freundlich.

»Gemütlich bedeutet so viel wie klein, und ja, das stimmt, aber ich mag es.« Nachdem er die Wohnung vor ein paar Jahren gekauft hatte, hatten Tommy und er die Holzböden aufgearbeitet, gestrichen, neue Schränke eingepasst und das Bad umgebaut. Es war alles andere als luxuriös, aber als Siena mit der Hand über die Arbeitsflächen aus dunklem Marmor fuhr, war er voller Stolz.

»Gemütlich bedeutet für mich behaglich. Klein ist schön. Aber ich habe schon kleine Wohnungen gesehen, die eng wirkten und … ach, ich weiß nicht. Sie waren überhaupt nicht … behaglich. Hier ist es hübsch.«

Er nickte, ohne recht zu wissen, wie er darauf reagieren sollte, dass jemand seine Wohnung als *hübsch* bezeichnete. Zwischen Küche und Wohnzimmer war ein kleiner Flur mit zwei Türen. »Bad. Schlafzimmer«, sagte er.

Sie ließ seine Hand los und öffnete die Tür zum Badezimmer. »Oh mein Gott, ich liebe diese Steine.«

»Wirklich?« Er sah über ihre Schulter in das winzige Badezimmer. Cash hatte ein Faible für Texturen, und Tommy hatte ihm wegen des Waschbeckens die Hölle heißgemacht, weil jeder Stein einzeln platziert werden musste. Er hatte von einem Waschtisch aus dunklem Holz die Deckplatte abgenommen, Steine in verschiedenen Größen und Formen eingelegt und das Waschbecken hineingesetzt. Eine dicke Glasplatte bedeckte die Steine und Cash war stolz auf das Ergebnis. Der Boden war aus dunklem Granit und die Wände waren cremefarben gestrichen. Fenster und Tür hatten sie mit Mahagoniholz eingefasst, das er zu einem Spottpreis bekommen hatte, weil er als Gegenleistung in der Schule der Tochter des Holzhändlers einen Vortrag über den Beruf des Feuerwehrmannes gehalten hatte.

»Es sieht so männlich aus.« Sie schob sich zwischen ihm und dem Türrahmen hindurch in den Flur und stupste ihn in den Bauch. »Passt perfekt zu dir.«

Sie warf einen Blick auf die Schlafzimmertür und Cash griff

um sie herum und stieß die Tür auf.

»Das ist keine Anmache. Ich will dir nur die Wohnung zeigen.«

»Ich glaube, ich kann mich beherrschen.«

Cash wartete im Flur, während sie eintrat, denn er war sich sicher, dass er sich *nicht* würde beherrschen können. Es war schon schwierig genug, sie an seinem Bett stehen zu sehen, und als sie sich daraufsetzte und sich lächelnd und mit ausgestreckten Armen nach hinten fallen ließ, war es fast um ihn geschehen.

»Ah, wie wunderbar bequem.« Sie drehte sich so, dass sie ihn ansehen konnte. Ihre Beine baumelten über die Bettkante und ihr Körper lag völlig offen und verletzlich da.

Mit zuckenden Muskeln umklammerte er den Türrahmen. »Du bist viel zu vertrauensselig.« Das kam schroffer heraus, als er beabsichtigt hatte.

Sie kniff die Augen zusammen. »Du verbringst viel Zeit damit, mir zu sagen, was ich falsch mache.«

Mist. Stimmt das?

Sie legte sich auf die Seite, stützte sich auf einen Ellenbogen und legte das Kinn auf die Hand. »Aber ich glaube nicht, dass du es tust, weil du mich für dumm hältst. Ich denke, du willst mich beschützen. Und mir sagen, worauf ich achten sollte.«

Sein Blick glitt über ihren Rücken, über ihre Hüften, die die schwarze Lederhose wie eine zweite Haut umgab. In seiner Brust zog sich alles zusammen, während er die Finger in das Holz des Türrahmens grub.

»Das denkst du also?«, stieß er in einem hungrigen Knurren hervor.

Wie eine Wildkatze auf Beutezug kam sie über die Matratze, dann rutschte sie vom Bett und schloss die Lücke zwischen ihnen. Langsam fuhr sie mit dem Finger von seiner Taille zu seiner Brust und sah durch ihre dichten Wimpern zu ihm auf. Ihre Lippen teilten sich, und als sie sprach, war ihre Stimme voller Verlangen.

»Ja, das ist genau das, was ich denke.«

Wieder glitt sie zwischen ihm und dem Türrahmen hindurch und verschwand im Wohnzimmer, während er ihr völlig verwirrt und mit einer steinharten Erektion nachsah. Er atmete ein paarmal tief durch und folgte ihr. Sie saß auf der Couch, die Stiefel neben sich auf dem Boden, die Beine seitlich angewinkelt, und blickte von dem gerahmten Foto auf, das sie gerade betrachtete, als wäre nichts geschehen, als hätte sie nicht gerade ein Feuer in ihm entfacht und ihn dann damit stehen lassen.

»Das sind deine Geschwister? Unsere Familien sind sich so ähnlich.« Sie fuhr mit dem Finger über das seiner Brüder und seiner Schwester. »Eine gut aussehende Familie.«

Er liebte den freundlichen Ausdruck in ihren Augen, mit dem sie das Foto ansah, und hasste sich selbst für die Eifersucht, die sein Herz ergriff.

Sie zeigte auf eines der Gesichter. »Wer ist das? Sieh dir nur diese Augen an. Wow.« Ihr Finger glitt verführerisch über ihren Hals, bevor er am Ausschnitt ihres Pullovers verharrte.

»Das ist Duke.«

»Mmh. Duke. Der Name gefällt mir.« Sie neigte den Kopf zur anderen Seite und warf sich die Haare über die Schulter. »Und dieser Süße hier, mit dem schiefen Lächeln? Wer ist das?«

»Blue.« Er biss die Zähne zusammen, als sie nickte und sich das Foto genauer ansah.

»Das ist aber ein sexy Name. Blue Ryder. Ich wette, er hat keinen Mangel an Verehrerinnen.«

Er trat einen Schritt näher, wollte ihr das Bild aus der Hand reißen, aber ihr Blick ließ ihn innehalten.

»Aber so sexy wie Cash kann kein Name sein, oder?«

Du treibst mich noch in den Wahnsinn.

»Nicht in meiner Welt«, knurrte er.

Sie wandte sich wieder dem Bild zu. »Der hier sieht aus, als wäre er in meinem Alter, und der hier, oh, er ist verdammt süß. Er hat was von einem Surfer.« Stirnrunzelnd presste sie die Lippen zusammen. »Wie heißen sie?«

»Jake und Gage.« Er setzte sich neben sie und stützte die Ellbogen auf die Knie. Unwillkürlich ballte er eine Hand zur Faust und legte die andere Hand darum.

»Oh, Gage. Das ist faszinierend. Und du hast eine Schwester. Sie sieht wundervoll aus.«

Er schnappte sich das Foto. »Trish«, sagte er wütend, beugte sich über sie, um es wieder auf den Beistelltisch neben dem Sofa zu stellen, und drückte sie dabei mit der Brust gegen die Armlehne.

Sie sagte kein Wort, und er konnte nur an ihre hinreißenden Rundungen unter ihm und an das heftige Klopfen seines eifersüchtigen Herzens denken, das im Takt mit ihrem schlug.

»Das hat ja ganz schön lange gedauert. Ich dachte schon, ich müsste auch noch so tun, als fände ich deine Schwester attraktiv.«

Als seine Hand zu ihrer Hüfte glitt, stöhnte sie auf. »Du musst dir sicher sein, dass du mich willst, denn wenn ich erst einmal anfange, dich zu küssen, höre ich so schnell nicht wieder auf.«

»Gut so.« Sie packte seinen Pullover und zog ihn an sich. »Ich wäre enttäuscht, wenn du aufhören würdest.« Sie streckte die Beine unter ihm aus.

»Siena, ich bin nicht so wie die Männer, mit denen du dich sonst triffst. Ich bin nicht reich. Ich habe keine schicken Klamotten. Ich wohne in einem Schuhkarton.«

»Ich liebe deinen gemütlichen kleinen Schuhkarton«, sagte sie in einem verführerischen Flüsterton.

»Spiel nicht mit mir. Wenn ich mit dir schlafe, dann tue ich es nicht nur mit meinem Körper, sondern auch mit meinem Herzen.«

»Mach keine Versprechungen, die du nicht halten kannst.«

Die Herausforderung in ihren Augen stachelte ihn noch mehr an.

Sein Mund schwebte nur einen Atemzug über ihrem. »Mach mir mein Herz nicht kaputt. Noch mehr Narben kann ich mir nicht leisten.« Er suchte in ihren Augen und sah das Verlangen, den Hunger nach ihm.

»Ich schlage keine Wunden«, wisperte sie. »Ich heile sie.«

Sie fuhr ihm mit der Hand über den Nacken, und gleich darauf prallten ihre Münder in einem Rausch aus Begehren, in einem rauen, animalischen Kuss aufeinander, der einen Schauder durch seinen Körper jagte und den Schmerz zwischen seinen Beinen auflodern ließ. Lieber Gott, sie schmeckte wunderbar. Er musste mehr von ihr haben. Seine Lippen tasteten sich an ihrem Kinn entlang und entlockten ihr ein kleines sexy Wimmern, das seinen Mund zu ihrem zurückbrachte. Seine Hand glitt über das glatte Leder an ihren Beinen und über die köstliche Kurve ihrer Hüfte, bis sie schließlich den Rand ihres Pullovers fand und sich darunter schob. Er fing ihr Stöhnen mit seinem Mund auf, konnte nicht genug von ihr bekommen und wollte jeden Zentimeter von ihr schmecken. Sie vergrub ihre Hände in seinem Haar, zog seinen

Kopf zurück und sah ihm hungrig in die Augen.

»Cash«, keuchte sie.

Er versuchte, ihre Gedanken zu lesen. Sollte er aufhören? Sie küssen? Plötzlich merkte er, dass ihre Hand an seiner Jeans zerrte und nach dem Knopf tastete. Ein Hitzestrahl durchzuckte ihn. Er packte ihr Handgelenk und schüttelte stumm den Kopf, zu atemlos, um nur ein einziges Wort hervorzubringen. Sie versuchte, ihre Hand freizubekommen und wieder nach ihm zu greifen, und als er sie endlich losließ und ihren Pullover hochschob, war er wie geblendet von ihrer Schönheit. Es war nicht das erste Mal, dass er ihren Körper sah, schließlich hatte er das Werbefoto in der Zeitschrift lange genug betrachtet. Zu wissen, dass ihr Herz seinetwegen so heftig pochte, zu sehen, dass ihr hungriger Blick allein ihm galt und keiner Kamera, war mit nichts zu vergleichen.

Berühre mich. Küss mich. Schmeck mich. Unter Cash zu liegen, reichte nicht. Allmählich begriff sie, dass nichts mit Cash reichte. Ihr Date hatte ihr mehr Spaß gemacht als jedes andere, und kaum hatten sie seine Wohnung betreten, hätte sie ihn am liebsten mit dem Rücken an die Wand gedrückt und ihn so lange geküsst, bis er an nichts anderes mehr dachte als an sie. Aber er war so verdammt vorsichtig. Sie hatte angenommen, das Schlafzimmer könnte ihn aus der Reserve locken, aber nein. Einen Moment hatte sie Angst, dass er sie für zu forsch halten könnte, doch als sie ihn im Vorbeigehen streifte und sein Körper denselben Hunger ausstrahlte wie ihrer, war es ihr egal. Er würde schon noch herausfinden, dass sie kein Flittchen war, sondern dass das, was sie für ihn empfand, anders, größer und neu für sie war.

Er hob ihren Pullover hoch und sie hielt den Atem an, schloss die Augen und bebte seinen verführerischen Lippen auf ihrer Haut entgegen. Seine Hände, diese großen, kräftigen Hände fuhren über ihre Rippen und trieben sie fast in den Wahnsinn, als sie die Unterseite ihrer Brüste streiften. Er küsste sich an ihrem Bauch hinauf bis zu ihren Brüsten.

»Ja«, hauchte sie in einem langen Atemzug. Sie griff nach seiner Hand und führte sie an ihre Brust. Gott, sie sehnte sich nach seiner Berührung. Und, oh, fühlte es sich gut an, als er sie durch ihren Spitzen-BH streichelte. Sie musste seine Haut an ihrer spüren und tastete nach dem Verschluss zwischen ihren Brüsten.

Schwer atmend sah er zu ihr auf. Seine Augen spiegelten das schmerzliche Bedürfnis, das ihren eigenen Körper erfüllte. »Bist du sicher?«

Als sie nickte, schoben seine Finger ihre Hand beiseite und öffneten den BH-Verschluss geschickt.

Er schob die Körbchen zur Seite.

»Lieber Himmel. Du bist wunderschön.«

Er senkte den Mund auf ihre Brust, seine Zunge streichelte ihre empfindliche Brustwarze, dann saugte und küsste er sie, bevor er wieder zu langsamen, heißen Zungenstrichen überging. Sie wölbte sich ihm entgegen, als er sich ihrer anderen Brust zuwandte. Kalte Luft strich über die feuchte Stelle und sie sog scharf die Luft ein. Sogleich nahm er ihre Brustwarze zwischen Zeigefinger und Daumen und bearbeitete sie, bis sie sich ganz heiß anfühlte und Siena erschauderte. Sie drängte seine Hand weiter nach unten, brauchte mehr von ihm und hielt den Atem an, als er seine Hand unter ihren Hosenbund schob und sich an dem kleinen Stoffdreieck entlangtastete.

»Cash«, keuchte sie.

Dann hakte er die Hände in das Bündchen, bewegte sich an ihrem Körper hinunter und schob seine Hände in den Hosenbund.

»Bist du sicher?«

Sie nickte heftig. *Beeil dich. Beeil dich.*

Er hielt inne und ließ den Blick erneut über ihren Körper streifen. Der Pullover war bis zum Kinn hochgeschoben, ihre Brüste lagen nackt und offen vor ihm und hoben sich mit jedem schweren Atemzug. Er drückte ihr einen sanften Kuss auf den Bauch. Stöhnend lag sie da und hätte sich ihren verdammten String am liebsten selbst ausgezogen. Und dann traf es sie. Die Medien. Mist. Sie schloss die Augen und versuchte, die Panik in ihrer Brust niederzukämpfen. Sie hasste es, dass sie sich deswegen Sorgen machte, aber sie war einmal mit einem Mann zusammen gewesen, der die Geschichte ihres Zusammenseins an die Presse verkauft hatte. Sie musste vorsichtig sein.

»Warte.«

Er ließ ihren String los und sah sie an.

»Das würdest du nicht tun. Ich meine, ich weiß, dass du es nicht tun würdest.« *Mist, Mist, Mist.* Es war so lange her, dass sie mit einem Mann zusammen war, dass sie nicht einmal wusste, wie sie das sagen sollte, was sie sagen musste.

Er glitt an ihrem Körper nach oben. »Was ist, Baby? Sag es mir.«

Seine Stimme war so sanft, sein Blick so vertrauensvoll. Sie musste die Augen schließen, sonst würde sie die Worte nicht über die Lippen bringen. »Du würdest das nicht irgendwie an die Presse verraten, oder?«

Seine Augen verengten sich und füllten sich mit

unverkennbarer Wut. »Willst du mich veräppeln?«

»Es tut mir leid. Es tut mir leid. Es ist nur … ich glaube nicht, dass du es tun würdest. Aber ich muss das sagen, weil … weil es schon einmal passiert ist. Deshalb schlafe ich nie mit jemandem. Es ist Jahre her, aber es hat wirklich wehgetan, und ich kann das nicht noch einmal durchmachen.«

Mit zusammengepressten Zähnen und geblähten Nasenflügeln sah er sie an. »Glaubst du wirklich, dass ich dir wehtun würde, nach dem, was ich dir gesagt habe?« Er wollte sich von ihr zurückziehen, doch sie hielt ihn fest.

»Nein, tue ich nicht. Aber es war eine schlimme Zeit.«

Er atmete aus und fuhr sich mit der Hand durchs Haar. Dann schloss er sie in die Arme und drückte sie an sich. Seine Wärme fühlte sich so gut an, und in seinen Armen verspürte sie eine Geborgenheit, die ihr noch kein Mann gegeben hatte. Ihr Herz schwoll an, hielt ihn umfangen und tat ihr gleichzeitig weh, weil sie ihm Schmerz zugefügt hatte.

»Was auch immer wir tun«, flüsterte er, »Sex ist kein Spiel für mich, Siena. Du bist kein Spiel für mich.«

Mehr brauchte sie nicht zu wissen. Sie rückte ein wenig von ihm ab und berührte seine Wange. Gott, sie liebte sein Gesicht. Obwohl sie sich erst seit ein paar Tagen kannten, hatte sie das Gefühl, mit jeder Faser ihres Wesens zu ihm zu gehören. »Es tut mir leid. Ich wollte die Stimmung nicht kaputtmachen.«

Er schüttelte den Kopf. »Ich will dich nach wie vor, aber wenn ich weiß, dass dich jemand verletzt hat, tut mir auch das Herz weh. Und ich möchte dich verwöhnen, anstatt über dich herzufallen.«

»Ich möchte, dass du über mich herfällst. Verwöhnen kannst du mich später.«

Im nächsten Moment hatte er sie auf den Arm genommen

und trug sie ins Schlafzimmer. Ihre Lippen trafen seine, und sie küsste ihn so, wie sie von ihm geküsst werden wollte – gierig, fordernd, voller Begehren. Als er sie auf der Bettkante absetzte, streckte sie die Hand nach seiner Hose aus, so sehr sehnte sie sich nach mehr von ihm. Nach kurzem Zögern schob sie seinen Pullover hoch, dann küsste sie seinen festen Bauch. Sie wollte, dass er dieselbe verschwenderische Liebe erlebte, die er ihr gegeben hatte. Sie schlang ihre Arme um seine Taille, stand langsam auf und küsste sich an seinem muskulösen Oberkörper nach oben. Ein Griff nach hinten und er hatte seinen Pullover mitsamt dem T-Shirt darunter ausgezogen. Keuchend sog sie die Luft ein. Beim Fotoshooting hatte sie sich ganz darauf konzentriert, sich *nicht* auf Cash zu konzentrieren. Stattdessen hatte sie ihre ganze Aufmerksamkeit auf die Anweisungen des Fotografen und die Beleuchtung gerichtet und mit der Kamera geflirtet.

Jetzt. Hier. Alles war anders. Sie spürte die Hitze, die von ihm ausging, als sie ihre Hände über seinen Körper gleiten ließ, dann ihre Lippen an seine Brust legte, über seine Brustwarze streifte und mit ihrer Zunge eine feuchte Spur hinterließ. Ihm stockte der Atem. Seine Hände fanden ihre Hüften, und dann zog er ihr den Pullover über den Kopf und schob ihr sanft und behutsam die BH-Träger von den Schultern. Mit geschlossenen Augen genoss sie seine gefühlvolle Zärtlichkeit. Bei den wenigen Männern, mit denen sie zusammen gewesen war, war es schnell gegangen. Sie hatten es immer eilig gehabt. Eine Minute küssen, fünf Minuten Vorspiel, dann drei Minuten Geschlechtsverkehr. Im schlimmsten Fall wenig befriedigend. Im besten Fall einsam.

Cash zog eine Spur von Küssen über ihre Schulter und sandte einen Schauder über ihren Rücken und einen Hitzestrahl in ihre Mitte. Ihr Körper zitterte vor Begehren. Sie legte beide

Hände flach« auf seinen schönen Oberkörper, umschmeichelte seine Brustwarzen mit der Zunge und weidete sich daran, wie sein Atem stockte. Sie glitt mit der Zunge über seinen Körper und kniete sich vor ihm aufs Bett, während sie geschickt seine Jeans aufknöpfte und den Reißverschluss aufzog. Mit einem Finger hob Cash ihr Kinn an. Ihre Blicke trafen sich und er schüttelte den Kopf. Dann stellte er sie wieder auf die Füße und nahm sie in die Arme, Brust an Brust, Haut an Haut. Er sah ihr tief in die Augen.

»Du wirst doch der Presse nicht sagen, dass du mit mir geschlafen hast, oder?«, neckte er.

»Was bekomme ich dafür, dass ich den Mund halte?«

In der Abgeschiedenheit seines Schlafzimmers küsste er sie erneut. Ihre Oberkörper waren aneinandergepresst, ihre Herzen schlugen im perfekten Gleichklang. Am liebsten wollte sie sich für immer an ihn schmiegen. Als er die Finger unter ihren Hosenbund schob, hielt sie ihn nicht auf. Er zog ihr die Hose herunter, kniete sich vor sie und fuhr mit den Händen über ihre Schenkel, bevor er erst ihren rechten, dann ihren linken Fuß anhob und sie aus ihrer Hose befreite. Vor Vorfreude und Begierde zitternd genoss sie die Berührung seiner Hände, die ihre Beine liebkosten, und die Küsse, mit denen er die Stelle dazwischen verwöhnte, bis ihre Mitte vor Begierde brannte.

Er legte sie aufs Bett und strich ihr die Haare aus dem Gesicht. »Ich habe Fotos von dir mit anderen Männern gesehen«, sagte er leise, ohne jeden Vorwurf.

Sie schluckte und wusste nicht, wie sie reagieren sollte.

»Die Männer sind mir egal, aber als ich in deine Augen sah, fehlte etwas.« Er gab ihr einen Kuss auf die Stirn und fuhr mit einem Finger über ihre Wange. »Du hast ... einsam ausgesehen.«

Wie konnte er das erkennen? Niemand nahm die Wahrheit ihres Herzens wahr. Reglos lag sie da.

Sanft streichelte er ihren Arm und sah sie liebevoll an. »Was fehlt, Siena? Ich möchte die Lücke füllen.«

Oh Gott. Begierde überschwemmte sie, und sie hatte Mühe, an dem Kloß vorbeizuatmen, der sich in ihrer Kehle bildete. Wie konnte jemand so maskulin und gleichzeitig so aufmerksam sein? Ohne zu überlegen, ließ sie die aufrichtige Antwort von den Lippen gleiten.

»Ich weiß nicht genau, was es ist«, flüsterte sie. »Ich spüre nur diese Leere in mir.« Noch nie hatte sie einer Menschenseele gesagt, wie sie sich fühlte, aber das Gefühl war immer da gewesen. Eine Leere, die sie davon abhielt, ihr Leben ganz und gar anzunehmen, und die nur verschwand, wenn sie vor der Kamera stand.

»Dann habe ich es mir also nicht zusammenfantasiert.«

Er presste seine Lippen auf ihre, nahm sie in die Arme und hielt sie fest. Sie liebte es, vom Kokon seiner Kraft umfangen zu sein.

»Wenn ich dich berühre, empfinde ich so viel«, flüsterte er zwischen Küssen, die eine federleichte Spur auf ihrem Körper hinterließen. »Es ist mehr als deine Schönheit. Es ist dein Herz.« Seine Hände streichelten ihre Hüften, während sein Mund immer tiefer wanderte. »Die Frau hinter den bissigen Kommentaren und dem toughen, wunderschönen Äußeren.«

Als er am Rand ihres seidigen schwarzen Tangas entlangküsste, wölbte sie sich ihm ungeduldig entgegen. Seine Finger folgten der feinen Spitzenkante über ihre Hüfte bis zu ihrer Mitte, wo er sie stöhnend unter das feuchte Stoffdreieck gleiten ließ. Sie sog scharf die Luft ein und ballte das Laken in der Hand zusammen, während er sie sanft neckte und ihr Innerstes um mehr bettelte. Dann lag sein Mund auf der Innenseite ihres Oberschenkels, saugte an der empfindlichen Haut, bewegte sich bis zum Rand ihres Tangas, verweilte dort und leckte, während seine Finger tief in sie hineinglitten. Sie stöhnte vor Verlangen, bäumte sich auf, drängte sich an ihn und wollte mehr. Cash wusste genau, was sie brauchte, und als er den kleinen Stofffetzen wegschob und sie mit leichtem Zungenschlag verwöhnte, hätte sie sich fast bei ihm bedankt. Sie hob ihre Hüften, damit er ihr den Slip ausziehen und ihn beiseitewerfen konnte, dann massierte er die Innenseite ihres Oberschenkels, während sein Mund seine verlockende Arbeit wieder aufnahm. Jedes sachte Zungenschnippen trieb sie näher an den Rand der Ekstase. Er schob die Hände unter ihr Hinterteil und hob es an, gerade so weit, dass sich ihre Knie öffneten, und dann ertastete seine Hand wieder ihre Mitte. Fester, tiefer drang er in sie ein und reizte mit dem Daumen ihre empfindlichste Stelle, sodass sie die Fersen in die Matratze stemmte.

Einmal, zweimal schnappte sie nach Luft. »Cash.« So etwas hatte sie noch nie erlebt. *Oh Gott. Oh Gott. Oh Gott.* Er machte unbeirrt weiter und jede Berührung seiner Zunge, jedes Streichen seines Daumens jagte eine Million Nadeln durch ihre Glieder. Und dann – *oh Gott* – schob er seine Finger wieder in sie hinein und eine Million Lichter explodierten hinter ihren zusammengepressten Lidern. Die Muskeln in ihrem Innern pulsierten um ihn. Und sie stieß einen ungezügelten Schrei der Lust aus, keuchte und war unfähig, sich auf einen einzigen Gedanken zu konzentrieren.

Sie spürte, wie sein Körper auf ihren traf, seine Lippen auf ihre, ohne dass seine Hand ihre Mitte verließ, während kleine Nachbeben durch ihren Körper zuckten. Mit geschlossenen Augen lag sie da und gab sich den glückseligen Gefühlen hin.

Sein Mund fand ihren Hals, küsste, saugte leicht und weckte ihr Bedürfnis erneut. Sie schlang ein Bein um ihn, und als sie den rauen Stoff seiner Jeans spürte, öffnete sie die Augen und zerrte an seinem Hosenbund.

»Noch nicht.«

Sie wimmerte. »Das ist Folter. Du quälst mich.«

»Ich meine, mich zu erinnern …«, sagte er zwischen Küssen, mit denen er sich an ihrem Körper hinabbewegte, »dass du *vielleicht gleich zwei* Orgasmen willst.«

Sie lachte. »Okay, okay. Komm her und zeig, wie gut du als Barkeeper bist.«

Er erwiderte mit dem erotischsten Knurren, das sie jemals gehört hatte: »Ich bin ein Überflieger«, bevor er seine Hand wieder zwischen ihre Beine schob.

Und nur Minuten später befand sie sich mitten in einem weiteren Höhepunkt. »Cash, Cash, Cash!«

Unbeirrt verwöhnte er sie, trieb sie bis kurz vor den Höhepunkt und zögerte ihn so lange heraus, dass sie kaum noch wusste, wie sie hieß, als sein Mund endlich wieder zu ihrem zurückfand. Sie zerrte an seiner Jeans und löste sich aus dem Kuss.

»Zieh sie aus, bitte«, stieß sie zwischen mühsamen Atemzügen hervor.

Er war schnell bereit, sich zu fügen, und dann lag er neben ihr, nackt, mit seiner Härte an ihrem Oberschenkel. Sie streckte die Hand nach ihm aus, doch er rollte sich zur Seite, nahm ein Kondom vom Nachttisch, riss es mit den Zähnen auf und zog es schnell über.

»Beeil dich«, flehte sie.

Mit den Knien drängte er ihre Beine auseinander und schob sich über sie. Sie umklammerte seine Hüften, zog ihn nach vorne und atmete so schwer, dass ihr Herz beinahe explodierte. Seine Augen waren fast schwarz, als er auf sie herabblickte, jeder Muskel angespannt. Seine Brust hob sich mit jedem Atemzug. Sie spürte die Spitze seines Verlangens an ihrer Mitte und sie drückte die Hände auf seine Hüften und drängte ihn vorwärts. Im nächsten Atemzug glitt er hinein. Tief. Hart. Beide schnappten nach Luft, als sie aufeinandertrafen. Zuerst bewegte er sich langsam, jeder Stoß brachte sie näher zusammen, ihre Blicke trafen sich, ihre Körper waren eins.

»Küss mich«, flüsterte sie.

Sie verschmolz mit dem Kuss, als er ihren Mund mit sanften Bewegungen verwöhnte, im gleichen Rhythmus wie seine Hüften. Sie bäumte sich auf und erwiderte jeden seiner Stöße. Prickelnd kündigte sich ein weiterer Orgasmus an, als er schneller und schneller zustieß. Sie legte ihm die Beine um die Taille, sodass er noch tiefer in sie hineingleiten und noch heftiger zustoßen und sie völlig ausfüllen konnte.

»Oh Gott. Cash.« Sie biss die Zähne gegen die Woge zusammen, die heranrollte und sie bald mit sich reißen würde.

»Sag mir, was du magst«, sagte er.

»Dich.«

Ein einfaches, aufrichtiges Wort, und ihre Belohnung bestand darin, dass er sich im perfekten Rhythmus bewegte, um sie wieder auf den Gipfel der Leidenschaft zu treiben, und ihr den kraftvollsten, umwerfendsten Höhepunkt bescherte, den sie jemals erlebt hatte. Wieder und wieder schrie sie ihre Lust heraus, und als er sich seiner eigenen machtvollen Erlösung hingab, hielt er sie fest und stöhnte ihren Namen an ihrem Ohr – das Wunderbarste, was sie je gehört hatte. Und sie konnte es kaum erwarten, es erneut zu hören.

Zwölf

Cash konnte sich nicht daran erinnern, dass er seine Wohnung jemals als etwas anderes als *diese alte Bude* bezeichnet hatte. Sicher, er war stolz auf das, was Tommy und er geleistet hatten, aber er verbrachte den größten Teil seiner Freizeit auf der Wache. Bei dem Wort Zuhause dachte er an seine Familie, der er sehr nahestand, und an das Haus, in dem er mit seinen Geschwistern aufgewachsen war. Als er nach New York gezogen war, hatte er gehofft, dass seine eigenen vier Wände eines Tages dasselbe Gefühl von Geborgenheit in ihm wachrufen würden, doch das war bisher nicht passiert. Nun lag er im Bett, umgeben von Sienas Duft, ihr Kopf auf seiner Brust, ein schlankes, seidiges Bein über seines geschoben, und dachte plötzlich, dass er gerne mehr Zeit hier verbringen wollte. *Mit Siena.*

»Bleib heute Nacht hier.« Er gab ihr einen Kuss aufs Haar mit seinem Kokosnussduft.

»Mmh.« Es war keine Antwort, aber es fühlte sich zweifelsohne gut an, als sie sanft mit dem Finger über seinen Bauch strich.

»Ich möchte neben dir aufwachen.«

»Dann … werden wir also schlafen? *Hm.*« Sie sah lächelnd zu ihm auf, dann schob sie sich auf ihn. »Wie wirst du morgen über mich denken? Ein einziges Date und schon lande ich in deinem Bett und lasse dich alle möglichen schmutzigen Sachen mit mir anstellen.« Sie senkte ihre Stimme zu einem Flüstern. »Und ich hab dich nackt gesehen.«

»Tja, da hast du wohl recht. Ich habe dich für alle anderen Männer ruiniert, oder? Wie könntest du dich jemals wieder mit einem ganz normalen Typen abgeben, wenn du in den Genuss von Cash Ryder gekommen bist?«

»Stimmt«, sagte sie stirnrunzelnd. »Dann habe ich dich aber auch für andere Frauen verdorben.«

Lachend drehte er sie auf den Rücken, drückte sie in die Matratze und küsste sie sanfter, als sein kraftvoller Griff vermuten ließ. Ihr Sinn für Humor war ebenso hinreißend wie ihre Sinnlichkeit.

»Vielleicht lasse ich mich doch überreden.« Sie erwiderte seinen Kuss. »Kannst du mir ein T-Shirt leihen? Ich hab nämlich kein Nachthemd dabei.«

»Klar, aber möglicherweise wachst du nicht darin auf.«

Sie seufzte. »So viele Versprechungen.«

Als die Sonne aufging, war Cash schon eine Stunde lang wach. Siena lag wie eine Decke über seinem Körper und wärmte sich vermutlich an ihm. Ihr Arm ruhte auf seinem Bauch, das linke Bein hatte sie über seinen Oberschenkel geschoben und ihre Wange war an seine Brust geschmiegt. Er lauschte ihren leisen, regelmäßigen Atemzügen und konnte sich nicht erinnern, jemals so glücklich gewesen zu sein. Am liebsten hätte er den ganzen Tag so bei Siena gelegen. Als er über den heraufdämmernden Tag nachdachte, gingen seine Gedanken zurück zu dem Gespräch mit Chief Weber.

Er fragte sich, ob ein Treffen mit Regan etwas bewirken könnte. Als Ausbilder war Regan unmöglich, daran bestand kein Zweifel. Als Kollege schätzte Cash ihn jedoch sehr. Wenn es jemandem gelang, ihm seinen Kopf geradezurücken, dann war es Regan, ein Gedanke, der Cash zu gleichen Teilen mit Erleichterung und Sorge erfüllte. Was, wenn die Wunden so tief waren, dass er nie wieder zu seiner alten Form zurückfinden würde?

»Guten Morgen«, murmelte Siena verschlafen und lächelte zu ihm auf. Ihre Augen waren halb geschlossen, aber ihr zufriedener, vertrauensvoller Blick hatte keine Ähnlichkeit mit den bösen Blicken, mit denen sie ihn bei ihrer ersten Begegnung bedacht hatte – und seitdem öfter, als er zählen konnte. »Ziehst du heute diese sexy Schutzhose an und gehst Feuer löschen?«

Wenn es zwischen ihnen ernst war, hatte sie ein Recht darauf, zu erfahren, dass er gerade eine schwierige Phase durchmachte. *Schwierige Phase. Die Untertreibung des Jahres.* Bevor er etwas erwidern konnte, stützte sie sich auf einen Ellbogen, ihr zerzaustes Haar fiel ihr über die Schultern und die nackten Brüste.

»Ich wette, es gibt jede Menge Frauen, die Notrufe absetzen, nur damit ihr in eurer sexy Uniform auftaucht, mit euren riesigen Äxten und euren stahlharten Muskeln und …«

Mist. Wie sollte er ihr beibringen, dass er mittlerweile jemand war, über den sich seine Kollegen ärgerten? »Nein, tun sie nicht.« Seine Stimme klang schroff und schien so gar nicht zu der zärtlichen Geste zu passen, mit der er ihr eine Strähne aus dem Gesicht strich. Er griff nach dem T-Shirt, das sie am Abend zuvor genau zehn Minuten lang getragen hatte, und reichte es ihr.

Sie streifte es über, und er half ihr, es bis zur Taille herunterzuziehen. Die Ärmel hingen ihr bis zu den Ellbogen und das ausladende Shirt bauschte sich um ihren Oberkörper. Sie sah einfach unglaublich süß aus.

»Mein Dienst beginnt erst später. Ich dachte, wir könnten etwas Zeit miteinander verbringen – es sei denn, du bist schon anderweitig verplant.«

Anderweitig verplant. Mist, Mist, Mist. Freitagabend. Ihr Date mit Gunner. *Igitt.* Sie setzte sich auf, griff sich eine Haarsträhne und betrachtete die Spitzen mit gespieltem Interesse, nur um Cash nicht ansehen zu müssen. Nach ihrer gemeinsamen Nacht wurde ihr bei der Vorstellung regelrecht übel, sich mit Gunner zu treffen.

»Ich muss nach Hause und mich umziehen«, sagte sie leise. *Ich sollte es dir sagen. Du würdest es verstehen. Oder etwa nicht?* Natürlich würde er es verstehen. Sie betrachtete die Wölbungen seiner Bauchmuskeln und seine wunderbar breite Brust. Sie war fest und hart und unter der wunderbar straffen Haut zeichneten sich die Muskelstränge ab. Er war größer als die meisten anderen Männer, mit denen sie sich bisher verabredet hatte. Schauspieler waren in der Regel kleiner und schlanker. Sie dachte über ihr Zusammensein nach. Er war definitiv dominanter, maskuliner. Männlich, er war ein Mann, durch und durch. Er würde es nie verstehen. Wie sollte er auch? Sein Stolz würde ihm im Weg stehen.

»Warum duschen wir nicht hier? Dann gehen wir zu dir,

damit du dich umziehen kannst, und bleiben eine Weile da. Ich wollte ein paar Dinge für Vetta erledigen, aber sonst habe ich nichts vor. Auf der Wache muss ich erst gegen fünf wieder sein.«

Sienas Magen krampfte sich zusammen. Er würde von dem Date mit Gunner erfahren. Er würde die Fotos sehen. Schließlich war das ja der springende Punkt, oder? Sie überlegte, ihm die Wahrheit zu sagen. *Es ist ein Date, das ich nicht absagen kann. Meine Agentin hat es eingefädelt. Es soll meine Karriere fördern.* Sie klang wie jemand, der für alles eine Entschuldigung parat hatte. Cash und sie hatten bisher nur ein einziges echtes Date gehabt. Was, wenn er nicht so war, wie sie dachte? Was, wenn seine romantische, zarte Seite und die gespielten Besitzansprüche gar nicht echt waren? *Dann wäre es mit meiner Menschenkenntnis nicht weit her.* Sie dachte an die Typen, mit denen sie zuletzt ausgegangen war. *Ja, okay. Hab's kapiert. Vielleicht bin ich wirklich kein großer Menschenkenner.* Sie spielte wieder mit ihren Haaren und wünschte sich nichts sehnlicher, als den Tag mit ihm zu verbringen.

»Klingt perfekt.« Es überraschte sie immer wieder, wie lieb seine Stimme klingen konnte und wie sanft seine Berührungen sich anfühlten.

In der Duschkabine nahm sein massiver Körper fast den ganzen Raum ein. Sie verschränkte die Arme vor der Brust, um sich vor der kalten Luft zu schützen.

»Ich kann warten, bis du fertig bist«, sagte sie. Kaum war sie beiseitegetreten, spürte sie seine große Hand auf der Schulter.

»Oh nein, das wirst du nicht tun.«

Sein Befehlston sandte einen Wonneschauer durch sie hindurch. Sie wandte sich wieder zu ihm um. Großer Gott, er war wirklich zu sexy. Wasser rann über seine kräftigen Schultern und seinen perfekten Körper. Unwillkürlich folgte ihr Blick den

Rinnsalen immer weiter nach unten –

Er zog sie zurück in die Dusche, an seine Brust. »Hallo. Meine Augen sind hier oben.«

»Mag sein, aber da unten ist etwas, das mir ein Loch in die Hüfte bohrt.«

Er senkte seinen Mund auf ihren und ließ seine Zunge langsam über ihre Unterlippe gleiten, bevor er sie wie ausgehungert küsste. Mit beiden Händen packte er ihr Hinterteil und zog sie an sich. Sein Drängen steigerte ihr Verlangen, und als sie ihre Hände um seine Pobacken legte, sah er sie aus dunklen Augen an. Schwer atmend hob er sie hoch und drückte sie mit dem Rücken an die kalten Fliesen.

»Ich will dich!« Er presste sie mit den Hüften an die Wand, damit sie nicht herunterrutschte.

»Das ist sehr direkt, aber okay«, sagte sie lachend.

»Gott, Siena. Ich habe kein Kondom.« Er sah auf seinen Schaft hinunter, der sich unübersehbar zwischen ihnen in die Höhe reckte. »Ich dachte, ich könnte duschen, ohne … *Großer Gott.*«

»Ich nehme die Pille«, sagte sie halbherzig.

Er suchte ihren Blick. »Das ist nicht der einzige Grund, ein Kondom zu benutzen.«

»Was du nicht sagst.« Sie kniff die Augen zusammen. »Wofür hältst du mich? Für ein Flittchen?«

Er stellte sie wieder auf die Füße. »Das habe ich nicht gemeint.«

»Nein?« Sie wandte ihm den Rücken zu. Ärger mischte sich mit dem Feuer, das er in ihr entfacht hatte. *Was zum Teufel ist bloß in uns gefahren?*

Mit einer entschlossenen Handbewegung drehte er sie wieder herum und hielt ihre Arme fest. Sein Atem ging schwer, als er ihr in die Augen sah. »Du hast keine Ahnung, mit wem ich zusammen war.«

»Willst du angeben? Das ist allerdings nicht sehr attraktiv.« Grundgütiger. Tränen stiegen ihr in die Augen. Mit einem Ruck riss sie sich von ihm los.

»Ich kann nicht einmal richtig reden, wenn ich in deiner Nähe bin. Du machst mich noch ganz kirre.« Zorn blitzte in seinen Augen auf. »Das habe ich überhaupt nicht gemeint. Ich meinte, dass du nicht selbstverständlich davon ausgehen kannst, dass ich keine Geschlechtskrankheit habe. Du bist zu vertrauensselig.«

»Bin ich nicht.« Jetzt zitterte auch noch ihre verräterische Unterlippe. *Mist!* Ihr ganzer Körper zitterte.

Sein Blick wurde weicher, als er an ihr herabsah. Er nahm sie sanft in die Arme und drückte sie an sich, während er ihr mit den Händen immer wieder über den Rücken fuhr.

»Du frierst.«

»Tu ich nicht. Mir geht es gut und ich gehe mich jetzt anziehen.« Verdammt, wenn er sich doch nur nicht so gut anfühlen würde. Sie versuchte, sich wegzudrehen und aus der Dusche zu treten, doch er hielt sie fest.

Mit ernstem Blick sah er auf sie herab. »Siena, ich habe nicht geprahlt. Ich habe nur gesagt, dass wir über diese Dinge reden müssen, wenn wir zusammenbleiben wollen.«

Sie ballte die Hände zu Fäusten und drückte sie ihm an die Brust. »Das weiß ich.« Die Wut machte einen schmalen Strich aus ihren Lippen. »Ich habe mich noch nie mit irgendetwas angesteckt«, stieß sie schließlich hervor.

»Ich auch nicht«, gab er zurück. »Wir müssen eine Entscheidung treffen. Wenn wir eine feste Beziehung wollen, ist es okay ohne Kondom, aber wenn wir das nicht wollen, kann keiner von uns dieses Risiko eingehen.« Die Wut in seiner Stimme verebbte, als er ihr eine nasse Haarsträhne aus der Stirn strich. »Das ist alles, was ich sagen wollte. Vorbereitung ist alles im Leben. Ein falscher Schritt und …«

Er küsste sie auf die Stirn und für einen Moment verdunkelte ein Schatten aus Traurigkeit seine Augen, der ebenso schnell wieder verschwand, wie er aufgetaucht war.

Wieder versuchte sie, sich seinem Griff zu entwinden, und diesmal hielt er sie nicht fest. Sie wünschte, er hätte sie nicht losgelassen. Er hatte recht, das wusste sie, doch ihr Körper war immer noch gereizt und erregt und die gottverdammten Tränen, die sie mühsam zurückgehalten hatte, liefen ihr nun über die Wangen. *Eine feste Beziehung.* Das war genau das, was sie wollte, aber was sollte sie dann mit dem Date mit Gunner machen? War es fair, sich auf eine feste Beziehung einzulassen, wenn sie sich schon mit einem anderen zu einem Date verabredet hatte? Bei diesem Gedanken musste sie noch mehr weinen.

Wasser rann ihr über den Rücken und winzige Spritzer landeten auf seinen Schultern und seiner Brust. Sie könnte duschen, sich anziehen und weggehen. Einfach nach Hause gehen und vergessen, dass es dieses Date je gegeben hatte. Aber das wollte sie nicht. Sie wollte ihm nahe sein. Sie lehnte sich an ihn, noch nicht bereit, einzulenken, und doch voller Sehnsucht danach, genau das zu tun.

»Es tut mir leid.« Er küsste sie auf den Kopf. »Ich wollte nur alles richtig machen.«

Sie schaute in seine braunen Augen und musste nicht einmal überlegen, ob sie die Hand ausstrecken und seine Wange berühren sollte. »Das liebe ich an dir. Aber ich hasse es auch.«

»Dann wird unsere Beziehung nie langweilig.« Er senkte

seine Lippen auf ihre, und es brauchte nur ein paar Zungenschläge, bis sie sich wieder aneinanderklammerten. »Feste Beziehung oder nicht? Wir sollten uns entscheiden.«

»Feste Beziehung? Von meiner Seite aus ja.« *Bis auf dieses Date. Oh Gott. Das verdammte Date mit Gunner.* Sie würde nicht mit ihm schlafen, also zählte es nicht. So zu denken war falsch, das wusste sie genau, und sie ärgerte sich über sich selbst. *Ich muss es ihm sagen. Ich kann es ihm nicht verheimlichen.* Ihr schlechtes Gewissen versetzte ihr einen weiteren Stich. Sie hatte Jewel versprochen, dass sie es niemandem erzählen würde.

»Von meiner Seite aus auch.«

Er hob sie erneut hoch, und mit den kalten Kacheln im Rücken und dem Wasser, das auf ihre adrenalingetränkten Körper prasselte, schlang sie ihm die Beine um die Taille und nahm jeden Zentimeter von ihm in sich auf.

»Lieber Himmel«, flüsterte sie, die Hände in sein nasses Haar gekrallt. Sex hatte sich noch nie so gut angefühlt. Mühelos hielt er sie fest und drängte sie an die Wand, während jeder seiner Stöße genau zum richtigen Zeitpunkt kam. Seine Lippen fanden die sanfte Krümmung ihres Halses, und seine Zunge streichelte die empfindsame Haut, bis sie die Augen schloss und ihr ganzer Körper von einem berauschenden Orgasmus ergriffen wurde. Im gleichen Moment keuchte er ihren Namen und folgte ihr auf den Höhepunkt.

Dreizehn

Am Abend zuvor hatte sich Cash nicht die Zeit genommen, sich Sienas Loft genauer anzusehen. Als sie nun die Tür aufschloss, ließ er den Blick durch den weitläufigen Raum schweifen. Durch die großen, in unverputzte Backsteinwände eingelassenen Fenster drang strahlendes Sonnenlicht und schimmerte auf den hellen Eichenböden. Mit einem großen hölzernen Esstisch auf der einen und einem Sofa, zwei Ledersesseln, einem Couchtisch und Beistelltischen auf der anderen Seite war das Loft sparsam möbliert. Die Küche, durch eine Theke mit vier lederbezogenen Hockern vom Rest des Raumes getrennt, war ganz rechts, und daneben befand sich das Schlafzimmer, das er durch die offene Tür sehen konnte. Wahrscheinlich hätte seine ganze Wohnung in dieses Schlafzimmer gepasst. Die Kartons, die er gestern vor ihre Tür gestellt hatte, standen immer noch auf dem Couchtisch.

Siena hängte ihre Mäntel an der Tür auf und begann, die leeren Kartons aufzusammeln. »Meine Güte, ich hatte ganz vergessen, dass ich die nicht weggeräumt hatte. Der gestrige Abend scheint schon eine Ewigkeit her zu sein. Oder geht es nur mir so?«

Er nahm ihr die Kartons ab. »Alles fühlt sich so an, als sei es eine Ewigkeit her. Ich habe das Gefühl, als würden wir uns seit Jahren kennen, aber das liegt wahrscheinlich an unseren Streitereien.«

Sie drehte sich zu ihm um und packte sein Hemd mit der Faust. »Wie streiten uns nicht.«

»Nein? Wie nennt man es denn?«

Sie runzelte die Stirn. »Geplänkel?«

»Hm, ja, okay. Du wirst es schnell genug satthaben.« Mit den Kartons in der Hand ging er zur Tür und versuchte, sich nicht anmerken zu lassen, dass ihn bei diesen Worten eine schmerzliche Sehnsucht durchzuckte. »Soll ich die schnell zum Müllcontainer runterbringen?«

»Ich werde es nicht satthaben, aber du vielleicht. Meine Brüder sagen immer, dass ich manchmal eine störrische Nervensäge bin.« Sie wirbelte herum und klimperte mit den Wimpern. »Aber ich denke, ich bin einfach nur lebhaft.«

»Oh ja, lebhaft bist du, daran besteht kein Zweifel.« Er hob die Brauen und lachte leise.

Sie warf ihm ihren Schlüsselbund zu. »Hier. Wenn du die wegbringst, ziehe ich mich schnell um. Dann können wir etwas unternehmen, bevor der ganze Tag weg ist.«

Cash trug die Kartons die Treppe hinunter und stellte fest, dass es ihm Spaß machte, ihr diese Arbeit abzunehmen. *Seltsam.* Auf dem Weg nach unten überlegte er, Siena zu erzählen, was mit ihm und seiner Arbeit los war. Er brauchte einen zuverlässigen Rat und wusste genau, wo er ihn bekommen würde. Nachdem er die Kartons entsorgt hatte, zog er sein Handy hervor und rief seinen ältesten Bruder Duke an.

»Was gibt's, Bruderherz?« Dukes tiefe Stimme klang munter.

»Nichts Besonderes. Ich brauche deinen Rat.« Die beiden

Brüder hatten sich immer schon nahegestanden. Es war Duke gewesen, der ihn zu seinem Abschluss und zu seinem Beruf gedrängt hatte. Er hatte Cash erklärt, dass er jeden Job irgendwann leid sein würde, also könnte er genauso gut das tun, was er liebte, und es so lange wie möglich genießen. Und dann? Wenn es keinen Spaß mehr machte und nicht mehr interessant war? Dann, hatte er gesagt, sei es an der Zeit, sich nach etwas Neuem umzusehen. Cash war noch nicht bereit, sich nach etwas Neuem umzusehen, aber Spaß machte es verdammt noch mal auch nicht.

»Ja? Dann schieß los. Ich habe ungefähr eine Viertelstunde Zeit, dann hab ich ein Meeting.«

Cash holte tief Luft. Es fiel ihm nicht leicht, Duke gegenüber zuzugeben, was mit ihm los war. Allerdings war es leichter, als es einer Frau zu gestehen, die ihn so sah, wie ihn alle sahen: als starken, entschlossenen Feuerwehrmann, der alles im Griff hatte und jeden Tag sein Leben aufs Spiel setzte. Dabei hatte er neuerdings nichts mehr im Griff, wenn er Auge in Auge mit der täglichen Gefahr war.

»Okay. Du erinnerst dich doch an den Brand vor ein paar Wochen, als ich dir sagte, dass es der schlimmste war, den ich je erlebt habe?«

»Ja, klar.« Das Mitgefühl in Dukes Stimme war nicht zu überhören.

»Dann weißt du auch noch, dass ein alter Mann gestorben ist, weil ich ihn nicht erreichen konnte. Er war zweiundneunzig.« Cash brach der Schweiß aus. Er wischte sich über die nasse Stirn.

»Ja, ich erinnere mich. Das ist schlimm, Mann. Zumindest hatte er ein langes Leben.«

»Ja, das sagen alle. Aber ich kriege die ganze Sache nicht

mehr aus dem Kopf. Ich denke ständig daran, dass er meinetwegen gestorben ist. Wenn die Balken nicht gewesen wären, hätte ich an ihn rankommen können und –«

»Alter, die brennenden Balken haben dir den Weg versperrt. Was zum Teufel redest du da?«

»Danke für das Mitgefühl.« Cash nahm zwei Stufen auf einmal zurück zu Sienas Wohnung. »Hör zu, seitdem bin ich irgendwie völlig durch den Wind. Es gefällt mir nicht, und ich kapiere auch gar nicht, was mit mir los ist. Aber ich gehe neuerdings Risiken ein, total unverantwortlich. Ich mache Sachen, die ich noch nie gemacht habe, wie meinen Partner zurücklassen und drinbleiben, trotz der Aufforderung, rauszukommen. Tommy und die Jungs haben mich anfangs gedeckt, aber inzwischen sind sie ziemlich sauer und der Chief ist es auch.«

»Das ist übel, Cash. Was denkst du, was mit dir nicht stimmt? Könnte es eine Posttraumatische Belastungsstörung sein?«, fragte Duke.

»Woher soll ich das wissen? Ich habe mit einer Therapeutin gesprochen, aber es hat nicht geholfen.«

»Du könntest Boyd fragen. Wenn jemand etwas über PTBS weiß, dann er.«

Duke hatte recht. Boyds Eltern waren bei einem Brand ums Leben gekommen und die Katastrophe hatte bis heute ihre Spuren bei ihm hinterlassen. Cashs Mutter und Vater waren wie Eltern für Boyd und seine Geschwister. Boyd war gerade nicht in der Nähe, daher fuhr Cash fort: »Da ist noch etwas. Ich habe eine Frau kennengelernt und bin mir nicht sicher, ob ich es ihr sagen soll oder nicht.« Er setzte sich auf die oberste Stufe vor Sienas Wohnung und senkte die Stimme.

»Magst du sie?«

»Ja. Sehr.«

»Dann ist die Sache doch klar. Aufrichtigkeit ist das Motto, Mann. Das weißt du. Ohne das ist alles nichts wert.«

Cash nickte und fuhr sich mit der Hand durch die Haare. »Stimmt. Ich weiß es. Ich musste es nur von jemand anderem hören.«

»Jederzeit, Kumpel. Ich muss los, aber hör zu: Wenn du darüber reden willst, ruf mich an oder komm zu mir, und dann versuchen wir, eine Lösung zu finden. Spontan würde ich sagen, du solltest dich einfach zwingen, keine unnötigen Risiken mehr einzugehen – oder den Job ganz aufgeben. Du darfst das Leben von Tom und den anderen Jungs nicht gefährden. Du weißt ja, es heißt immer, man sollte sich seinen Ängsten stellen, aber ich bin mir grad nicht sicher, ob das in dem Fall das Richtige ist. Es fiel mir nur gerade ein.«

Cash stellte sich Duke vor, wie er in Anzug und Krawatte dastand, das dunkelblonde Haar gerade genug zerzaust, um seinem ansonsten makellosen Aussehen einen Hauch von Verwegenheit zu verleihen. Als Immobilieninvestor war er tagsüber mit Verhandlungen und Reisen beschäftigt und verbrachte die Nächte in den Armen einiger der schönsten Frauen der Welt.

»Danke, Duke. Das weiß ich zu schätzen. Viel Glück bei deinem Meeting.«

»Glück? Geschick, Baby, darum geht es. Hab dich lieb, Cash. Wir müssen uns irgendwann auf ein Bier treffen, am besten, wenn es gerade nicht stürmt und schneit. Hey, der Frau, die du gerettet hast, geht es gut, oder?«

Er dachte an Siena, wie sie nackt in seinem Bett unter ihm lag, sein Name auf den Lippen, als sie kam.

»Oh ja.«

»Aha, du hast dich gerade verraten, mein Freund.«

»Und wenn schon. Geh zu deinem Meeting. Ich muss rein. Danke, Duke.« Er beendete den Anruf und starrte auf die Tür zu Sienas Loft. Er musste es ihr sagen, vor allem nach ihrem Gespräch unter der Dusche. Allein der Gedanke an die Dusche erregte ihn. *Lieber Himmel.* Er musste seine Gefühle unter Kontrolle kriegen.

Siena zog sich gerade einen Pullover über den Kopf, als ihr Handy klingelte.

»Hallo, Mom. Was gibt's?« Mit dem Telefon am Ohr streifte sie ihre Jeans über und ging dann ins Badezimmer, um sich zu schminken.

»Hi, Schatz, ich wollte nur nachfragen, ob du Hal Braden schon wegen der Bilder angerufen hast.«

Mist. Daran hatte sie gar nicht mehr gedacht. »Ich hatte gestern Abend dieses Date und da habe ich es verschwitzt. Ich rufe ihn an, sobald wir aufgelegt haben.« Sie zeichnete einen dünnen Lidstrich auf.

»Ein Date? Oh, das hatte ich beinahe vergessen.«

Und das soll ich dir glauben?

»Hat er deine Checkliste bestanden?«

Siena hörte das Lächeln in der Stimme ihrer Mutter und stellte sich vor, wie sie die Augenbrauen hob. »Volle Punktzahl.«

»Oh. Du meine Güte.« Ihre Mutter schwieg einen Moment. »Dann wirst du ihn also wiedersehen?«

»Ja. Wir verbringen heute den Tag zusammen. Wir wollten gleich aufbrechen.« Sie hörte, wie die Tür zu ihrer Wohnung aufging und gleich darauf ins Schloss fiel.

»Dann will ich dich nicht aufhalten. Wirst du ihm von dem Date mit diesem Sportler erzählen?«

Sienas Magen krampfte sich zusammen. »Nein.« Sie betrachtete ihr Spiegelbild und sah, wie ihr Lächeln verblasste.

Ihre Mutter antwortete nicht.

Verdammt. Sie wusste, wie wichtig Ehrlichkeit für ihre Mutter war, hatte aber weder die Zeit noch das Bedürfnis, mit ihr über ihre Dates zu diskutieren. Die Aussicht auf einen Abend mit Gunner war schlimm genug, doch darüber zu sprechen, machte sie richtig wütend.

»Mom?«

»Ja. Ich bin noch da, Liebling. Okay, nun ja, du weißt selbst am besten, wie du deine Angelegenheiten regelst, also …«

Siena seufzte. »Mom, ich finde es nicht gerade toll, dieses Date vor ihm zu verheimlichen. Ich möchte es ihm sagen, und ich weiß, dass es das Richtige wäre, aber ich habe Jewel versprochen, niemandem davon zu erzählen, und es ist kein Spiel. Es geht um meine Karriere.« Sie straffte die Schultern und sah wieder in den Spiegel. »Ich muss los. Ich rufe Hal an.« Sie verabschiedete sich von ihrer Mutter und versuchte, das schlechte Gewissen abzuschütteln, das sie nicht mehr losließ. Wenn ihre Mutter jetzt hier wäre, würde sie Siena den Widerstreit der Gefühle sofort anmerken. Sie hoffte nur, dass Cash nicht ebenso hellsichtig war.

Als sie aus dem Bad kam, stand er an einem der Fenster.

»Du magst keine Vorhänge, wie?«

»Ja, stimmt.« Sie stellte sich zu ihm und schaute auf die Straßen hinab. Der Schnee war fast vollständig geschmolzen, die Bürgersteige und Straßen waren frei, aber nass. »Ich mochte Vorhänge noch nie und dieses Licht ist wunderbar. Bei dir ist mir aufgefallen, dass du zwar im Schlafzimmer Vorhänge hast, aber im Rest der Wohnung nicht.«

»Darüber habe ich mir noch nie Gedanken gemacht. Du hast recht, aber ich bin ein Mann. Ich dachte, dass Frauen ihre Privatsphäre heilig ist.«

»Ja, meine Privatsphäre ist mir wichtig, aber Licht auch. Und das Loft liegt so hoch, dass ich vor neugierigen Blicken verschont bleibe.«

»Das verstehe ich.« Er legte ihr die Hand auf den Rücken und küsste sie auf die Wange. »Du siehst wunderschön aus und duftest herrlich.«

Seine Lippen auf ihrer Wange und seine leise, sexy Stimme ließen sie erschauern. »Danke.« Sie hakte ihren Finger in seine Jeans. »Bevor ich es vergesse: Ich muss schnell telefonieren. Macht es dir etwas aus? Ich kann auch von unterwegs anrufen.«

»Das ist nicht nötig. Erledige deinen Anruf, und wir brechen auf, wenn du fertig bist.«

Sie ging in den Küchenbereich, während sie die Kontakte auf ihrem Handy durchging. Die Nummer von Hal hatte sie nicht, wohl aber die von seinem Sohn Treat. Er meldete sich beim zweiten Klingeln.

»Ah, Siena Remington. Wie geht es meiner zukünftigen Schwägerin?« Treat war Savannahs ältester Bruder. Mit seinen dunklen Haaren, den noch dunkleren Augen und einem Körper, der durchaus mit dem von Cash mithalten konnte, war er eine gute Partie für seine schwangere Frau Max. Max war selbst eine wahre Schönheit: zierlich und dunkelhaarig, klug und willensstark. Siena freute sich darauf, mit der Heirat von Jack und Savannah ganz offiziell ein Teil ihrer Familie zu werden.

»Mir geht es gut, Treat. Wie geht es dir? Und wie geht es

Max?« Sie ließ sich auf einen Stuhl sinken.

»Ihr geht es ganz gut, sie ist ein bisschen müde, aber du kennst ja Max. Sie ist ständig auf den Beinen.«

»Wunderbar. Noch drei Monate, dann kommt das Baby, oder?« Sie sah Cash zu, der sich in ihrer Küche bewegte, als würde er dort wohnen. Es sah so selbstverständlich aus, wie er ein Glas aus dem Küchenschrank nahm und sich Orangensaft aus dem Kühlschrank eingoss.

Er hielt das Glas hoch. »Willst du auch was?«, formte er mit den Lippen.

Sie schüttelte den Kopf und antwortete ebenso stumm: »Nein, danke.«

»Ja, noch drei Monate. Sie freut sich wirklich auf Savannahs Brautparty, wir alle freuen uns darauf, euch wiederzusehen.«

»Wegen der Brautparty rufe ich an. Meine Mutter und ich möchten ein Fotoalbum mit Bildern von Jack und Savannah zusammenstellen, auf denen sie im Laufe der Jahre zu sehen sind. Wir haben Fotos von Jack in seiner Armeezeit, aber bestimmt gibt es auch welche von Savannah in diesem Alter, bis heute. Ich wollte deinen Vater anrufen, aber ich habe seine Nummer nicht.«

»Was für ein wunderbares Geschenk. Ich kann dir Bilder von Savannah besorgen. Sag mir einfach, wie viele du ungefähr brauchst, und ich schicke sie morgen raus.«

Treat war immer großzügig und zuvorkommend, und es dämmerte Siena, dass alle Bradens, sowohl Savannah als auch ihre fünf Brüder, so waren. Und natürlich auch ihr Vater, der sie alleine großgezogen hatte, nachdem ihre Mutter an Krebs gestorben war, als Treat gerade elf Jahre alt war.

»Allzu viele Fotos brauchen wir nicht. Vielleicht ein paar pro Jahr? Glaubst du, dein Vater hat etwas dagegen? Ich möchte auf keinen Fall, dass ihm die Bilder fehlen.«

Cash hatte sein Glas leer getrunken, spülte es aus, trocknete es ab und stellte es in den Schrank zurück. Siena beobachtete ihn interessiert. Sicher waren nicht alle Männer so rücksichtsvoll.

»Er wird ganz sicher nichts dagegen haben. Du kennst doch meinen Vater. Er ist eine romantische Seele durch und durch. Brauchst du sonst noch etwas?«, fragte Treat.

»Nein, das ist alles. Danke, Treat. Ich geb dir schnell meine Adresse.« Er versprach, die Bilder am nächsten Tag loszuschicken. Sie verabschiedete sich und entschuldigte sich bei Cash.

»Für einen Anruf musst du dich doch nicht entschuldigen. Ich wollte nicht lauschen, aber da war von einem Fotoalbum die Rede. Ich lege gerade eins für Vetta an.« Er griff nach Sienas Hand und zog sie vom Stuhl hoch.

»Ach, tatsächlich?«

»Ja. Sie hatte diesen großen Karton mit Fotos, alle in Umschlägen verpackt. Ich dachte, es ist das Mindeste, was ich tun kann.«

Er spannte sich merklich an.

»In einem Album kann sie besser herumblättern. Ich dachte, sie würde sich gerne Fotos von ihrem Mann ansehen, jetzt wo er nicht mehr da ist.«

Sie spürte, dass sich ihr Herz noch mehr für ihn öffnete. »Das ist so lieb von dir. Woher kennst du sie eigentlich?«

Er nahm ihren Mantel vom Haken an der Tür und half ihr hinein. »Durch einen Brand in ihrer Wohnung, zu dem wir gerufen wurden.« Er streifte seinen Parka über und öffnete die Tür. »Hast du deine Handtasche? Schlüssel? Handschuhe?«

Sie nahm ihre Handtasche von der Couch, die Handschuhe

aus der Manteltasche und streckte die Hand nach ihrem Wohnungsschlüssel aus. Als er ihn ihr gab, packte sie ihn am Kragen und gab ihm einen Kuss auf den Mund. »Ja, ja und ja. Siehst du? Ich bin ganz brav.«

Sie gingen zu dem Café, in dem sie vor ein paar Tagen den Kakao gekauft hatten, bestellten Croissants und Kaffee zum Mitnehmen und schlenderten dann durch das Village.

»Wenigstens friert es heute nicht«, sagte Siena, als sie stehenblieben, um die Auslage in einem Schaufenster zu betrachten.

Cash legte ihr den Arm um die Schultern und zog sie an sich. »Ich fand die Kälte gut. Da hast du dich so schön an mich gekuschelt.«

»Mir ist jetzt doch etwas kalt«, sagte sie lächelnd und schmiegte sich an ihn. Immer, wenn er sie an sich zog, hatte sie ein schlechtes Gewissen, weil sie ihm noch nicht von dem Date mit Gunner erzählt hatte.

»Also, erzähl mir alles, was ich nicht über Siena Remington weiß«, sagte Cash, während sie die Fifth Avenue in Richtung Washington Square Park gingen.

»Was du nicht weißt? Mal sehen. Du weißt schon, dass ich ein bisschen stur sein kann, und du weißt, dass ich heiße Schokolade mag, und du weißt alles über meine Familie.«

»Das ist Small Talk für ein erstes Date. Ich will dich richtig kennenlernen. Was machst du am liebsten? Was findest du schrecklich? Wovor hast du Angst? Was ist deine Lieblingsfarbe?« Hand in Hand betraten sie den Park.

»Das ist ziemlich einfach. Ich tanze gern, ich esse gerne Eis, auch wenn ich mich dabei meistens vollkleckere. Ich gehe gerne shoppen, aber am liebsten kaufe ich Sachen für andere Leute.« Sie holte tief Luft. »Und ich liebe das. Hier mit dir zusammen zu sein, einfach so, ohne Plan.«

Er wurde ernst und fragte: »Woher weißt du, dass ich das nicht geplant habe?«

»Hast du es denn geplant?«

»Nein, aber …«

»Ha! Ich wusste es. Oh, das ist vielleicht etwas, das du noch nicht von mir weißt. Mit meiner Intuition liege ich immer richtig.« Sie warf sich die Haare über die Schulter.

»Ach so? Wenn du mit deiner Intuition immer richtig liegst, hättest du gewusst, dass ich unter der Dusche nicht geprahlt habe.« Er zog sie an sich und sah ihr in die Augen.

»Okay, vielleicht stimmt das nicht ganz. So gut funktioniert meine Intuition nun auch wieder nicht, aber ich wusste, dass du das hier nicht geplant hast.«

»Du weißt aber, dass ich mit so etwas nie prahlen würde, oder?«

Sein Blick ließ eine Woge des Verlangens in ihr aufbranden. Seine Augen waren erfüllt von Aufrichtigkeit, die Brauen ein wenig zusammengezogen.

»Jetzt weiß ich es«, stieß sie mühsam hervor.

Kaum trafen sich ihre Lippen, verschwand alles um sie herum, die Vögel, die Leute im Park, die Autos auf der Straße. Es gab nur noch sie beide, während seine Zunge mit ihrer spielte, als wollte er alles an ihr auswendig lernen, und seine Bartstoppeln leise über ihre Oberlippe kratzten.

Als sie sich voneinander lösten, ließ ihr Cash kaum Zeit, wieder zu Atem zu kommen, sondern zog sie zu den Tischen mit den Schachbrettern. Hand in Hand gingen sie daran vorbei und Cash warf prüfende Blicke auf jeden einzelnen. Siena liebte es von jeher, den unterschiedlichen Schachspielern zuzusehen. Wo sonst konnte man einen älteren Afroamerikaner mit einem

Mann um die zwanzig spielen sehen, der wie Eminem angezogen war, oder einen Rastafari mittleren Alters, der gegen einen grauhaarigen alten Mann mit einem Bart spielte, der ihm bis zu seinem vorgewölbten Bauch reichte? Am Nachmittag gesellten sich oftmals schachbegeisterte Schulkinder dazu, die ihre Fähigkeiten unter Beweis stellen wollten.

Cash blieb neben einem Tisch stehen. »Was kostet ein Spiel?«

»Ein Spiel?« Der kahlköpfige Afroamerikaner betrachtete das Brett kritisch. Er analysierte das gesamte Feld. Sein Gegner sah aus wie ein Obdachloser. Er trug drei alte, zerknautschte Mäntel übereinander, sein brauner Bart und das Haar wirkten unordentlich und seine Hände waren schmutzig.

Der Glatzkopf beäugte Cash und dann Siena. Seine Lippen kräuselten sich. »Zwei Dollar.«

Cash zog seine Brieftasche hervor und legte zwei Dollarnoten neben das Brett.

»Willst du spielen?«, fragte Siena.

Er legte ihr einen Arm um die Schulter und hielt sie fest. »Aber nein. Du spielst«, sagte er, ohne den Blick vom Brett zu wenden. Aufmerksam beobachtete er jeden Zug.

Sie wand sich unter seinem Arm hervor. »Was? Auf keinen Fall. Ich weiß kaum, wie Schach geht.« Früher hatte sie mit ihren Brüdern Schach gespielt und dabei jedes Mal verloren. Strategiespiele waren nicht ihre Stärke. »Scrabble oder Boggle – das kann ich, aber Schach? Dein Geld wird schneller weg sein, als du schauen kannst.«

Er warf ihr einen entschlossenen Blick zu. »Das ist es mir wert.«

Sie zerrte an seiner Hand und trat einen Schritt vom Tisch zurück. Die Augen der Spieler waren auf sie gerichtet. »Ich kann nicht spielen. Ich bin eine richtige Niete im Schach«, flüsterte sie.

»Sieh mich nicht so schmollend an. Du weißt, dass mich das fast umbringt.«

Gut zu wissen. Sie streckte die Unterlippe noch ein wenig weiter vor und zog die Augenbrauen zusammen.

Er küsste sie auf die Stirn und schüttelte den Kopf. »Du hast auch gesagt, dass du nicht eislaufen kannst, aber du hast es geschafft. Ein einziges Spiel. Mehr nicht. Nur ein Spiel.«

»Aber —«

»Für mich?« Er nahm ihre Hände in seine und streckte ebenfalls seine Unterlippe vor.

Sie lachte. »An deinem Schmollmund musst du aber noch arbeiten. Wenn du brav bist, zeige ich dir vielleicht, wie es geht.« Lieber Gott, sie liebte es, wenn er sie drängte, ihre Grenzen zu überschreiten. Obwohl sie wusste, dass sie verlieren würde, hatte sie der Wettbewerbsgeist angesteckt, und er hatte sie gerade genug ermutigt, dass sie die Herausforderung annahm. »Na gut. Ein Spiel. Für dich.«

Er zog sie an sich.

»Aber glaube bloß nicht, dass es mir Spaß macht.« Sie wandte sich wieder dem Spiel zu, unterdrückte ein Lächeln und studierte das Brett. Ihr letztes Schachspiel war schon so lange her, dass sie sich kaum erinnerte, wie sie die Figuren bewegen durfte, doch als sie die beiden Männer beobachtete, fiel es ihr wieder ein. Und sie erinnerte sich auch daran, wie es sich anfühlte, zu verlieren. Das würde ganz sicher keinen Spaß machen, aber zumindest würde es schnell vorbei sein. *Noch ein Pflaster.* Cash sah sie lächelnd an, und Siena fragte sich, warum er sie so gerne herausforderte. Ihr nächster Gedanke war, wie schrecklich es war, dass der Nachmittag so schnell vorbeiging.

Der Mann mit den drei Mänteln verlor das Spiel und überließ Siena seinen Platz. Nervös wippte sie unter dem Tisch mit dem Bein. Plötzlich war ihr kalt und sie steckte die Hände in die Taschen und zog die Schultern hoch.

»Ich bin Siena.«

Der Glatzkopf nickte und bewegte einen Bauern. »Frank.«

Sie lächelte. »Hallo, Frank. Oh, ich bin dran. Entschuldigung.« Sie hatte keine Ahnung, wohin sie ziehen sollte, also ahmte sie einfach Franks Zug nach.

Cash stand hinter Siena und legte ihr seine kräftige Hand auf die Schulter. Die vertraute Berührung half ihr, sich ein wenig zu entspannen.

Schweigend machten sie einen Zug nach dem anderen, obwohl es Siena schwerfiel, den Mund zu halten. Allerdings war ihr klar, dass es das Allerletzte war, beim Schachspiel im Park zu reden. Das wusste doch jeder. Diese Spieler waren ehrgeizig und genau aus diesem Grund hatte sie hier eigentlich nichts zu suchen.

Cash beugte sich vor und flüsterte ihr zu: »Du machst es großartig.« Dann küsste er sie knapp unterhalb vom Ohrläppchen, eine wirkungsvolle und aufregende Ablenkung.

Kurz vor Ende des Spiels legte Cash noch zwei Dollarnoten auf den Tisch.

Siena sah zu ihm auf. »Ich spiele kein zweites Mal. Ich habe weniger als fünf Minuten gebraucht, um zu verlieren.«

Er schaute so aufmerksam auf den Schachtisch, dass sie nicht sicher war, ob er sie gehört hatte, bis er erneut ihre Schulter drückte.

»Spielst du?«, fragte sie.

»Ja. Ich versuch es mal.«

Frank hob den Kopf und Cash lächelte ihm zu. »Wenn Sie

nichts dagegen haben. Ich meine, ich bin nicht viel besser als sie, aber ich kann ja nicht verlangen, dass sie den Kopf hinhält, ohne es selbst auch zu tun.« Er zuckte mit den Schultern.

Frank nickte.

Drei Züge noch und Siena hatte das Spiel verloren. Sie atmete erleichtert auf, auch wenn es nur ein paar Minuten gedauert hatte.

»Okay, jetzt sitzt du auf dem heißen Stuhl, Cash.« Sie stand neben der Bank, auf der Cash saß, und sah zu, wie sich die beiden Männer über das Brett beugten und anfingen zu spielen. Cash brauchte weniger als drei Sekunden, um sich für einen Zug zu entscheiden, während Frank das Brett ein wenig länger studierte und immer wieder den Blick hob, um seinen Gegner anzusehen.

Siena fuhr ihm mit der Hand über den Nacken und massierte die Anspannung weg, die sie dort ertastete. Die Männer wechselten kein Wort. Cash hatte eine Hand auf den Oberschenkel gestützt, den Ellbogen nach außen ausgestreckt, die andere lag auf der Tischkante. Er nahm Frank eine Figur nach der anderen ab, also schien er nicht so schlecht zu spielen, obwohl Siena den Eindruck hatte, dass auch Frank jede Menge Figuren einsammelte.

Cash schlang einen Arm um Sienas Beine und fuhr mit der Hand über ihre Hüfte, ohne den Blick vom Brett zu wenden. Sie dachte daran, wie er ebenso tief in die Erkundung ihres Körpers versunken gewesen war, und die Erinnerung ließ sie schaudern. Sie liebte es, diese Seite an ihm zu sehen, zu wissen, dass sein Verstand strategisch und berechnend arbeitete und dass ein Teil seines Verstandes zugleich auch an sie dachte. Seine Intensität machte ihn so sexy. *Alles macht dich sexy.*

Franks Hand schwebte unentschlossen über dem Brett, das

er mit zusammengekniffenen Augen betrachtete. Er warf Cash einen kurzen Blick zu, nur um gleich darauf wieder das Brett zu mustern.

»Schach«, sagte er. Seine Schultern entspannten sich kaum merklich.

Während er sich die Aufstellung ansah, spannte Cash immer wieder den Kiefer an. In Sekundenschnelle machte er einen Zug, lehnte sich dann zurück, schlang den Arm um Sienas Taille und zog sie neben sich auf die Bank.

»Schachmatt.« Er küsste sie auf die Wange.

Frank sah Cash aus schmalen, wütenden Augen an. Er nickte, als Cash das Geld vom Tisch nahm, und packte dann seine Hand. Sienas Herzschlag beschleunigte sich.

»Gut gespielt«, sagte Frank.

Cashs Lippen verzogen sich zu einem schiefen Lächeln. Mit einem knappen Nicken verabschiedete er sich und führte Siena vom Tisch weg.

»Was war das denn?«, fragte Siena flüsternd. »Hast du mich gerade als Kontrastprogramm benutzt? Bist du ein Schach-genie?«

Cash schwieg, bis sie das bogenförmige Eingangsportal des Parks hinter sich gelassen hatten. Dann sah er in ihr fragendes Gesicht.

»Ich bin kein Schachgenie. Auf der Feuerwache spielen wir öfter«, antwortete er.

»Komm schon. Du hast diesen Typen reingelegt und ich war der Köder oder wie du es auch immer nennen willst.« Sie blieb stehen und stieß ihn in die Seite. »Das hättest du mir ruhig sagen können.«

Er hielt ihren Finger fest. »Du stupst mich immer an.« Es verschränkte seine Finger mit ihren. »Eigentlich wollte ich gar nicht spielen und viel gewonnen habe ich auch nicht. Ich habe nur die Schachtische gesehen und dachte, es würde Spaß machen, dich spielen zu sehen. Und als du gesagt hast, dass du es nicht kannst, musste ich es einfach tun.«

»Warum?« Sie entwand ihm ihre Hand und verschränkte die Arme vor der Brust.

Er hatte Mühe, sich ein Lachen zu verkneifen. Ihre wütende Miene war zu lustig. Er trat zu ihr und nahm ihr Gesicht in beide Hände. »Weil es nichts gibt, was du nicht kannst, und ich wäre dir ein schrecklicher Freund, wenn ich zulassen würde, dass du dich von etwas abwendest, weil du denkst, du kannst es nicht.«

»Aber ich konnte es tatsächlich nicht. Ich habe verloren.« Wieder presste sie die Lippen zu einem ärgerlichen Strich zusammen.

»Sicher, du hast verloren, aber du hast auch ein paar gute Züge gemacht. Wenn du dich für Schach interessieren würdest, würdest du öfter spielen, und ich bin sicher, dass du richtig gut darin werden könntest. Ich habe dich beobachtet, als wir zu den Schachtischen kamen. Du hast nicht einfach nur zugesehen, sondern versucht, das Spiel zu begreifen.«

Sie verdrehte die Augen. »Ja, schließlich wusste ich gar nicht mehr, wie man überhaupt spielt.«

»Kann sein, aber ich habe mehr gesehen. Als würden die Zahnräder in deinem Kopf rattern. Und deine Züge waren gut.«

»Warum bestärkst du mich in diesen Dingen? Erst eislaufen, jetzt das.« Sie neigte den Kopf in seinen Händen, und er spürte, wie die Spannung von ihrem Kiefer und Nacken nachließ.

»Weil du schlau und verdammt stur bist.« Schulterzuckend drückte er ihr einen Kuss auf die Lippen.

Sie griff nach seiner Hand, als sie den Bürgersteig hinuntergingen. Nachdenklich sah sie auf ihre ineinander verschränkten Hände. »Also bist du jetzt offiziell mein fester Freund, hm? Es ist lange her, dass ich einen Freund hatte.«

»Ja, das merkt man.« Er beugte sich rasch zur Seite, als wollte er einem weiteren Fingerstupser ausweichen.

Sie gab ihm einen Klaps und er zog sie erneut an sich.

Den ganzen Nachmittag wanderten sie umher und redeten. Der Gedanke daran, Siena von seiner Arbeit zu erzählen, lastete schwer auf Cash, doch die gemeinsame Zeit war wundervoll. Sie lachten, sie küssten sich, sie erzählten. Er wusste jetzt, dass ihre Lieblingsfarbe Indigo und ihr Lieblingsessen ein ofenfrischer Brownie mit Vanilleeis war und dass sie es hasste, andere Menschen leiden zu sehen, emotional oder körperlich. Als sie Hunger bekamen, suchten sie sich ein Restaurant, und er beschloss, es ihr nach dem Essen zu sagen, bevor er sie nach Hause begleitete.

In dem ruhigen, gemütlichen Restaurant wurde ihnen eine Nische im hinteren Teil zugewiesen. Siena schob sich auf die rote Vinylbank, und Cash konnte den Gedanken nicht ertragen, nicht direkt neben ihr zu sitzen, wenn er ihr erzählte, was er durchgemacht hatte. Er schlüpfte neben sie, anstatt sich ihr gegenüberzusetzen, um alles zu fühlen, was sie fühlte.

»Was ist?«

»Nichts. Ich war noch nie mit einem Mann zusammen, der lieber neben mir als gegenüber sitzen wollte.« Sie schmiegte sich an ihn. »Das gefällt mir. Du hast beides: Du kannst ein richtiger Bad Boy sein, zeigst aber immer wieder auch überraschend romantische Züge.«

»Das ist genauso schlimm, wie mich süß zu nennen.« Cash schüttelte den Kopf, doch insgeheim freute er sich über ihre Bemerkung. »Wie hungrig bist du?«

Sie zuckte mit den Schultern. »Salathungrig. Und du?«

»So hungrig, dass ich einen ganzen Ochsen verschlingen könnte.«

»Prima, dann wollen wir mal sehen, ob wir hier einen Ochsen mit Salatbeilage kriegen.«

Siena stocherte in ihrem Salat, während Cash ein gigantisches Roastbeef-Sandwich verspeiste. Es wäre einfacher, es ihr mit vollem Magen zu sagen. Denn wenn sie ihn fallenließ, würde es ihm für eine ganze Weile den Appetit verderben.

»Es ist schon drei. Ich fürchte, ich muss los, sobald ich dich nach Hause gebracht habe, weil ich vor der Arbeit noch bei Vetta vorbeischauen wollte.« Cash legte Siena den Arm um die Schulter und bemerkte, dass sie kaum etwas von ihrem Salat gegessen hatte. »Schmeckt er dir nicht?«

»Doch, er ist sehr gut. Ich habe einfach keinen großen Hunger.« Sie starrte mit trüben, traurigen Augen auf ihren Teller.

»Was ist los?« Vielleicht war sie ebenso geknickt wie er, dass ihr gemeinsamer Tag zu Ende ging. Oder vielleicht bildete er sich das alles nur ein und sie hatte gerade festgestellt, dass dies der langweiligste Tag ihres Lebens war.

Siena betrachtete ihn stirnrunzelnd.

»Oh-oh.« Er wischte sich über das Gesicht und legte seine Serviette auf den Tisch. »Was habe ich angerichtet?«

Sie legte ihm kurz die Hand auf den Oberschenkel und schüttelte den Kopf. »Nichts. Du bist wunderbar. Ich habe unseren gemeinsamen Tag und unsere gemeinsame Nacht sehr genossen.«

»Warum siehst du dann so aus, als hätte ich gerade dein Kätzchen umgebracht?« Er straffte die Schultern und wappnete sich. Nun kam das Es-war-nett-mit-dir-Aber. In seinem Kopf wirbelten die Gedanken wild durcheinander – und keiner davon war gut. *Du hast gemerkt, dass ich nicht der passende Freund für ein Model bin. Ich bin langweilig. Ich bin zu aggressiv. Gott, ich bin wirklich ganz schön schroff. Das könnte es sein.*

Sie senkte den Blick und fuhr sich mit der Zunge über die Lippen. Als sie wieder aufsah, erkannte er den Ausdruck von Schuld in ihren Augen. Klar und deutlich. Diese Emotion würde er überall erkennen, denn es war dieselbe, die ihm jeden Morgen im Spiegel begegnete.

»Lieber Himmel, sag mir, was es ist, Siena. So schlimm kann es nicht sein. Selbst wenn du mich nicht mehr sehen willst, kann es nicht so schlimm sein wie das, was ich in deinem Gesicht erkenne.« Mit wild pochendem Herzen nahm er ihre Hand.

»Dich nicht mehr sehen? Cash, ich will noch viel öfter mit dir zusammen sein. Es ist ewig her, dass ich ein Date so genossen habe.« Ihr Schmollmund passte gar nicht zu ihrem sorgenvollen Stirnrunzeln.

»Was ist es dann?«

Sie atmete tief ein. »Okay. Bitte sei mir nicht böse.«

Na prima. Wenn es schon mit *Sei mir nicht böse* anfing, konnte es kein gutes Ende nehmen. »Das kann ich dir nicht versprechen.«

Nervös knetete sie ihre Hände. »Ich sollte es niemandem erzählen. Nicht einmal dir.« Sie sah ihn an. »Dir am allerwenigsten«, setzte sie hinzu.

»Warum mir am allerwenigsten?«

»Du hättest am ehesten einen Grund, mich zu verpfeifen. Versprich mir, dass alles, was ich dir sage, unter uns bleibt. Egal, was passiert. Selbst wenn wir uns trennen.« Mit zusammengepressten Lippen umklammerte sie seine Hand und sah ihn fragend an.

»Komm her.« Er zog sie an sich, ohne eine Ahnung zu haben, was ihr solche Sorgen bereitete. »Was auch immer es ist: Wenn du mich bittest, es niemandem zu erzählen, werde ich dichthalten.«

Als sie sich von ihm löste, sah sie ihn mit großen blauen Augen voller Hoffnung an. »Auch wenn ich …« Sie beugte sich vor und fuhr im Flüsterton fort: »… jemanden umgebracht habe?«

»Ach, komm. Du machst mich noch ganz verrückt.« Er schüttelte den Kopf. In seinem Magen verkrampfte sich alles, sodass er sich wünschte, er hätte das Sandwich nicht gegessen.

»Okay. Aber du darfst es wirklich niemandem erzählen, das meine ich ernst.« Sie rutschte näher an ihn heran. »Ich vertraue dir, Cash.«

»Gut. Das solltest du auch.«

»Okay. Lieber Gott, das ist schwer. Ich habe so etwas noch nie gemacht und das Timing könnte nicht schlechter sein. Ich meine, ich habe so etwas *wirklich* noch nie gemacht, und es gefällt mir überhaupt nicht, dass ich es jetzt tun muss.«

Cashs Muskeln spannten sich an. Seine Brust verengte sich. »Spuck's aus. Bitte. Du bringst mich um.«

Ohne ihn anzusehen, sagte sie schnell: »Meine Agentin will, dass ich mich heute Abend mit einem prominenten Sportler treffe. Ich will nicht und habe versucht, da rauszukommen, aber es geht darum, dass ich mich in der Öffentlichkeit sehen lasse, sonst nichts. Ich mag den Kerl nicht. Ich kenne ihn überhaupt nicht. Und ich –« Sie schüttelte den Kopf.

»Moment, jetzt mal langsam. Mal sehen, ob ich das richtig verstanden hab. Deine Agentin schickt dich zu einem Date mit jemandem.« Er fuhr sich mit der Hand durch die Haare. *Verdammt, dachte sie sich das alles nur aus?*

»Ja. Mit Gunner Gibson.«

»Mit Gunner … dem Quarterback? Mit dem Typen, der in regelmäßigen Abständen aus irgendwelchen Stripclubs geworfen wird? Im Ernst?« Er rückte von ihr ab. »Siena, wenn du mit anderen Männern ausgehen willst und wenn du das, was du heute Morgen gesagt hast, nur in einem Moment der Leidenschaft gesagt hast, dann ist das okay. Sag es mir einfach.« *Es wird mir verdammt noch mal nicht gefallen, aber dann weiß ich wenigstens, woran ich bin.*

Sie griff nach seiner Hand, doch er zog sie weg. Ihre Augen füllten sich mit Traurigkeit. Sie öffnete den Mund, aber es kam kein Wort heraus.

Lieber Himmel. Er musste sie gehen lassen, egal wie weh es tat. Es wäre nur anständig. Und künftig würde er sich rechtzeitig daran erinnern, dass Frauen wirklich nervig waren. »Hör zu. Wir hatten eine gute Zeit zusammen.« Er wollte sich aus der Nische zwängen, doch sie packte seine Hand und hielt ihn zurück. Er sah auf ihre Finger um sein Handgelenk hinunter. Ihre Knöchel wurden weiß.

»Nicht. Bitte.« Ihre Augen flehten ihn an. »Hör mir zu, Cash. Ich lüge nicht. Bitte. Sprich mit mir.«

Mit zusammengepressten Kiefern und zuckenden Bizepsen setzte er sich wieder neben sie.

»Cash.« Ihre Stimme war nicht mehr als ein raues Flüstern. »Ich weiß, wie es sich für dich anhören muss, aber ich lüge nicht.« Sie strich ihm über den Arm und hielt dann seine Hand in ihrer. »So bin ich nicht, Cash.«

Ein Blick in ihre Augen genügte und er wusste, dass sie die Wahrheit sagte. Er fühlte es an ihrer Berührung – dass sie sich an ihn klammerte, als gelte es das Leben, konnte sie nicht vortäuschen.

»Warum sagst du es mir? Warum hast du mich nicht einfach zur Arbeit gehen lassen? Du hättest mit ihm ausgehen können und ich hätte es nie erfahren.«

»Warum?«

»Weil ich dir nichts vorenthalten will. Ich mag dich wirklich.«

Sie seufzte, und er wusste, dass da noch etwas war. Die Sekunden dehnten sich endlos.

»Der Grund, warum sie mich dazu zwingt, ist die Öffentlichkeitswirkung. Das bedeutet, dass Bilder über das Internet und die Zeitungen verbreitet werden. Die Presse bekommt vorab einen Tipp.« Sie packte seine Hand fester. »Es ist ein einziges Date.«

»Jetzt ist es das. Im Moment ist es nur ein einziges Date, aber was ist, wenn es dir gefällt? Dann wird ein zweites Date daraus und dann …« *Ich klinge wie ein eifersüchtiger Idiot.* Er rieb sich den Nacken, wo sich ein Schmerz einnisten wollte. »Mist.«

»Was meinst du damit?« Ihr wütender Tonfall ließ ihn aufsehen.

»Es bedeutet, dass ich keine Lust auf Konkurrenzkämpfe habe, Siena, aber ich bin auch kein Kind. Wenn du das für deine Karriere tun musst, okay. Ich vertraue dir. Man hört immer wieder solche Geschichten, aber ich hätte nie gedacht, dass sie wahr sind.« Eifersucht hatte sein Herz gepackt, und er rollte die Schultern, um sie loszuwerden. Sie hätte es ihm nicht sagen müssen. Sicher, irgendwann hätte er die Fotos gesehen, aber wenn er ihr nichts bedeuten würde, hätte sie es mit keinem Wort erwähnt.

»Oh, sie sind wahr, darauf kannst du wetten. Nur hat man mir bisher nie gesagt, dass ich mich auf diese Sache einlassen muss. Und, Cash, glaub mir, ich habe versucht, da rauszukommen. Ich habe alles versucht, aber Jewel, meine Agentin, meint, dass ich bald keine Jobangebote mehr bekommen werde, wenn ich nicht öfter in den Medien erscheine.« Sie berührte seine Wange. »Es ist *ein* Abendessen. *Ein* Abendessen in einem schicken Restaurant. Mehr nicht.«

Er nickte und biss die Zähne gegen Zorn und Eifersucht zusammen, die ihn bei lebendigem Leib aufzufressen drohten. »Also, womit muss ich rechnen? Mit Fotos von dir und ihm, Arm in Arm?«

Sie zuckte die Achseln und nickte. »Ja, vermutlich.«

Das war längst nicht alles, was Cash sich ausmalte. Gunner Gibson war ein stämmiger, gut aussehender Millionär mit dunklen Haaren, blauen Augen und steinharten Muskeln, den die Frauen anschmachteten. Er stellte sich vor, sie sei eine dieser Frauen, und der Gedanke machte ihn krank. Sein Atem ging heftiger, als er überlegte, dass er vielleicht Fotos sehen würde, wie sie ihn küsste und seine Hand hielt, so wie sie sich den ganzen Nachmittag an den Händen gehalten hatten. *Mist. Verdammt.* Welche Wahl hatte er denn? Hier und jetzt Schluss machen, mit nichts als seiner Eifersucht als Grund? Oder ihr vertrauen und Manns genug sein, die Bilderflut auszuhalten? Er dachte an die Fotos, die er im Internet von ihr mit verschiedenen attraktiven Männern gesehen hatte, und an die Einsamkeit in ihren Augen. Die Einsamkeit, die nicht da war, wenn sie zusammen waren. Das tröstete ihn ein wenig.

»Du hast mir gesagt, ich soll es niemandem erzählen, aber es wird doch in allen Zeitungen stehen? Das verstehe ich überhaupt nicht.«

»Das Date ist nicht echt. Ich gehe nicht mit ihm aus, weil ich ihn mag. Wenn du also dem Falschen sagst, dass ich es nur für die Presse mache, bekomme ich schlechte Werbung, und das wäre ein Albtraum.« Noch immer flehten ihre Augen ihn an.

»Und was ist mit uns? Sollen wir so tun, als wären wir nicht zusammen?« Er spürte, wie sich seine Nasenflügel blähten. Das konnte doch nicht wahr sein.

»Ich habe so etwas noch nie gemacht, daher weiß ich nicht wirklich, wie ich damit umgehen soll, aber ich denke, wir können trotzdem zusammen sein. Ich meine … wahrscheinlich muss ich mit Jewel reden, denn die Presse wird sich sicher an meine Fersen heften.« Sie wandte sich ab und sah auf den Tisch. »Oh Gott. Cash, ich habe keine Ahnung.« Ihre Stimme zitterte, und als sich ihre Blicke trafen, standen ihr Tränen in den Augen. »Es tut mir leid.«

»Komm her, Baby.« Er zog sie in eine Umarmung. Wie sollten sie diese vertrackte Situation bloß lösen? Eine heimliche Beziehung kam für ihn auf gar keinen Fall in Frage. Das war Blödsinn. Aber als Siena sich so an sein Hemd klammerte und an seine Brust presste, machte die Heftigkeit milderen Gefühlen Platz.

»Wir waren noch nicht zusammen, als Jewel sagte, ich müsse es tun. Ich rufe sie jetzt an. Ja, ich rufe sie an.« Sie löste sich von ihm und kramte ihr Handy aus der Handtasche.

»Warte.« Er drückte die Hand herunter, die das Telefon hielt. »Es geht um deine Karriere. Bevor du sie anrufst: Was immer du tun musst, ist okay. Wir schaffen das irgendwie.« *Scheiße.* Wo zum Teufel kam das her?

»Oh, Cash.« Sie schlang ihm die Arme um den Hals. »Es tut mir leid. Danke.«

Sie verließen das Restaurant und auf dem Weg zu ihrer Wohnung rief Siena ihre Agentin an. Cash ging absichtlich ein paar Meter hinter ihr, um ihr etwas Privatsphäre und sich selbst etwas Zeit zum Nachdenken zu geben. Er war ein gradliniger Typ mit einem einfachen Leben. Das Letzte, was er brauchte, war, Teil eines medienwirksamen Liebesdreiecks zu sein, aber als sie den Anruf beendete, ihm die Hand auf den Arm legte und ihn voller Hoffnung ansah, war er sich nicht mehr sicher. Er wusste nur, dass er mit Siena zusammen sein wollte.

»Gute Nachrichten. Ich bin ja so froh, dass ich angerufen habe.« Sie betraten das Haus und fuhren mit dem Aufzug nach oben. »Sie weiß nicht, dass ich es dir erzählt habe. Ich habe nur gesagt, dass ich jemanden kennengelernt habe und wissen muss, wie sie sich die ganze Sache vorstellt.«

»Ja? Und?« Sie sollte endlich zur Sache kommen. Der ganze Nachmittag hatte ihn aus dem Gleichgewicht gebracht. Erst hatte die Nähe zwischen ihnen sein Herz höherschlagen lassen und ihn mit der Hoffnung auf mehr erfüllt, doch dieses Gespräch hatte ihm den Boden unter den Füßen weggezogen.

»Sie sagte, da mich die Presseleute in der Vergangenheit nicht auf Schritt und Tritt verfolgt haben, würden sie jetzt wahrscheinlich auch nicht damit anfangen. Also kann ich meinen ganz normalen Alltag leben, und wenn das bedeutet, dass wir zusammen sind, dann ist es eben so. Sie wird es der Presse stecken, wenn ich mich mit Gunner treffe. Sie werden wohl kaum bewusst nach mir Ausschau halten. Jewel sagte, sie brauche nur genug, um uns in die Boulevardblätter zu bringen. Du weißt schon: *Sind sie das neue heiße Paar?*«

»Und das ist alles?« Bestimmt stiegen Rauchwölkchen aus

seinen Ohren auf. Er ballte die Hände zu Fäusten, als sie die Tür zu ihrem Loft aufschloss.

Sie drückte ihm leicht die Hand auf die Brust. »Ist das Wut oder Eifersucht? Du klingst nämlich so, als wolltest du jemandem an die Gurgel gehen.«

Ihr verführerischer Ton wand sich um seine Gedanken. Heute Abend würde Gunner diese Stimme hören. »Es ist beides.«

»Dann freust du dich sicher, dass ich ihr gesagt habe, dass sie den Treffpunkt ändern soll. Wenn uns die Fotojournalisten nur zusammen sehen sollen, dann muss es ja kein gemeinsames Dinner sein. Ich hasse es, mit Leuten, die ich nicht kenne, in ein schickes Restaurant zu gehen.« Sie hängte ihren Mantel auf und musterte ihn, wie er stocksteif dastand, die Füße hüftbreit auseinander aufgepflanzt, die Muskeln angespannt und die Hände tief in die Jackentaschen gesteckt. »Wir treffen uns stattdessen in einer Buchhandlung.«

»Das ist besser.« *Eine Buchhandlung. Großer Gott.* Zumindest brauchte sie für eine Buchhandlung kein sexy Kleid und keine Absätze in schwindelerregenden Höhen.

»Stimmt das, was du über Gunner gesagt hast? Das mit den Stripclubs?« Stirnrunzelnd ging sie in ihr Schlafzimmer. »Ich hole mein iPad.« Als sie wiederkam, hatte er sich keinen Millimeter von der Stelle gerührt. Er konnte sich nicht bewegen. Er war zu wütend.

Als sie Gunners Namen googelte, riss sie entsetzt die Augen auf. »Heiliger Strohsack. Warum tut sie mir das an? Ich suche mal nach den anderen Typen, die sie mir vorgeschlagen hatte.« Sie suchte und ein paar Sekunden später sagte sie: »Oh mein Gott. Cash, alle drei, mit denen ich mich verabreden sollte, haben einen richtig schlechten Ruf. An meinem Ruf kann man dagegen überhaupt nichts aussetzen. Ich wurde noch nie bei irgendetwas Schlimmem erwischt.« Mit verschränkten Armen ging sie auf und ab.

»Vielleicht ist das der Grund. Du bist einfach zu sauber«, sagte er und zog sie in seine Arme. Seine Muskeln waren immer noch angespannt. »Verdammt, ich hätte dir helfen können, deinen Ruf zu besudeln.« Er lehnte seine Wange auf ihr Haar, schloss die Augen und fühlte, wie sein Herz anschwoll. Wie zum Teufel war sie ihm so schnell so wichtig geworden? Auf keinen Fall würde er ihr jetzt sagen, was er selbst gerade durchmachte, nicht wenn sie sich mit diesem Unfug herumschlagen musste.

»Also bessern wir seinen Ruf auf und ich mache meinen zwielichtiger.«

»Sieht so aus.«

»Danke, dass du nicht weggelaufen bist«, sagte sie.

»Ich sagte, ich würde es versuchen. Ich mache keine Versprechungen.« Er versprach ihr vielleicht nichts, aber insgeheim sandte er ein stilles Gebet an die höheren Mächte, dass er nicht in die Hölle der Eifersucht geraten und das zerstören möge, was schnell zu der wichtigsten Beziehung wurde, die er je gehabt hatte.

<h1 style="text-align:center">Vierzehn</h1>

Als in dieser Nacht der Alarm losging, zog Cash wie alle anderen seine Schutzkleidung an. Mit brennenden Muskeln und Adrenalin in den Adern kletterte er in das Einsatzfahrzeug.

»Bau heute bloß keinen Mist, Alter«, brüllte Tommy ihm ins Ohr.

Cash konnte ihn kaum verstehen. Mit ohrenbetäubendem Dröhnen des Motors und laut heulendem Martinshorn setzte sich der Löschwagen in Bewegung. Den ganzen Abend hatte er über Sienas Date mit Gunner gebrütet. So sehr er sich auch bemühte, verständnisvoll zu sein, konnte er sich doch nur schwer an den Gedanken gewöhnen, dass sie Zeit mit einem Widerling wie Gunner verbringen würde. Wenn dieser Idiot sie nur ein einziges Mal anfasste, würde er ihn umbringen.

Mit zusammengekniffenen Augen warf er Tommy seinen finstersten und abschreckendsten Blick zu, in der Hoffnung, dass er ihn verdammt noch mal in Ruhe ließ. Er wollte nichts weiter, als die Eifersucht zu ersticken, die sich in seinem Inneren breitmachte.

Zum Glück verstand Tommy die Botschaft genau so, wie sie gemeint war.

Als sie bei dem in einer Wohngegend gelegenen Haus

ankamen, standen die beiden oberen Stockwerke in Flammen.

»Wir suchen drei Kinder. Drei, fünf und sieben Jahre alt. Ihre Schlafzimmer sind im zweiten Stock. Ihr wisst, was zu tun ist«, rief Chief Weber, als sie aus dem Wagen sprangen. »Cash …« Mit wütender Miene zeigte er auf ihn. »Mach keinen Unfug. Du bleibst mit Mike zusammen, kapiert?«

Alles, was Cash hörte, waren die Stimmen in seinem Kopf. *Drei Kinder. Drei, fünf, sieben. Zweiter Stock. Hol sie da raus.* Joe machte einen kurzen Rundgang um das Äußere des Gebäudes, während andere das Dach öffneten. Dadurch sollte der Brand ventiliert werden, um das Feuer in den Räumen zu bündeln, die es bereits verwüstet hatte, und ein Ausbreiten auf weitere Bereiche zu verhindern.

Cash packte Mike am Arm und steuerte auf das Haus zu. »Bleib bei mir, Cash. Ich mach deine Wahnsinnsaktionen nicht mit«, sagte Mike.

Cash hörte nicht auf ihn. Adrenalin trieb ihn vorwärts. Angst drang in seine Gedanken. *Geh da rein, schnapp sie dir, geh wieder raus.* In Sekundenschnelle erfasste Cash die Umgebung. *Kein Feuer am Eingang. Rauch aus dem Treppenhaus.* Mit drei entschlossenen Schritten war er am Fuß der Treppe. *Stabil, begehbar.* Zwei Stufen auf einmal nehmend rannte er nach oben. Dichter, pechschwarzer Rauch, der von links vom Feuer erhellt wurde. Kaum Sicht. Ebenso wie Mike warf sich Cash zu Boden, tastete sich mit den Händen vorwärts, umgeben vom Dröhnen der Flammen.

»Nimm du die rechte Seite, ich gehe nach links«, brüllte Cash. »Ist hier jemand?«, rief er.

Keine Antwort.

Im dichten Rauch, ohne die Hand vor Augen sehen zu können, kroch er über den Boden. »Legt euch auf den Boden.

Wenn ihr mich hören könnt, sagt etwas.«

Keine Antwort. *Verdammt.*

Er ertastete einen Bettpfosten, erkundete mit seinen langen, kräftigen Armen den Raum unter dem Bett und fühlte etwas Festes. Er zog es heraus. Eine offene Sporttasche voller Bälle. *Der Siebenjährige.* Das Tosen der Flammen kam näher, aus den Augenwinkeln nahm er den Lichtblitz wahr, als sie die Türöffnung hinter ihm erfassten. Mit wild pochendem Herzen schob er sich so schnell wie möglich vorwärts, ertastete den Übergang vom Boden zur Wand und fand den Wandschrank. *Immer wieder der verdammte Schrank.*

Mikes Stimme drang durch den Rauch. Er konnte ihn nicht verstehen. Damit durfte er sich jetzt nicht aufhalten. Er zog die Schranktür auf und tastete darin herum. Keine Kinder. *Verdammt.* Flammen leckten auf das Bett zu. *Das Bett.* Cash stand in dem dichten Rauch, mehr als dreißig Kilo Ausrüstung lasteten auf seinen Schultern und die Hitze des Feuers raubte ihm den Atem. Er warf sich wieder auf den Boden, kroch auf die andere Seite des Bettes. Kein Kind. Das Herz klopfte ihm bis zum Hals, als er sich durch die Flammen in den Flur vorarbeitete, ohne durch die Rauchwand spähen zu können. Er hatte keine Ahnung, wo Mike war. Über den Boden kriechend tastete er nach der nächsten Zimmertür. Instinktiv bewegte er sich auf das Feuer zu, nicht davon weg. Er drehte sich um, suchte weiter nach Türen und dann spürte er es. Der Fuß eines Kindes hing schlaff aus einem Loch in der Wand. *Grundgütiger.* Hastig, von den Flammen angetrieben, zog er das Kind heraus. Den kleinen Körper an sich gepresst, schlug er alle Vorsicht in den Wind und richtete sich auf. Eine Hand auf dem Rücken des Kindes, die andere an der Wand kämpfte er sich bis zur Treppe vor. Er hustete, bekam kaum Luft und wünschte, er hätte das verdammte Atemschutzgerät angelegt. *Mist.* Er hasste diese blöde Maske. Endlich hatte er das Ende der Treppe erreicht und hastete zur Eingangstür. Ein Sanitäter nahm ihm das Kind ab.

Vor dem Haus blinkten die roten Signallichter, Zuschauer hatten sich eingefunden und standen laut rufend am Rand. Cash nahm kaum etwas davon wahr. Er hatte nur einen Gedanken: die Kinder.

»Noch mehr?«, fragte er den Sanitäter keuchend.

»Der Dreijährige.«

Mit Joe auf den Fersen kehrte Cash in das Gebäude zurück. »Mike?«, brüllte er.

»Noch drinnen«, rief Joe. »Geh nicht ohne Atemgerät rein.«

Ach was, zum Teufel. Cashs Reaktion kam aus dem Bauch heraus. Dass er sich eben noch gewünscht hatte, er hätte das Atemschutzgerät angelegt, war längst vergessen.

»Tommy?«, fragte er einen anderen Kollegen.

»Draußen. In Sicherheit.«

Im Sturmschritt war Cash bei der Treppe. Der Flur war von Flammen umgeben. *Die Kinder!* Da er keine Ahnung hatte, wo Joe war, und sich fragte, wo Mike sein könnte, schob er sich auf dem Bauch durch die Flammen bis zu dem Loch in der Wand, in dem er das andere Kind vermutete. *Verdammt, Mike. Wo bist du?* Er riss den Gipskarton von der Wand, griff nach seiner Atemmaske und legte sie dem Jungen an, während er ihn an sich drückte. Er wusste nicht, ob der Junge noch lebte, aber er wusste, dass er nur noch wenige Sekunden Zeit hatte, um ihn herauszubringen. Flammen züngelten bereits an seinen Ärmeln und auf dem Rücken, sodass er nur noch raus wollte. *Raus. Raus. Raus.* Er kroch zur Treppe. Hände rissen ihm das Kind aus den Armen; schwere Stiefel donnerten die Stufen hinunter.

»Raus, Ryder!«, herrschte Chief Weber ihn an.

»Ist Mike draußen?«, brüllte Cash, drückte sich die Maske ans Gesicht und atmete tief durch. Seine Lungen brannten und schmerzten.

»Sie werden ihn finden«, sagte Weber.

»Er hat ein Kind.« Cash musste ihn da rausholen.

Er war schon wieder in dem verrauchten Haus, als er spürte, wie Weber seinen Arm ergriff.

»Raus! Sofort!«

Nein, verdammt noch mal. Vetta kam ihm in den Sinn, dann Lisa und Katie. Er hatte weniger zu verlieren als Mike. Und er wollte nicht vor Katie stehen müssen und ihr versichern, dass Mike ein großartiger Bursche gewesen sei. Cash riss sich los und nahm zwei Stufen auf einmal. Dabei ignorierte er den Befehl von Chief Weber, der ihm durch die Eingangstür folgte: »Nimm deine gottverdammte Atemmaske!« Er kroch in die Richtung, in die Mike gegangen war, und hörte nicht auf die wütenden Anweisungen, die von der Treppe kamen. Ein Fenster zerbarst. *Sie ventilieren den Raum.* Da drang ein Husten an sein Ohr und er folgte dem Geräusch.

»Mike!«

»Ryder, raus hier!«, brüllte einer der Jungs vom Ventilierungsteam durch das Fenster. »Wir haben ihn!«

Cash sprang auf die Füße und stolperte auf das Geräusch zu, das er gehört hatte. Er fand Mike, warf ihn sich über die Schulter und brachte ihn zum Fenster.

»Zieht Mike raus!«, brüllte Cash. Er drehte sich um, aber die Flammen und der Rauch waren zu dicht. Er konnte kaum atmen, obwohl ihm das gar nicht auffiel. Ohne nachzudenken stieg er auf die Fensterbank und fuhr mit dem Lüftungsteam nach unten, das ihn die ganze Zeit zur Schnecke machte.

»Was zum Teufel war das, Ryder?« Chief Weber stand drohend über ihm, als er sich mit der Maske im Gesicht auf das Trittbrett des Krankenwagens setzte und tief einatmete. »Du bist gefährlich, völlig außer Kontrolle!«

»Ich habe sie rausgeholt, oder? Wie geht es dem Kind?«

»Nicht gut, aber sie sagen, er wird es schaffen.« Mit geballten Fäusten ging Chief Weber vor Cash auf und ab. »Verdammt, Ryder. Wir haben darüber gesprochen. Du hast nicht nur dein Leben aufs Spiel gesetzt. Du hast das Leben des ganzen Teams aufs Spiel gesetzt. Wenn du da drin festsitzt, würden die Männer Kopf und Kragen riskieren, um deinen Arsch zu retten.«

Cash zog sich die Maske vom Gesicht. »Aber ich habe nicht festgesessen.«

»Das ist verdammt noch mal nicht … Vergiss es. Dies ist die letzte Warnung. Entweder kommst du über das hinweg, was dir den Kopf vernagelt, oder du verschwindest. Du bist eine tickende Zeitbombe. Du bist nicht du selbst, und das weißt du. Damit zwingst du mich, eine Entscheidung zu treffen, also nimm diese Warnung ernst, denn deinem Hintern wird der Schreibtisch nicht gefallen.«

Er sah Weber nach, wie er davonstapfte. Ja, natürlich, er hatte recht. Aber verdammt, wenn Cash wüsste, wie er sich unter Kontrolle kriegen sollte, hätte er es längst getan. Wenn er in jener Nacht mehr riskiert hätte, wäre Samuel vielleicht noch am Leben, und wie zum Teufel sollte er darüber hinwegkommen? Seine Gedanken wanderten zu Siena, und er wusste, dass er diesen Mist schnell klären musste. *Kann Regan mir denn helfen?* Die Vorstellung ärgerte ihn noch mehr.

Wenn sie noch eine Minute länger mit Gunner Gibson verbringen musste, würde sie den Verstand verlieren. Siena saß an einem Tisch im Corner Reads, der Buchhandlung, in der sie sich für sieben verabredet hatten – und er war um zwanzig vor acht aufgetaucht. Jewel hatte ihr gesagt, sie brauche nur so zu tun, als würde sie sich für ihn interessieren, ihn anschauen, ihn in ein Gespräch verwickeln. Sie hatte hinzugefügt, dass es nicht so aussehen müsse, als seien sie verliebt. Sie mussten nur den Eindruck erwecken, dass sie Interesse aneinander hatten, um die Öffentlichkeit neugierig zu machen. Siena verstand die ganze Situation immer noch nicht. Sie war ein Model, keine Schauspielerin, und außerhalb der Branche wusste kaum jemand, wer sie war. Sie war bloß ein hübsches Mädchen, das sie in einer Zeitschrift gesehen hatten. Aber Jewel hatte ihr versichert, dass ihre Karriere genau diese Publicity brauchte, wenn sie eines der Topmodels bleiben wollte. Also fügte sich Siena und setzte ihr bestes *interessiertes* Gesicht auf, während er durch seine Handynachrichten scrollte.

»Gunner, was liest du gerne?« *Großer Gott, worüber soll ich mit diesem Kerl bloß reden?*

Er schaute nicht einmal auf. »Tja, weißt du, hauptsächlich über Sport und so.«

Kein Wunder, dass du dich in Stripclubs herumtreiben musst. Bis jetzt hatte Siena noch keine Fotografen entdeckt und fragte sich, wie lange sie noch hier sitzen musste, als könnte sie einem Mann etwas abgewinnen, der sich nur mit seinem Handy beschäftigte und ihre Zeit verschwendete. Aber sie wusste, wie man solche Leute zum Reden brachte.

Sie klimperte mit den Wimpern – was er natürlich nicht mitbekam, aber es brachte sie in die richtige Stimmung – und fragte mit ihrer besten Fan-Girl-Stimme: »Sag mal, wie ist es eigentlich, da draußen auf dem Spielfeld zu sein mit all diesen großen Männern, die hinter dir her sind? Hast du keine Angst?«

Bingo! Er hob den Blick, sah sie an und ließ das Handy sinken. Ein Lächeln huschte über seine vollen Lippen. Mit seinen hohen Wangenknochen hätte sie ihn vielleicht sogar attraktiv finden können, wenn er nicht eine solche Dumpfbacke gewesen wäre.

»Angst? Auf keinen Fall. Schließlich bin ich mindestens so groß und stark wie sie. Aber ein normaler Typ, ja, der müsste sich wohl Sorgen machen. Meine Jungs stehen hinter mir, und wenn einer vom gegnerischen Team die Verteidigungslinie durchbricht, dann …« Er klopfte sich dreimal mit Wucht auf die Brust.

Siena stellte sich vor, wie sich Tarzan auf die Brust schlug, und hätte beinahe laut losgelacht.

»Ich weiß mich zu wehren. Immerhin habe ich die zweitbeste Quote in der ganzen Liga.« Er pflanzte die Ellbogen auf den Tisch und beugte sich vor. »Und die beste Quote im Bett. Lass uns aus dieser komischen Buchhandlung verschwinden und uns ein bisschen amüsieren.«

Siena starrte ihn an. Dann beugte sie sich mit einem Lächeln auf den Lippen ebenfalls vor und sagte mit der verführerischsten Stimme, die sie aufbieten konnte: »Wie wär's, wenn wir diesen unglaublich langweiligen Abend hinter uns bringen, die Fotos machen und die Presse glauben lassen, es bestünde auch nur eine hauchdünne Chance, dass ich nicht jedes Wort verabscheue, das du gerade gesagt hast, und dann getrennte Wege gehen?« Wieder klimperte sie mit den

Augenlidern. Diesmal, da war sie sich ganz sicher, hatte er es gesehen. Er ballte die Fäuste und legte den Kopf schief.

»Dein Pech.« Achselzuckend wandte er sich wieder seinem Handy zu.

Am Fenster des Buchladens bemerkte Siena plötzlich zwei Typen mit Kameras. *Verdammt, sie sind gut.* Kein Wunder, dass sie so viele Promis in einem unbeobachteten Moment erwischten. Sie hatte sie überhaupt nicht wahrgenommen. Lächelnd flüsterte sie Gunner zu: »Fotografen. Am Schaufenster. Tu interessiert.«

Als hätte jemand einen Schalter umgelegt, blickte Gunner auf, ergriff ihre Hand und sah sie mit einem Ausdruck in den blauen Augen an, der mindestens so glaubwürdig wirkte wie ihrer.

Während die Blitzlichter noch aufleuchteten, stand Siena auf. »Ich denke, das reicht.« Sie nahm ihre Handtasche, und als sie sich wieder zu ihm umwandte, packte er sie und presste seine Lippen auf ihre. Sie stemmte sich gegen seine Brust. *Was soll das?* Das Klicken der Kameras machte ihr ihre missliche Lage nur zu bewusst. Immer noch lächelnd stieß sie ihn weg. »So war das nicht vereinbart.«

»Als hättest du was dagegen.« Er legte ihr die Hand auf den unteren Rücken und schob sie zur Tür hinaus.

Zuerst stand sie starr neben ihm, innerlich kochend vor Wut, doch kaum war sie wieder auf dem Bürgersteig, winkte sie immer noch lächelnd ein Taxi herbei. Sie konnte nicht schnell genug einsteigen, und als er sich neben sie setzen wollte, schubste sie ihn mit einem entschlossenen »Wir zwei sind fertig miteinander« aus dem Wagen und knallte die Tür zu.

Sie lehnte den Kopf zurück und atmete tief durch. *Lieber Himmel, das war schrecklich.* Den Taxifahrer wies sie an, sie zur

Feuerwache zu bringen. Sie musste unbedingt zu Cash. Unterwegs rief sie Jewel an. Die Mailbox meldete sich.

»Jewel, dieser Typ ist ein Idiot. Wie kannst du mir das antun? Es kann unmöglich notwendiger Bestandteil einer Modelkarriere sein, und wenn doch, müssen wir uns dringend über meine Zukunft unterhalten.« Ohne einen Abschiedsgruß beendete sie den Anruf.

Als sie an der Wache ankamen, zitterte Siena immer noch vor Wut. Sie überlegte, nicht reinzugehen, sondern Cash eine Nachricht zu schicken, aber sie wollte ihn sehen, musste seine Arme spüren. In der leeren Fahrzeughalle klapperten ihre Stiefel auf dem Betonboden.

»Hallo?«, rief sie. Als niemand antwortete, ging sie durch eine Tür zu ihrer Rechten und gelangte zu einem Raum, wo ein stämmiger Mann mit Schnurrbart und dichtem braunem Haar mit einem Telefon am Ohr hinter einem Schreibtisch saß. Ihre Nerven kribbelten und am liebsten wäre sie umgekehrt. *Warum bin ich hergekommen?* Sie hatte nicht die geringste Ahnung, wie es auf einer Feuerwache zuging. Gab es hier vielleicht eine Art Code, der Feuerwehrmännern verbot, ihre Freundinnen mitzubringen?

»Ja. Danke.« Der Mann beendete den Anruf und wandte sich Siena zu. »Kann ich Ihnen helfen?«

Während sie überlegte, ob sie flunkern und sagen sollte, dass sie sich verlaufen habe, um ohne einen peinlichen Auftritt wieder verschwinden zu können, lenkte Motorenlärm die Aufmerksamkeit des Mannes auf die Fahrzeughalle.

»Äh …«

»Klingt so, als wären die Jungs zurück. Suchen Sie jemanden?«

Rufen, Gelächter, Flüche und schwere Schritte erfüllten den

Korridor, durch den sie gerade gekommen war. Sienas Magen krampfte sich zusammen. Mit einem Mal sah sie sich einigen rußbedeckten Feuerwehrleuten mit nacktem Oberkörper gegenüber, die auf dem Flur standen und sie unverhohlen musterten. Sie brauchte nur eine Sekunde, um den großen, gut aussehenden blonden Mann zu finden, nach dem sie gesucht hatte, und um den Ärger in seinen Augen zu erkennen, als sie sich verengten. Er zwängte sich zwischen den Männern hindurch und stand schließlich vor ihr.

»Siena.« Sein Blick huschte zu seinen Kollegen neben ihm.

Sie sah, wie er die Schultern hochzog und wie sich die Muskeln an Hals und Armen anspannten.

»Siena? Ist das nicht die Kleine aus der Zeitschrift?«, fragte einer der Jungs und schob sich an Cash vorbei.

»Ja. Sie sind das Mädchen aus der Whiskeyreklame.« Er sah Siena von oben bis unten an, als stellte er sie sich in dem rosa Slip vor. Seine Augenbrauen hoben sich und seine Brustmuskeln zuckten. Er nickte. »Oh ja, ich erkenne Sie.«

Cash packte ihn an der Schulter.

Der Mann gab einen anerkennenden Laut von sich, als Cash ihn beiseiteschob, nach Sienas Hand griff und sie weiter den Flur hinunter bis zu einem Raum zog, in dem ein Fernseher stand. Er betrachtete sie von oben bis unten. Es war eine Bestandsaufnahme, kein begehrliches Sich-an-ihr-Weiden.

»Bist du okay?«

»Ja«, brachte sie mühsam hervor. Der befremdliche Abend und die Szene mit seinen Kollegen hatten ihre Spuren in ihrer Stimme hinterlassen.

Er beugte sich vor und küsste sie, ein schneller Kuss, mit dem er sie willkommen hieß. »Warum bist du hier?«

»Ich ...« *Mist. Ich wollte, dass du mich in die Arme nimmst?*

Ich bin ja so blöd. Was bin ich? Ein schwaches Mädchen? Oh mein Gott, was macht das alles mit mir?

Er sah sie forschend an und zog sie an seine nackte, rußige Brust. Seine Hand umfasste ihren Hinterkopf. »Du zitterst.«

Er gab ihr einen Kuss aufs Haar, und sie verfluchte sich dafür, dass sie jeden Moment in der Geborgenheit seiner Arme liebte – und brauchte. Der Abend war scheußlich gewesen. Warum um alles in der Welt sollte sie deshalb hierherkommen? Wie konnte es sein, dass sie ihn so dringend brauchte, nach so kurzer Zeit?

Weil sie sich überhaupt nicht mit Gunner hatte treffen wollen.

Weil sie lieber bei Cash gewesen wäre.

Weil sie zugelassen hatte, dass Jewel sie zu etwas überredete, an das sie nicht glaubte.

Cash roch nach Rauch. *Oh Gott.* Er war draußen gewesen, um Leben zu retten, und riskierte dabei sein eigenes, und sie jammerte, weil sie den Abend mit einem unangenehmen Typen verbracht hatte. Sie trat einen Schritt zurück.

»Es tut mir leid. Ich hätte nicht kommen sollen. Geht es dir gut?« Lieber Himmel, er war sexier als jeder Mann, dem sie je begegnet war, und die Art, wie seine dunklen Augen liebevoll und fürsorglich Zentimeter für Zentimeter über ihren Körper strichen, trieb sie wieder zu ihm.

»Entschuldigung«, sagte sie an seiner rauchigen Brust. »Nur noch eine Sekunde. Ich brauche nur noch eine Umarmung.« Sie holte tief Luft und trat dann wieder zurück. »Okay. Es tut mir leid. Ihr hattet einen Einsatz?«

Er nahm ihre Hand und zog sie auf die Couch. Den Typen, der in diesem Moment den Kopf zur Tür hereinsteckte, erkannte sie vom Fotoshooting. Joe.

Cash funkelte ihn an.

»Entschuldigung, Mann.« Joe verschwand und ließ sie allein.

»Ein Hausbrand. Was ist los? War etwas mit Gibson?« Der Griff um ihre Hand verstärkte sich.

»Nicht wirklich.« Sie wollte ihm von dem Kuss erzählen, aber plötzlich kam es ihr albern vor. Als würde sie petzen. Na und? Der Typ hatte sie geküsst und er war ein ausgemachter Idiot. *Und es wird in den Zeitungen stehen.*

»Siena.« In seinen Augen sah sie es. Er glaubte ihr kein Wort.

Sie seufzte. »Als ich gehen wollte, hat er mich geküsst und sie haben Fotos gemacht. Ich habe den Kuss nicht erwidert und es ist keine große Sache, aber ...«

Je weiter sein Zorn an die Oberfläche stieg, desto finsterer wurde sein Blick und desto breiter schien seine Brust zu werden. Die Muskeln an seinem Kiefer zuckten. Die Sofapolster bebten, als er die Oberschenkel anspannte und sich hochstemmte.

»Keine große Sache, hm?«

»Cash ...« Sie wusste, dass ihm diese Geschichte zu schaffen machen würde, aber ihr war auch klar, dass er die Fotos in den Zeitungen sehen würde. Schließlich war das der Sinn und Zweck des ganzen unsäglichen Abends gewesen. Andererseits würde er verletzt und wütend sein, wenn sie ihm nicht von dem Kuss erzählte, bevor die Zeitungen erschienen. Sie stellte sich zu ihm.

»Also werden alle Männer hier in der Zeitung sehen, wie du mit einem Typen rumknutschst. Und ich kann ihnen nicht sagen, dass es nicht das ist, wonach es aussieht?«, sagte er. Seine Stimme klang hart und hitzig, seine Augen schienen Feuer zu sprühen.

»Wissen sie überhaupt von uns? Ich hatte nicht den Eindruck.« Sie wandte sich zur Tür. »Ich gehe jetzt besser. Ich weiß nicht, warum ich gesagt habe, was ich gesagt habe. Es ist mir egal, ob deine Freunde wissen, dass wir zusammen sind.« Sie hörte den Ärger in ihrer Stimme, doch eigentlich war sie nicht wütend, sondern eher enttäuscht über sich selbst, dass sie sie beide in diese Situation gebracht hatte. Es machte ihr auch nichts aus, dass seine Freunde nicht über ihre Beziehung Bescheid wussten. Verdammt, sie hatte ja noch nicht einmal Zeit gehabt, es Willow zu erzählen.

Er verstellte ihr den Weg. »Nein, sie wissen es noch nicht. Aber nicht aus dem Grund, den du dir jetzt wahrscheinlich vorstellst.«

»Es ist mir egal, Cash.« Ihre Worte klangen matt, sie war müde und verwirrt. »Das ist mir alles egal. Ich bin hergekommen, weil ich nach diesem widerlichen Kuss so wütend war, dass ich nur in deinen Armen sein wollte. Und dann waren da all diese Typen, die mich angeglotzt haben, und ...« Sie strich sich die Haare aus dem Gesicht. »Und das hat mich nervös gemacht. Ich meine, ich tauche einfach hier auf, an deinem Arbeitsplatz, und erwarte, dass du mich mal eben in deine Arme nimmst. Was du tatsächlich getan hast.« *Genau das hab ich gebraucht.* »Vielleicht gehört sich so etwas nicht auf einer Feuerwache. Ich weiß es nicht. Ich will die Beziehungen zu deinen Kollegen nicht durcheinanderbringen, als die bedürftige Freundin, die sich an dich klammert ...«

»Großer Gott, Siena. Warum solltest du nicht mal bedürftig sein? Das heißt noch lange nicht, dass du weniger stark bist. Glaubst du, ich weiß nicht, dass du hart im Nehmen bist? Und um meine Freundschaften mit den Jungs brauchst du dir keine Sorgen zu machen.« Er legte ihr seine rußige Hand an die

Wange und sein Blick wurde weicher. »Ich habe den Jungs nichts von dir erzählt, weil sie mir ständig damit in den Ohren liegen werden. Und ...«

»Und?« Welchen anderen Grund konnte es sonst noch geben? Wäre er nicht stolz darauf, mit ihr zusammen zu sein? Sollte er nicht ebenso stolz sein wie sie? Ja, dass sie mit ihm zusammen war, erfüllte sie mit Stolz, das erkannte sie in diesem Moment. Trotz seiner Schroffheit mochte sie den Cash, der sich dahinter verbarg. Sehr sogar. Und es wäre ihr nicht peinlich, mit ihm gesehen zu werden.

»Sieh mal, ich rede nicht viel über mich, okay? Und die Zeitschrift, in der du abgebildet warst, hat vor unserem ersten Date die Runde gemacht. Alle hier haben dich gesehen ... in deinem rosa Slip.«

»In meinem ...« *Oh Mist.* Für Siena war das Modeln ein Job, etwas, das sie gern machte. Es war ihr Beruf. Noch vor ein paar Jahren hatte sie ein Problem damit gehabt, dass Männer sie angaffen oder wer weiß was tun würden, wenn sie Fotos von ihr sahen, doch mittlerweile hatte sie sich an den Gedanken gewöhnt. Es gehörte eben dazu, und außerdem achtete sie darauf, dass die Fotos geschmackvoll waren. Die Männer, mit denen sie bisher ausgegangen war, hatten sich nicht daran gestört, sondern waren eher stolz gewesen, sich mit ihr zu zeigen. Cashs Eifersucht war neu für sie, wenn auch nicht neu für ihre Beziehung. Allerdings war ihr nicht in den Sinn gekommen, dass diese Eifersucht auch in anderen Bereichen seines Lebens eine Rolle spielen könnte. Als ihr nun klar wurde, was in seinem Kopf vorging, verstand sie, warum er sie von seinen Kollegen weggezerrt hatte, ohne sie vorzustellen, und warum er Joe aus dem Raum gescheucht hatte. Er musste erst herausfinden, wie er mit all dem umgehen sollte.

Mit dem rosa Slip.

»Cash, ich wollte einfach nur bei dir sein. Es tut mir leid, wenn deine Kumpels die Anzeigen mit mir gesehen haben, aber das ist eben mein Job. Es ist ja nicht so, als würde ich für sie posieren. Und ehrlich gesagt ist es mir egal, ob sie über uns Bescheid wissen oder nicht. Mir wäre aber nicht egal, dass ich nicht zu dir kommen dürfte, wenn ich es brauche oder will.« Mit dem Finger zog sie eine Spur durch die Rußschicht auf seiner Brust und sah dann auf ihre Jacke hinunter, die jetzt mit Ruß bedeckt war.

»Tut mir leid.« Er runzelte die Stirn. »Du bist hergekommen, damit ich dich in die Arme nehmen kann?« Er griff nach ihrer Hand. »Das gefällt mir.«

»Ja. Mir auch. Wir haben eine seltsame Beziehung«, setzte sie hinzu, ohne auch nur eine Sekunde nachzudenken.

Er presste erneut die Kiefer zusammen, und sie war sich sicher, dass er wusste, was sie meinte.

»Gar nicht im negativen Sinn, aber es stimmt. Da ist diese Verbundenheit, die sich so tief und so echt anfühlt, und dann ist da dieses Ding zwischen uns, das uns wahnsinnig macht.« Wieder fuhr sie mit dem Finger über seine Brust und schrieb ihren Namen in den Ruß.

Cash sah nach unten und lachte leise. »Markierst du dein Revier? Oder willst du eine Erinnerung hinterlassen?«

Sie zog die Brauen zusammen, als müsse sie überlegen. »Auf jeden Fall mein Revier markieren. Immerhin war ich diejenige, die zu dir gerannt ist.«

»Nun, mit all dem Ruß in deinem Gesicht und überall auf deinen Sachen würde ich sagen, dass ich mein Revier ebenfalls markiert habe.« Er zog sie an sich. »Ja, wir haben eine komische Beziehung. Aber was wirklich zählt, ist, dass wir eine ehrliche

Beziehung haben. Der Rest wird sich irgendwann finden.«

Als sie ihm in die Augen sah, erkannte sie darin genau das, was sie erwartet hatte: Unsicherheit. Es schnürte ihr fast das Herz ab.

»Oder vielleicht auch nicht«, fügte er mit einem Achselzucken hinzu. »Was viel wichtiger ist: Muss ich mit Gunner Gibson reden?«

»Mit ihm reden?« Vor ihrem inneren Auge sah sie Cash, wie er Gunner nachstellte – wütender Feuerwehrmann gegen ahnungslosen Quarterback. Bei dem Gedanken musste sie lächeln. »Nein. Mit dem werde ich schon allein fertig. Solange du danach mit mir fertigwirst.«

Er legte ihr die Hände um die Taille und drückte seine Wange an ihre. »Babe, du bist nicht jemand, mit dem ich fertigwerden muss.«

Er schwieg, und sie spürte, wie sein warmer Atem über ihren Hals strich und ihr einen Schauer über den Rücken jagte.

»Du bist wie ein Feuer. Ich möchte dich genau beobachten, dich verstehen und herausfinden, wann du die Kontrolle verlierst.«

Er küsste sie auf den Hals, und die Hitze seiner nackten Brust, das Pochen seines Herzens, das im gleichen Takt schlug wie ihres, und sein sinnliches Flüstern raubten Siena fast den Atem. *Ja. Oh Gott, ja!*

Fünfzehn

Am nächsten Morgen ging Cash in die Küche und hoffte, dass keiner der Jungs einen ungewöhnlichen Anflug von Betriebsamkeit an den Tag gelegt und im Laden um die Ecke eingekauft hatte. Falls Sienas Foto auf dem Cover der Klatschmagazine am Zeitungskiosk prangte, wollte er zumindest einen Kaffee, bevor er sich das ansah. In der vergangenen Nacht hatte er sich in eines der hinteren Zimmer verkrochen, um den Fragen seiner Kollegen auszuweichen, mit denen sie ihn sicher bombardiert hätten, nachdem Siena gegangen war. Als er wusste, dass sie wohlbehalten zu Hause angekommen war, hatte er sich Vettas Fotoalbum vorgenommen und noch lange daran gearbeitet, als die anderen schon längst schliefen.

»He, Mann, was war gestern Abend bei dem Hausbrand los mit dir?«, fragte Joe Mike. »Hast du einen *Playboy* gefunden und dir eine Pause gegönnt?«

Sie saßen am Frühstückstisch. Cash klopfte Mike auf den Rücken. »Ich bin froh, dass alles okay ist, Mann. Das hätte jedem von uns passieren können.« Er funkelte Joe an, obwohl er normalerweise gerne mitmachte, wenn es darum ging, einen der Jungs hochzunehmen. Das gehörte einfach zur Bruderschaft der Feuerwehr.

»Cash, du weißt doch, dass du mir versprochen hattest, mir heute mit dem Schreibtisch meines Bruders zu helfen?«, fragte Tommy, der gerade in die Küche kam.

»Mit welchem Schreibtisch? Wovon redest du?«

»Hab ich dir vor zwei Wochen erzählt. Ich brauche Hilfe mit dem Schreibtisch meines Bruders. Oder hast du was anderes vor?« Tommy stellte seinen Teller mit Rührei auf den Tisch und wartete auf eine Reaktion.

»Nein, Mann, geht in Ordnung. Ich kann mich zwar nicht erinnern, dass wir darüber gesprochen haben, aber egal. Klar, mach ich. Ich hab sowieso bis heute Abend Dienst.« Er holte sein Handy hervor, um Siena eine Nachricht zu schicken.

»Wo ist eigentlich die Zeitschrift aus dem Fernsehzimmer hingekommen?« Joe sah Mike fragend an.

Mike räusperte sich. »Keine Ahnung. Tom? Wo ist sie?«

Tommy beäugte die beiden und schüttelte den Kopf.

»Ich wollte heute Nachmittag in den Supermarkt, meine Whiskeyvorräte aufstocken. Kommt jemand mit?«, fragte Joe grinsend.

Cash ballte die Fäuste.

»Suchst du eine bestimmte Sorte?«, fragte Mike.

»Ja. Am liebsten die mit dem süßen rosa …«

»Okay, das reicht.« Cash sprang so schnell vom Tisch auf, dass sein Stuhl zu Boden fiel. Er starrte die beiden finster an.

Mike und Joe lachten.

»Warum müsst ihr ihn ständig reizen?«, fragte Tommy kopfschüttelnd.

»Oh Mann, weil es sonst verdammt wenig zu lachen gibt.« Joe schob sich eine Gabel voll Rührei in den Mund.

»Sie heißt Siena, und ich bin mit ihr zusammen, also haltet die Klappe. Kapiert?« Cashs Teller landete klappernd in der

Spüle.

»Alter, sie ist in einer Zeitschrift abgebildet. Es ist also nicht so, als könntest du jemanden davon abhalten, sie zu sehen«, sagte Joe mit vollem Mund.

Cash beugte sich zu ihm hinunter und sagte drohend: »Meinst du, das wüsste ich nicht? Aber ich kann euch beide davon abhalten, respektlos über sie zu reden.«

»Okay, okay. Also, wie sieht's aus? Ihr beide seid also fest zusammen?« Mike sah Tommy fragend an, doch der zuckte mit den Schultern. »Alter, wir waren doch alle beim Fotoshooting. Warum hast du uns nichts gesagt?«

Cash vertraute diesen Männern sein Leben an. Warum um alles in der Welt fiel es ihm so schwer, ihnen von Siena zu erzählen? Warum hatte er das Gefühl, sie schützen zu müssen?

»Da war es noch nicht offiziell. Aber jetzt ist es das.« Cash sah Tommy an, der sich mit verschränkten Armen zurückgelehnt hatte und eine Augenbraue hob. Er kannte dieses Grinsen nur zu gut. Tommy machte es einen Riesenspaß, zuzusehen, wie sich sein Freund vor Unbehagen wand. »Hört mal, ich weiß, dass ihr die Anzeigen gesehen habt. Verdammt, wahrscheinlich gibt es niemanden, der sie nicht gesehen hat. Es ist nur … ach, zum Teufel.« Er drehte sich um und begann, sein Geschirr abzuwaschen. Eigentlich wusste er gar nicht, warum er sich so aufregte. Sie hatten sie gesehen. Na und? Das Foto gab nicht mehr preis, als es ein Bikini getan hätte.

»Mann, es ist ja nicht so, als würden wir sie anbaggern, jetzt wo wir wissen, dass ihr ein Paar seid.« Mike biss von seinem Toast ab. »Und nachdem du gestern meine Haut gerettet hast.«

Cash atmete aus und drehte sich zu ihnen um. Er schlug Joey auf die Schulter. »Aber lass das Gerede über Whiskey, okay? In dem Punkt bin ich ein bisschen empfindlich.«

»Sagte sie …«, witzelte Mike.

Cash starrte ihn finster an.

Mike hob abwehrend die Hände. »Tut mir leid, war nur ein kleiner Scherz. Aber mal im Ernst: Du bist ja nicht gerade der sensible Typ. Wie habt ihr zwei bloß zusammengefunden?«

Cash rieb sich den Nacken, während er zur Treppe ging. »Sie mag meine dunkle Seite.« Er holte sein Handy wieder heraus und schrieb Siena eine Nachricht. *Hab den Jungs von uns erzählt. Hast du nachher Zeit für mich?*

»Komm schon, Mann. Wir müssen los.« Tommy klimperte mit seinen Autoschlüsseln.

»Ach, richtig. Hätte ich fast vergessen.« Cash griff sich seine Jacke, dann gingen sie gemeinsam nach draußen. »Wie lange wird das dauern?«

»Nicht lange.« Tommy fuhr schweigend durch die Stadt.

Ein paarmal warf er seinem Freund einen kurzen Blick zu, und als er in Richtung Randalls Island abbog, statt zum Haus seines Bruders, ballte Cash die Fäuste.

»Was soll das, Tom?«

»Chief Weber hat mir den Auftrag gegeben, also lass deinen Ärger nicht an mir aus«, sagte er, ohne seinen Freund anzusehen. Unter seiner Strickmütze lugte sein dunkles Haar hervor. Er packte das Lenkrad fest mit seinen behandschuhten Händen.

»Du fährst zu Regan? Wirklich, Tom? Meinst du nicht, du hättest mir etwas sagen können?« Er wusste nicht, ob er Regan von sich aus aufgesucht hätte, aber der Gedanke, dass der Chief ihm dieses Treffen aufzwang, war ihm zuwider. Und er hasste Tom dafür, dass er hinter seinem Rücken mitgespielt hatte.

Cashs Handy vibrierte. Eine Nachricht von Siena. *Nur wenn du Eis oder heiße Schokolade mitbringst. XOXO.*

Cash antwortete: *Krieg ich hin. Ich rufe dich nach meiner Schicht an.* Er überlegte, ein X oder ein O oder beides hinzuzufügen, aber es kam ihm zu mädchenhaft vor. Er drückte auf *Senden* und schob das Handy wieder in die Tasche.

»Chief Weber war gestern richtig sauer, Cash. Du musst diesen Mist unter Kontrolle kriegen, sonst landest du im Innendienst.« Tommy bog auf das Gelände der Feuerwehrakademie ein und hielt neben dem Büro.

»Das ist das Letzte, was ich heute brauchen kann. Das weißt du, stimmt's?« Cash schüttelte den Kopf. »Warum sind wir überhaupt hier?«

Tommy zuckte die Achseln. »Der Chief meinte nur, ich sollte dich irgendwie hierherschleppen. Das war alles. Weitere Anweisungen hab ich nicht. Du bist hier. Mein Auftrag ist erfüllt. Komm schon. Lass uns dieses Theater hinter uns bringen.«

Sie fanden Ari Regan im Büro, eine blaue Baseballkappe auf dem kahlen Schädel und die Füße lässig auf den Schreibtisch gelegt. Als er sie sah, lächelte er und ließ seine schiefen, blendend weißen Zähne aufblitzen, die durch seine olivfarbene Haut noch heller wirkten. Er hob das kantige Kinn.

»Tommy und Cash.« Er machte keine Anstalten, aufzustehen, um sie zu begrüßen, und lud sie auch nicht ein, sich zu setzen. Dennoch lächelte er weiterhin sein strahlendes Lächeln und jeder, der ihn nicht kannte, würde glauben, dass er sich freute, sie zu sehen.

Cash wusste es besser. Sein dunkler Blick verriet, dass die Zahnräder in Ari Regans Gehirn ratterten. Für seine vergleichsweise geringe Größe von eins siebenundsiebzig hatte Regan – niemand nannte ihn Ari – ungewöhnlich muskulöse Schultern, eine breite Brust und gewaltige Bizepse. Er sah aus, als hätte er zwei kleine Wassermelonen verschluckt, die sich einen Weg zu seinen Oberarmen gebahnt hatten. Unter den engen Hemdsärmeln lugten bei jeder Bewegung Tätowierungen hervor. Er trug eine Uhr am linken Handgelenk, eine silberne Kette um den Hals und auf dem Rand seiner Kappe steckte eine Aviator-Sonnenbrille.

»Regan«, sagte Cash, die Augen zu Schlitzen verengt.

Regan schaute auf seine Uhr und sein Lächeln erlosch. »Setzt euch«, lud er sie dann doch ein. Kaum hatten sich Cash und Tommy ihm gegenübergesetzt, stand er auf, eine Taktik, die Cash fast vergessen hatte. Regan ging um den Schreibtisch herum auf die Seite, auf der sie saßen, lehnte sich dagegen und streckte die Beine aus, wobei er einen riesigen Fuß vor den anderen setzte. Seine schwarze Cargohose spannte sich um seine kräftigen Oberschenkel. Er lüpfte die Baseballkappe, nur um sie sich gleich darauf wieder in die Stirn zu ziehen.

»Sag mir, warum du hier bist.« Er sah Cash aus seinen dunklen Augen an und verschränkte die Arme.

Cash schüttelte den Kopf. Er hatte keine Lust auf Spielchen, und das Dumme daran war, dass er eins mit Sicherheit wusste: Ari Regan spielte keine Spielchen. Er meinte es todernst. Wenn Cash das sagte, was ihm auf der Zunge lag, nämlich: *Du weißt ganz genau, warum ich hier bin*, würde er Cash nur noch härter anpacken, als er es eh schon vorhatte.

»Weil Tommy mich ohne meine Zustimmung hierhergeschleppt hat.« Cash starrte Tommy ausdruckslos an.

»Hey, Mann. Ich habe nur gemacht, was der Chief mir gesagt hat.«

Regan ließ Cash keinen Moment aus den Augen. »Lass den Blödsinn. Du verschwendest meine Zeit und ich habe nicht viel davon.«

Cash stützte die Ellbogen auf die Schenkel, die Hände zu Fäusten geballt. Er legte den Kopf schief und zwang seine zusammengepressten Kiefer, sich so weit zu lösen, dass er sprechen konnte. »Anscheinend gehe ich zu hohe Risiken ein, und ich denke, ich bin hier, damit du dieses Bedürfnis aus mir rausprügelst.«

Regan lehnte sich lächelnd zurück, die Arme immer noch vor seiner Brust verschränkt. »Ein riskantes Unterfangen. Das wird bestimmt lustig. Aber wie war das, Ryder? Wenn ich mich recht entsinne, hast du den Leuten immer gepredigt, sie sollten auf alles vorbereitet sein. Du machst sie zur Schnecke, wenn sie zu viel riskieren. Willst du mir sagen, was Sache ist, oder müssen wir schwerere Geschütze auffahren, um es aus dir rauszukitzeln?«

Aus den Augenwinkeln sah Cash, wie Tommy mit den Händen über die Oberschenkel rieb, dann die Arme verschränkte und sie gleich darauf wieder in den Schoß fallen ließ.

»Kannst du Tommy gehen lassen? Das hat nichts mit ihm zu tun.«

Regan sah zu Tommy und dann wieder zu Cash. »Er bleibt.«

Mist. Bei seinem letzten Besuch im Trainingscenter hatte Cash einen Berufsanfänger begleitet, den Regan von seiner Angst befreien sollte, und Cash hatte bei jeder einzelnen der demütigenden Sitzungen des armen Kerls dabeisitzen müssen. Zwei Wochen später hatte der Mann gekündigt. Cash war niemand, der schnell aufgab, und er war verdammt noch mal kein Neuling. Er konnte es mit allem aufnehmen, was Regan ihm an den Kopf warf. Er wollte einfach nicht, dass Tommy sich alles noch einmal anhören musste.

»Vor ein paar Wochen konnte ich einen Mann nicht retten. Balken haben mir den Weg versperrt. Ich wollte zu ihm und die Jungs haben mich rausgezerrt. Ende der Geschichte.« Tommy war einer von ihnen gewesen. Wahrscheinlich hatte ihm Tommy an jenem Tag das Leben gerettet, aber das war Cash egal. *Jemand anderes hat sein Leben verloren.*

»Wenn das das Ende der Geschichte wäre, würdest du jetzt nicht in meinem Büro sitzen, oder?« Regan stützte die Hände auf die Kante des Schreibtisches. »Mir scheint, als wolltest du Spielchen spielen, Ryder, und ich liebe Spiele.«

»Regan, bringen wir diese Tortur hinter uns.« Cash straffte die Schultern und sah Regan unverwandt an.

»Tortur? Ich möchte dich etwas fragen, Ryder. Weißt du noch, was vor sieben Jahren mit Chuck Tooler passiert ist? Wo wir gerade von Tortur reden …« Regan richtete sich auf.

In Cashs Brust zog sich alles zusammen. Er erinnerte sich nur zu gut, was mit Chuck passiert war. In allen schrecklichen Einzelheiten.

»Wie lange war Chuck Tooler bei seiner Einheit? Sechs Jahre?« Regan rutschte an der Schreibtischkante entlang, bis er unmittelbar vor Cash stand. »Erinnerst du dich, warum er nach der Evakuierung ins Gebäude zurückgerannt ist?«

Regan wartete schweigend.

»Ich habe dir eine Frage gestellt, Ryder. Erinnerst du dich, was mit Tooler, diesem Hitzkopf, passiert ist?«

»Ja, ich erinnere mich«, stieß Cash mühsam hervor. Jedes dieser Worte fühlte sich unendlich schwer an. Er wollte den Tod von Tooler nicht noch einmal durchleben, wollte am liebsten nie wieder daran denken.

»Sag mir, warum er zurückgerannt ist.«

Im Raum war es totenstill. Das Rauschen seines Blutes war

das einzige Geräusch, das Cash wahrnahm. Er presste die Lippen zusammen und sah kurz zu Tommy hinüber, doch der wich seinem Blick aus. Cash setzte sich aufrecht hin, mit gestrafften Schultern. Aus Respekt vor Tooler, redete er sich ein. In Wahrheit wehrte er sich gegen die Vorstellung, dass es auch nur die geringste Ähnlichkeit zwischen ihm und Tooler gab.

Er rieb über das Tattoo auf seinem linken Arm, das Tommy und er sich hatten stechen lassen, kurz nachdem Chuck vom Feuer verschluckt worden war – und nach Samuels Tod war ein weiteres Motiv dazugekommen. Cash wusste nicht, was dieses Tattoo darstellte, aber als er das Bild gesehen hatte, hatte er den Schmerz von Toolers Verbrennungen gespürt. Für ihn symbolisierte es die Macht des Feuers, die größer war als jeder Einzelne von ihnen, aber nicht größer als sie alle zusammen. Der obere Teil der Zeichnung erinnerte ihn an das Auge des Feuers – und an Toolers Schreie, die ihm immer noch in den Ohren klangen. Die Striche am unteren Rand des Tattoos, die wie lange, spitze Spinnenbeine aussahen, standen für die rasende Geschwindigkeit, mit der sich das Feuer gegen Tooler gewandt und ihn verschluckt hatte. Erst jetzt fiel ihm auf, dass er nach Samuels Tod zwar ein weiteres Motiv hinzugefügt, die Bedeutung jedoch völlig ausgeblendet hatte. Er betrachtete das Tattoo gar nicht mehr, die Erinnerungen waren zu schmerzlich. *Wie zum Teufel konnte ich das ausblenden?*

»Spuck's aus, Ryder«, befahl Regan.

»Er sagte, da sei noch ein Mann drin und es sei seine Aufgabe, ihn rauszuholen.« In Cashs Gedanken blitzte die Erinnerung an den gestrigen Abend auf, als er erst die Warnung seines Freundes und dann die Warnung des Ventilationsteams ignoriert hatte. Er wischte sich eine Schweißperle von der Stirn, rieb dann über seine Jeans und drückte die Handflächen fest auf die Oberschenkel, um zu spüren, dass er geerdet und sicher war. *Ich bin nicht wie Tooler.*

»Sag mir, was du gefühlt hast, als er zurückgerannt ist. Sag mir, wie dein Körper reagiert hat«, drängte Regan. Seine Worte ließen Cash keine Wahl.

Er konnte den Rauch riechen. Er spürte die Hitze der Flammen, spürte die Angst in seinen Eingeweiden. *Es ist außer Kontrolle geraten. Wir müssen ihn holen.* »Chief …« Verdammt, seine Stimme zitterte und seine Hände auch. Er räusperte sich. »Weber ließ uns nicht hinter ihm herlaufen«, sagte er.

»Danach habe ich nicht gefragt. Ich will hören, was du gefühlt hast, Ryder.«

Cash atmete tief ein und aus, doch sein Herzschlag wollte sich nicht beruhigen lassen. *Verdammter Regan.*

»Du siehst deinen Kumpel in die Flammen rennen.« Regan beugte sich vor und senkte die Stimme, sodass kaum mehr als ein giftiges Zischen zu hören war. »Du weißt, dass die oberen Stockwerke jeden Moment auf deinen Kumpel herabstürzen können, auf den Kerl, der Tom und dich unter seine Fittiche genommen hat. Und du weißt, dass die Flammen jeden Zentimeter seines Körpers verbrennen werden.« Regans schwarze Augen bohrten sich in Cashs, seine Stimme zitterte vor Wut. »Was geht da in dir vor, Ryder?«

»Ich wollte ihm verdammt noch mal nachgehen«, schrie Cash. »Wir alle wollten es, aber die Jungs vom zweiten Team haben uns zurückgehalten. Niemand kam rein. Niemand.« Er sprang auf und ging im Büro auf und ab. Zorn breitete sich in seinem Körper aus wie Gift.

»Und in deinem Innern?« Regan stieß Cash einen Finger in den Bauch. »Was ist in diesem Moment da drinnen los?«

Cash starrte ihn bebend an. Am liebsten hätte er Regan

beiseitegeschoben – eine einzige Bewegung hätte gereicht –, aber dadurch würden die Bilder nicht verschwinden. Er hatte Jahre gebraucht, um sie zu begraben, und jetzt … jetzt waren sie wieder da und Cash sah sich selbst darin.

»Ich habe ihn verflucht, weil er uns in diese Situation gebracht hat. Ich wollte ihn verprügeln und gleichzeitig retten. Ich wollte mir die Seele aus dem Leib kotzen und ich wollte jemanden umbringen. Verdammt, ich wollte sie alle umbringen!«

»Und?«, brüllte Regan.

»Und er hätte verdammt noch mal wissen sollen, was er uns da antat! Er kannte die Risiken. Er wusste, dass wir nicht reingehen konnten.« Keuchend nahm Cash seine ruhelose Wanderung durch das Büro wieder auf. Er stellte sich hinter Tommy, der vornübergebeugt dasaß, die Ellbogen auf den Knien, den Kopf in die Hände gestützt, und er dachte an die Wochen nach Chucks Tod. Das Versprechen, das er Tommy abgenommen hatte. *Mann, wenn ich jemals so werde wie Tooler, dann schmeiß mich aus dieser Einheit.*

Regan trat zu ihm und versperrte ihm den Weg. Cash war ein gutes Stück größer als Regan, und dennoch hatte Regan die körperliche Ausstrahlung einer unüberwindbaren Mauer, mit seinen unglaublich breiten Schultern, den kräftigen Armen und einem Blick, der wie ein Schlag in die Magengrube wirkte.

»Und jetzt erzählst du mir, was bei dir anders ist.« Seine Stimme klang ruhig, doch seine Augen waren kalt und hart. Ohne sich umzudrehen, wies er auf Tommy und hielt Cashs Blick fest. »Sag es mir, Ryder.« Er trat näher, so nah, dass Cash sehen konnte, wie sich seine Pupillen weiteten, dass er Kaffee in seinem Atem riechen und die Wut spüren konnte, die undurchdringlich und unausweichlich zwischen ihnen stand.

Cash sah kurz zu Tommy und dann wieder zu Regan. Die Wahrheit durchzuckte ihn mit einem stechenden Schmerz. Er wollte sagen: *Es gibt keinen verdammten Unterschied. Hab's kapiert. Ich bin ein Idiot. Ich krieg das hin*, doch er brachte keinen Laut hervor.

»Du hast drei Sekunden, um mir zu sagen, was bei dir anders ist, Ryder. Ich bin kein geduldiger Mann.«

»Es ist verdammt noch mal nichts anders. Okay? Ich hab's verstanden.« Er schob sich an Regan vorbei und stieß ihn dabei an die Schulter.

Regan packte ihn am Arm und wirbelte ihn herum. »Ich habe nicht gesagt, dass wir fertig sind.« Wieder trat er auf ihn zu und blieb einen Atemzug entfernt von ihm stehen. »Jetzt erzählst du mir, was du gesehen hast, als Tooler herauskam.«

Großer Gott. Cashs Muskeln spannten sich an. Seine Beine waren wie auf dem Boden festgewachsen. Er zwang sich, mit zusammengebissenen Zähnen zu antworten. »Er kam rausgekrochen … und hat den Typen mitgeschleift.«

»Weiter.«

Du verdammter Mistkerl.

»Zwei Sekunden«, drängte Regan.

»Willst du wissen, woran ich mich erinnere? Das werde ich dir ganz genau sagen. An den Geruch von verbranntem Fleisch – ich habe ihn immer noch in der Nase.« Mit geballten Fäusten zog er die Schultern nach vorne. »Der Typ war tot. Er hat einen Toten geborgen und dabei sein Leben verloren.«

»Wie?« Regan trat näher, sodass Cash einen Schritt nach hinten machte und mit dem Rücken an der Betonwand stand.

Cashs Körper sagte ihm, er solle Regan zur Seite schieben und davonlaufen, bis ihn die Erinnerung nicht mehr einholen konnte. Sein Verstand wusste, dass es unmöglich war.

»Ich will Einzelheiten hören.«

Cash schaute weg.

»Ryder!«

Er lenkte seine Aufmerksamkeit wieder auf Regans geblähte Nasenflügel und seinen wütenden Blick. »Im Krankenhaus. Über neunzig Prozent seines Körpers waren verbrannt. Seine Familie war bei ihm, er war mit Schmerzmitteln vollgepumpt.«

»Hast du seine Frau gesehen? Seine Kinder?«

Die Hoffnungslosigkeit und den Schmerz in ihren Augen würde er nie vergessen. Wie sollte er auch, wenn Cathy Tooler nach wie vor an jedem Feiertag einen Geschenkkorb auf die Wache brachte. Ebenso wenig würde er die Tränen seiner kleinen Töchter vergessen. Das Einzige, was sie hätte trösten können, war die vollständige Genesung ihres Vaters. Die beiden waren damals fünf und sieben Jahre alt gewesen. Sie hatten sich aneinandergeklammert, als würden sie zusammenbrechen, wenn die andere sie nicht aufrecht hielt.

»Ja«, war alles, was er hervorbrachte.

»Sag mir, Ryder. Willst du, dass deine Einheit das durchmacht? Deine Kameraden? Willst du sie vor die Wahl stellen, ob sie deinen Arsch retten oder ihren eigenen?« Auf diese Fragen, die wie Hammerschläge auf ihn niederprasselten, brauchte Cash nicht zu antworten. Regan ging um den Schreibtisch herum und holte ein Foto aus der Schublade. Er schleuderte es Cash förmlich entgegen. »Was siehst du?«

Ohne sich von der Stelle zu rühren, warf Cash einen Blick darauf.

»Meine Einheit.« *Die Jungs, die mir alles bedeuten. Meine Brüder. Verdammt.*

»Was noch?« Er tippte immer wieder mit dem Zeigefinger auf das Bild.

»Kameradschaft. Vertrauen. Loyalität. Mut. Tapferkeit«, gab Cash zurück. Er fuhr sich mit der Hand durch die Haare, um die Wand aus Wut zwischen ihnen zum Einsturz zu bringen. Es funktionierte nicht.

»Mit deiner Liebe zum Risiko bringst du jeden dieser Burschen in die gleiche Situation, Ryder.« Für einen Moment klang seine Stimme eine Spur weicher und ließ Cash den Mann erkennen, der unter der Wut schlummerte. Den Mann, den er respektierte. Den Mann, der ihn gelehrt hatte, dem Feuer mit Respekt zu begegnen und die Männer zu achten, die ihm ihr Leben anvertrauten.

Cash legte Tommy die Hand auf die Schulter und spürte die Anspannung des Freundes. Keine der Antworten, die ihm durch den Kopf gingen, klang richtig. Mit *Ich weiß* würde er behaupten, dass er wusste, was er tat, wenn er es tat. Tatsächlich aber war sein Kopf in solchen Momenten vollkommen leer. Er dachte wieder an die Jungs, die ihn davon abgehalten hatten, Samuel Miller zu retten. Ein *Es tut mir leid* war an jemanden wie Regan verschwendet und würde auch Tommy nicht viel bedeuten. Für die Scham und den Kummer, die in ihm aufbrandeten, reichten diese Worte nicht aus. Regan hatte hundertprozentig recht, und es traf Cash bis ins Mark, dass er seine Freunde in eine so schreckliche Lage gebracht hatte.

»Setz dich.« Regan wies auf den Stuhl neben Tommy.

Wortlos folgte Cash der Anweisung. Er empfand es als Erleichterung, dass ihm jemand sagte, was er tun sollte.

»Hast du eine Freundin, Ryder?«

»Ja«, antwortete Cash, während er wieder über das Tattoo rieb. Insgeheim schwor er sich, die Bilder von Tooler nie mehr zu vergessen. Er brauchte diese ständige Warnung.

»Neue Beziehung? Oder seid ihr schon länger zusammen?«

»Neu.«

Regan beugte sich über den Schreibtisch. »Wenn du das nächste Mal ins Feuer gehst, solltest du dich fragen, ob du das Gesicht dieser Frau sehen willst, wie sie sich im Krankenhaus über dich beugt. Oder wie sie neben dir steht, wenn du einen Kameraden besuchst, den du mit einer deiner Aktionen ins Krankenhaus gebracht hast. Verstehen wir uns?«

In seiner Anfangszeit als Feuerwehrmann waren es Bilder seiner Familie gewesen, die Cash im Hinterkopf hatte, wenn er sich auf einen Rettungseinsatz vorbereitete, und stellte sich vor, dass sie in den Flammen eingeschlossen waren. Das hatte ihm geholfen, all seine Gedanken auf die vor ihm liegende Aufgabe zu richten und die Angst wegzuschieben, denn die Angst war da, so sehr die Jungs und er sich auch vom Gegenteil zu überzeugen versuchten. Nun wäre es Sienas Gesicht, das er vor seinem inneren Auge sah, doch er würde sich nicht vorstellen, dass er sie retten musste. Er würde sich ausmalen, wie sie auf ihn wartete, weitab von den Flammen, in Sicherheit. Wie sie darauf wartete, dass er zu ihr zurückkehrte. Warum wurde ihm eigentlich erst jetzt klar, dass es das war, was er wollte?

Sechzehn

Siena saß auf ihrem Sofa, das Handy am Ohr, die Füße auf dem Couchtisch, und starrte auf die Titelseite der *Us Daily*, während Jewel schwärmte, dass die Publicity ihren Bekanntheitsgrad vervielfachen würde. *Ist es Liebe?*, lautete die Schlagzeile.

»Jewel, das ist so ein Müll. Ich weiß über Gunner Bescheid. Er bessert damit sein Image auf und … meins wird in den Dreck gezogen. Etwas anderes wird dabei nicht herauskommen, glaub es mir.«

Sie war früh aufgestanden, um sich im Café die Klatschmagazine anzusehen. Bogey hatte missbilligend den Kopf geschüttelt, als sie einen ganzen Schwung davon kaufte, doch sie hatte ihn einfach ignoriert. Außer in der *Us Daily* war sie auf keiner anderen Titelseite zu sehen – die Fotos erschienen im Innenteil –, doch auf dem Cover gab es jeweils einen Hinweis darauf. *Das neue Traumpaar! Gunner Gibson landet mit Siena Remington einen Volltreffer.*

Ihr war ganz flau in der Magengegend, seit sie den Zeitschriftenstapel nach Hause getragen und die Artikel so oft gelesen hatte, dass sie sie fast auswendig kannte. Sie fühlte sich schmutzig und schämte sich, dass sie sich auf das vorgetäuschte Date eingelassen hatte. Immer wieder sah sie Cashs Gesicht vor sich, die Betroffenheit in seiner Miene, als sie ihm erklärte, was Jewel von ihr erwartete, und er Mühe hatte, damit klarzukommen. Auf einem Cover ein Foto der Freundin zu sehen, die gerade einen anderen Mann küsst, war schon ein harter Brocken.

»Hör zu, Siena, im Moment stehst du als Model hoch im Kurs, aber wir wissen alle, wie schnell sich das Blatt wenden kann.« Jewel seufzte. »Das muss ich dir nicht sagen.«

»Weißt du was? Ich glaube nicht, dass meine Karriere auf Messers Schneide steht. Ich habe feste Verträge bei Chanel, H&M und Revlon. Ich bin seit Ewigkeiten eines deiner Topmodels und das hier …« Angewidert warf sie die Zeitschrift auf den Couchtisch. »Ich komme mir einfach billig vor.«

»Du Witzbold. Bei deinen Verträgen wird sich genau das Gegenteil zeigen.«

Siena stellte sich vor, wie Jewel ihr Haar tätschelte, mit gekreuzten Beinen in ihrer Penthouse-Wohnung saß und mit einem zufriedenen Grinsen auf den schmalen Lippen aus dem Fenster schaute.

»Jedenfalls haben wir es hinter uns gebracht. Das ist das einzig Gute an der Sache. Jetzt kann ich wieder mein normales Leben leben.« *Und das schreckliche Bild vergessen.* Ein weiterer Anrufer klopfte an. *Savannah. Na toll.*

»Nun, nicht wirklich. Du musst dich noch einmal mit Gunner treffen. Sein Agent rief heute Morgen an. Gunners Beliebtheitsgrad ist seit dem Erscheinen des Fotos in die Höhe geschnellt. Wusstest du das?«

Oh Gott. »Nein, das wusste ich nicht. Und warum soll ich mich noch einmal mit ihm treffen, wenn wir schon so viel Aufmerksamkeit erregt haben? Kennst du ihn? Er ist ein Idiot.« Siena hatte einen Twitter-Account, den sie jedoch nur selten benutzte. Wenn sie an die Schlagzeilen im Internet dachte, hatte sie noch weniger Lust als sonst, sich dort einzuloggen. Wie konnte sie Cash so etwas zumuten? Sie war sich nicht sicher, wie sie an seiner Stelle damit umgehen würde.

»Ein gut aussehender Idiot. Es ist doch nichts dabei. Du musst nur eine Stunde lang so tun, als würdest du dich gut amüsieren. Dinner. Im Laufe der Woche.«

Siena setzte sich auf, zog sich die Haare über die Schulter und fuhr mit den Fingern durch die Spitzen. »Jewel.«

»Nur noch ein einziges Date. Mehr nicht. Ein Dinner, um die Medien bei Laune zu halten.«

Ein Dinner. Ein Abend. Der Wunsch, Nein zu sagen, war so groß, dass ihr das Wort fast von selbst über die Lippen wollte, aber sie war schon viel zu sehr in die ganze Sache verstrickt. Der Schaden war eh schon entstanden.

»Na gut. Aber nur noch dieses eine Mal.«

»Ich sage dir Bescheid, wann und wo. Denk daran, Siena: immer das Ziel im Auge behalten.«

Leider hatte Siena allmählich den Eindruck, dass sie und Jewel unterschiedliche Vorstellungen vom Ziel hatten. Siena dachte dabei an einen arroganten, ansehnlichen, muskelbepackten Mann mit rauer Schale, der im tiefsten Innern schrecklich romantisch war.

Nach dem Gespräch mit Jewel las sie die Nachrichten, die in der Zwischenzeit eingegangen waren. Willows war die erste: *Du hast mir nichts gesagt?* Dann kam eine von Savannah: *Ruf mich an!* Und eine Voicemail von ihrer Mutter. Zuerst schrieb sie Willow: *War spontan. Wir reden später, okay?*

Willows Antwort kam, bevor sie entscheiden konnte, ob sie erst ihre Mutter oder erst Savannah anrufen sollte.

Prima. Nur 1 Frage. Hast du die Nacht alleine verbracht?

Siena mochte Willow sehr, aber sie war nicht die Art von Freundin, der sie alles erzählen konnte. Willow liebte alles Dramatische und hielt nicht immer ihre Zunge im Zaum, während Siena zwar ein Faible fürs Dramatische hatte, aber nur zu gerne darauf verzichtet hätte, im Mittelpunkt dieses speziellen Dramas zu stehen. Sie schrieb zurück: *JA! Näheres später. Muss los. XOX.*

Sie war verwirrt, als es an der Tür klopfte und sie durch den Spion einen Paketboten sah, doch dann fiel ihr ein, dass sie Treat um die Fotos von Savannah gebeten hatte. Sie nahm das Paket an, und als sie die Tür hinter sich geschlossen hatte, lehnte sie sich dagegen und fragte sich, warum Cash ihr nicht geschrieben hatte. Vielleicht hatte er zu tun. Sie hatte keine Ahnung, was Feuerwehrmänner den ganzen Tag machten. Schließlich konnten sie nicht ununterbrochen Menschen retten. Sie stellte sich seinen rußigen, mit Adrenalin vollgepumpten Körper vor, dachte daran, wie Cash sie am Abend zuvor an sich gedrückt hatte, und ein Schauer durchfuhr sie.

Das Läuten des Telefons riss sie aus ihren Gedanken. *Savannah.*

»Oh mein Gott. Du hast dich mit Gunner Gibson getroffen und hast es mir nicht erzählt?«

»Ich wollte dich gerade anrufen.« Siena setzte sich auf die Couch, öffnete Treats Päckchen und sah sich die Fotos von Savannah an.

»Wie hast du ihn überhaupt kennengelernt? Meine Kollegin Aida vertritt ihn und er ist mit Vorsicht zu genießen, Siena. Mit dem Klugscheißer von Feuerwehrmann bist du besser dran als mit Gunner.«

Siena kam es vor, als seien Cash und sie schon viel länger zusammen als ein paar Tage, und daher fühlte es sich seltsam an, dass Savannah noch nichts davon wusste. Dann fiel ihr ein, dass niemand davon wusste – außer ihrer Mutter. Und, wie Cash ihr geschrieben hatte, die Jungs von der Feuerwache.

»Tja, der Feuerwehrmann …« Sie biss sich auf die Unterlippe und überlegte, wie sie es sagen sollte. »Wir sind inzwischen zusammen.«

Savannah lachte. »Was?! Jack hat schon spekuliert, dass er dir eigentlich gefällt, weil du auf eine ganz bestimmte Art von ihm gesprochen hast.«

»Ehrlich? Was hab ich denn gesagt? Ich wusste da ja selbst nicht einmal, dass ich ihn gut finde. Dass ich ihn *auf diese Weise* gut finde«, setzte sie hinzu. Sie dachte daran, wie sie am Fuß der Treppe auf Cash getroffen war, wie ihr das Herz bis zum Hals geschlagen und wie ihr Körper auf seine Nähe reagiert hatte.

»Wenn du mich bei meiner ersten Begegnung mit Jack gesehen hättest … Oh mein Gott, Siena. Er war so kühl und abweisend, aber trotzdem war da eine unterschwellige Strömung, gegen die ich nicht ankam. Hast du bei Cash nichts davon gespürt? Jack hat nämlich zwanzig Dollar darauf gewettet, dass ihr beide zusammenkommen würdet.«

»Mein Bruder hat auf mich gewettet?« Das konnte sie sich bei Jack überhaupt nicht vorstellen. Es hätte sie nicht gewundert, wenn er eine Mauer zwischen ihr und jedem Mann hochgezogen hätte, der sich für sie interessierte, aber auf sie wetten? Auf keinen Fall.

»Er mochte ihn. Er sagte, ihr beide erinnert ihn an uns. Aber wenn du jetzt offiziell mit ihm –«

»Er heißt Cash.«

»Sorry. Also, wenn du mit Cash zusammen bist, verstehe ich nicht, warum du dich mit Gunner triffst.«

»Das ist eine lange Geschichte.« *Und ich darf es dir sowieso nicht erzählen.* Sie legte die Bilder auf die Couch. »Freust du dich auf deine Brautparty?«

»Ja. Nicht nur auf die Party, sondern vor allem darauf, alle wiederzusehen. Es ist schon ein paar Monate her, dass ich bei meinem Vater war. Auf ihn freue ich mich besonders.« Die Brautparty sollte auf der Ranch ihres Vaters in Weston, Colorado, stattfinden.

»Ich kann es auch kaum erwarten. Es wird schön, mit allen zusammen zu sein.«

Nachdem sie sich verabschiedet hatten, überlegte Siena, ob sie Cash eine Nachricht schicken sollte. Wäre es besser, ihn anzurufen und mit ihm über die Fotos zu reden? Oder sollte sie ihm schreiben und so tun, als gäbe es Gunner Gibson und die Fotos gar nicht? Vielleicht mied er sie, gerade *weil* er die Bilder gesehen hatte. Für den Abend waren sie sowieso verabredet, und sie hatte keine Ahnung, wo sie sich treffen wollten. Die perfekte Ausrede, ihn anzuschreiben. *Nur noch ein paar Stunden, bis wir uns sehen. Wo sollen wir uns treffen?*

Mit aufgeregt flatterndem Magen wartete sie auf seine Antwort. Zehn Minuten vergingen, ohne dass er sich meldete, und nun machte sie sich ernsthafte Sorgen, dass er die Bilder gesehen und Zweifel hatte, ob ihre Beziehung eine gute Idee war. Sie ließ sich auf die Couch fallen, lehnte den Kopf zurück und schloss die Augen. Als nach weiteren fünf Minuten eine Nachricht von Cash angezeigt wurde, hatte sie Angst, sie zu lesen. Sie spähte auf das Display, legte das Telefon in ihren Schoß und spielte nervös mit ihren Haaren. *Es ist in Ordnung, alles in Ordnung. Alles okay. Lies es einfach.*

Mit angehaltenem Atem las sie schließlich, was er geschrieben hatte. *Bei dir? Gegen 6?*

Wahrscheinlich hätte sie erleichtert sein sollen, dass er nicht schrieb, er habe keine Zeit, oder sich nicht wegen der Fotos ganz von ihr abwandte, doch sie war nicht erleichtert. Sie hatte sich etwas mehr erhofft. *Vermisse dich? Kann es kaum erwarten?* Zumindest einen kleinen Hinweis darauf, dass er sich auf sie freute. *Oh mein Gott, ich mache mir viel zu viele Gedanken. Er ist ein Mann. Männer machen so was nicht.* Als sie sich schließlich gefasst hatte, antwortete sie: *Perfekt. Kann es kaum erwarten.*

Dann rief sie ihre Mutter an, um ihr zu sagen, dass sie die versprochenen Bilder von Treat hatte. Die Seiten des Fotoalbums waren bei ihr, den hölzernen Einband hatte ihre Mutter mit nach Hause genommen, um ihn zu bemalen.

»Hi, Mom. Ich habe die Bilder von Savannah.«

»Oh, gut, Schatz. Ich habe die Fotos von Jack rausgesucht. Ich muss sie dir bringen. Oh, Liebes, ich weiß aber gar nicht, wann ich in die Stadt kommen kann.«

»Dann schick sie mir einfach. So hat es Treat auch gemacht. Sie kommen Dienstag oder Mittwoch hier an und vorher schaffe ich es eh nicht zu dir nach Hause.«

»Ja, das ist eine gute Idee. Wie geht es dir sonst?«

Siena ging zum Fenster, schaute nach draußen und wünschte sich, sie könnte die Zeit zurückdrehen und das Date mit Gunner ungeschehen machen. Für den Rest der Familie sah es so aus, als sei sie mit ihm zusammen, nur ihre Mutter kannte die Wahrheit. Und sie selbst kannte sie auch. Bei dem Gedanken wurde ihr wieder übel.

Ich kann es genauso gut hinter mich bringen. »Ich nehme an, du hast die Bilder gesehen?«

»Ja, im Internet. Es sah so aus, als hättet ihr euch gut amüsiert.«

So war ihre Mutter. Niemals würde sie Siena ein schlechtes Gewissen bereiten und sie würde auch nie etwas Negatives vermuten. Siena konnte selbst entscheiden, was sie ihr erzählen wollte. Das Problem war, dass sie ihrer Mutter kaum jemals etwas zu erzählen brauchte. Die Stimme ihrer Tochter sagte ihr alles, was sie wissen musste.

»Nicht wirklich.« Siena wandte sich vom Fenster ab. »Er ist ein alberner Schwachkopf.«

Ihre Mutter lachte. »Der Kuss sah aber nicht so aus, als würdest du ihn für einen albernen Schwachkopf halten.«

»Igitt. Es ist fürchterlich. Das Ganze ist so lächerlich. Es ist eine Finte, sonst nichts.«

»Ja, sicher, aber meinst du, Cash wird das auch so sehen?«

Sie seufzte. »Keine Ahnung. Ich habe ihm ja gesagt, dass es kein echtes Date ist. Freu dich, dass ich auf dich gehört habe.«

»Ich freue mich, dass du auf dein Herz oder dein Gewissen gehört hast – oder was auch immer dich dazu bewogen hat, ihm reinen Wein einzuschenken, statt ihn im Dunkeln tappen zu lassen. Du kannst keine Beziehung auf Lügen aufbauen.«

Siena seufzte. Sie konnte nur hoffen, dass sie überhaupt noch eine Beziehung hatte.

Siebzehn

Cash räumte die Lebensmittel weg, die er für Vetta eingekauft hatte, und setzte sich dann auf ihr Sofa. Das Treffen mit Regan ging ihm nicht aus dem Kopf. Er konnte es immer noch nicht fassen, dass er genau das ausgeblendet hatte, woran ihn das Tattoo erinnern sollte. Er betrachtete es und zeichnete mit dem Finger die klaren Linien nach, und seine Gedanken wanderten zu Samuel und dem Moment, als ihm klarwurde, dass er ihn nicht retten konnte.

Im Schlafzimmer hörte er Vetta hin und her gehen. Sie hatte gesagt, sie müsse etwas erledigen, und die Tür hinter sich zugezogen. Während er wartete, wurde dieser schreckliche Tag wieder lebendig. Er konnte die Hitze der Flammen spüren, die dicht hinter ihm züngelten, als er im Eingang zu ihrer brennenden Wohnung stand. Ein Knacken hatte ihn aufblicken lassen. Im selben Moment krachte ein hell lodernder Balken durch die Decke, ließ brennende Trümmerteile herunterprasseln und blockierte den Zugang zur Wohnung. Er hatte Cash nur um Haaresbreite verfehlt. Jemand zog ihn am Arm, wollte ihn von der Wohnung wegzerren, doch Cash wehrte sich. Er spürte eine Hand auf seinem anderen Arm und schüttelte sie ab. Er wirbelte herum. *Da drinnen ist ein Mann. Ich kann ihn rausholen.* Tommy schüttelte den Kopf und rief etwas, was Cash nicht verstand. Er zeigte zur Decke. Cash kannte die Risiken. Der herabgestürzte Balken und die brennenden Reste der Decke gaben ihnen vielleicht eine Minute Zeit, bevor alles zusammenbrach. Er konnte es schaffen. Er konnte reingehen, sich den Mann schnappen und wieder rauskommen – aber die anderen schleiften ihn die Treppe hinunter. *Nein! Lasst mich los!* Er kämpfte gegen sie. Er hatte die Frau des Mannes gerettet und sie hatte gefleht: *Mein Mann! Bitte, retten Sie meinen Mann. Er hat ein schwaches Herz.*

Seine Hand zitterte, als er sich nun durch die Haare fuhr. Vetta war inzwischen aus dem Schlafzimmer gekommen und ging gerade in die Küche. Wieder kehrten seine Gedanken zu dem Feuer zurück.

Er hatte Vetta sagen müssen, dass er ihren Ehemann nicht hatte retten können, und sie hatte ihn fest am Arm gepackt. *Ich weiß, dass Sie alles getan haben, was Sie konnten.* Von diesem Moment an war für Cash alles anders. Er hätte mehr tun können, und er schwor sich, dass er von nun an mehr tun würde, ganz gleich, welches Risiko für ihn selbst bestand. Er hatte so wenig zu verlieren, verglichen mit einigen der anderen Jungs.

Der Drang, sich immer weiterzutreiben, über das vertretbare Risiko hinaus, war so übermächtig, dass es sich anfühlte, als hätte ein Fremder von ihm Besitz ergriffen. *Gib mehr. Für Vetta. Für Samuel. Für alles, was sie verloren haben.* Dann dachte er an Siena und die Männer in seiner Einheit, und er kämpfte den Drang nieder, weil er wusste, welchen Gefahren er sich selbst und seine Kollegen durch seine Unberechenbarkeit aussetzte.

Stolz und Schuldgefühle waren unentwirrbar miteinander verstrickt.

»Warum ballen Sie die Fäuste?«

Vettas besorgte Stimme holte ihn zurück in die Gegenwart. Er hatte es nicht einmal bemerkt, aber er hatte die Finger so fest zusammengepresst, dass die Knöchel weiß wurden.

Er lehnte sich zurück, öffnete und schloss die Hände und legte die Handflächen flach auf die Schenkel. »Es tut mir leid, Vetta. Ich habe über … die Arbeit nachgedacht.« Er hob den Blick zu Samuels Bild.

Vetta ließ ihn nicht aus den Augen. »Ja, das kann ich mir vorstellen. Sie denken immer an die Arbeit, nicht wahr?«

Die Sorge in ihrer Stimme entlockte ihm die Wahrheit. »Ja.«

Vetta griff nach seiner Hand. »Nun, dann lassen Sie uns über etwas reden, was diese Fäuste entspannt. Erzählen Sie mir von Siena. Sie scheint ein nettes Mädchen zu sein. Sind Sie in sie verschossen?«

Fast hätte Cash laut gelacht. *In sie verschossen* war eine Untertreibung. »Das könnte man so sagen.«

»Und ist sie in Sie verschossen?«

Cash spürte, wie ihm das Blut in die Wangen stieg.

»Oh, meine Güte, jetzt habe ich Sie in Verlegenheit gebracht. Es tut mir leid. Es geht mich ja eigentlich überhaupt nichts an.« Sie legte die Hände in den Schoß und spielte mit einem Taschentuch, das sie in einer Hand hielt.

»Nein, ist schon okay. Ich bin es einfach nicht gewohnt, darüber zu reden …« Worüber? Über Beziehungen? Über Frauen? Mit den Jungs auf der Wache redete er die ganze Zeit über Frauen, aber das waren keine ernsten Unterhaltungen, sondern daher gesagte Sprüche, Witzeleien. Siena war kein Witz, und er würde verdammt noch mal nicht zulassen, dass jemand Witze über sie riss.

»Ist schon gut. Sie sind ein zurückhaltender Typ und das respektiere ich. Wenn Sie sie mitbringen wollen, können Sie das gerne tun. Ich fand es schön, Sie beide zusammen zu sehen. Sie bringt Ihre weiche Seite zum Vorschein.«

»Ist das gut oder schlecht?« *Meine weiche Seite? Was machen diese Frauen mit mir?*

»Warum fragen Sie sie das nicht selbst?«, erwiderte sie mit einem warmen Lächeln, das ihn vollends durcheinanderbrachte.

Eine Stunde später war Cash auf dem Weg zu Sienas Wohnung. Er hatte absichtlich einen Bogen um alle Zeitschriftenauslagen gemacht und weder die Zeitung aufgeschlagen noch im Internet gesurft. Ein Foto von Gunner, der Siena küsste, musste er nicht sehen. Vor ungefähr zwanzig Minuten hatte er eine Nachricht von Tommy bekommen. *Wirf vor deinem Date besser einen Blick in die Us Daily.* Er schob sein Handy in die Tasche, ohne darauf zu reagieren, doch schon bald machte ihn die Nachricht derart nervös, dass er sie löschte. Er hatte Siena versichert, dass er mit der Situation klarkäme, aber in Wirklichkeit wusste er nicht, wie er reagieren würde, wenn er die Lippen eines anderen Mannes auf ihren sah – und das auf einem Foto, von dem die Welt glauben würde, dass es mehr bedeutete, als es tatsächlich tat. Besser, er ignorierte die ganze Sache, bis er sich ihr stellen musste.

Als Siena die Tür öffnete, überrollte ihn eine Woge der Sehnsucht. Es war erst einen Tag her, seit er sie gesehen hatte, aber es fühlte sich viel länger an.

»Ich hab dich so vermisst«, sagte er und streckte die Hände

nach ihr aus.

Ihre Augen weiteten sich, und ein Lächeln umspielte ihre Lippen, als sie ihn am Kragen seines Parkas packte und sich an ihn schmiegte.

»Kann sein, dass ich dich auch ein bisschen vermisst habe.«

Er sog ihren Duft ein. »Du riechst wunderbar.«

Er küsste sie auf die Wange und sie fing den Kuss mit den Lippen auf, ließ die Hände über seinen Hals gleiten und vergrub sie in seinem Haar. Sofort spürte er, wie er hart wurde. Er umfasste ihre Taille, und ohne von ihrem Mund zu lassen, schob er sie beide in die Wohnung und stieß die Tür zu. Er ermahnte sich, nichts zu überstürzen, aber das war das Letzte, was er tun wollte. Ihre süßen Rundungen fühlten sich so gut an, und sie zu küssen, war wie der Himmel auf Erden. Am liebsten wollte er nie wieder damit aufhören. Und als sie ihm die Jacke von den Schultern streifte und ihre Hüften verführerisch an seine presste, wusste er, dass sie beide dasselbe fühlten.

»Siena«, flüsterte er zwischen zwei Küssen. Er schüttelte den Parka ab, fing ihn mit einer Hand auf und erinnerte sich mit einem letzten Rest an Vernunft daran, dass er ihn aufhängen sollte. Widerstrebend löste er sich für einen Moment von ihr, griff hinter sich und schaffte es, ihn auf einen Haken zu hängen. Nun hatte er beide Hände frei, um ihr durchs Haar zu fahren. Ein forschender Blick in ihre Augen bestätigte ihm, dass er sich ihr Verlangen nicht nur einbildete. Schwer atmend krallte sie die Finger in sein Hemd, während ihr Herz ebenso wild pochte wie seins.

»Ich bin normalerweise nicht so«, sagte sie.

»Ich hab überhaupt nichts dagegen.« Er küsste sie sanft auf den Mund, verweilte einen Moment auf ihren weichen Lippen und zog sich dann ein wenig zurück, um mit den Händen über ihre Rippen zu streichen. Großer Gott, sie machte ihn verrückt.

»Ich …«

Eine federleichte Spur kleiner Küsse führte ihn an ihrem Schlüsselbein entlang zu der kleinen Kuhle in der Mitte, die seine Zunge behutsam erkundete.

»Oh Gott.« Sie schloss die Augen, als seine Hände ihre Wanderung fortsetzten und sich schließlich um ihre Brüste wölbten, während seine Lippen ihren Hals liebkosten. »Ich … ich habe den ganzen Tag an uns gedacht.«

»Ich auch.« Lieber Himmel, er musste mehr von ihr haben. Sie fühlte sich so verdammt gut an. Er ließ seine Hände über ihren Rücken gleiten und packte ihren Hintern.

»Ich hatte Angst, du würdest dich von mir trennen, wenn du die Fotos siehst.« Ihre Stimme war kaum mehr als ein erhitztes Flüstern.

»Ich habe sie nicht gesehen.«

Er zog sie in einen tiefen, gierigen Kuss und vergrub die Gedanken an die Bilder in der Glut zwischen ihnen, während sie Richtung Schlafzimmer stolperten. Mit seinem Mund fing er ihr Stöhnen auf, ein Laut voller betörender Weiblichkeit und Begierde, der ihn wie eine Hitzewolke einhüllte. Sie führte ihre Hand an seinen Schritt, und als seine Hände an ihrem nackten Bauch entlang in ihre Jeans glitten, stöhnte sie erneut auf und drängte sich an ihn. Großer Gott, sie war so heiß. Die Finger tief in ihr vergraben, fuhr er sanft mit den Zähnen über die seidige Haut ihres Halses und saugte und streichelte sie mit seiner Zunge.

»Cash«, flüsterte sie.

Er sah sie an, wollte sicher sein, dass er sie nicht zu schnell zu weit trieb. Sie begegnete seinem Blick, und ohne ihn aus den Augen zu lassen, tastete sie nach dem Knopf seiner Jeans und öffnete ihn. Als sie den Reißverschluss aufzog, ließ das qualvolle Gefühl der Enge in seiner Hose endlich nach.

Er legte seinen Mund auf ihren. »Der Weg zum Schlafzimmer kommt mir ewig vor«, flüsterte er an ihren Lippen.

Sie schob ihre Hand in seine Boxershorts und schlang ihre Finger um seine harte Länge. »Es muss ja nicht immer das Schlafzimmer sein.«

Sie schubste ihn spielerisch an den Tresen, der Küche und Wohnzimmer voneinander trennte. Mit einem schelmischen Glitzern in den Augen sah sie ihn an, die Unterlippe zwischen den Zähnen gefangen. Er streckte die Hände nach ihr aus, doch sie schüttelte wortlos den Kopf, hakte die Finger in seinen Hosenbund und riss die Jeans mitsamt den Boxershorts herunter. Sie hob die Augenbrauen und ließ ihre Hände sinnlich über seine nackten Schenkel gleiten.

»Siena ...« Ihr Name entfuhr ihm wie ein langer Atemzug, als er sah, wie sie ihn mit beiden Händen umschloss und ihren Mund auf seinen pochenden Schaft senkte. »Heilige Hölle, Siena«, stöhnte er und krallte die Finger in ihr Haar. Sie blickte zu ihm auf, glitt mit der Zunge über seine Länge und nahm ihn dann wieder in den Mund, packte seine Hüften und drängte ihn tiefer, bevor sie ihn langsam wieder freigab. Lange würde er nicht mehr an sich halten können. Es war, als sei sie seinen wildesten Fantasien entsprungen. Noch einmal umzüngelte sie seine Eichel, dann schob sie sich an seinem Körper hoch, zog mit einer schnellen Bewegung ihr T-Shirt aus und warf es auf den Boden. Darunter kam der entzückendste Spitzen-BH zum Vorschein, den er je gesehen hatte. Er bedeckte kaum ihre Brustwarzen und presste ihre perfekten Brüste zusammen, sodass eine tiefe Kluft entstand, in der er sich am liebsten eingegraben hätte. Cash griff hinter sich, bekam sein Hemd zu packen und riss es sich vom Leib.

»Du hast immer noch viel zu viel an«, sagte er, als er sie an sich drückte und beide Hände genussvoll um ihren Hintern wölbte.

Als er mit den Zähnen sanft an ihrem Hals zupfte, schnappte sie nach Luft, und er ließ sie los und küsste die zarte Haut. Siena hakte ihre Daumen in den Bund ihrer Jeans und hatte sich bald mit ein paar geschickten Hüftschwüngen davon befreit. *Grundgütiger.* In einem schwarzen String und diesem unglaublichen Spitzen-BH stand sie vor ihm und sah so verführerisch aus, dass er kaum noch atmen konnte. Er trat aus seiner Hose, schlang ihr die Arme um die Taille und drängte sie an die Theke. Seine Hände streichelten über ihre Hüften, während seine Zunge die köstliche Wölbung ihrer Brüste und den tiefen Spalt dazwischen erkundete.

»Du kannst unmöglich so schön sein«, flüsterte er.

Sie führte seinen Kopf an ihre Brust und seine Zunge ertastete ihren harten Nippel durch die zarte Spitze. Sein Gesicht in beiden Händen führte sie seinen Mund in einem fordernden Kuss an ihre Lippen. Als sie an seiner Zunge saugte, wie sie eben an seiner Erektion gesogen hatte, stöhnte er auf. Sie drückte seine Hand an den feuchten Stoff zwischen ihren Beinen und Cash konnte kaum noch an sich halten. Schwer atmend gab sie seinen Mund frei.

»Fass mich an«, befahl sie.

Lieber Himmel, sie trieb ihn geradewegs zum Höhepunkt. »Meine Wildkatze ...«

»Bring mich zum Schnurren.«

Hastig hakte er ihren BH auf und riss ihn herunter, dann liebkoste er erst die eine, dann die andere Brust, während sie seinen Kopf mit beiden Händen an ihren Körper drängte, damit seine Berührungen noch härter, noch aggressiver wurden. Mit einer raschen Bewegung hob er sie auf den Tresen, nicht ohne sich zu vergewissern, dass sie immer noch auf der gleichen Wellenlänge waren. Das Lächeln auf ihren Lippen sagte ihm alles, was er wissen musste. Seine Finger bahnten sich ihren Weg unter das winzige Stoffstück, das sie voneinander trennte, drangen in sie ein und massierten ihre empfindlichste Stelle, bis sie sich in seine Schultern krallte.

»Mit der Zunge.« Sie drückte seinen Kopf nach unten.

Er schob ihren Tanga zur Seite und ließ seine Zunge erst langsam, dann immer hungriger mit ihrer Mitte spielen. Siena stöhnte und wand sich und mit den Händen in seinem Haar vergraben gab sie ihm das Tempo vor. Er spürte, wie sich ihre Schenkel anspannten, hob den Kopf und zog sie in einen leidenschaftlichen Kuss, mit dem er sie auf den Höhepunkt begleitete. Ihr Inneres pulsierte um seine Finger, ihre Zunge leckte ihre eigenen Säfte von seiner. Er hielt es kaum noch aus, er musste sie einfach lieben. Als die Zuckungen an seinen Fingern verebbten und sie keuchend an seiner Brust lag, zog er sich langsam aus ihr zurück.

»Liebe mich«, flüsterte sie und sah ihn an, während sie mit der Zunge über ihre Unterlippe fuhr.

Sie umklammerte seine Arme, als er sie vom Rand des Tresens hob, ihre Beine um seine Taille legte und tief in sie eindrang. Großer Gott, sie war so nass und so heiß! Die wunderbaren Qualen, die sie ihm bereitete, wenn sie langsam bis zur Spitze seines harten Schaftes glitt, um ihn gleich darauf wieder ganz in sich zu vergraben, brachten ihn fast um den Verstand. Dann durchfuhr sie ein erneuter Schauder der Wonne, der ihr ein leises Wimmern entlockte. So sehr er sich selbst danach sehnte, loszulassen, wollte er sie doch auch richtig lieben – in einem Bett, wo er ihre wunderbaren Kurven unter sich fühlen konnte. Immer noch tief in ihr begraben, trug er sie ins Schlafzimmer, ließ sie aufs Bett sinken und liebte sie langsam und liebevoll. Er streichelte, schmeckte, berührte jeden Zentimeter von ihr und trieb sie noch zweimal auf den Höhepunkt, bevor er sich seiner eigenen kraftvollen Erlösung hingab.

Achtzehn

Siena zog den Reißverschluss an ihrer Jeans hoch und streifte sich ein langärmeliges T-Shirt über. Im Badezimmer trocknete sich Cash gerade ab, nachdem sie zusammen gebadet hatten.

»Normalerweise bin ich nicht der Typ, über den du einfach so herfallen kannst. Ein richtiges Date vorher sollte schon sein, denke ich. Also glaub bloß nicht, dass du mit mir machen kannst, was du willst«, rief er Richtung Schlafzimmer.

Siena steckte den Kopf ins Badezimmer. »Das sagen sie alle.«

Er schlang sich das Handtuch um die Taille, schnappte sich ein zweites Handtuch und schlug damit nach ihr, als er sie durch das Schlafzimmer jagte. »Oh ja? Machst du das mit allen deinen Dates so?« Er hielt inne. »Nein, warte. Die Antwort will ich gar nicht hören, glaube ich.«

»Ich verrate nichts.«

Mit einem Satz aufs Bett wich sie dem Handtuch aus. Er packte sie und drückte sie auf die Matratze, während sie sich kichernd unter ihm wand.

»Sei vorsichtig, sonst kann ich für nichts garantieren.«

Lachend riss sie das Handtuch herunter, das er sich umgebunden hatte, und er fing ihr Lachen in einem sinnlichen

Kuss auf.

»Da siehst du, was du angerichtet hast«, sagte er und wies auf seine Erektion.

»Tja, du musst warten. Ich habe Hunger«, sagte sie und schob ihn zur Seite. Als sie die Lust in seinen Augen aufglimmen sah, flüsterte sie: »Oh nein, nicht diese Art von Hunger. Ich meine richtigen Hunger.« Sie warf sich das Haar über die Schulter und stand auf, doch er zog sie wieder aufs Bett.

»Du hältst dich für witzig, oder?« Er lächelte und gab ihr einen Kuss.

»Vielleicht nicht gerade für witzig, aber auf jeden Fall für schlau«, erwiderte sie neckend.

»Ja, da geb ich dir recht.«

Sein Blick ließ ihren Atem stocken. Als würden ihn dieselben Gefühle bestürmen wie sie, seit sie ihn vorhin in der Tür stehen sah. Stumm fuhr sie mit dem Finger die Kontur seines Kinns nach. Sie konnte nicht in Worte fassen, was sie empfand. *Ich liebe es, mit dir zusammen zu sein. Ich wünschte, du könntest für immer hier bleiben. Geh nicht weg. Lass uns einfach hier zusammen sein.*

»Was ist?« Er sah sie fragend an.

Sie schüttelte den Kopf. Für diese Gefühle hatte sie keine Worte.

Er küsste sie, ein sanfter, zarter Kuss, der sich selbst genug war. »Ich ziehe mich an, damit du nicht auf schmutzige Gedanken kommst.«

Sie sah ihm zu, wie er um das Bett herum zur Tür ging, um seine Sachen zu holen, und ihr Herz zog sich schmerzlich zusammen. Noch nie war sie bei einem Mann so aus sich herausgegangen, doch bei Cash zögerte sie keinen Moment. Sie hatte sich vorgestellt, dass sie sich einen netten Abend machen würden, vielleicht ins Kino gehen oder einen Spaziergang machen, doch kaum hatte sie sein Lächeln und den Ausdruck in seinen Augen gesehen, wollte sie nur noch ganz nah bei ihm sein.

In Jeans und Hemd kam er zurück ins Schlafzimmer, fuhr sich mit der Hand durch die Haare und hob dann die beiden Handtücher vom Boden auf, um sie ins Bad zu bringen. Es gefiel ihr, wie unbefangen er sich in ihrer Wohnung bewegte, als sei es das Selbstverständlichste der Welt. Sein Handy klingelte, doch er ignorierte es.

»Willst du nicht nachsehen, wer angerufen hat?« Siena stand auf und er nahm ihre Hand. Gemeinsam gingen sie ins Wohnzimmer.

»Du bist bei mir. Wer sonst könnte so wichtig sein, dass er uns bei unserem Date stören dürfte?«

»Es macht mir nichts aus. Was ist, wenn es Vetta ist? Oder die Feuerwache?«

»Für die Jungs auf der Wache habe ich einen speziellen Klingelton. Vielleicht ist es Vetta, aber ich war bei ihr, bevor ich hierhergekommen bin. Sie hat mich gefragt, ob ich in dich verschossen bin.«

Lachend stemmte Siena die Hände in die Hüften. »Und? Bist du es?«

»Vielleicht ein bisschen.« Er gab ihr einen Kuss auf die Nasenspitze. »Sie sagte auch, dass du meine weiche Seite zum Vorschein bringst, was auch immer das bedeutet.«

»Das hat sie gesagt?« Siena zog sich ein Paar Lederstiefel an. Sie war stolz darauf, dass Vetta eine Veränderung bei Cash bemerkt hatte und sie darauf zurückführte, dass sie in sein Leben getreten war. »Ich glaube, ich bringe nur den Softie in dir zum Vorschein, der immer schon tief in dir vergraben war.«

»Welcher Mann lässt sich schon gern als *Softie* bezeichnen?«
Er schüttelte den Kopf.

»Okay«, flüsterte sie. »Ich werd dich vor keinem anderen so
nennen. Was hast du für unser Date geplant?«

»Das ist eine Überraschung.« Er verschränkte die Arme.

»Ich liebe Überraschungen.«

»Ich auch, aber das weiß ich erst seit heute Abend.« Er
nahm sie fest in die Arme. »Alles an dir ist eine Überraschung.«

»Das ist hoffentlich eine gute Nachricht.«

»Ist es.« Er sah sich in ihrem Loft um.

Siena folgte seinem Blick, der von den großen Fenstern zu
dem Esstisch aus massivem Holz ging, über den Boden zur
Küche, zum Schlafzimmer und dann zur gegenüberliegenden
Wand.

»Was ist?«, fragte sie.

Er schüttelte den Kopf. »Nichts. Ich hatte deine Wohnung
noch gar nicht richtig wahrgenommen. Sie wirkt sehr offen,
sehr klar. Die unverputzten Wände sind cool und die breiten
Bodendielen finde ich toll. Ich glaube, ich war noch nie in einer
Wohnung ohne Wände.«

»Ein paar Wände sind schon da.« Sie deutete auf das
Schlafzimmer. »Zwischen Küche und Schlafzimmer ist eine
Wand. Und das Bad ist natürlich abgetrennt.«

»Aber die meisten Wohnungen haben lauter abgeteilte
Räume. Du weißt schon: eine Küche, ein Wohnzimmer, ein
Esszimmer.« Er nahm ihren Mantel von einem Haken an der
Wand und half ihr hinein.

»Ja. Das finde ich schrecklich. Ich mag es, wenn man alles
im Blick hat. Wenn meine Familie hier ist, pendeln wir
meistens zwischen Küche und Esstisch und irgendjemand hängt
immer faul auf der Couch herum. Es gefällt mir, wenn ich sie

alle gleichzeitig sehen kann.«

»Ich hätte dich für jemanden gehalten, der Wände braucht.«

»Warum?« Sie sah zu, wie er seinen Parka überstreifte, der ihn noch muskulöser erscheinen ließ. In ihrem Bauch flatterte ein Schwarm Schmetterlinge auf, als er nach ihrer Hand griff.

»Weil du bei unserer ersten Begegnung ganz schön verschlossen und unzugänglich gewirkt hast. So als hättest du eine dicke Mauer um dich gezogen.«

»Ehrlich? Meine Güte, dabei halte ich mich eigentlich für ziemlich offen und unkompliziert.« *Hatte ich wirklich eine Mauer um mich herum hochgezogen?* »Aber du kamst auch nicht gerade wie eine freundliche Plaudertasche rüber.«

»Ja, ich weiß.« Er drückte ihr einen Kuss auf die Hand. »Aber du bringst all meine Mauern zum Einstürzen.«

»Ich habe noch nie daran gedacht, dass ich vielleicht unnahbar wirke. Hast du immer noch das Gefühl, dass ich Mauern um mich herum habe?« Sie musste unbedingt Willow danach fragen.

Er musste lächeln. »Gegen meinen Charme haben deine Mauern keine Chance.«

Seine Augen blitzten schalkhaft, doch der Schauder, der ihr über den Rücken lief, war ein untrügliches Zeichen dafür, dass er absolut recht hatte. Manchen Frauen mochte er distanziert erscheinen, aber sie fand ihn einfach perfekt.

»Und jetzt muss ich dafür sorgen, dass ich deiner Offenheit würdig bin.«

»Was du zuerst gesagt hast, war süß. Aber jetzt trag nicht zu dick auf.« Als sie nach ihrer Handtasche griff, fiel ihr Blick auf die Zeitschriften auf dem Kaffeetisch. »Wo wir gerade bei Mauern und würdig sind: Hast du die Fotos aus dem Buchladen wirklich nicht gesehen?«

Das Schalkhafte in seinem Blick verschwand, kaum dass sie die Frage ausgesprochen hatte. »Nein.«

»Ich finde, du solltest sie dir ansehen. Ich möchte nicht, dass uns heute Abend etwas die Laune verhagelt. Und wenn wir zusammen unterwegs sind und du die Fotos plötzlich zum ersten Mal siehst …«

Er schob die Hände in die Jackentaschen. »Ich habe sie mir nicht angesehen, weil ich nicht genau weiß, wie ich mich fühle, wenn ich sie sehe.«

»Zumindest bist du ehrlich.« Sie verschränkte ihre Finger mit seinen. Der sorgenvolle Schatten in seinen Augen sprach Bände. »Wir haben uns gerade geliebt, und es war wunderbar, und du bist der erste Mann, mit dem ich jemals gebadet habe.« Sie stellte sich auf die Zehenspitzen und gab ihm einen Kuss aufs Kinn. »Was auch immer du fühlst, wenn du die Bilder siehst: Das zumindest weißt du.« Sie zog ihn zur Couch, drückte ihn in die Polster und setzte sich auf seinen Schoß. Sie lehnte ihre Stirn an seine und sagte: »Ich finde es schrecklich, dass ich ihn überhaupt treffen musste, und ich finde es schrecklich, dass du dir diese Fotos ansehen musst. Aber es ist besser, wenn wir es gemeinsam hinter uns bringen und nicht so tun, als gäbe es sie nicht.« *Und ich finde es noch schrecklicher, dass ich mich noch einmal mit ihm treffen muss.*

Alles in ihm sträubte sich dagegen, diese Fotos anzusehen. Er wollte nichts über die Begegnung zwischen Siena und Gunner wissen, und es machte ihm auch nichts aus, dass alle Welt etwas gesehen hatte, was er nicht gesehen hatte. Wenn er die Tatsache ignorieren könnte, dass es diese Bilder gab, wäre sein Leben sicher um vieles einfacher. Aber er wusste, was ihm bevorstand. Die Jungs auf der Wache hatten die Fotos zu Gesicht bekommen, das war nach Tommys Nachricht klar. Und sie würden keine Gelegenheit auslassen, ihn damit aufzuziehen. Unwillkürlich rieb Cash den Arm mit dem Tattoo und spürte einen schmerzhaften Stich, als er an Chuck dachte. Für einen Moment schloss er die Augen, um seine Gedanken zu sammeln und den Schmerz verebben zu lassen. *Besser gewappnet sein, als dass es mich unvorbereitet trifft.*

»Okay, aber ich kann nichts versprechen«, sagte er und schob Siena eine Haarsträhne hinters Ohr. So viele widersprüchliche Gefühle. Sein Puls schnellte immer weiter in die Höhe. Noch nie hatte er sich einer Frau so nahe gefühlt, und obwohl er genau wusste, dass es nicht fair war, verletzte es ihn, dass sie sich mit Gunner getroffen hatte. Dass diese Verabredung noch vor ihrem ersten Date zustande gekommen war, das war ihm bewusst, und trotzdem … Irgendwo in seinem Kopf lauerte der Schmerz, und er konnte nur hoffen, dass er es nicht schaffte, sich einen Weg an die Oberfläche zu bahnen.

»Okay, Babe, so sieht's aus: Ich könnte sauer werden und will dann vielleicht nicht mehr ausgehen.«

Sie nickte, mit gerunzelter Stirn und zusammengepressten Lippen. »Okay«, flüsterte sie. »Das verstehe ich. Aber ich denke immer noch, dass wir sie uns besser gemeinsam ansehen.«

Sie nahm sein Gesicht in beide Hände und küsste ihn sanft, dann holte sie tief Luft und griff nach den Zeitschriften. »Bist du soweit?«

Er zuckte mit den Schultern. »Nein, aber …«

»Okay. Bitte sehr. Das da ist das schlimmste, weil es auf der Titelseite ist.«

Sie hielt das Cover an die Brust gepresst und sah ihn forschend an. Ein angstvoller Schatten huschte über ihr Gesicht, als sie die Zeitschrift sinken ließ.

Mit einer großen Handfläche schob Cash sie wieder hoch. »Bist du sicher, dass du das machen willst? Ich kann einfach so tun, als gäbe es diese Fotos nicht. Damit kann ich gut leben.« *Oder? Mist, ich habe keine Ahnung, ob ich das kann oder nicht.*

Sie nickte. »Mir wäre es lieber, wenn du sie siehst. Mit mir gemeinsam. Ich bin sicher, dass dich irgendwann irgendjemand darauf anspricht.« Wieder ließ sie den Stapel Zeitschriften sinken, dann drehte sie ihn schnell um und kniff die Augen zusammen.

Beim ersten raschen Blick auf das Cover erfasste ihn ein Schauder des Zorns. Gunners Hände lagen auf Sienas Armen, beide hatten die Köpfe geneigt, die Leute hinter ihnen beobachteten die Szene. Am liebsten wäre er aufgestanden und gegangen. Er biss die Zähne so fest zusammen, dass sein Zahnfleisch schmerzte. Als er den Blick hob, sah er, dass Siena immer noch die Augen zusammengekniffen hatte, und sein Zorn ebbte ein wenig ab. Sie ließ ihn damit nicht allein, sondern brachte sie beide dazu, sich den Bildern gemeinsam zu stellen, und wenn die Art und Weise, wie sie seinen Körper geliebt hatte, nicht schon genug ausgesagt hätte, war dieser Mut ein Beweis für das, was sie für ihn empfand.

Er hielt seinen Blick auf sie gerichtet, als er ihr die Zeitschrift aus den Händen nahm. Sie öffnete die Augen und sah ihn an, auf der Suche nach einer Antwort. Er legte ihr sanft die Hand auf die Wange.

»Weißt du, wenn du Stripperin wärst, müsste ich mich mit solchen Sachen nicht abgeben. Ich müsste nur zusehen, dass ich einen Bogen um alle Striplokale mache, und so tun, als hättest du einen Job als Kellnerin.« Sein Versuch, der Anspannung mit einer flapsigen Bemerkung zu begegnen, scheiterte kläglich. Er milderte weder die Wirkung, die das Foto auf ihn hatte, noch die Sorge in ihrer Miene.

»Als Stripperin hätte ich keine Chance. Mein Vater würde mich eigenhändig aus dem Lokal zerren und mich auf eine Militärakademie schicken. Dann würden er und Jack jeden umbringen, der mich gesehen hat. Meine Familie ist in solchen Sachen sehr gründlich.«

Sie lächelte, aber es war ein gezwungenes Lächeln, und Cash wusste, dass er genauer hinschauen und sich mit dem auseinandersetzen musste, was vor ihnen – und zwischen ihnen – lag.

Er nahm die Zeitschrift in die Hand, und dieses Mal zwang er sich, das Foto mit einer gewissen Distanz zu betrachten, so wie bei den Bildern im Internet, als er Siena gerade kennengelernt hatte. Aber jetzt konnte er gar nicht anders, als die Bilder mit den Augen ihres Freundes zu bewerten. Zunächst richtete er den Blick auf Gunner. Er sah gut aus und – ob das Foto nachträglich bearbeitet worden war, wusste Cash nicht und wollte es auch gar nicht wissen – wirkte gigantisch. Dass er den Kuss genoss, war offensichtlich. Sein Griff war fest, die Lippen waren leicht geöffnet, die Augen geschlossen. Das Bild brannte sich gnadenlos in Cashs Gedächtnis und steigerte seinen Hass auf den Mann. Er spürte Sienas Hand auf seinem Unterarm, aber er konnte ihrem Blick nicht begegnen. Noch nicht. Dann nahm er sich die Aufnahme von Siena vor, betrachtete sie flüchtig von oben bis unten, bevor er für einen Moment die Augen schloss. Als er genauer hinsah, bemerkte er, dass ihre Finger abgespreizt waren, sie berührten Gunner nicht. Der Abstand zwischen ihren Körpern erweckte den Eindruck, als würde sie sich zurückziehen, während er nach vorn drängte.

Aus den Augenwinkeln nahm er wahr, dass Siena ihn ängstlich und voller Sorge beobachtete. Er zwang sich, das Foto erneut anzusehen, und entdeckte in ihrem Gesicht die gleiche Anspannung des Kiefers. Bis jetzt hatte er es vermieden, dorthin zu schauen, wo er ihre wahren Gefühle erkennen würde. In ihre Augen. Als er sich ein Herz fasste und den Blick darauf lenkte, sah er, dass sie offen waren und dass sie die Stirn runzelte, so wie jetzt gerade. Er atmete erleichtert auf, schloss die Augen und stellte sich Sienas Gesicht vor, wenn sie beide sich küssten. Ihre Lider flatterten zu, ihre sinnlichen Lippen waren weich und zart und ihre Wangen – er liebte es, ihre schönen Wangen zu berühren – zeigten keinerlei Anspannung. Sie gab sich ihren Küssen ebenso hin wie er.

Als er die Augen öffnete, sah ihn Siena immer noch unglücklich an. Ein Lächeln wuchs auf seinen Lippen, und als er beide Hände nach ihr ausstreckte, fielen die Zeitschriften auf die Couch.

»Okay«, war alles, was er sagen konnte. Er nahm ihr Gesicht in beide Hände und führte ihre Lippen an seine, und in diesem Moment, als er spürte, wie alle Anspannung von ihr abfiel und sie mit ihm zu verschmelzen schien, wusste er, dass es besser war als nur okay. Sie konnten einander sicher sein.

»Okay? Dann bist du also nicht sauer?«

»Eifersüchtig vielleicht.« Er nahm die Zeitschrift erneut in die Hand und zeigte auf ihr Gesicht. »Siehst du das? Da ist so viel Unbehagen in deiner Miene. Und wenn wir uns küssen – es könnte natürlich sein, dass ich völlig falschliege, schließlich bin ich kein Experte, wenn es um Frauen geht. Aber wenn wir uns küssen, ist da keine Spur von Unbehagen. Ganz im Gegenteil.«

Sie schlang ihm die Arme um den Hals. »Oh, Gott sei Dank! Ich fand es furchtbar, als er mich geküsst hat.

Unglaublich, dass dir das auffällt. Eigentlich wünschte ich mir, dass der Rest der Welt es auch sieht.«

»Nein, tust du nicht. Dann wäre die ganze Aktion ja sinnlos gewesen.« Er tätschelte ihre Hüfte. »Komm schon. Lass uns etwas Schönes machen.« Sie standen auf und er reichte Siena ihre Handtasche.

»Willst du dir die anderen Bilder nicht ansehen?«

»Nein. Du hast gesagt, dieses sei das schlimmste. Ich habe es überlebt. Das sind genug Qualen für einen Abend.« *Für den Rest meines Lebens.* »Ich bin froh, dass die Sache ausgestanden ist. Noch mehr Überraschungen sind nicht geplant, oder?«

»Was meinst du?«

»Verabredungen mit Gunner? Oder sonst jemandem? Ich meine, ich weiß, dass du dich auf dieses Date eingelassen hast, bevor wir zusammengekommen sind, und diese Pflicht hast du nun erfüllt. Also gehörst du von jetzt an mir allein, oder?« Er zog sie an sich und spürte, wie sie sich zurückzog. *Oh Mist.*

»Cash …«

»Das ist nicht dein Ernst, oder?«

»Jewel sagte, ich müsse mich noch einmal mit ihm treffen, um sicherzugehen, dass die Presse es wirklich schluckt. Und dann nie wieder. Ich habe ihr gesagt, dass dann wirklich Schluss ist. Dann reicht es. Es ist noch ein Mal und dann ist Schluss. Nie mehr, das verspreche ich.«

Cash fuhr sich mit der Hand durch die Haare, wandte ihr den Rücken zu und versuchte, seine wirren Gedanken zu sortieren. *Noch ein Mal. Es ist ihr Beruf, ihre Karriere. Mist, das ist Mist.* Wut braute sich in seinem Bauch zusammen, aber als er sich zu ihr umdrehte und sie die Hände nach ihm ausstreckte und ihn mit diesen vertrauensvollen, besorgten blauen Augen ansah, schlang er die Arme um sie und zügelte seine Wut.

»Einen weiteren medienwirksamen Auftritt überstehen wir auch noch.« Er lehnte seine Stirn an ihre. »Ich war eigentlich nie ein eifersüchtiger Typ. Bis jetzt, bis du in mein Leben getreten bist. Du bringst mich um!«

»Nein. Ich erweckte Teile von dir zum Leben, von denen du nicht wusstest, dass sie überhaupt existieren.«

Neunzehn

Das Poet House war schwach erleuchtet, und mindestens drei Dutzend kleine Tische standen so dicht beieinander, dass kaum genug Platz war, um sich dazwischen durchzuzwängen. Cash hatte sich immer schon gefragt, wie es wohl war, wenn ein Dichter seine Werke vortrug, aber da es keine besonders männliche Vorliebe war, hatte er nie durchblicken lassen, dass er sich dafür interessierte. Und er hatte sich auch nie die Zeit genommen, es auszuprobieren. Die Frauen, mit denen er bisher zusammen gewesen war, waren eher etwas für laute Bars und eine schnelle Nummer gewesen, was ihn nicht weiter gestört hatte, weil er wusste, dass sie auf lange Sicht eh nichts für ihn waren. Siena war geerdeter als sie. Ihre Familie war ihr wichtig und ihr Beruf auch. Sie war kein Kind, das zum Spaß durch die Welt der Erwachsenen tänzelte. Sie war eine Frau, lebte ihr Leben und tat alles, um sich einen Namen zu machen. Er respektierte sie. Ach was, wem machte er eigentlich etwas vor? Er verliebte sich mehr und mehr in sie, in alles an ihr.

Siena beugte sich vor und lauschte den Worten des Dichters, als gäbe es sonst nichts auf der Welt. Mal weiteten sich ihre Augen, mal runzelte sie die Stirn, und als er zum Ende kam, legte sie die Hand aufs Herz und seufzte mit einem verträumten Ausdruck in den Augen.

»Das war so bewegend.«

Cash hatte sich so auf sie konzentriert, dass er von dem letzten Gedicht gar nichts mitbekommen hatte. Es war so rührend, sie zu beobachten, ihr Mienenspiel zu sehen und zu hören, dass selbst ihre Atmung leiser wurde, als hätte sie Angst, auch nur ein einziges Wort zu verpassen.

»Ja, das war es.« Er griff nach ihrer Hand. Im selben Moment klingelte ihr Handy.

»Oje, ich dachte, ich hätte es ausgeschaltet. Tut mir leid.«

»Ist schon okay. Sieh ruhig nach, wer es war.«

Sie holte ihr Handy heraus und scrollte leise murmelnd durch die Nachricht. »Das ist wirklich unhöflich, tut mir leid.«

»Alles okay?«

Sie schrieb eine Antwort, schaltete das Telefon aus und schob es in ihre Handtasche. »Ja. Es war Jewel.«

Sein Magen krampfte sich zusammen.

»Ich muss mich diese Woche zum Dinner mit ihm treffen.« Sie spielte mit einer Haarsträhne. »Es tut mir leid, Cash.«

Er zwang sich, sich nicht aufzuregen, obwohl sein Innerstes in Flammen stand. »Es ist ein Dinner, mehr nicht. Damit komme ich klar«, sagte er schulterzuckend.

»Du weißt, dass ich lieber nicht hingehen würde.«

»Stimmt, aber das ändert nichts an der Tatsache, dass es mir nicht gefällt.« Er versuchte, die Wut wegzuschieben, aber eigentlich wusste er, dass es gar keine Wut war. Es war das grünäugige Monster namens Eifersucht, das ihm einen Schlag in die Magengrube versetzte und die Wut in seine Stimme lenkte. »Es sind nicht die Fotos, die mich stören. Es ist das Wissen, dass es einen anderen Mann gibt, der dich berühren, küssen und …«

»Aber du wusstest, dass dieser Kuss nicht echt war. Du hast

es meinem Gesicht angesehen.«

»Ja. Das stimmt.« Er lehnte sich in seinem Stuhl zurück und betrachtete die anderen Paare im Raum. Wie viele von ihnen waren wohl mit einem solchen Mist konfrontiert? *Bestimmt keiner von ihnen.*

»Es tut mir wirklich leid. Das ist das letzte Mal. Versprochen.«

Mehr als ein Nicken brachte er nicht zustande.

Hand in Hand gingen sie zu Sienas Loft zurück. Sie konnte die Anspannung in seinen Fingern spüren und an den tiefen Furchen sehen, die sich auf seiner Stirn abzeichneten.

»Sollen wir darüber reden?«, fragte sie.

Mit einem gezwungenen Lächeln, das nicht bis zu seinen Augen reichte, sagte er: »Nein, in ein paar Minuten bin ich drüber weg.«

»Sicher?«

»Ja.« Sie kamen an der Bank in der Nähe des Cafés vorbei, wo sie nach dem Fotoshooting heiße Schokolade gekauft hatten. »Komm, wir setzen uns einen Moment.«

Cash atmete die kalte Nachtluft tief ein. Siena trug die Handschuhe und den Schal, die er ihr geschenkt hatte, und sie spielte nervös mit dem Schalsaum.

»Ich bin nicht sauer, weißt du.«

»Was bist du dann?«

Er hob ihr Kinn, sodass sich ihre Blicke trafen. »Baby, wie würdest du dich fühlen, wenn ich dir sage, dass Tommy ein Date mit seiner Cousine für mich arrangiert hat und ich hingehen muss, weil sie zur Familie gehört?«

Sie unterbrach ihr Fingerspiel und legte ihm die Hand auf den Oberschenkel. »Das hat er getan? Ich dachte, wir beide sind zusammen. Also, nur wir beide, meine ich.«

Er lachte leise. »Ja, das dachte ich auch.«

Allmählich dämmerte ihr, worauf er hinauswollte. »Ich fände es schrecklich. Aber für mich ist Gunner Arbeit, kein Date.«

Er zuckte die Achseln. »Und bei mir ist es eine familiäre Verpflichtung, kein Date.«

»Cash, willst du mir sagen, dass du dich mit jemand anderem triffst?« Ihr Herz schmerzte bei dem Gedanken. Verwirrt ließ sie sich gegen die Rückenlehne fallen.

»Ich habe dich gefragt, wie du dich fühlen würdest.« Er drehte sich so, dass er ihr ins Gesicht sehen konnte, und legte seinen Arm auf die Rückenlehne.

»Ich wäre verletzt. Das würde mir nicht gefallen.«

Wieder hob er ihr Kinn an, und ohne Zorn, ohne Vorwurf, sagte er: »Mir auch nicht.«

Mist, Mist, Mist. »Aber das ist Arbeit. Du weißt, dass ich ihn am liebsten nie wiedersehen würde.«

»Baby, das weiß ich alles. Ich bin nur ehrlich zu dir. Kann ich damit umgehen? Für dich? Ja, mit einem zweiten Date mit Gunner kann ich umgehen. Will ich das? Auf keinen Fall. Aber ich werde es. Ich möchte nur, dass du verstehst, wie es sich von meiner Seite aus anfühlt.«

Sie liebte seine Ehrlichkeit, und mit jedem Wort hasste sie sich ein bisschen mehr für das, worauf sie sich eingelassen hatte. Sie war es ihm schuldig, ebenso ehrlich zu sein.

»Du bist stärker als ich, Cash. Ich glaube nicht, dass ich es ertragen könnte, wenn du dich mit einer anderen Frau treffen würdest. Es würde zu sehr wehtun, obwohl wir uns noch gar nicht lange kennen. Es wäre zu schmerzhaft.«

»Dann ist es ja gut, dass ich treu bin wie ein Hund.« Er beugte sich vor, lehnte seine Wange an ihre und flüsterte: »Und ich verliebe mich immer mehr in dich. Wenn du mich also laufen lassen willst, dann tu es bald und wirf die Leine weg.«

Ihre Hände hielten inne. »Bloß nicht! Ich halte die Leine mit beiden Händen fest.«

Zwanzig

In Cashs Armen aufzuwachen war das Beste, was Siena sich vorstellen konnte. Als sie gestern Abend in ihr Loft zurückgekehrt waren, hatten sie *P.S. Ich liebe dich* gesehen, und sie hätte schwören können, dass Cash feuchte Augen hatte, auch wenn er es vehement abstritt. Keiner von beiden wollte allein sein, und dass Cash über Nacht blieb, fühlte sich ganz natürlich an. Als nun das Sonnenlicht den Beginn eines herrlichen Tages versprach und er seinen Arm um sie schlang und sie an sich zog, wünschte sie, sie könnten den ganzen Tag im Bett bleiben.

»Hast du gut geschlafen?« Cash gab ihr einen Kuss auf den Kopf, die einzige Stelle, an die er herankam, weil Siena ihn mit einem Arm und einem Bein gefangen hielt.

»Mehr als gut.«

»Und es hat dir nichts ausgemacht, dass ich dir den ganzen Platz wegnehme?«

Sie schob sich an seinem Oberkörper hoch, damit sie ihm direkt in die Augen sehen konnte. »Ich habe grade überlegt, ob ich mein Fotoshooting absagen soll, damit wir den ganzen Tag im Bett bleiben können.«

»So sehr mir das gefallen würde … und glaub mir, es würde mir sehr gefallen …« Er wölbte die Hände um ihren Hintern.

»Aber wenn du anfängst, Fotoshootings abzusagen, verdonnert dich Jewel zu Dates mit der gesamten Footballmannschaft. Außerdem muss ich Vettas Album fertigstellen und hab ab morgen achtundvierzig Stunden Dienst, daher möchte ich ein paar Dinge erledigen.«

»Achtundvierzig Stunden? Das ist eine lange Schicht, aber das Timing ist perfekt. Warum treffen wir uns nicht nach meinem Shooting? Falls du dann Zeit hast, meine ich.«

»Mal sehen, ob in meinem Terminkalender noch was frei ist.«

Sie fuhr ihm mit dem Finger über die Brust und spürte die Bewegung seiner Muskeln. »Bring deine Sachen mit und bleib über Nacht.«

»Vorsicht. Du wirst es bald leid sein, mich ständig um dich zu haben.«

Er richtete sich auf und sie warf die Decke beiseite. Sie liebte das Verlangen, das in seinen Augen glomm, als er seinen Blick über ihren nackten Körper schweifen ließ und sein eigener Körper augenblicklich reagierte. Ein Hitzeschwall durchströmte sie, und ohne nachzudenken setzte sie sich rittlings auf ihn. Seine Hände umfassten ihre Hüften, führten ihre Mitte geschickt über seine Erektion und begruben sie tief in ihr.

»Ich liebe es, dich bei mir zu haben«, flüsterte sie und küsste die empfindliche Haut unter seinem Ohrläppchen.

Cash stöhnte vor Begierde. Seine Hände verstärkten den Griff um ihre Hüften und gaben ihnen seinen Rhythmus vor, bevor sich seine Lippen auf ihre Brust senkten. Sie liebte die Art, wie er sie berührte, mit genau der richtigen Mischung aus Lust und noch etwas anderem. Als er sie mit einer schwungvollen Bewegung unter sich schob und dann hart und schnell in sie stieß, jagte ein Wonneschauer durch ihren ganzen

Körper. Mit seinen raschen, heftigen Stößen vervielfachte er jede Sinnesempfindung, bis jeder Nerv vor Verlangen brannte. Gleich darauf überrollte sie ein Orgasmus, der ihr den Atem raubte, und nur noch ihre eigenen leidenschaftlichen Schreie schienen zu existieren. Unter ihren Händen spürte sie, wie sich Cashs Muskeln anspannten, als er ihr auf den Höhepunkt folgte und sich keuchend seiner Erlösung hingab, die seinen ganzen Körper erbeben ließ.

Es dauerte einen Moment, bis sie merkten, dass sein Handy im Nebenzimmer klingelte.

»Mist. Das ist die Wache.«

Splitterfasernackt stürzte er ins Wohnzimmer. Siena zog sich das Laken über die Brust und hörte zu.

»Verstanden. Okay. Ja, Sir.«

Cash steckte kurz den Kopf ins Schlafzimmer und ging dann direkt ins Badezimmer, wo er sich wusch. »Tut mir leid, Siena. Ich muss sofort los. Großbrand, alle sind einberufen.« Er wirkte wach und konzentriert, als er auf einem Fuß herumhüpfte, um seine Jeans anzuziehen, und schließlich sein Hemd über den Kopf zog. »Schreib mir. Ich komme heute Abend vorbei.«

»Sei vorsichtig.« So hektisch hatte sie ihn noch nie erlebt und seine Intensität erschreckte sie. Er würde buchstäblich ins Feuer gehen. *Oh Gott, er kann darin sterben.* Bis zu diesem Moment hatte sie noch gar nicht richtig über seinen Beruf nachgedacht. Selbst als sie ihn nach seinem Einsatz rußig und müde in der Wagenhalle der Wache gesehen hatte, war er nicht so vollgepumpt mit Adrenalin gewesen wie jetzt, als er sich darauf vorbereitete, gegen die Flammen zu kämpfen. Sie wollte sich an ihn klammern und ihn anbetteln, vorsichtig zu sein oder gar bei ihr zu bleiben. Nein, darum würde sie ihn nie bitten, so egoistisch war sie nicht. Aber sie konnte ihre Gedanken nicht ganz für sich behalten.

»Cash«, sagte sie ein wenig atemlos, »ich verlasse mich darauf, dass du zurückkommst.«

Er beugte sich über das Bett und küsste sie – ein kurzer, hastiger Kuss. »Ich liebe dich, Baby. Du kannst dich immer auf mich verlassen.«

Sie hatte das Gefühl, als hätte er nicht wirklich mitbekommen, was er da gesagt hatte. Sein Blick huschte gehetzt durch den Raum, während er sich die Socken anzog und dann ins Wohnzimmer rannte. Sie zog ein T-Shirt über und folgte ihm.

An der Tür gab er ihr noch schnell einen Kuss. »Guck nicht so geschockt. Ich habe dir doch gesagt, ich würde mich in dich verlieben. Ich muss los.« Er zog die Tür hinter sich zu und ließ sie fassungslos, verängstigt und glücklich zurück.

Zwei Einsatzfahrzeuge waren am Brandort, als Cash ankam. Er hatte den aufsteigenden schwarzen Rauch schon aus der Ferne gesehen und sofort gingen seine Gedanken zu Chuck und Samuel – und dann zu dem Blick in Sienas Augen, als sie sagte, sie verlasse sich darauf, dass er wiederkommen würde.

Chief Weber teilte die Männer ein. »Du gehst mit Mike zusammen und, Cash: keine Extravaganzen. Dies ist ein Großbrand, ein weiteres Fahrzeug ist unterwegs. Konzentration ist alles. Mach keinen Mist und riskiere nicht das Leben unserer Leute.«

Cash dachte an Siena, die am Abend auf ihn warten würde, und an sein Gespräch mit Regan. »Verstanden, Chief.«

Chief Weber packte ihn am Arm. »Cash, vermassel es nicht.«

Es war keine Drohung. Es war ein Ultimatum, und Cash verstand genau, was Weber ihm sagte. »Kapiert, Chief.« Er entwand ihm seinen Arm und schlug Mike auf den Rücken. »Lass uns gehen.« Auf dem Weg zum Eingang gingen Cash eine Million Dinge durch den Kopf. *Gott sei Dank ist es ein Lagerhaus und kein Wohnhaus. Vermassel es nicht. Siena wartet auf mich. Ich habe etwas zu verlieren.*

Der Brand breitete sich rasch aus. Mit rasender Geschwindigkeit ergriff er Besitz von dem zweistöckigen Lagerhaus und verbrannte alles, was ihm im Weg war. Das Lager war mit Baumaterialien gefüllt, was ihre Arbeit noch gefährlicher machte. Dutzende von Feuerwehrleuten bekämpften die Flammen von allen Seiten, im Innern des Gebäudes, von außen und von oben. Durch die Fenster gelangten sie in den zweiten Stock. Cash hörte ein lautes Knacken, bevor er wusste, woher das Geräusch kam. Die Decke hatte nachgegeben und drei Feuerwehrmänner stürzten in die Etage darunter, wo sie sofort von einem Flammenmeer bedroht wurden. Im Handumdrehen waren er und Mike da und brachten die Jungs in Sicherheit. Der dichte Rauch machte es fast unmöglich, die Hand vor Augen zu sehen, doch sie folgten dem Weg, den sie sich beim Hineingehen eingeprägt hatten, und ließen sich von den Rufen der Männer am Eingang leiten. Hustend und schwer atmend rannte Cash zurück zum Gebäude. Mit aller Macht wehrte er sich gegen den Gedanken, das Atemschutzgerät anzulegen, doch dann hatte er die Stimme von Chief Weber im Ohr: *Vermassel es nicht.* Und er hörte Siena: *Ich verlasse mich darauf, dass du wiederkommst.* Ohne weiteres Zögern legte er die verdammte Atemmaske an und ging zurück ins Feuer.

Sie brauchten mehr als zwei Stunden, um das Feuer zu löschen. Schließlich standen Cash und Tommy nebeneinander da und betrachteten die Brandruine. Ihre Körper waren schweißbedeckt und schwarz von Ruß und ihr Adrenalinpegel war unvermindert hoch.

»Mike hat gesagt, du hast dein Atemgerät benutzt.« Tommy wischte sich mit dem Unterarm über die Stirn.

Cash sah nach unten und stellte fest, dass er das Tattoo auf seinem Arm rieb. »Yep.«

Tommy nickte. »Das ist gut, Cash. Ich bin stolz auf dich.«

Cash warf ihm einen Blick zu, der sagte: *Stolz auf mich? Halt die Klappe.*

Tommy legte ihm den Arm um die Schulter. »Nein, halt du lieber die Klappe«, sagte er. »Ich war mir sicher, dass dies dein letzter Brand sein würde.«

Cash stieß ihm den Ellbogen in die Rippen, doch Tommy wich ihm lachend aus.

»Was ist? Du kannst ein sturer Bock sein, wenn du es drauf anlegst.«

»Ist das gut oder schlecht?« Cash stieg in den Truck und ließ sich seufzend nieder.

»Schlecht, wenn es dich deinen Job kosten kann.« Tommy starrte ihn so lange an, dass Cash das Gefühl hatte, als lege er eine brennende Spur zwischen ihnen.

»Was ist los?«

»Ich will's nur wissen. Wer von den dreien ist endlich zu dir durchgedrungen: Regan, der Chief oder Siena?«

»Warum interessiert es dich?« Cash zog sein Handy heraus.

»Nun, wenn es Regan oder der Chief waren, dann wird es nicht lange anhalten. Du weißt schon, du änderst dein Verhalten ein bisschen, um deinen Job nicht zu verlieren. Aber nach einer Woche bist du wieder da, wo du vorher warst:

Schlägst alle Warnungen in den Wind. Aber wenn es Siena ist, ist das eine ganz andere Sache.«

Er schaute auf sein Handy und war überrascht, eine Nachricht von seinem Bruder Duke zu sehen. *Bist du bei diesem Brand?* Er hätte sich denken können, dass sein Bruder nicht lockerlassen würde, nachdem er ihm erzählt hatte, was er gerade durchmachte. Duke hatte sich früher immer um Cash gekümmert, und Cash wusste, dass er es auch in Zukunft immer tun würde. Er schrieb zurück: *Ja und ich habe die Maske benutzt. Kannst also weiterarbeiten.*

Er schrieb Siena eine Nachricht, bevor er Tommy antwortete. *Wollte dir nur Bescheid sagen, dass alles okay ist.*

Tommys blaue Augen waren auf ihn gerichtet, und Cash wusste, dass er nicht davonkommen würde, ohne seine Frage zu beantworten. Er zuckte mit den Schultern. »Ein bisschen von allen, denke ich.«

Tommy schüttelte grinsend den Kopf. »Du bist ein Idiot, weißt du das?«

Cash lachte und las Sienas Antwort. *Puh! Hab mir Sorgen gemacht. Bei mir? Um 5?*

Was ihr wohl gerade durch den Kopf ging? Er hatte nicht vorgehabt, das zu sagen, was er gesagt hatte, kurz bevor er ging. Doch kaum waren die Worte ausgesprochen, wusste er, dass sie wahr waren. Siena war geschockt gewesen, das war ihr deutlich anzusehen, und Cash vermutete, dass dieser Schock den Nachmittag über schwelen würde. Dann gab es zwei Möglichkeiten: Entweder kochte er zu einer ausgewachsenen Angst hoch, sodass Siena auf Abstand bedacht sein würde. Oder er würde sie noch näher zusammenbringen. Auf jeden Fall ärgerte er sich nicht, dass er ihr seine Liebe gestanden hatte. Er liebte sie, und *das* war es, was ihn dazu trieb, die verdammte Maske aufzusetzen.

Einundzwanzig

Der Wind wehte Siena das Haar ins Gesicht, und sie musste aufpassen, dass sie nicht zusammenzuckte, als er ihr in die nackten Beine schnitt. Fotografen fanden es aufregend, in ihren Bildern widersprüchliche Aussagen zu vereinen, wie Mädchen, die nur mit einem Bikini bekleidet auf einer Eisfläche lagen, oder Frauen in Sommerkleidern mitten in einem Schneesturm. Mittlerweile stand Siena seit zwei Stunden im Garten irgendeines reichen Typen, posierte in Dessous und hochhackigen Schuhen, während der Wind über ihre Haut peitschte und sie sich wünschte, ihr ganzer Körper würde endlich taub werden und aufhören, etwas zu spüren. Leider tat ihr Körper ihr diesen Gefallen nicht. Es half auch nicht, dass sie den ganzen Tag über nur an Cash denken konnte, der ihr gesagt hatte, dass er sie liebte, und dann in ein Feuer gerannt war.

»Wunderbar, Siena, perfekt.« Henri Carpa, ein kräftiger Mann mit Vollbart, war einer der renommiertesten Fotografen der Branche. »Jetzt machen wir noch ein paar Aufnahmen mit den Büschen als Hintergrund.«

Es war eine Ehre, von Henri Carpa für ein Shooting angefragt zu werden, aber das hinderte Siena nicht daran, Henri jedes Mal ein ganz klein wenig zu hassen, wenn der Wind auffrischte. Endlich war es Zeit für die Aufnahmen mit dem männlichen Model Rodelpho Morenz. Er trug einen dicken weißen Bademantel und bewegte sich mit kraftvoller Anmut über den Rasen auf sie zu. Siena hatte schon früher mit ihm gearbeitet, und mit seinen hohen Wangenknochen und den tief liegenden Augen, die genauso strahlend blau waren wie ihre, sah er umwerfend gut aus. Das dunkle Haar war nach hinten gekämmt, wodurch sein Gesicht noch besser zur Geltung kam. Er sah aus wie ein griechischer Gott, und als wäre das nicht schon genug, wirkte jeder Muskel seines Körpers wie aufgemalt, als er nun den Bademantel von den Schultern in die Hände eines Assistenten gleiten ließ. Siena wusste, dass sie sich für die nächsten Aufnahmen in allen möglichen kompromittierenden Posen an ihn schmiegen musste, was ihre eiskalten Glieder auftauen würde. Sie wusste auch, dass dieser hinreißende Anblick in dem Moment seinen Reiz verlor, in dem er den Mund aufmachte. Rodelpho war mit einer Stimmlage gesegnet, die um einiges höher lag als die der meisten Frauen. Als sie das erste Mal zusammengearbeitet hatten, hatte diese Stimme sie ganz durcheinandergebracht, doch inzwischen war sie einfach Teil des Gesamtpakets Rodelpho. Er war ein netter Kerl und im Moment eine willkommene Wärmequelle.

»Schön, dich wiederzusehen, Siena«, sagte er und begrüßte sie mit den üblichen Luftküssen.

Bei einem Shooting passten Siena und die anderen Models auf wie die Schießhunde, dass Make-up und Frisur nicht beschädigt wurden, weil das Wiederherrichten viel Zeit in Anspruch nahm.

»Hi, Rod.« Sie versuchte vergeblich, das Zähneklappern zu unterdrücken. »Ich bin froh, dass du hier bist.«

»Ja wirklich? Ich dachte, es sei nur das unwirtliche Wetter«, erwiderte er augenzwinkernd mit einem Blick auf ihre Brüste.

Der gute alte Rod. Das scherzhafte Geplänkel hatte schon bei ihrem ersten gemeinsamen Shooting begonnen, und jetzt, drei Jahre später, war es immer noch eines der Dinge, die sie an der Arbeit mit ihm am meisten mochte. Trotz seines atemberaubenden Äußeren hatte er nie eine erotische Anziehungskraft für Siena gehabt, wie auch die anderen Models, mit denen sie arbeitete. Sie dachte an Cash und überlegte, dass es nicht nur die männlichen Models waren, die sie nicht interessierten. Es waren alle Männer, die ihrem Aussehen zu viel Bedeutung beimaßen – oder zumindest nach außen hin so taten. Es war schon seltsam, dass ein Model so über andere Models dachte, aber es stimmte. Sie beäugte Rod, als die Maskenbildnerin seine Brauen nachzeichnete. Sicher, er war gut gebaut, sah blendend aus und war nahezu perfekt, wenn man allein nach dem Aussehen ging. Cash war robust, kräftig, männlich und leidenschaftlich und mutig. Er sah hinreißend aus, aber er war so viel mehr. Er war fürsorglich, zärtlich, romantisch und zweifellos willensstark. Cash war innen und außen perfekt, und sie konnte es kaum erwarten, wieder in seinen Armen zu sein.

Das Fotoshooting dauerte länger als geplant. Im Taxi auf dem Weg zu ihrem Loft schrieb sie Cash eine Nachricht: *Hat länger gedauert. Bin gegen 17.20 Uhr da. Sorry! XOXO*

Sie dachte über diese vier Buchstaben nach – XOXO, Küsse und Umarmungen – und musste an den Moment denken, als Cash gesagt hatte, dass er sie liebte. Ein Schauder durchfuhr sie. Ob es jetzt irgendwie anders werden würde zwischen ihnen, weniger unbefangen vielleicht? Sie hatte nicht gesagt, dass sie ihn auch liebte, obwohl sie deutlich spürte, wie sehr sich ihr Herz zu ihm hingezogen fühlte, aber sie wollte nicht zu den

Frauen gehören, die ihrem Freund ihre Liebe beteuerten, nur weil er es getan hatte. Sie wollte den Moment abwarten, in dem es sich für sie genau richtig anfühlte.

Ihr Handy vibrierte: eine Nachricht von Cash. *Alles gut. Ich bin da.* Sie fand den Gedanken wunderbar, dass er zu Hause auf sie wartete. Oh Gott, sie liebte so vieles an ihm. Aber es ging alles so schnell – und das war erschreckend und faszinierend zugleich. Als sich ihr Handy erneut meldete, war es eine Nachricht von Willow.

Süße, du bist in allen Zeitschriften.

Ihr Magen zog sich zusammen, während sie ihr antwortete. Wie sehr wünschte sie, dass sie Willow die Wahrheit sagen könnte.

Hab ich gesehen.

Wenn sie gehofft hatte, dass ihre knappe Antwort das Gespräch im Keim ersticken würde, hatte sie sich getäuscht.

Besorgst du mir auch so ein medienwirksames Date?

Siena lachte. Am liebsten hätte sie geantwortet: *Von mir aus kannst du Gunner haben!* Stattdessen schrieb sie: *Bestimmt musst du nicht lange suchen, bei deinem Aussehen! Männer würden alles geben für ein Date mit dir.*

Bei Willows Antwort musste sie wieder lachen: *Ich weiß.* Siena antwortete nicht. Sie hatte ihre Handschuhe vergessen. Sie fror, ihre Muskeln schmerzten und sie sehnte sich nach Cash. Sie wollte sich nicht von ihrem Handy ablenken lassen. Als sie den Taxifahrer bezahlte, kam Cash ihr vor ihrem Apartmentgebäude entgegen, mit einem schwarzen Rucksack über der linken Schulter, mit weit geöffneten Armen und einem Becher heiße Schokolade in jeder Hand.

Perfekt. Innen und außen.

Zweiundzwanzig

Cash schloss Siena in die Arme. »Wie war's? Hoffentlich nicht zu heiß?«, fragte er mit vielsagendem Blinzeln.

Siena lachte. »Oje, ich hatte die ganze Zeit das Gefühl, dass ich etwas falschmache. Mir war so kalt, dabei hätte ich mich nur Rod an den Hals werfen müssen, dann wär mir schon warm geworden. Und ich Idiotin habe alle meine Küsse für dich aufgehoben.« Sie wand sich aus seinen Armen. »Ich rufe einfach ein Taxi und fahre zurück zu Rod.«

»Komm her.« Er legte ihr einen Arm um die Schulter und zog sie an sich, dann fing er ihr Lachen mit den Lippen auf und küsste sie leidenschaftlich. Sie schmiegte sich an ihn, und als sich ihre Lippen trennten, atmete sie schwer.

»Wow.« Sie blinzelte zu ihm auf.

»Nur eine kleine Erinnerung an das, was dich zu Hause erwartet.« Er reichte ihr einen Becher und der Duft von heißer Schokolade wehte ihr entgegen. »Ich dachte mir schon, dass du frierst.« Er berührte ihre kalten Finger. »Wie üblich bist du schlecht vorbereitet.«

»Schimpf nicht, bitte«, sagte sie. Sie traten in die Eingangshalle und fuhren mit dem Aufzug nach oben. »Ich schwebe immer noch auf Wolke sieben nach diesem Kuss. Und da würde ich gerne noch eine Weile bleiben.«

»Es ist ja nicht deine Schuld. Ich hätte dich daran erinnern sollen, dass du deine Handschuhe mitnimmst, bevor ich rausgelaufen bin.« Er hielt ihren Becher fest, während sie die Wohnungstür aufschloss.

»Ich bin ja schon groß. Ich sollte selbst daran denken.«

»Ja, aber ich glaube, so was braucht seine Zeit. Selbst mich muss man manchmal an Dinge erinnern.« *Wie dass ich keine Risiken eingehen sollte, die meine Kumpels in Gefahr bringen. Oder mich.*

Nachdem sie ihre Mäntel aufgehängt und ihre heiße Schokolade getrunken hatten, wies Siena auf das Schlafzimmer und sagte: »Macht es dir etwas aus, wenn ich mir was Bequemeres anziehe?«

»Okay, aber ich bin nicht wirklich in Stimmung. Ich hab gern zuerst ein kleines Vorspiel«, neckte Cash, als sie ihren begehbaren Kleiderschrank betrat. In einer Jogginghose, dicken, flauschigen Pantoffeln und einem Sweatshirt kam sie wieder hervor und sah unglaublich süß aus. »Ja, das ist wirklich *heiß*.«

»Du und deine schmutzige Fantasie. Mir war kalt«, sagte sie und machte einen Schmollmund.

Sie kuschelte sich an ihn und er musste sie einfach küssen.

»Vielleicht sollten wir besser aus diesem Raum hier verschwinden, sonst möchte ich unbedingt wissen, was du drunter anhast.« Als sie Hand in Hand an der Küchentheke vorbeikamen, sagt Cash: »Schnell weitergehen, denn diese Theke steckt voller Erinnerungen.«

Sie lachte. »Auf der Couch sind wir sicher.«

»Noch.«

Siena setzte sich aufs Sofa, lehnte sich zurück und zog die Knie an.

»Warte, ich hol dir eine Wolldecke. Hast du irgendwo eine Wolldecke? Oder einen Überwurf oder so etwas?« Er sah sich im sparsam möblierten Wohnzimmer um.

»Wow, ein Mann, der weiß, was ein Überwurf ist.« Sie zeigte auf den Schrank neben der Tür. »Da drin, ganz oben.«

»Ein Überwurf? Bei meiner Mutter ist einer auf jeder Couch und auf jedem Sessel, und als wir Kinder waren, hatten wir alle einen in unseren Schlafzimmern. Wir waren sozusagen die Überwurffamilie.« Er deckte sie mit einer Chenilledecke zu und hob ihre Füße auf seinen Schoß.

»Möchtest du Wein? Mein Bruder Kurt hat mir vor ein paar Monaten eine schöne Flasche geschenkt, das hatte ich fast vergessen.« Sie wollte aufstehen, aber Cash hielt sie zurück.

»Ich gehe sie holen. Sag mir einfach, wo sie ist.« Er entdeckte die Flasche auf einem Weinregal in der Nähe der Küche, das ihm noch gar nicht aufgefallen war, und schenkte ihnen jeweils ein Glas ein. Dann brachte er Flasche und Gläser zum Kaffeetisch. »Ich versuche, mir alles zu merken. Screaming Orgasm, wenn du flirtest, Wein, wenn dir kalt ist.«

Lächelnd nahm sie ihr Glas entgegen. »Könnte doch sein, dass ich beim Flirten Screaming Orgasms trinke und auf Wein umsteige, wenn das Flirten Erfolg hatte?«

»Ah, werde ich mir merken.« Er hob ihre Füße wieder auf seinen Schoß und rieb sie, während sie sich unterhielten. »Erzähl mir von deinem Shooting.«

Sie verdrehte die Augen. »Es war so kalt. Wir haben Aufnahmen von Dessous gemacht und das draußen! Ich hab noch nie so schrecklich gefroren.«

»Waren auch rosa Höschen dabei?« Er hob eine Braue.

Sie stupste ihn mit dem Fuß in den Bauch. »Ich kann mir nicht aussuchen, was ich beim Shooting anhabe. Heute kein rosa Höschen, sondern schwarze und cremefarbene Dessous. Ich kann sie dir später vorführen, wenn du willst.« Sie hob die Augenbrauen.

»Ich wusste doch, dass es Vorteile hat, mit einem Model zusammen zu sein.« Er gab ihr einen Kuss. »Vielleicht komme ich auf dein Angebot zurück.«

»Sie werden dir gefallen. Der Typ, mit dem ich heute gearbeitet habe, ist wirklich heiß, aber er …«

Er hob abwehrend die Hände. »Stopp. Bitte. Du solltest meine Fähigkeit nicht überschätzen, mit diesen Sachen umzugehen.«

Sie schlug ihn auf den Arm. »Aha? Wenn du mit mir zusammen sein willst, musst du mit allen Aspekten meines Berufs zurechtkommen, nicht nur mit denen, die du dir aussuchst. So wie ich damit zurechtkommen muss, dass du bei einem Brand ums Leben kommen könntest oder dass du als heißer Feuerwehrmann sicher ständig von Tausenden von Frauen angebaggert wirst. Und wenn dieser Kalender rauskommt, werden Frauen in ganz New York wer weiß was mit deinem Foto anstellen.«

Er rutschte ein wenig näher. »Höre ich da Eifersucht heraus? Treibt das grünäugige Monster auch in deinem schönen Körper sein Unwesen? Unglaublich!«

Siena verschränkte die Arme. »Ich bin auch nur ein Mensch. Genau wie du. Und lenk nicht vom Thema ab. Es geht darum, dass du meinen Job akzeptierst.«

»Du hast recht. Aber muss ich wirklich wissen, wie heiß die Typen sind, mit denen du zusammenarbeitest? Könntest du mich nicht anlügen und sagen, dass sie hässlich sind?«

»Du bist unmöglich. Ich wollte erzählen, dass er eine höhere Stimme hat als ich, und nein, ich werde nicht lügen. Wenn du mich liebst, dann musst du mir vertrauen. Ich will dir alles sagen können, ohne Angst haben zu müssen, dass du eifersüchtig wirst.«

»Oh, sicher, ich liebe dich. Mit jeder frustrierenden Sekunde mehr.« Er stand auf und ging im Wohnzimmer auf und ab.

»Moment mal: Du gehst weg, obwohl du mich liebst?«

Er kauerte sich neben sie. »Nein, ich gehe nicht weg. Ich bin nur hin- und hergegangen. Baby, ich habe keinen Zweifel, dass das, was ich für dich empfinde, Liebe ist.« Sie hielt die Luft an, als würde sie auf das *Aber* warten. »Weiteratmen, Baby.«

Sie stieß den Atem aus. »Tut mir leid. Du liebst mich?«

»Ja, ich liebe dich. Ich weiß, wir kennen uns noch nicht lange, und ich erwarte nicht, dass du mir hier und jetzt ewige Liebe schwörst. Aber das Leben hält immer wieder Über-raschungen bereit und ich habe einfach gesagt, was ich fühle. Als ich heute Morgen gegangen bin, war ich froh, dass ich es dir gesagt habe. Ich wollte, dass du es weißt – für alle Fälle.«

»Für den Fall – dass du nicht wiederkommst?«

»Brände sind gefährlich. Aber das, worüber wir gerade gesprochen haben – Liebe, Eifersucht –, das ist wirklich wichtig.«

»Wichtiger, als dass du bei einem Brand umkommen könntest? Cash, das ist ziemlich wichtig, meinst du nicht?«

»Ja, ist es, aber darüber können wir uns ein andermal Sorgen machen. Jetzt sind die anderen Themen dran. Baby, wenn du glaubst, dass ein Mann nicht eifersüchtig wird, wenn die Frau, die er liebt, in den Armen eines anderen liegt, dann hast du wirklich keine Ahnung. Vor allem, wenn dieser andere Mann halb nackt ist und die Frau ihn als *heiß* bezeichnet. Jemanden zu lieben, heißt doch auch, dass einem der andere wichtig ist. So wichtig, dass man nicht will, dass er mit jemand anderem zusammen ist. Mit rationalem Denken hat das nichts zu tun. Verdammt, es ist wahrscheinlich nicht einmal fair. Aber ebenso wie ich akzeptieren muss, dass du von heißen Typen erzählst, musst du akzeptieren, dass ich eifersüchtig bin und es auch sage. Das muss keinen Keil zwischen uns treiben. Ich werde dir nicht vorschreiben, dass du deine Modelkarriere aufgibst oder dich nicht mehr in rosa Höschen ablichten lässt. Aber wenn du mir sagst, dass die Typen heiß sind, brauche ich einen Moment, um zusammenzuzucken und den Schlag gegen mein Ego zu verdauen. Vielleicht solltest du mir hier und da ein Kompliment machen, damit könntest du jede Menge Bonuspunkte sammeln.«

»Also, von welcher Art von Eifersucht reden wir? Wirst du jedes Mal sauer, wenn ich ein Shooting habe?«

»Bin ich heute Abend sauer geworden?«

»Nein.«

»Natürlich nicht. Schließlich bin ich kein Kind mehr. Insgeheim könnte ich mir sogar einreden, dass all diese heißen Typen in Wirklichkeit Idioten sind, aber ich werde nie versuchen, mich in deine Modelkarriere einzumischen.« Er wollte sich gerade auf die Couch setzen, hielt aber plötzlich in der Bewegung inne. »Nein, das stimmt nicht ganz. Wenn du dich immer wieder auf medienwirksame Dates mit irgendwelchen Promis einlässt, wäre ich doch so sauer, dass mir Zweifel kämen, ob wir wirklich zueinander passen.«

»Ich hab dir doch gesagt, dass ich mich nur noch dieses eine Mal mit Gunner treffe.«

»Ich weiß. Damit kann ich leben. Ich meinte, wenn du in drei Monaten sagst, du müsstest dich noch mal mit ihm treffen. Wenn wir eine feste Beziehung haben, wäre für mich damit eine

Grenze überschritten, Job hin oder her.«

Sie zog die Beine an, um ihm Platz zu machen, und als er sich ihre Füße wieder auf den Schoß legte, spürte er die Anspannung in ihren Muskeln.

»Siena, stell dir einfach vor, du wärst an meiner Stelle. Angenommen, ich komme nach Hause und erzähle: ›Hey, wir haben heute diese heiße Frau gerettet. Ich musste ihr eine Mund-zu-Mund-Beatmung geben und … ‹«

»Okay, okay, ich hab's kapiert.« Sie schüttelte den Kopf. »Mir wäre wohler, wenn du das ›heiß‹ weglassen würdest.«

»Genau.« Er nahm ihre Hand. »In deinem Beruf triffst du auf einige der attraktivsten und reichsten Typen. Ich habe kein Problem damit, dass ich der bin, der ich eben bin, und ich weiß, was ich zu bieten habe und was nicht. Aber wir sollten nicht die Augen davor verschließen, dass es manchmal kompliziert werden kann. Ich bin nicht gerade der emotionale Typ und halte meine Gefühle meist unter Verschluss, aber du durchschaust mich. Wenn ich eifersüchtig bin, muss ich sagen können: ›Hey, das muss ich erst mal verdauen. Lass mir ein bisschen Zeit.‹«

»Okay, das ist fair.«

»Und mach dir klar, dass es Zeiten geben wird, in denen du genauso empfindest. Du kannst noch so schön sein: Ich glaube, wenn du Fotos sehen würdest, auf denen ich halb nackt mit Willow posiere, würdest du auch einen Anflug von Eifersucht verspüren.«

»Ehrlich, ich hasse es, wenn du so vernünftig bist.«

»Ich habe genug Beziehungen scheitern sehen, nur weil die Leute so tun, als wären sie etwas, was sie nicht sind. Das geht mit dir nicht. Und wenn ich mich jemals wie ein Idiot aufführe, dann sag es mir. Sag mir, dass ich damit aufhören soll. Wobei ich mir nicht vorstellen kann, mich bei dir jemals idiotisch zu verhalten. Ich vertraue dir, und für mich bist du nicht Siena Remington, das Model. Du bist Siena Remington, meine lustige, interessante, sexy Freundin.«

»Also wirke ich nicht überheblich?«

Ein Lächeln huschte über seine Lippen. »Von dir eingenommen, arrogant ...« Er rutschte ein Stück näher. »Als wolltest du rund um die Uhr bewundert werden.«

Sie verdrehte die Augen. »Du wirst es kaum glauben, aber als ich ernsthaft mit dem Modeln anfing und mitbekam, dass ich anders behandelt wurde als andere, da war ich wirklich so. Das hielt ein paar Wochen an und dann konnte ich mich selbst nicht mehr ausstehen.« Sie lachte. »Also ... womit muss ich rechnen, wenn du das nächste Mal eine Dessousreklame mit mir siehst und allen Jungs auf der Wache fallen die Augen aus dem Kopf?«

Cash fuhr sich mit der Hand übers Gesicht. »Wahrscheinlich würde ich sie finster anfunkeln, wenn du auf die Wache kommst und sie dich anstarren. Das sieht vermutlich aus, als wäre ich wütend, aber eigentlich ist es keine Wut. Es ist eher ...«

Sie nickte. »Ich weiß, was du meinst. So hast du Mike und Joey angesehen, als wir in der Bar waren. Mit einem ›Finger weg, sie ist mit mir hier‹-Blick.«

»Ja, das kommt hin.«

»Ich bin froh, dass wir darüber sprechen, und ich verstehe genau, was du sagen willst.« Sie lächelte ihn an. »Allerdings ist diese Feinfühligkeit ... Sie haut mich um, genau wie deine romantische Seite.«

»Oh Gott. Bitte sag niemandem, ich sei feinfühlig. Das würde meinen Ruf total ruinieren.«

Sie lachte. »Dein Geheimnis ist bei mir sicher. Meine Güte, Cash, du machst immer wieder Dinge, die mich total aus der Bahn werfen. Ich konnte den ganzen Tag nicht aufhören, an dich zu denken.«

»Auch nicht, als du in den Armen des muskelbepackten Models lagst?«

»Nun hör schon auf damit. Nach dem, was du zum Abschied gesagt hast, konnte ich mich kaum konzentrieren. Ich empfinde so viel für dich und hatte Angst, es könnte zu viel zu schnell sein.« Sie leckte sich die Lippen und fuhr ihm mit der Hand über den Arm. »Es ist ein bisschen beängstigend. Ich bin auch in dich verliebt, das weiß ich. Wenn du nicht hier bist, vermisse ich dich, und wenn du hier bist, wünschte ich, du würdest nie wieder gehen.«

Verliebt. Sie ist noch nicht so weit. Es war riskant, Siena seine Gefühle zu offenbaren, aber er konnte es sich nicht leisten, dieses Risiko nicht einzugehen. »Ich habe es nicht gesagt, weil ich es von dir auch hören will. Ich habe es gesagt, weil meine Gefühle zu intensiv waren, um es nicht zu sagen. Und von dir möchte ich es erst hören, wenn du es so deutlich fühlst, dass du es nicht zurückhalten kannst.«

Sie öffnete den Mund, aber sie brachte kein Wort heraus.

Er fuhr ihr mit dem Finger über die Wange. »Kein Druck, okay? Auch wenn es Jahre dauert oder vielleicht nie passiert, ändert es nichts an dem, was ich für dich empfinde.«

Cash reichte Siena ihr Glas Wein, bevor er seins nahm und mit ihr anstieß. »Auf uns.«

»Ich liebe uns«, sagte sie.

»Vorsicht. Du kommst der Sache schon verdächtig nahe.«

Sie stellten ihre Gläser ab. »Ich liebe uns wirklich. Erzähl mir von deinem Tattoo«, sagte sie und berührte seinen Arm.

Er warf einen Blick auf das Motiv auf seinem Arm und überlegte, wie viel er ihr sagen sollte. Sie streckte die Hand aus und strich ihm die Haare aus den Augen. »Du musst nicht, wenn es zu persönlich ist.«

So war Siena. Sie wollte nicht mehr, als er geben konnte. Und bis er sie kennengelernt hatte, war ihm gar nicht klar gewesen, wie viel er geben konnte. Bei ihr fiel es ihm nicht schwer, ehrlich zu sein. Er hatte nicht das Bedürfnis, etwas vor ihr zu verbergen.

»Ich habe es stechen lassen, nachdem ein Kollege gestorben war.«

»Oh, tut mir leid. Das wusste ich nicht.«

»Nach dem Tod von Vettas Ehemann habe ich es erweitern lassen und dann die Bedeutung irgendwie komplett ausgeblendet.«

»Vettas Mann? Warum? Kanntest du ihn gut?« Sie rutschte näher zu ihm und schob ihre Zehen unter sein Bein.

»Nein.« Er blickte in ihre Augen und sah, wie sehr sie ihm vertraute. »Ich war bei dem Einsatz, bei dem er starb. Er war in einem Zimmer, das ich räumen sollte.« Die Erinnerung beschleunigte seinen Puls. »Das Feuer war wirklich schlimm. Wir waren mit Dutzenden Einsatzkräften da, und ich räumte die anderen Räume und holte Vetta heraus. Als ich wieder nach oben kam, um Samuel zu holen, stürzte ein Balken von der Decke.« Er hörte, wie sein Atem heftiger und lauter wurde, und hielt inne, um die Panik unter Kontrolle zu bekommen, die auf ihn zurollte. Siena nahm seine Hand, doch er war wie gefangen in der Szene, die sich vor seinem inneren Auge abspielte.

»Der Balken brannte. Durch den Aufprall wurde er in zwei Teile gespalten und so war der Zugang zum Zimmer vollständig versperrt. Der Rauch war so dicht und die Flammen schlugen so hoch. Ich war direkt vor der Zimmertür. Ich hatte eine Axt, und als ich ausholte, um ein Loch in die Wand zu schlagen, hörte ich den Evakuierungsbefehl.« Er schüttelte den Kopf. Er wusste noch genau, was er in diesem Moment gedacht hatte. *Nein, noch nicht! Ich gehe rein!* »Als ich mit der Axt zuschlagen wollte, hielt sie jemand fest. Mein Kumpel Tommy und ein anderer Typ packten mich. Ich wehrte mich und schrie, sie sollten mich loslassen. Ich wollte ihn retten. Ich musste ihn retten. Sie zogen mich raus, fluchend und schimpfend. Ich konnte vom Rauch kaum noch atmen, und sie mussten mich zurückhalten, sonst wäre ich wieder in das Gebäude gerannt.« Er begegnete ihrem Blick und sah Mitleid und Angst. »Sie haben mein Leben gerettet. Bevor wir das Erdgeschoss erreichten, stürzte die Decke im Flur ein. Ein Leiterteam holte Samuel durch ein Fenster ins Freie, aber er hatte einen Herzinfarkt erlitten.«

»Und du hast dir die Schuld gegeben?«, flüsterte sie vorsichtig.

»Ja, irgendwie schon. Ich dachte, wenn sie mich hätten gehen lassen, hätte ich mich zu ihm vorarbeiten und ihn retten können. Vielleicht hätte er dann den Herzinfarkt nicht gehabt. Vielleicht …«

»Oh, Cash.«

Sie schlang die Arme um ihn und er vergrub seine Hand in ihren Haaren. Er hielt sie fest und ließ sich von ihrem Trost einhüllen, ohne sich zu schämen.

Doch er war noch nicht fertig, er musste ihr alles erzählen. Wenn sie ihn jemals lieben sollte, dann mit all seinen Fehlern. Und dies war ein schlimmer Fehler.

»Ich war immer der Typ, der auf alles vorbereitet war und kein unnötiges Risiko einging. Ich war der Typ, auf den sich alle verlassen konnten. Aber danach … nachdem ich Samuel zurücklassen musste, brach etwas in mir zusammen. Um ein Menschenleben zu retten, war mir kein Risiko zu groß. Es war, als könnte ich seinen Verlust auf diese Weise wiedergutmachen.« Er zuckte die Achseln und betrachtete das Tattoo. »Ich dachte mir, ich habe weniger zu verlieren als die anderen Jungs mit ihren Frauen und Kindern.« Er sah sie wieder an. »Und natürlich stimmte das in gewisser Hinsicht. Aber durch mein riskantes Verhalten habe ich alle gefährdet, und es dauerte eine Weile, bis mir das jemand in den Kopf gehämmert hat.«

»In den Kopf gehämmert?«

»Natürlich nicht wörtlich. Da ist dieser Typ, er bildet Berufsanfänger aus und er ist ein harter Hund, aber auch einer der besten Feuerwehrmänner, die ich kenne. Ich respektiere ihn wirklich. Er hat es mir regelrecht eingebläut und mein Boss hat mir ganz klar gesagt: Entweder du hörst auf, solche Risiken einzugehen, oder du wirst vom aktiven Feuerwehrdienst abgezogen und stattdessen in die Leitstelle gesetzt.« Cash schüttelte erneut den Kopf. »Und dann habe ich mich in dich verliebt, und plötzlich war mir klar, dass ich nicht nur mein eigenes Leben aufs Spiel setzte. Wenn ich bei einer riskanten Aktion versage, müssen die anderen mich retten. Und, Siena, mein Job bedeutet mir alles, und diese Jungs, sie sind wie meine Brüder, meine Familie. Und du ... auf einmal hatte ich jemanden, der auf mich zählte. Jemand, den ich liebe.«

Er fuhr sich mit der Hand über das Gesicht und schwieg einen Moment. Dann fuhr er mit festerer Stimme fort: »Heute, bei diesem Großbrand, habe ich meine Atemmaske benutzt. Das klingt banal, oder? Feuerwehrleute benutzen sie die ganze Zeit, aber seit Samuels Tod habe ich meine nicht angerührt. Lieber wollte ich keuchen und husten und kaum noch Luft kriegen, anstatt durch das verdammte Ding zu atmen.«

»Du hast dich selbst bestraft.«

»Ja, ich glaube, das stimmt. Aber heute habe ich sie benutzt. Ich habe deine Stimme in meinem Kopf gehört und dieser ganze Mist war auf einmal weg. Alles, was zählte, war, dieses Feuer so gut ich konnte zu löschen, alle zu retten, die gerettet werden mussten, und dann zu dir zurückzukehren.«

»Und wenn ich nicht gesagt hätte, dass ich mich darauf verlasse, dass du wiederkommst?« Sie sah ihn fragend an.

Diese Frage hatte er sich selbst schon hundertmal gestellt. »Meine Liebe hängt nicht von deiner Liebe zu mir ab. Sie ist einfach da. Meine Gefühle für dich haben mich wieder zur Vernunft gebracht, und daran würde sich auch nichts ändern, wenn du dich morgen von mir trennen würdest.« Er lächelte. »Ich sollte dir danken.«

»Und Vetta? Kanntest du sie schon vor dem Brand?« Sie rutschte näher, bis sie fast auf seinem Schoß saß.

»Nein.«

»Macht sie dir Vorwürfe?«

Er schüttelte den Kopf. »Ich glaube nicht. Aber sie hat den Mann verloren, mit dem sie länger verheiratet war, als ich auf der Welt bin. Und ich habe keine Ahnung, wie sie ohne ihn klarkommt und welche kleinen Erledigungen er für sie übernommen hat, wie den Müll rausbringen oder einkaufen. Aber ich wollte sichergehen, dass sie nicht alleine ist. Die ersten Besuche waren nicht so einfach, aber dann freute ich mich darauf, sie zu sehen, auch wenn die schmerzhafte Erinnerung an die Brandnacht immer da war.«

»Cash, das ist wirklich nett von dir.« Sie fuhr mit dem Finger über das Tattoo.

»Das Tattoo.« Er seufzte. »Ich weiß nicht genau, was es

bedeutet. Tommy und ich haben es uns zusammen stechen lassen, nachdem wir bei einem Brand einen Kumpel verloren hatten. Nach Samuels Tod kam das hier dazu.« Er wies mit dem Finger auf eine Linie, die wie ein großes V aussah und den oberen Teil der Zeichnung umschloss. »Ich schätze, das ist ein Symbol für ein verlorenes Leben. Gewissermaßen um das Andenken der Gefallenen in Ehren zu halten.«

Sie nickte, und er konnte sehen, wie sehr ihr seine Erzählung zu schaffen machte. Falten zeigten sich auf ihrer Stirn, sie hatte die Brauen zusammengezogen und ihre Mundwinkel hingen nach unten. So sehr es ihn auch schmerzte, ihre Traurigkeit zu sehen, wollte er doch, dass sie all das wusste. Alles von ihm.

»Das Tattoo ist wie eine ständige Warnung vor der Macht der Flammen und gleichzeitig eine Erinnerung daran, wie wichtig Teamarbeit ist. Das Feuer ist mächtiger als jeder Einzelne von uns, aber nicht mächtiger als wir alle zusammen. Ich hatte es für eine Weile aus den Augen verloren, aber jetzt ist es wieder da und wird auch nicht wieder verschwinden. Siehst du die Spitze? Den Teil, der wie ein Auge aussieht? Für mich ist es ein Symbol für die Kraft oder das Herz der Feuerbestie. Wie das Auge eines Hurrikans. Und die Markierungen hier?« Er fuhr mit dem Finger über die dornenartigen Linien am unteren Rand, die wie spitze Spinnenbeine aussahen. »Sie erinnern daran, wie schnell sich ein Feuer drehen kann.«

»Das hast du alles mit dir herumgetragen, als wir uns kennengelernt haben? Diese Schuldgefühle und die Risiken bei der Arbeit und all das?«

»Ja. Ja, ich glaube schon.«

»Kein Wunder, dass du so unleidlich warst.«

»Ich war so unleidlich, weil eine schöne junge Frau völlig

unvorbereitet in einen Schneesturm geraten war und hätte sterben können.« Er zog sie auf seinen Schoß. »Und du warst so stur, dass ich nicht wusste, ob ich dich küssen oder schütteln wollte.«

»Das ist ja lustig. Genauso ging es mir mit dir.«

»Kein Wunder, dass ich mich in dich verliebt habe. Wir sind füreinander geschaffen.«

Dreiundzwanzig

Siena verbrachte den Montagvormittag mit dem Album für Savannah. Wie bei einem Scrapbook gestaltete sie die Seiten mit Fotos von Savannah, Aufklebern und Bildunterschriften. Jacks Fotos, die wahrscheinlich am nächsten Tag ankamen, würde sie später einkleben, sodass sie das ganze Fotoalbum bis Freitag fertig haben würde. Die Brautparty fand am Samstag im Haus von Savannahs Vater in Colorado statt, und Siena freute sich darauf, alle wiederzusehen. Gerade hatte sie das letzte Bild von Savannah aus ihrer Grundschulzeit auf die Seite geklebt. Sie sah süß aus mit ihren langen kastanienbraunen Zöpfen, Cowgirl-Stiefeln, einer Weste im Westernstil und einem breiten Lächeln.

Siena lehnte sich auf dem Sofa zurück und überlegte, wie Cash wohl als Junge ausgesehen hatte. Sie stellte sich ihn als überheblichen Teenager vor, der jeden anknurrte und vielleicht mit seinen Brüdern oder Freunden allerlei Unfug machte. Ob sie wohl zusammengekommen wären, wenn sie sich damals kennengelernt hätten? Sie musste an all das denken, was Cash ihr am Abend zuvor offenbart hatte. Bei ihren ersten Begegnungen war ihr nicht aufgefallen, dass er eine solche Last auf seinen Schultern trug. Allerdings hatte Cash so viele verschiedene Facetten, die sie zu Beginn gar nicht wahrgenommen hatte. Sie nahm ihr Handy und schrieb ihm eine Nachricht.

Vermisst du mich schon?

Die Antwort kam postwendend.

Ich habe dich schon vermisst, als ich aus der Tür ging.

Sie hüpfte vor Freude auf dem Sofa auf und ab und schrieb: *Ich dich auch. Ich wünschte, du wärst hier. Muss ich wirklich 2 Nächte alleine verbringen? Soll ich auf die Wache kommen?*

Du und Wache und kommen – diese Worte sollten nie in einem Atemzug genannt werden, antwortete Cash.

Siena lachte. *Werd nicht frech! Gibt es eine Art Club für Feuerwehrleute? Wie den Mile High Club?* Sie fügte einen Smiley hinzu und wartete gespannt auf seine Antwort.

Ja, aber wir treten ihm nicht bei.

Sienas Lächeln wich einem Stirnrunzeln. *Och, komm,* schrieb sie zurück. *Warum nicht?*

Sekunden später hatte sie ihre Antwort. *Du. Nackt. Meine Kumpel. Keine gute Mischung.*

Sie überlegte gerade, was sie ihm antworten sollte, als die nächste Nachricht kam. *Aber ich bringe dir meine Feuerwehrstiefel mit. Und ich kann dir meine Feuerwehrstange zeigen.*

Siena lachte. *Gott, ich liebe dich.* Während sie schrieb, wurde ihr klar, wie wahr der Gedanke war. *Oh mein Gott. Ich liebe alles an dir.* Sie schob den Gedanken mit wild pochendem Herzen beiseite und schrieb: *Ich ziehe meine roten Dessous zu den Stiefeln an, wenn du deine Schutzhose trägst.*

Ihr Handy vibrierte wieder. Der Gedanke an Cash in seiner Schutzhose – und an ihre Liebe zu ihm – ließ ihren Puls in die Höhe schnellen, doch es war eine Nachricht von Jewel, die ihr mitteilte, dass sie ihre Verabredung mit Gunner für den nächsten Abend arrangiert hatte. Siena stöhnte.

Cashs Nachricht kam eine Sekunde später. *Was hast du heute Abend vor?*

Sie schrieb zurück: *Poledance, strippen, vielleicht einen Kunden abfertigen.* Sie legte das Handy beiseite und überlegte, wie sie Cash von ihrem Date mit Gunner erzählen sollte. Er wusste ja, dass ein weiteres Treffen geplant war, aber sie hasste den Gedanken, ihre gute Stimmung mit diesem Unsinn zu verderben. Als ihr Handy die nächste Nachricht ankündigte, hatte sie beschlossen, erst einmal abzuwarten und es ihm zu sagen, wenn sie miteinander telefonierten, vielleicht am Abend.

Cool. Heb mir den letzten Lapdance auf. Muss jetzt trainieren gehen. Ich denke nur an dich in meinen Feuerwehrstiefeln. Liebe dich.

Der erste Gedanke, der ihr durch den Kopf ging, war: *Ich liebe dich auch.* Der zweite Gedanke war die Vorstellung von Cash mit nacktem Oberkörper beim Gewichtheben. Sie wollte ihm sagen, dass sie ihn liebte, aber nicht per Handy. Außerdem musste sie ihm wegen Gunner Bescheid sagen, und es kam ihr nicht richtig vor, ihm erst ihre Liebe zu gestehen und ihm dann zu sagen, dass sie sich morgen Abend mit Gunner treffen würde. Erst würde sie die Sache mit Gunner loswerden. *Rufst du mich später an?*, schrieb sie zurück.

Ihr Telefon klingelte eine Sekunde später: Cash.

Oh nein, nein, nein! Nicht so bald! »Hi.« Sie biss sich auf die Unterlippe.

»Hey, Baby. Was gibt's?«

»Du hättest doch nicht sofort anrufen müssen.« *Mist. Mist. Mist.*

»Jederzeit bereit, das weißt du doch.«

»Wie könnte ich das vergessen? Ich wollte nur …« *Bescheid*

sagen, dass das Date mit Gunner morgen Abend ist. Aber sie wollte es gar nicht sagen. Nicht jetzt. »… sagen, dass mir deine Idee mit den Stiefeln gefällt, bring sie also unbedingt mit. Und deine Schutzhose.« Sie hielt inne und hoffte, dass er ihr die Ausrede abnahm. Ein weiterer Anrufer klopfte an.

»Einen Moment, Cash.« Sie sah auf das Display. »Es ist Dex. Ich rufe ihn zurück.«

»Bist du sicher? Ich kann warten.«

»Okay, danke. Ich beeil mich.« Sie wechselte zu Dex' Leitung. »Hey, Dexy. Ich hab grade jemanden in der anderen Leitung. Was gibt's?«

»Ganz kurz nur: Hast du Lust, heute Abend gegen halb sieben mit Ellie und mir ins NightCaps zu gehen?«

»Klar.«

»Prima. Ich bin mir nicht sicher, wer noch kommt.«

»Das ist okay. Klingt gut. Ich kann es kaum erwarten, dich und Ellie zu sehen. Ich muss Schluss machen, mein anderer Gesprächspartner wartet. Hab dich lieb.« Sie wechselte wieder zu Cash. »Tut mir leid, Cash. Dex und Ellie gehen heute Abend ins NightCaps und wollten wissen, ob ich mitkomme. Ich wünschte, du könntest da sein.«

»Ich auch. Ich würde gerne deine Familie kennenlernen.«

Ihr gefiel der Gedanke, dass Cash ihren Brüdern als ihr Freund begegnen würde und nicht als der Klugscheißer von Feuerwehrmann, als den Jack ihn an jenem Abend im NightCaps getroffen hatte. »Ich fände es toll, wenn du sie kennenlernen würdest. Die Brautparty für Jacks Verlobte ist am Samstag in Weston, Colorado. Ich wollte am Freitag hinfliegen.«

»In Weston? Mein Bruder Gage wohnt ein paar Minuten von dort entfernt. Hättest du was dagegen, wenn ich mit dir hinfliege? Ich habe ihn seit Ewigkeiten nicht mehr gesehen und schulde ihm einen Besuch.«

»Ich bin bei Savannah und den Mädels, aber ja, das wäre fantastisch. Meinst du, du bekommst jetzt noch einen Flug? Nein, warte, das kriege ich hin. Ich denke, ich kann ein paar Kontakte spielen lassen. Lass mich sehen, was ich machen kann. Bist du sicher, dass du mitkommen willst? Es ist nur ein Kurztrip, Freitag hin, Sonntagabend zurück.«

»Ein paar Stunden mit dir im Flugzeug und ein Tag mit meinem Bruder – was könnte besser sein? Ich bin sicher, dass hier auf der Wache jemand für mich einspringen kann.«

Die Aussicht auf die gemeinsame Reise war so aufregend, dass Siena kaum einen klaren Gedanken fassen konnte. »Super. Ich kümmere mich um die Tickets. Ich brauche dein Geburtsdatum, denn danach fragen sie immer, und den Namen auf deinem Führerschein.«

»Aha. Du wolltest ja nur herauskriegen, wie ich mit zweitem Vornamen heiße. Geschickt eingefädelt«, neckte er sie. »Cash Martin Ryder.« Er gab ihr auch sein Geburtsdatum und seine Privatadresse, für den Fall, dass sie sie vergessen hatte. »Ich muss gleich aufbrechen, aber ich wollte nachher zu Vetta, wenn wir keinen Einsatz fahren. Sie würde dich gerne sehen, wenn du mitkommen willst.«

Für den Nachmittag hatte Siena keine Pläne. »Gerne. Wann?«

»Wann immer es dir am besten passt, vorausgesetzt, wir müssen nicht raus.«

»Mit Dex treffe ich mich um halb sieben, also wie wäre es mit fünf?« Sie wollte ihm lieber persönlich von dem Date mit Gunner erzählen.

»Perfekt. So, ich muss los. Ich wollte noch eine

Trainingseinheit einschieben, damit ich in meiner Schutzhose eine gute Figur mache.«

Siena lachte. »Also, bis um fünf an der Wache.« *Und bis dahin stelle ich mir vor, wie du in deiner Schutzhose aussiehst.*

Gegen halb fünf kam Cash mit Vettas Fotoalben in der Hand die Treppe hinunter ins Erdgeschoss der Wache. Am Nachmittag hatte es nur einen Einsatz gegeben, sodass er reichlich Zeit gehabt hatte, die restlichen Bilder einzusortieren. Siena stand mit dem Rücken zu ihm an der Tür zum Fernsehraum und unterhielt sich mit jemandem. Ihr langes dunkles Haar reichte ihr fast bis zur Taille, sie trug eng anliegende Jeans und einen weißen Wintermantel, und als sie die Hand sinken ließ, sah er, dass sie die Handschuhe anhatte, die er ihr gekauft hatte. Er trat hinter sie und legte ihr einen Arm um die Taille, während er über ihre Schulter in den Fernsehraum schaute, wo Tommy, Joey und Mike breit grinsend auf dem Sofa saßen.

»Hi, Baby. Tommy hat mir gar nicht gesagt, dass du hier bist.« Er warf Tommy einen vorwurfsvollen Blick zu.

»Ich bin früh dran«, sagte sie lächelnd. Sie sah zwischen ihm und Tommy hin und her.

Sie berührte seinen zusammengepressten Kiefer – und erinnerte ihn so daran, dass seine Gefühle nicht unsichtbar waren. Er fuhr sich mit der Hand durch die Haare, um sich ein wenig zu sammeln.

Tommy stand auf und ging dicht an Cash vorbei auf den Flur. Dabei flüsterte er: »Für *sie* würde ich auch aufhören,

Risiken einzugehen.«

Das glaub ich dir gerne. »Hey, Tom, wir wollten zu Vetta. Ruf an, wenn du mich brauchst.« Er bedachte Joey und Mike mit einem grimmigen Blick, schnappte sich seinen Parka und machte sich mit Siena auf den Weg zu Vettas Wohnung.

»Da war er wieder, dieser Blick«, sagte Siena, als sie sich bei ihm unterhakte.

»Ja, klar.«

»Warum? Sie waren einfach nur nett.«

»Yep.« *Und hatten die ganze Zeit die Reklame mit dem rosa Höschen im Kopf.*

»Ist das eine der Situationen, über die wir gesprochen haben?« Sie sah mit ihren großen blauen Augen zu ihm auf, in denen ein leises Necken aufblitzte, das aber durch ihren freundlichen Ton sofort ausgeglichen wurde.

»Das ist eine der Situationen, in denen ich kurz durchatmen muss.« *Mist.* Er überlegte, wie ehrlich er sein konnte, ohne dass sie sich unwohl fühlte. »Klar, sie waren nett, Baby. Aber es sind eben Typen, also haben sie …«

»Mich unter die Lupe genommen?«

»Ja«, sagte er und drückte ihren Arm.

»Tja, Jungs sind eben so. Zum Glück bin ich treu wie ein Hund.«

Cash blieb stehen und drehte sie mit einer schwungvollen Bewegung zu sich. »Das ist mein Spruch.«

Sie fuhr sich mit der Zungenspitze über die Unterlippe, was ihn fast um den Verstand brachte. »Tja, jetzt musst du die Leine mit beiden Händen festhalten.«

Er senkte seine Lippen auf ihre und küsste sie, genoss ihren süßen, frischen Duft und das Gefühl ihres Körpers an seinem. *Lieber Himmel, ich habe dich vermisst.* Als er sich schließlich von ihr löste, klammerte sie sich an den Kragen seines Parkas und sah ihn eindringlich an.

»Was ist?«

Sie atmete schwer, ihre Augen waren dunkel und ernst. »Nichts. Ich bin nur so froh, dass du mich an jenem Abend gerettet hast.«

An Vettas Haus angekommen, hielt er ihr die Tür auf. »Weil du nicht gerne frierst?«

»Nein. Weil mir nicht klar war, wie viel mir in meinem Leben gefehlt hat.«

Cash blieb wie angewurzelt stehen. Die Energie zwischen ihnen änderte sich schlagartig. War es vorher eine wohlige Wärme gewesen, so war es nun eine magnetische Kraft, die ihn zu ihr hinzog. »Was bedeutet das?«

»Alles.«

In ihrer Stimme schwang eine Liebe mit, die Cash fast mit Händen greifen konnte. Und als sie ihm die Hand auf die Brust legte und ihn ansah, ließ er bei so viel Liebe in ihren Augen fast die Fotoalben fallen.

»Siena.« Mehr als ein Flüstern brachte er nicht hervor.

»Erinnerst du dich, wie du gesagt hast: ›Wenn ich mit dir schlafe, dann tue ich es nicht nur mit meinem Körper, sondern auch mit meinem Herzen‹?« Ihre Stimme war kaum lauter als seine.

Cash nickte.

»Dein Herz ist in allem, was du tust, und jetzt ist es auch ein Teil meines Herzens. Ich liebe dich, Cash.«

Cash öffnete den Mund, um zu antworten, aber es kamen keine Worte heraus. Sein Herz raste, und er musste all seine Konzentration aufbieten, um überhaupt weiterzuatmen. Siena zog die Brauen zusammen, und als sie weitersprach, konnte er nur stumm zuhören.

»Ich bin selbst ganz überrascht, dass zwei Sturköpfe wie wir zueinandergefunden haben. Wahrscheinlich wird es immer dieses seltsame Hin und Her zwischen uns geben, aber komischerweise denke ich, dass uns das auch zusammenhält.«

Er lehnte seine Stirn an ihre. »Sag es nicht, wenn du dir nicht sicher bist.«

»Das würde ich dir niemals antun. Du magst ja ein großer, starker Feuerwehrmann sein, den alle für unverwundbar halten, aber du bist auch ein …« Sie überzeugte sich, dass sie allein im Hausflur waren, und flüsterte dann: »Ein echter Softie.«

»*Dein* echter Softie, und wenn du das noch einmal sagst, werde ich …«

»Halt den Mund und küss mich.« Siena schlang ihm die Hand um den Hals und senkte seine Lippen auf ihre.

»Wie soll ich je wieder einen klaren Gedanken fassen?« Cash nahm ihre Hand in seine und Siena zog ihn zu Vettas Wohnungstür.

»Ich hoffe doch, dass wir noch sehr lange zusammen bleiben, also solltest du beizeiten eine Lösung für dieses Problem finden. Und da du dich auf einen Wochenendtrip mit mir eingelassen hast, hast du mich zumindest bis Sonntagabend am Bein.«

Als sie an die Tür klopfte, war sich Cash ganz sicher, dass er der glücklichste Mann der Welt war.

»Siena, Cash, wie schön, Sie beide zu sehen.« Vetta öffnete und Cash gab ihr einen Kuss auf die Wange.

»Ich habe Ihnen etwas mitgebracht«, sagte er.

»Ja, das sehe ich. Und sie ist wunderschön.« Vetta zwinkerte Siena zu. »Bitte, setzen Sie sich doch.«

Cash legte die Fotoalben auf den Tisch und Vetta fuhr mit

zitternder Hand darüber.

»Wie lieb von Ihnen, Cash.« Sie lächelte ihn an und schaute dann zwischen ihm und Siena hin und her. »Sie zwei sehen irgendwie anders aus.«

Cash setzte sich neben Siena und legte den Arm um sie. »Tja, als Sie uns das letzte Mal zusammen gesehen haben, waren wir nicht gerade in Bestform. Es war ein langer, harter Tag gewesen.«

»Wir waren den ganzen Tag bei einem Fotoshooting für den Feuerwehrkalender, den Cashs Einheit jedes Jahr veröffentlicht. Es war ein bisschen stressig und wir waren sehr müde.« Siena tätschelte seinen Oberschenkel.

»Mm-hmm.« Vetta nickte und nahm eines der Alben zur Hand. Sie blätterte darin, verweilte bei einzelnen Fotos und seufzte dann. »Das ist …« Sie zog ein Taschentuch aus einer Schachtel auf dem Beistelltisch und tupfte sich die Augenwinkel ab.

Verdammt. Cash war hart im Nehmen, aber Frauentränen, die nicht von beißendem Qualm herrührten, brachten ihn aus der Fassung.

Siena legte ihre Hand auf Vettas. »Das hat er gut hinbekommen, nicht wahr?«

Lächelnd faltete die alte Dame die Hände im Schoß. »Ja. Cash gibt immer sein Bestes. Deshalb war ich mir sicher, dass ich ihm diese Bilder anvertrauen konnte. Ich weiß, dass ich mich auf ihn verlassen kann. Er würde mich nie im Stich lassen.«

Ein sinkendes Gefühl breitete sich in seiner Magengrube aus. Er sah sie an und fragte sich, wie sie so etwas behaupten konnte. Er hatte sie aus dem Feuer geholt, doch statt auch ihren Mann zu retten, war er mit leeren Händen zurückgekehrt.

»Ja, auf ihn ist Verlass«, pflichtete Siena ihr bei.

Grundgütiger.

Vetta legte ihre andere Hand auf Sienas. »Wissen Sie, Siena, ich glaube, alles im Leben geschieht aus einem bestimmten Grund.«

Siena lächelte Cash an. »Das glaube ich auch.«

Vetta betrachtete ihn mit einer Ernsthaftigkeit, die er noch nie in ihren Augen gesehen hatte. »Selbst der Tod.«

Muss das wirklich sein? Hier? Jetzt?

»Ich bin nicht sicher, ob ich das verstehe«, sagte Cash kopfschüttelnd. Am liebsten wäre er aufgesprungen und aus der Wohnung gerannt.

»Ich auch nicht.« Vetta lachte leise in sich hinein. »Aber ich bin sicher, wir werden es irgendwann verstehen. Zumindest hat Samuel das immer geglaubt.«

Samuel. Jetzt kommt's. Er holte tief Luft. Es war Zeit, dass er sich der Wahrheit stellte. Er straffte die Schultern.

»Vetta, es tut mir leid wegen Samuel, aber wie können Sie seinen Tod so akzeptieren? Mit so viel … Würde?« *Und mich nicht dafür hassen?*

»Habe ich denn eine Wahl?« Ihre Augen waren voller Mitgefühl, und als sie für einen Moment zu Boden sah und ein paarmal heftig blinzelte, war es, als würde sie um ihre Fassung ringen. Dann begegnete sie Cashs Blick und setzte sich etwas gerader auf. »Ich könnte mich innerlich davon auffressen lassen, aber Samuel hätte das nicht gewollt. Er war Kinderchirurg. Wussten Sie das?« Sie sah zu Siena und dann zu Cash, der nickte. »Er hat geholfen, Leben zu retten – wie Sie, Cash, und wie Sie war er ein guter Mann. Er hat viele, viele Kinder geheilt, aber wie bei Ihrer Arbeit lag das Schicksal derer, die sich auf ihn verlassen hatten, nicht immer in seiner Hand.«

Eine ganze Flut von Fragen schoss Cash durch den Kopf. *Hatte Samuel jemals das Gefühl gehabt, dass er ein Kind doch hätte retten können? Und wie hatte er damit leben können, ohne verrückt zu werden? Was hätte er als Arzt tun können? Seine eigenen Organe spenden? Sein eigenes Blut hergeben?* So wie Cash bei jedem Einsatz sein Leben riskierte?

»Vetta.« Seine Stimme brach, als er ihren Namen sagte, und er räusperte sich, um sie unter Kontrolle zu bekommen. »Ich … ich übernehme die Verantwortung dafür, dass ich nicht schnell genug in die Wohnung gelangt bin, und ich weiß, dass Worte nie genug sein werden, aber es tut mir wirklich leid.«

»Ich weiß, dass es Ihnen leidtut, Cash. Und Sie sollten sich nicht verantwortlich fühlen. Ich habe nach dem Brand mit Chief Weber gesprochen. Ich weiß, dass Sie mit aller Kraft darum gekämpft haben, in die Wohnung zu kommen. Siena, wissen Sie, was für ein Juwel dieser Mann ist?«

»Ich glaube schon«, antwortete sie.

Vetta ließ Sienas Hand los und stand auf. Dann nahm sie Samuels Bild von der Wand und setzte sich neben Cash.

Cash griff nach Sienas Hand, biss die Zähne zusammen und kämpfte gegen die gottverdammten Tränen in seinen Augen.

»Wie gesagt, alles passiert aus einem bestimmten Grund. Samuels Tod hat Sie zu mir geführt. Er hatte ein schwaches Herz. Wir wussten nicht, wie lange er noch leben würde, und wenn ich Sie nicht kennengelernt hätte, wäre ich allein gewesen. Wirklich allein.« Sie hielt inne, als ließe sie die Worte auf sich wirken. »Sehen Sie mich an, Cash.«

Er hob den Blick und sah nicht die Spur eines Vorwurfs in ihrer Miene. Ihm war die Kehle wie zugeschnürt.

»Chief Weber hat mir erzählt, dass Sie darum gekämpft haben, Samuel zu retten, obwohl Sie wahrscheinlich im tiefsten

Innern Ihres Herzens wussten, dass Sie niemals lebend herauskommen würden. Dafür werde ich Ihnen immer zu Dank verpflichtet sein.«

»Vetta, ich habe ihn nicht gerettet.«

»Nein, das haben Sie nicht. Aber Sie haben es versucht. Und nach allem, was mir Chief Weber erzählt hat, ging es danach in Ihrem Kopf ein bisschen durcheinander.« Mit einem Lächeln legte sie Cash das Foto in den Schoß.

Mit angespannten Muskeln und einem Gefühl der Enge in der Brust brachte er hervor: »Chief Weber hat Ihnen gesagt, dass ich nicht ganz richtig im Kopf bin?«

»Nein, Chief Weber sagte, dass Sie sich selbst nicht verzeihen können. Den Rest konnte ich mir selbst zusammenreimen.«

Wie bitte?

»Samuel hätte genauso gehandelt wie Sie. Er hat nicht viele Kinder verloren, aber wenn eines starb, machte er sich schreckliche Vorwürfe. Und es brauchte eine Menge Liebe und viel gutes Zureden und einen ganzen Berg an Zuversicht, bis er sich wieder gefangen hatte. Irgendwann begriff er, dass manche Dinge stärker waren als sein Wunsch, Menschen zu heilen, so wie manche Dinge stärker sind als Ihr Wunsch, sie zu retten.«

Cash sah Siena an, die ebenso feuchte Augen hatte wie er. »Deshalb haben Sie gesagt, dass Siena meine weiche Seite zum Vorschein bringt.« *Und damit hatten Sie verdammt recht.*

»Ich bin schon eine ganze Weile auf der Welt, und wenn ich Sie mir so ansehe, dann sehe ich ein Paar, das bereit ist, füreinander zu kämpfen. Vielleicht liege ich damit ganz falsch, eine alte Frau, die sich allerlei Unfug zusammenspinnt. Aber das Schicksal ist mächtig, und ich glaube, Samuel hatte recht. Nichts geschieht ohne Grund.«

Vierundzwanzig

Cash und Siena gingen Hand in Hand die belebte Straße entlang. Seit sie sich von Vetta verabschiedet hatten, hatte Cash kaum etwas gesagt, aber als Siena ihn fragte, ob er kurz mit ihr ins NightCaps gehen und ihren Bruder und seine Freundin kennenlernen wollte, stimmte er eifrig zu.

»So, du liebst mich also, hm?« Mit hochgezogener Braue sah Cash auf sie herab.

»Wie könnte ich anders? Sieh dich doch nur an.« Sie ließ den Blick über seinen Körper gleiten. »Mmmh, du bist hübsch anzusehen und ein ziemlich geschickter Liebhaber ...«

Mit einer schwungvollen Bewegung wirbelte er sie herum. »Ziemlich geschickt?«

Siena lachte laut auf. »Und du bist der ...«, sie hob die Stimme, »süßeste Softie, den ich kenne.«

Er drückte sie an die Außenwand des NightCaps. »He, du ruinierst meinen Ruf.«

Sie packte seinen Kragen und zog ihn so nah heran, dass sie seinen Atem auf ihren Lippen spüren konnte. »Gut. Das hält die anderen Frauen fern.« Sie küsste ihn und stieß ihn dann spielerisch weg. »Außerdem weiß ich, dass du dich darüber ärgerst, also zeig mir den Mann, der du wirklich bist, wenn wir das nächste Mal alleine sind.« Sie öffnete die Tür zur Bar. Cash griff über ihren Kopf und hielt sie offen, als sie den Raum nach Dex und Ellie absuchte und sie schließlich gemeinsam mit ihren anderen Brüdern an einem großen Tisch an der Seite sitzen sah. Sie griff nach Cashs Hand. »Komm. Ich kann es kaum erwarten, dass du sie kennenlernst. Unglaublich! Rush ist auch hier!« Als sie sich dem Tisch näherten, fiel ihr auf, dass ihre Brüder ziemlich ernst aussahen. Und sie konnte sich nicht erinnern, wann Kurt und Rush das letzte Mal auf einen Drink mitgekommen waren.

»Hi, Leute.« Sie umarmte Rush. »Ich wusste gar nicht, dass du in der Stadt bist! Wow, sonnengebräunt und das mitten im Winter! Daran werde ich mich wohl nie gewöhnen.«

»Ich verbringe ja genug Zeit auf den Pisten.« Rush umarmte sie und warf Cash einen raschen Blick zu.

»Kurt, ich bin so froh, dass du hier bist, aber ihr seht alle aus wie sieben Tage Regenwetter. Stimmt was nicht? Hab ich was nicht mitbekommen?« Ihr Telefon vibrierte: eine Nachricht von Jewel. *Mein Büro, morgen Mittag?* Sie bestätigte den Termin rasch und steckte ihr Handy dann in ihre Handtasche.

Jack stand auf, um sie zu umarmen, dann reichte er Cash die Hand. »Schön, dich wiederzusehen, Cash.«

Cash schüttelte ihm die Hand. »Jack.« Er nickte kurz.

»Das ist mein Freund, Cash.« Sie wusste, dass ihr Lächeln zu strahlend wirkte, wie bei einem kleinen Mädchen, das ihr neues Kleid vorführt, aber sie kam nicht dagegen an. Sie liebte Cash und hoffte, dass ihre Brüder ihn mögen würden. »Cash, das sind meine Brüder«, sagte sie und stellte sie vor: »Das ist Kurt, der nur ganz selten aus seiner Schriftstellerhöhle kommt. Dex und seine Freundin Ellie, Sage und seine Freundin Kate, und das ist Rush. Ich kann es immer noch nicht fassen, dass er mitten in der Rennsaison in der Stadt ist. Jack kennst du ja schon. Und das ist Jacks Verlobte, Savannah.«

Die Brüder standen auf, um Cash die Hand zu schütteln. Ellie, Kate und Savannah blieben sitzen und sagten Hallo.

»Du bist also der Feuerwehrmann«, meinte Sage mit einem Nicken. »Danke, dass du sie aus dem Schneesturm gerettet hast.«

Cash lächelte Siena an. »Das muss mein Glücksabend gewesen sein.«

Er legte Siena die Hand auf den Rücken, und obwohl er noch gar nicht gegangen war, wusste sie, dass sie ihn vermissen würde, kaum dass er sich verabschiedet hatte.

»Woher wusstest du, dass er Feuerwehrmann ist?«, fragte Siena.

Sage legte den Kopf schief.

Rush lachte. »Es gibt nicht viel, was wir nicht über dich wissen, Kleine.«

»Mom?« War ja klar. Der Nachrichtendienst der Familie Remington.

Sage schüttelte den Kopf und wies auf Savannah.

»Kann sein, dass ich etwas hab durchblicken lassen.« Savannah hob entschuldigend die Schultern.

»Es ist ja nicht so, als wollte ich ihn verstecken, aber …«

Cash half ihr aus dem Mantel, und sie legte ihm kurz die Hand auf die Brust, wünschte, er könnte bleiben, und wusste, dass er zurück auf die Wache musste.

»Ich wünschte, du könntest bleiben. Danke, dass du mitgekommen bist, um alle kennenzulernen.«

»Wir machen mal ein Treffen aus, wenn ich nicht im Dienst bin. Es war wirklich schön, euch alle zu sehen. Siena spricht viel über ihre Familie, deshalb hoffe ich, dass wir irgendwann ein bisschen Zeit miteinander verbringen können.«

Siena sah ihm nach, während sie sich neben Kurt setzte. »Ich kann kaum glauben, dass du hier bist. Gibt es einen besonderen Anlass?«

Jack knallte die *Us Daily* auf den Tisch, und plötzlich sahen alle ihre Brüder sie an, als wollten sie sagen: *Was zum Teufel hast du dir dabei gedacht?* Diesen Blick kannte sie zur Genüge, als Teenager und zu Collegezeiten hatte sie ihn oft genug gesehen. Sie atmete tief durch und verdrehte die Augen.

»Also, was ist das hier? Ein Tribunal?« Sie sah Ellie an, die mit den Schultern zuckte. »Kate?«

Sage griff nach Kates Hand. »Du darfst ihr oder Savannah nicht böse sein. Wir haben ihnen ein schreckliches Schicksal angedroht, falls sie dir etwas gesagt hätten, bevor wir dich gesehen haben.«

»Und? Wo ist das Problem?« *Abgesehen davon, dass der Typ ein Vollidiot ist, den keiner von euch gutheißen würde.*

»Tja, ich bin jedenfalls total durcheinander.« Kurt war der zurückhaltendste ihrer Brüder. Während die anderen ihre Haare etwas länger bevorzugten und immer ein bisschen zerzaust wirkten, trug Kurt sein dunkles Haar kurz und war immer makellos gekämmt. Er mochte Hemden mit Kragen lieber als T-Shirts, mit denen die anderen herumliefen, und obwohl er jeden Tag trainierte und genauso muskulös war wie Jack, Rush, Dex und Sage, hatte er nichts von einem Muskelprotz. Als Schriftsteller war er eher der intellektuelle Typ.

»Durcheinander? Und warum?«, fragte Siena. Sie wünschte, ihre Brüder würden sie nicht zur Rede stellen, obwohl sie wusste, dass sie es verdient hatte.

»Wenn Cash dein Freund ist – und wenn man nach deinem Gesichtsausdruck geht, als du ihn vorgestellt hast, bist du ziemlich angetan von ihm –, warum triffst du dich dann mit einem Höhlenmenschen wie Gunner Gibson?«

Von Kurt hätte sie am wenigsten erwartet, dass er sie ins Kreuzverhör nahm, aber schließlich war er ihr älterer Bruder. Was er sagte, hatte sie schon oft bei ihren Entscheidungen beeinflusst, auch wenn er es gar nicht darauf anlegte.

»Es ist nicht so, wie es aussieht.« *Und ich darf euch nicht die Wahrheit sagen, also lassen wir es einfach gut sein.* »Ich bin mit Cash zusammen, nicht mit Gunner.«

Rush zeigte auf das Foto. »Dieser Kuss sieht für mich aber ziemlich echt aus, Siena.«

Warum können sie nicht sehen, was Cash gesehen hat?

»Ist Cash ein netter Kerl?«, fragte Dex.

»Aber ja.«

»Dann ist er also nicht der Klugscheißer, als den du ihn hingestellt hast, als wir uns letzte Woche hier getroffen haben?«, fragte Sage.

Sie verdrehte die Augen. »Ja, er ist ein Klugscheißer, aber ich mag seine Klugscheißereien.« Sie wandte sich an Kurt. »Ich weiß, das ist kein Wort aus dem Wörterbuch, also spar dir deinen Kommentar.« Sie stützte die Ellbogen auf den Tisch und überlegte, wie sie erklären sollte, was sie selbst nicht verstand. »Cash ist ein Klugscheißer und er ist ein harter Bursche, aber er ist auch nett und großzügig und lustig …« *Und ein hinreißender Liebhaber.* »Ich mag ihn *wirklich*. Als ich letzte Woche über ihn hergezogen bin, kannte ich ihn einfach noch nicht so gut wie jetzt.«

»Und ist er romantisch? Das stand doch ganz oben auf deiner Liste«, sagte Jack.

»Romantischer als jeder andere Mann, den ich kenne. Euch eingeschlossen.« Der bloße Gedanke an seine romantischen

Gesten zauberte ein Lächeln auf Sienas Lippen.

»Okay.« Savannah beugte sich über den Tisch. »Warum ihn also vor den Kopf stoßen?«

Entnervt warf sich Siena in ihrem Stuhl zurück. »Ich will ihn nicht vor den Kopf stoßen.« Ihre Brüder tauschten einen wissenden Blick. »Gunner ist nur … er ist nichts, völlig bedeutungslos. Okay? Und Cash weiß das.«

»Und das sollen wir glauben?«, fragte Rush.

»Mir kommt's auch komisch vor«, fügte Sage hinzu.

»Und er hat nichts dagegen, dass du den Quarterback küsst, der dafür bekannt ist, dass er eine Frau nach der anderen vernascht und ständig aus irgendwelchen Stripclubs fliegt?«, fragte Jack. »Und damit du es weißt: Ich hab jede Menge dagegen, dass du dich mit einem Typen wie diesem Gunner herumtreibst.«

»Ich auch«, sagte Dex. »Und du kannst dich bei Ellie bedanken, dass ich dich nicht sofort angerufen und dir gesagt hab, was ich davon halte, als ich das Foto gesehen hab.«

Ellie strich sich eine dunkle Strähne hinters Ohr.

»Danke, Ellie«, sagte Siena leise. »Es ist ja nicht so, als könntet ihr mir vorschreiben, was ich zu tun und zu lassen habe.«

Alle ihre Brüder starrten sie finster an. »Okay, ihr könnt mir sagen, was ihr von meinen Entscheidungen haltet, und normalerweise richte ich mich danach, aber diesmal …« Sie schüttelte den Kopf. »Morgen habe ich noch ein Date mit ihm und das war's dann. Endgültig.«

»Siena.« Jacks tiefe, ernste Stimme fesselte ihre Aufmerksamkeit. Er verschränkte die Arme und die kräftigen Muskeln zuckten an seiner breiten Brust. »Dieser Gunner ist wirklich nicht dein Typ. Bisher hast du dich doch aus der

Klatschpresse herausgehalten. Machst du dir keine Sorgen um deinen Ruf?«

Und ob! Und das ist genau der Grund, weshalb ich es mache.

»Ich hasse Typen wie Gunner. Er setzt seinen gesellschaftlichen Status für die falschen Ziele ein und du bist unsere kleine Schwester. Die Vorstellung, dass er dich als Kerbe an seinem Bettpfosten hinzufügt, macht mich wirklich wütend, Siena.« Rush beugte sich mit zornig blitzenden Augen vor.

Sie war frustriert, weil sie ihnen nicht die Wahrheit sagen konnte, aber sie konnte auf keinen Fall riskieren, dass einer von ihnen in einem unbedachten Moment etwas durchblicken ließ. Savannah hatte sich als Anwältin auf die Unterhaltungsindustrie spezialisiert. Eine falsche Bemerkung von ihr konnte ungeahnte Folgen haben.

Sie hielt seinem Blick stand. »Ich bin keine Kerbe in irgendeinem Bettpfosten. Lieber Himmel, Rush. Wir haben uns in einer Buchhandlung getroffen. Ich habe nicht mit ihm geschlafen.« Sie hörte selbst, dass ihre Stimme schrill und gehässig klang, doch ihr Ärger ließ sich nicht unterdrücken. »Und ja, Jack, ich mache mir Sorgen um meinen Ruf.« *Anscheinend viel zu viel.* Sie nahm die Zeitschrift und schleuderte sie auf den Tisch zurück, voller Wut auf sich selbst, dass sie sich überhaupt auf dieses verdammte Date eingelassen hatte. Nervös fuhr sie mit den Fingern über ihre Haarspitzen und senkte den Blick. Sie schämte sich für das, was sie getan hatte. Wenn sie sich aus freien Stücken mit Gunner getroffen hätte, ohne dass sie jemand dazu gezwungen hätte, könnte sie ihren Brüdern jetzt ganz anders entgegentreten. Zu wissen, dass sie tiefer gesunken war als je zuvor, dass sie ihre eigenen Grundsätze verraten hatte, trieb ihr die Schamröte ins Gesicht.

Dex berührte ihre Hand. »Siena, du bist uns wichtig, wir

sorgen uns um dich. Deshalb sind wir hier. Hast du ein Problem, von dem wir nichts wissen? Ich meine, du wirkst immer locker und selbstsicher, aber hat dein Ego vielleicht einen Schlag abbekommen oder so? Was bringt dich dazu, dich mit diesem Typen zu verabreden?«

Sie sah die Beklommenheit in Dex' Augen und wusste, dass sie ihm nicht die Wahrheit sagen konnte, selbst wenn sie gewollt hätte. Dann würde er noch schlechter von ihr denken. Aber sie würde auch nicht lügen, sondern beschloss, die Aussage zu verweigern, und zuckte stattdessen die Achseln.

»Warum bestellen wir nicht etwas zu essen und zu trinken und lassen das Thema erst einmal ruhen? Offensichtlich ist es eine schwierige Situation für Siena, und ich an ihrer Stelle würde mich ziemlich mies fühlen, wenn ich so unter Beschuss genommen würde«, sagte Kate.

Siena lächelte Kate dankbar an.

»Mir ist bewusst, dass ich euch wichtig bin und ihr euch Sorgen um mich macht, und das weiß ich zu schätzen.« Siena sah ihre Brüder der Reihe nach an. »Alles, was ihr wissen müsst, ist, dass ich mit Cash fest zusammen bin und hoffentlich für immer sein werde, also …«

Wie auf ein Stichwort beugten sich Ellie, Kate und Savannah vor.

»Für immer?«, fragte Savannah.

»Wie in ›für immer und ewig‹?«, fragte Kate.

»Liebst du ihn?«, fragte Ellie.

Siena biss sich auf die Unterlippe, damit ihr Lächeln nicht zu breit und ihre Liebe zu Cash nicht zu offensichtlich wurden. Sie spielte mit ihren Haaren, während sie über ihre Antwort nachdachte.

»Siena?«, drängte Dex.

»Ja. Ja, ich liebe ihn wirklich«, sagte sie schließlich.

Sage, Kurt, Rush und Jack sahen einander verwirrt an.

»Du hast aber eine komische Art, deine Liebe zu zeigen«, sagte Jack. »Und wenn er der Mann ist, für den ich ihn halte, dann glaube ich nicht, dass ihr zusammenbleibt, wenn du dich noch einmal mit diesem Idioten triffst.«

Sage schüttelte den Kopf. »Schwesterherz, warum gehst du auf noch ein Date mit Gunner, wenn du Cash liebst? Weiß er, dass du ihn liebst?«

»Ja, ich hab es ihm heute Abend gesagt.« Sie konnte ihnen nicht in die Augen sehen. Ihre Brüder hatten recht, das wusste sie. Ihr Herz zog sich schmerzhaft zusammen. Siena weinte nicht oft, aber in diesem Moment wünschte sie sich verzweifelt, sie könnte einfach in Tränen ausbrechen, statt sich in Grund und Boden zu schämen.

Mit einem frustrierten Schnauben fuhr sich Jack mit der Hand durch sein dichtes dunkles Haar.

»Okay, mittlerweile verstehe ich überhaupt nichts mehr.« Savannah nahm die Zeitschrift vom Tisch. »Du hast gesagt, dass Cash dich an Jack erinnert. Und wenn ich mich mit einem anderen Mann getroffen hätte, hätte Jack ihn umgebracht und sofort mit mir Schluss gemacht.«

»Okay, wisst ihr was?« Siena stand auf. »Ich weiß, dass ihr mich liebt, und ich weiß, dass ihr das alles nicht versteht, aber ich muss jetzt gehen. Ich …« Eine Träne lief ihr über die Wange. »Ich muss los.« Sie schnappte sich ihren Mantel und stürmte aus der Bar.

Sie war keine fünf Schritte weit gekommen, als Rush sie einholte.

»Hey, Siena, warte.«

»Geh weg, Rush.« *Ich will allein sein. Nein, ich will Cash sehen. Verdammt. Ich weiß nicht, was ich will.*

»Nein, das werde ich nicht tun. Wir haben Streichhölzer gezogen und ich hab gewonnen.«

»Du meinst wohl eher, du hast *verloren*.« Sie zog die Schultern hoch und trat auf die Straße, um ein Taxi heranzuwinken.

»Nein. Ich meine *gewonnen*. Wir wollten alle mit dir reden.« Rush hielt ein Taxi an und schob sich neben Siena auf die Rückbank. »Wohin fahren wir?«

»Ich fahre nach Hause.«

Rush sah besorgt und düster aus, was Siena gar nicht an ihm kannte. Als professioneller Skifahrer und Olympiateilnehmer trainierte er tagsüber oder bestritt Wettkämpfe und vertrieb sich die Nächte damit, sich in der Stadt, in der er gerade war, mit irgendeiner Frau zu vergnügen. Rush war zweiunddreißig, und Siena bezweifelte, dass er sich je auf eine feste Beziehung einlassen würde.

»Dann komme ich mit. Hast du was zu trinken im Haus?«

Sie dachte an die Zutaten für Screaming Orgasms, die Cash ihr geschenkt hatte. »Ja, hab ich.«

»Gut. Wir werden es brauchen.«

Sie nannte dem Taxifahrer die Adresse der Feuerwache.

»Ich möchte zuerst zu Cash.«

»Okay, soll mir recht sein.« Rush schob die Hände in die Manteltaschen, lehnte den Kopf zurück und schloss die Augen.

Als sie ein paar Minuten später an der Wache ankamen, bat Siena den Fahrer zu warten. Rush stieg mit ihr aus.

»Du glaubst doch wohl nicht, dass ich im Taxi sitzen bleibe«, sagte Rush. »Ich kann meine kleine Schwester nicht alleine in eine Feuerwache voller Männer lassen. Wer weiß, wie die drauf sind.«

»Ehrlich, Rush, ich bin kein Kind mehr. Cash ist da drin. Meinst du wirklich, er würde zulassen, dass mich jemand belästigt?«, sagte sie scharf.

»Eher nicht, Schwesterherz. Aber ich bleib bei dir, ob du es willst oder nicht.«

Sie stöhnte entnervt. »Von mir aus.«

In der Wache ging sie nervös auf und ab, während sie darauf wartete, dass Cash die Treppe herunterkam. Kaum sah sie ihn, liefen ihr wieder die Tränen über die Wangen und sie warf sich in seine Arme.

»Baby, was ist los?«

In der Wärme und Geborgenheit dieser Umarmung hatte sie endlich das Gefühl, wieder Luft zu bekommen. Er drückte sie an seine mächtige Brust und flüsterte: »Was ist los? Was ist passiert?« Er hob den Kopf. »Rush?«

»Hey, Mann, da musst du sie fragen. Tut mir leid«, sagte Rush. »Ich bin nur hier, weil ich sie sicher nach Hause bringen soll.«

»Danke«, sagte Cash.

Er sah ihr in die Augen, was einen neuen Tränenschwall zur Folge hatte, und er hielt sie einfach nur fest.

»Was auch immer es ist, ich bin sicher, wir kriegen es hin«, sagte Cash schließlich.

Sie nahm sein Gesicht in beide Hände. »Weißt du, dass ich dich liebe?«, flüsterte sie.

»Na klar.«

»Nein, ich meine, weißt du es wirklich? In deinem Herzen? Oder glaubst du, ich spiele nur mit dir?« Sie musste es unbedingt wissen. Sie wollte noch so viel mehr sagen und war sich nicht sicher, ob sie es konnte.

»Natürlich nicht. Was ist los?« Er warf Rush einen Blick zu.

»Entschuldige uns einen Moment.« Er führte sie vom Eingang weg in eine Ecke und strich ihr mit dem Daumen die Tränen von den Wangen. »Baby, sag mir, was los ist.«

Siena atmete ein paarmal tief durch, bis ihre Tränen endlich versiegten. »Es tut mir leid. Eigentlich weine ich nie.«

»Das muss dir nicht leidtun. Ich bin für dich da, was immer du auch brauchst.«

»Du weißt, dass ich mich nicht mit Gunner treffen will, oder? Dass nichts davon echt ist? Und dass ich ihn morgen Abend definitiv zum letzten Mal sehe und die ganze Publicitygeschichte zu Ende bringe?«

»Dass du morgen mit ihm verabredet bist, wusste ich nicht, aber ja, alles andere weiß ich. Du hast es mir doch erzählt. Hab ich irgendwas nicht mitgekriegt?«

Sie schüttelte den Kopf. »Nein, aber meine Brüder haben mir die Hölle heißgemacht und ich fühlte mich einfach schrecklich. Ich musste einfach hören, dass du mir vertraust und dass du weißt, wie viel du mir bedeutest.«

»Ja, das weiß ich. Hast du ihnen gesagt, dass das Date nicht echt ist?«

»Nein. Ich kann nicht. Du weißt doch: Ich hätte es nicht einmal dir sagen dürfen. Aber ich konnte dich nicht derart verletzen und dich in dem Glauben lassen, dass es ein ernst gemeintes Date ist.«

»Babe, sie sind deine Brüder. Meinst du nicht, du kannst ihnen vertrauen?«

»Ich bin mir sicher, dass ich ihnen vertrauen kann, aber eine falsche Bemerkung reicht und die ganze Sache mit Gunner wäre umsonst gewesen. Sie würden nie absichtlich etwas verraten, aber es kann immer passieren, dass sie jemand auf die Fotos anspricht und sie ohne zu überlegen sagen, es sei ja gar kein echtes Date gewesen. Du weißt, wie schnell das gehen kann.« Plötzlich wurde ihr klar, dass Cash das auch passieren könnte. »Oh Gott, Cash, wie machst du es mit den Jungs hier?«

»Ich sage ihnen einfach, sie sollen die Klappe halten.«

Sie verdrehte die Augen. »Nein, im Ernst.«

»Ich sage ihnen wirklich, dass sie die Klappe halten sollen. Aber ich habe ihnen auch erzählt, dass es ein altes Foto ist und du keine Ahnung hast, wie oder warum es jetzt in den Zeitschriften erscheint.« Er küsste sie. »Siehst du? Ich komme damit klar.«

»Haben die Jungs dir geglaubt? Und was sagst du, wenn die nächsten Fotos auftauchen?« *Mist, jetzt lügst du meinetwegen auch noch.*

»Ich habe schon gesagt, dass wahrscheinlich noch mehr solcher Aufnahmen erscheinen werden und dass Gunner wahrscheinlich versucht hat, seinen schlechten Ruf ein bisschen aufzubessern oder so. Das sind meine Kumpels. Sie interessieren sich nur für die Fotos, weil sie nicht wollen, dass du mich reinlegst. Ihnen ist es völlig schnuppe, mit wem Gunner Gibson zusammen ist, und sie wissen, dass du mich nicht hintergehen wirst.« Er küsste sie. »Sieh mal, Babe, deine Brüder wollen nur auf dich aufpassen. Das gefällt mir, und es gefällt mir auch, dass Rush sichergeht, dass du wohlbehalten nach Hause kommst. Aber um mich brauchst du dir keine Sorgen zu machen. Wir müssen nur noch ein Date mit Gunner hinter uns bringen und dann gibt es nur noch dich und mich. Okay?«

»Ja, du hast recht. Tut mir leid, dass ich eine Szene gemacht hab, und es tut mir leid, dass ich überreagiert hab.« Sie wischte sich die Augen und kam sich schwach und weinerlich vor. Sie hasste dieses Gefühl.

Cash schloss sie wieder in die Arme. »Du bist auch nur ein

Mensch. Wir haben uns ja neulich darüber unterhalten. Aufrichtigkeit macht uns stark als Paar. Eifersucht, Traurigkeit, wo ist der Unterschied? Ich bin hier, wenn du mich brauchst, und ich weiß, dass du da bist, wenn ich dich brauche.«

Das Gefühl von Schwäche und Weinerlichkeit verschwand auf der Stelle, und Siena wurde klar, dass es gar keine Schwäche war, die sie empfand. Es war die Angst, Cash zu verlieren. Getragen von der Gewissheit, dass er sie liebte, fuhr sie mit Rush nach Hause.

Rush hängte seinen Mantel auf und mixte ihnen beiden einen Drink. Siena zog sich eine bequeme Jogginghose und ein Sweatshirt an, nur um seinem stillen, besorgten Blick zu entgehen. Im Schlafzimmer stand Cashs Tasche, die er vergessen hatte, als er sich für seinen Einsatz fertig machte, und bei ihrem Anblick überkam sie wieder dieses Schamgefühl. *Das ist das allerletzte Mal, dass ich für meine Arbeit meine Seele verkaufe.*

Als sie ins Wohnzimmer kam, saß Rush auf der Couch, ein Glas in der Hand, und las in den Zeitschriften, in denen die Fotos von Gunner und ihr erschienen waren.

»Also, Schwesterherz. Was ist wirklich los?« Sein braunes Haar war zerzaust, die muskulöse Brust und die mächtigen Arme passten kaum in sein T-Shirt. Er legte die Füße auf den Couchtisch und sah sie erwartungsvoll an.

Sie ließ sich neben ihm auf die Couch fallen und er reichte ihr ein Glas. »Vielleicht macht es das einfacher.«

Er legte ihr den Arm um die Schulter und sie ließ sich an ihn sinken. Siena war mit all ihren Brüdern auf unterschiedliche

Weise verbunden. Auf Rush konnte sie sich bei Meinungsverschiedenheiten und Streit immer verlassen. Schließlich kannte er so was zu Genüge aus seinen wilden Jahren, auch wenn es in den Klatschspalten schon seit einer Weile ruhig um ihn geworden war. Seufzend trank Siena einen Schluck. »Ich weiß nicht, Rush.«

»Nun, dass du dich weinend in die Arme eines Mannes stürzt, hab ich noch nie gesehen, also muss irgendwas los sein.«

»Ja, mit Cash ist definitiv etwas los.« In seinen Armen hatte sie sich sicherer gefühlt als daheim auf ihrem Sofa.

»Und mit Gunner?«

»Ist definitiv nichts los.«

Er nickte und trank einen Schluck, während sie die Beine anwinkelte.

»Du weißt, dass wir dich nicht verurteilen, oder?« Rushs Stimme klang aufrichtig, brüderlich.

»Ja, ich weiß.« *Ich verurteile mich selbst.*

»Schau mal, Siena. Du musst mir nichts sagen. Ich wollte nur nicht, dass du heute Abend allein bist. Ich bin oft genug in dieser Situation gewesen, habe Dinge getan, auf die ich ganz bestimmt nicht stolz bin, aus Gründen, die ich nicht einmal verstanden habe.«

Da war sie, die Ehrlichkeit, von der Cash sprach.

»Aber so lernen wir«, sagte er.

Rush tat immer noch Dinge, auf die er unmöglich stolz sein konnte. Oder vielleicht war er insgeheim doch stolz darauf? Wie konnte sie das wissen? Er war ein Mann und Männer waren so anders. Trotzdem sah sie ihn mit hochgezogener Augenbraue an.

Er stupste sie sanft mit der Schulter an. »Okay, sagen wir es so: Wir sollten daraus lernen. Ich versuche mich hier als vorbildlicher großer Bruder. Das Einzige, was zählt, ist, dass du mit dir im Reinen bist und nachts gut schlafen kannst. Wenn du das schaffst, wird alles gut.«

»Kannst du gut schlafen?«, fragte sie.

Er legte die Zeitschriften neben sich aufs Sofa, lehnte den Kopf zurück und schloss die Augen. »Mach es nicht so wie ich. Aber mein Rat hat trotzdem Hand und Fuß, also versuch, daraus zu lernen. Ich hab dich lieb, Schwesterchen.«

Sie kuschelte sich an ihn und zog sich die Decke über die Beine, froh, dass er bei ihr war. »Ich hab dich auch lieb, Rush.«

Das Einzige, was zählt, ist, dass du mit dir im Reinen bist und nachts gut schlafen kannst. Sie hatte nicht die geringste Chance, in der Nacht ein Auge zuzutun.

Fünfundzwanzig

Früh am nächsten Morgen verabschiedete sich Rush und versprach, bald wieder vorbeizukommen. Bis zehn hatten sich schon Dex, Sage und Jack gemeldet, die wissen wollten, ob alles okay sei. Falls sie sich jemals gefragt hatte, ob sie ihren Brüdern wichtig war – was sie nie ernsthaft bezweifelt hatte –, so hätten ihre mitfühlenden Nachrichten sie überzeugt. Jetzt hatte sie ein schlechtes Gewissen, wegen des Dates und weil sie so plötzlich aus dem NightCaps verschwunden war.

Die Nachricht von Kurt erreichte sie, als sie auf dem Weg zu Jewels Büro im Taxi saß. *Ich schreibe keine Liebesromane, also kenne ich mich mit solchen Sachen nicht so aus. Aber wenn du über den Höhlenmenschen oder über Cash reden willst, weißt du ja, wo du mich findest.* Das liebte sie an ihm. Kurt trat ihr gegenüber nie als Alphatier auf und gab freimütig zu, dass er nicht alle Antworten wusste, aber er war da, wenn sie ihn brauchte. *Danke. War schön, dich zu sehen. Tut mir leid, dass ich so früh abgehauen bin. Alles okay. XOXO,* schrieb sie zurück.

Mittags saß Siena Jewel in ihrem Büro gegenüber und grübelte über das Date mit Gunner nach. Auf der Taxifahrt war sie fest entschlossen gewesen, die ganze Sache noch irgendwie abzublasen. Jetzt hatte sie ein flaues Gefühl in der Magengegend und spürte, wie sich ihr Nacken zu einem einzigen schmerzenden Muskelknoten zusammenballte. Dass sie kaum geschlafen hatte, half nicht gerade.

»Du wolltest nicht glauben, dass das Date mit Gunner eine gute Idee war, daher wollte ich dein Gesicht sehen, wenn du diese Neuigkeit hörst.« Jewels marineblauer Bleistiftrock und die eng anliegende Jacke passten perfekt zu ihrem blonden Haar und der hellen Haut und sahen aus, als wären sie speziell für Jewel gemacht. Mit anmutigen Bewegungen ging sie zum Fenster. Dabei spielte sie mit der Perlenkette, die in genau der richtigen Länge auf dem Dekolleté auflag.

»Neuigkeiten?« Siena faltete die Hände im Schoß, um nicht mit ihren Haaren herumzuspielen.

»Die Marke Track Sports ist an uns interessiert.« Ein selbstzufriedenes Lächeln umspielte Jewels korallenrote Lippen.

»Sind sie das? Ich dachte, sie hätten Nicole Blessinger fest unter Vertrag.« Track Sports war einer der wichtigsten Kunden in der Sportbranche und in den letzten fünf Jahren war Nicole ihr »Gesicht« gewesen.

»Nics Vertrag läuft Ende des Jahres aus. Sie waren sehr an Chloe interessiert, aber ich konnte ein bisschen daran drehen …«

»Nach einem einzigen Date mit Gunner, noch dazu in einem Buchladen? Das ergibt keinen Sinn. Wie kann das sein?«

»Das war nur die Spitze des Eisbergs. Ich bin seit Monaten mit ihnen im Gespräch, aber den entscheidenden Schritt haben sie erst getan, als sie gesehen haben, dass du bereit bist, dich für die Marke und die Branche einzusetzen.« Jewel legte die Fingerspitzen auf den Schreibtisch. »Ich habe das Räderwerk geölt. Jetzt musst du dafür sorgen, dass es in Gang kommt.«

Siena wollte gerade fragen, wie sie das anstellen sollte, aber etwas sagte ihr, dass sie eigentlich schon wusste, auf was es hinauslief. Mehr Zeit mit Gunner oder einem anderen Muskelprotz, mit dem sie Jewels Meinung nach gesehen werden musste.

»Und um es in Zahlen auszudrücken: Wir reden hier von acht bis zehn Millionen für einen Fünfjahresvertrag. Und ich muss dir nicht vorrechnen, was das bedeutet.« Sie berührte Sienas Schulter und ihr Lächeln verblasste. »Du bist sechsundzwanzig. In fünf Jahren bist du mit einunddreißig bereits über das Durchschnittsalter für Models hinaus.«

Acht bis zehn Millionen. »Das ist mehr als Nic verdient. Bist du sicher?«

»Als ob ich mir jemals nicht sicher wäre, wenn es um Dollars und Cents geht.« Sie setzte sich neben Siena, die Knie geschlossen, die Beine elegant angewinkelt. »Du hast recht. Du brauchst diesen Vertrag nicht wirklich und das wissen sie bei Track Sports genauso gut wie du selbst. Aber auch du brauchst eine finanzielle Absicherung, und solch ein Vertrag wäre ein hübsches kleines Zubrot, zusätzlich zu dem, was du eh schon verdient hast.«

»Ich will nicht undankbar sein, aber ich habe jetzt schon viel mehr, als ich jemals ausgeben könnte.«

»Ja, aber was ist, wenn du den Mann fürs Leben findest und ihr beschließt, eine Familie zu gründen? Du stammst aus einer großen Familie, nicht wahr? Die finanzielle Sicherheit deiner Kinder ist dir doch sicher ein paar Dates wert, oder?«

Ihr war klar, dass Jewel nicht nur ihr Einkommen auf dem Schirm hatte, sondern auch die stattliche Summe, die sie selbst einstreichen würde, wenn der Vertrag zustande kam. Aber was sie über Kinder und Familie sagte, machte Siena nachdenklich. Was, wenn sie und Cash heirateten und Kinder hätten? Oder wenn er bei der Arbeit verletzt wurde? Bei dem bloßen Gedanken krampfte sich ihr Magen zusammen, doch es was sicherlich eine berechtigte Sorge. Und sie liebte Kinder. Wie viel Geld brauchte man, um einem Kind eine Zukunft zu sichern? Sie hatte keine Ahnung. Und was, wenn sie nicht mehr modeln wollte, wenn sie Kinder hatten? Sie wusste, dass sie weit vorausgriff, aber falls sie ihren Job als Model aufgab und Cash möglicherweise nicht mehr arbeiten konnte, müssten sie von ihren Ersparnissen leben. Würden sie auch für die Zukunft ihrer Kinder reichen? Ihr Atem ging rascher. Wie konnte es sein, dass ihr Leben plötzlich so kompliziert war?

»Ja, wahrscheinlich.« *Es ist unfassbar viel Geld.* Sie dachte an Cash und ihre Brüder. *Oh Gott. Was tue ich?*

Jewel tätschelte ihren Arm. »So sehe ich das auch. Und achte darauf, dass du dich für heute Abend groß in Schale wirfst. Wir wollen, dass ihnen der Mund offen stehen bleibt.« Sie stand auf und öffnete die Tür. Das Gespräch war beendet.

Siena dankte ihr, während ihre Gedanken wild durcheinanderwirbelten.

»Oh, und Siena? Heute Abend schließt du beim Küssen die Augen, ja?«

Siena betrachtete sich im Spiegel. Das kniefreie Kleid von Vera Wang aus schwarzer Seide war schlicht, elegant und sexy. An den herzförmigen Bögen über der Brust setzte ein hauchdünner Stoff an, der in einem klassischen Rundhalsausschnitt endete. Auch die Ärmel mit ihren breiten Seidenmanschetten waren aus diesem Stoff gefertigt. Sie machte ein Selfie und schickte es

Cash mit der Nachricht: *Ich denk an dich.*

Den ganzen Nachmittag hatte sie über ihr Gespräch mit Jewel nachgedacht und entschieden, dass sie genau wissen musste, was mit *ein paar Dates* wirklich gemeint war. Außerdem musste sie Jewel reinen Wein einschenken, was ihre Beziehung zu Cash anging. Während sie auf Cashs Antwort wartete, betrachtete sie sich erneut im Spiegel. Sie sah die Scham, die Jewel entgangen war. Sie fühlte sie bis ins Mark. Sie blickte auf ihre perfekt manikürten Nägel hinunter, die sie einer stundenlangen Verwöhnkur im Wellnesscenter um die Ecke zu verdanken hatte. Das Glück war zum Greifen nahe, und sie wusste, dass sie mit dem Feuer spielte.

Auf ihrem Handy erschien eine Nachricht von Cash. *Wie soll ich jetzt noch einen klaren Gedanken fassen? Du siehst umwerfend aus. Kannst du nicht einen Müllsack zum Dinner tragen?*

Sie lachte und musste sich ihre Antwort nicht lange überlegen. Sie wünschte, die Geschichte mit Jewel ließe sich ebenso einfach händeln wie Cashs Ego. *Zum Glück für dich wird außer dir niemand sehen, was ich darunter anhabe ... oder nicht. Liebe dich. XOXO.*

Seine Reaktion machte ihr schlechtes Gewissen nur noch schlimmer. *Liebe dich auch. Ich vertraue dir. Viel Spaß. Hast du nach meiner Schicht Zeit?*

Sie tippte gerade ihre Antwort, als es an ihrer Tür klingelte. *Klar. Bei dir? Ich bringe meine Sachen mit. OK?* Die Vorstellung, Gunner in ihre Wohnung zu lassen, war ihr derart zuwider, dass sie spontan beschloss, ihn gar nicht hereinzubitten.

»Moment«, rief sie auf dem Weg zur Tür. Das Herz schlug ihr bis zum Hals, und sie musste ein paarmal tief Luft holen, nicht wegen ihres Dates mit Gunner, sondern weil sie hoffte, dass Cash zurückschreiben würde, bevor sie die Tür öffnete. Eine Sekunde später kam seine Nachricht. *Bring genug mit, um für immer zu bleiben.*

Oh Gott. Oh Gott. Sie vollführte einen kleinen Freudentanz und schrieb: *Für immer und einen Tag. Eigentlich müsstest du mein Lächeln bis zu dir sehen können. Tut mir leid, muss los. Liebe dich. XOXO.*

Sie schaltete das Telefon aus und ging zur Tür. Mit seinem dunklen Anzug, dem perfekt gebügelten Hemd und dem Rosenstrauß in der Hand sah Gunner eher aus wie ein Filmstar als wie ein Quarterback. *Vielleicht ist er heute Abend leichter zu ertragen.* Er ließ den Blick über Sienas Körper gleiten, bevor sich seine Augen genüsslich und langsam wieder hoch zu ihrem Gesicht arbeiteten. *Vollidiot.* Siena unterdrückte den Drang, ihm die Tür vor der Nase zuzuschlagen. Und für diesen Trottel hatte sie sich schick gemacht? Ihre vage Hoffnung, dass sein nerviges Verhalten ein einmaliger Ausrutscher gewesen war, zerschlug sich. Jetzt wusste sie genau, warum ihre Brüder so besorgt waren. Nein, sie würde ihn keinen Fuß in ihr Loft setzen lassen.

»Du siehst fantastisch aus.«

Endlich sah er ihr ins Gesicht, und sie war sich sicher, dass ihm ihr Missfallen nicht entging. Wie sollte es auch? Die Muskeln unter ihren Augen pulsierten förmlich vor Abscheu. Sie versuchte nicht einmal, sich ein Lächeln abzuringen.

»Danke.« *So eine hohle Nuss!*

Er machte einen Schritt auf die Tür zu und sie verkleinerte den Spalt ein wenig. »Mein Bruder ist zu Besuch und er ist krank. Ich hole nur schnell meine Sachen und dann gehen wir.« Sie ließ die Tür weit genug offen, dass er sehen konnte, wie sie den Blumenstrauß auf den Tisch warf – und ihn absichtlich nicht in eine Vase stellte, um ihm keinen Vorwand zu geben, ihr in die Wohnung zu folgen. Sie schnappte sich Handtasche, Handy und Mantel und trat in den Flur hinaus.

Auf dem Weg zum Restaurant hielt Siena mit beiden Händen ihre Handtasche umklammert und überlegte fieberhaft, wie sie dieses Date zu einem raschen Ende bringen könnte.

»Hör mal, es tut mir leid, dass ich in der Buchhandlung die ganze Zeit auf meinem Handy herumgetippt hab.«

Sie sah zu ihm auf und war überrascht über die Aufrichtigkeit in seinen Augen. »Ist schon okay.«

»Nein, ist es nicht. Ich meine, vielleicht bei anderen Frauen, aber schließlich hängt eine Menge von diesen Dates ab.« Er fuhr sich mit der Hand über die frisch rasierten Wangen. »Es ist doch so: Ich muss mich am Riemen reißen, wenn ich meinen Vertrag behalten will, und du musst dich mit dem Besten sehen lassen, den die Sportwelt zu bieten hat, um die Verträge einzufahren, die du haben willst. Wahrscheinlich ist es keine schlechte Idee, wenn ich ein bisschen an deinem Braves-Mädchen-Image kratze.«

Fast hätte er sie mit seiner Aufrichtigkeit überzeugt, aber die Bemerkung mit dem braven Mädchen traf sie völlig unvermutet.

»Braves-Mädchen-Image?«

»Nun, ja. Das hat mein Agent gesagt, dass du dich mehr auf Partys und so blicken lassen solltest. Damit die Leute sehen, dass du auch mit einer wilderen Meute rumhängen kannst. Das Publikum beim Sport ist völlig anders als anderswo. Das genaue Gegenteil von braven Mädchen.«

Die Art, wie er sie ansah, brachte sie fast aus der Fassung.

»Na, komm schon. Sag nicht, du wusstest das nicht? Was meinst du wohl, wie du an mich geraten bist? Sie suchen sich eine Frau aus, die die Presse noch nie bei irgendwas erwischt hat, und werfen sie in die Löwengrube. Entweder wird sie bei lebendigem Leib gefressen oder sie spielt mit.«

»Was soll das heißen: ›Sie spielt mit‹?«

»Das heißt, dass sie überzeugt werden, dass du hart im Nehmen bist. Und ich ihnen zeige, dass ich mich genug zusammenreißen kann, damit die Leute denken, dass ich geläutert bin und ein neues Kapitel aufgeschlagen hab.« Er lehnte sich zurück, zog sein Handy heraus und scrollte durch seine Nachrichten.

Aha, so viel zum Thema Handy.

»So wie ich es sehe, führen wir sie alle an der Nase herum, wenn wir beide unsere Trümpfe richtig ausspielen.« Er sah sie aus dem Augenwinkel an.

Mit Jewel hatte sie noch ein Hühnchen zu rupfen. Sie hasste es, dass er nicht ganz unrecht hatte, und sie hasste es, dass er schonungslos ehrlich war, was sie widerwillig anerkannte. Aber sie hasste sich ein bisschen mehr dafür, dass sie sich überhaupt auf dieses dumme Spiel eingelassen hatte.

Als der Fahrer vor dem Restaurant vorfuhr, warteten bereits die Paparazzi.

»Sieht so aus, als hätten unsere Agenten ganze Arbeit geleistet. Okay, das Spiel beginnt.« Er stieg aus dem Auto, griff nach Sienas Hand und schenkte ihr dabei ein Lächeln, das bis zu seinen Augen reichte. Er konnte sich beinahe verstellen wie sie beim Modeln, was ziemlich beängstigend war, weil Siena dadurch klarwurde, wie leicht es ihnen fallen würde, alle hinters Licht zu führen. Dass sie beide wussten, was wirklich dahintersteckte, machte die ganze Sache ein bisschen weniger abgeschmackt.

Eineinhalb Stunden später, als er die Rechnung bezahlte,

stellte sie fest, dass es nicht so schlimm gewesen war, wie sie befürchtet hatte, wenn sie darüber hinwegsah, dass er sich ständig nach anderen Frauen umsah. Das war unhöflich, aber schließlich war er nicht wirklich ihr Date. Sie war erleichtert, dass er nicht den Eindruck erweckte, als würde er sie in Gedanken nackt ausziehen, und dass er nicht die ganze Zeit mit seinem Handy spielte und sie komplett ignorierte. Mit ihm zu Abend zu essen, war nichts anderes als ein Dinner mit einem Mann, den sie kannte, der kein Freund war und an dem sie kein romantisches Interesse hatte. Wie ein Geschäftspartner, und genau das war er ja auch.

Er beugte sich über den Tisch. Sie war sich nur zu deutlich der Tatsache bewusst, dass die Fotografen draußen darauf warteten, dass sie das Restaurant verließen.

»Bereit für den roten Teppich?«

»Klar.«

Er zog ihr nicht den Stuhl hervor, wie Cash es gemacht hätte, und bot ihr nicht einmal seinen Arm, sondern stellte sich einfach neben sie, knöpfte seine Jacke zu und reichte ihr ihren Mantel. Wie sehr sie Cash vermisste! Sie traten Seite an Seite aus der Tür, und kaum standen sie auf dem Bürgersteig, legte er ihr seine Hand auf den unteren Rücken und flüsterte: »Versuch, so auszusehen, als hättest du nur Augen für mich.«

Sie dachte an Cash und wusste, dass ihr Blick das widerspiegeln würde, was er verlangte. Sie schloss die Augen, als er sie auf die Wange küsste, bevor sie in die wartende Limousine stiegen.

Im Auto stieß er einen Seufzer aus. »Gut, dass das vorbei ist.«

»Na, herzlichen Dank. Das hast du wirklich nett gesagt.« Sie verdrehte die Augen.

»Nein, nicht der Abend mit dir. Der war tatsächlich ganz schön. Nur der Stress mit den Kameras. Wenn man immer aufpassen muss, sich keinen Fehltritt zu erlauben.« Er rieb sich die Hände an der Hose trocken. »Sag bloß nicht, dass du nicht erleichtert bist.«

»Doch, bin ich.« Sie senkte den Blick. Der Abend war nicht so gewesen, wie sie es sich vorgestellt hatte. Sicher, sie hatte sich auch nicht gerade blendend amüsiert, aber für den Vertrag mit Track Sports war es die Mühe wert.

»Du bist doch offen und ehrlich und hältst nicht mit deiner Meinung hinterm Berg. Hab ich da drinnen etwas falsch gemacht?« Er sah sie an und wieder nahm sie Aufrichtigkeit in seinen Augen wahr.

»Willst du es wirklich wissen, oder wirst du wütend, wenn ich dir die Wahrheit sage?«

»Jetzt musst du mir die Wahrheit sagen. Was habe ich getan? Ich habe dich gegoogelt und versucht, über Sachen zu reden, die dich interessieren. Und vom Sport hab ich gar nicht erst angefangen.«

»Das stimmt und das war aufmerksam von dir.« Aus dem Autofenster betrachtete sie die Lichter der Stadt und dachte daran, wie Cash ihr immer seine ganze Aufmerksamkeit schenkte, egal ob sie draußen unterwegs waren oder zu Hause saßen. Vielleicht versuchte Gunner, sich zu ändern. Vielleicht würde er eines Tages eine Frau glücklich machen. Sie konnte es sich nicht recht vorstellen, aber warum nicht? Sie war die Letzte, die sich ein Urteil erlauben durfte, nachdem sie sich auf diese Schmierenkomödie eingelassen hatte. »Okay, also: Wenn du mit einer Frau zum Abendessen verabredet bist, ist es unhöflich, sich immer wieder nach anderen Frauen umzusehen. Dann fühlt sich deine Begleiterin … ich weiß nicht. Unsicher?

Unattraktiv? Schlecht. Sie fühlt sich einfach schlecht.«

»Hab ich ... da drinnen?« Er sah sie erstaunt an, als käme ihr Vorwurf völlig unerwartet. »Lieber Himmel, mir ist nicht einmal aufgefallen, dass ich das gemacht hab.«

»Hast du aber.«

»Das ist wirklich unhöflich. Tut mir leid. Ich glaube, ich habe noch einen langen Weg vor mir.« Er zog sein Handy hervor.

»Das ist auch unhöflich. Selbst wenn wir kein echtes Date haben, ist es trotzdem unhöflich.«

Er schob es langsam wieder in die Tasche. »Okay, kapiert. Haben alle Frauen so strenge Regeln?«

»Keine Ahnung, aber ich glaube, selbstbewusste Frauen haben solche Regeln, ja. Und Frauen, die nicht besonders selbstbewusst sind? Nun, die fühlen sich nur noch schrecklicher, wenn du solche Sachen machst.«

Er rieb sich mit der Hand übers Gesicht. »Ich glaube, ich brauche Dating-Unterricht.«

Siena lachte.

»Also, hast du einen festen Freund?«

Sie spürte, wie sich ein Lächeln auf ihren Lippen ausbreitete, als sie ihn ansah. »Ja, hab ich. Einen wirklich wunderbaren Freund, den ich anbete.«

»Du betest ihn an? Ehrlich?« Er lachte leise und schüttelte den Kopf.

Sie zuckte mit den Schultern. »Eines Tages sagt das vielleicht auch jemand über dich.«

Der Fahrer blieb vor Sienas Haus stehen.

»Dein Bruder ist nicht krank, oder?«

Sie zögerte.

Er schüttelte den Kopf. »Ist okay, ich hatte es mir schon

gedacht.«

»Weißt du, du hast mich so eingehend gemustert, dass ich mich richtig nackt gefühlt habe.« Sie öffnete die Tür und stieg aus dem Auto. »Ich bin froh, dass ich dich ein bisschen besser kennengelernt hab. Schönen Abend noch, Gunner.«

Er nickte breit lächelnd. Siena dachte, er würde zum Schluss noch eine anzügliche Bemerkung loslassen, und wollte gerade die Tür zuwerfen, als er die Hand ausstreckte und sie innehalten ließ.

»Danke, dass du so schonungslos ehrlich bist. Das begegnet uns nicht so oft, oder?«

Bei Cash schon. »Du hast mich ja darum gebeten.«

»Stimmt. Künftig werde ich meine Augen bei mir behalten, mein Handy ausschalten und ...«

»Und deiner Begleiterin die Türen aufhalten. Das hilft. Gute Nacht, Gunner.«

Sechsundzwanzig

Am nächsten Morgen packte Siena eine Tasche für die kommenden Tage. Während sie Kleider, Shampoo, Föhn, Make-up, Körperlotionen und andere persönliche Dinge zusammensuchte, überlegte sie, ob sie und Cash irgendwann einfach eine komplette Ausstattung in der Wohnung des jeweils anderen aufbewahren würden. Sie betrachtete die Zahnbürste in ihrer Hand und fragte sich, wie es sich anfühlen würde, wenn seine neben ihrer hing. Wie es wäre, jeden Morgen sein Duftwasser auf der Kommode zu sehen oder sein Aftershave im Badezimmer zu riechen. Diesem wunderbaren Gedanken folgte ein Hitzeschwall, als sie sich Cashs Körper vorstellte und sich daran erinnerte, wie er ihre Hüften packte, wenn sie sich liebten. *Lieber Himmel, ich werde noch zur Nymphomanin.*

Sie verdrängte die lüsternen Gedanken, sah sich um, ob sie auch nichts vergessen hatte, und öffnete die Tür. Im Flur lag das Päckchen, das ihre Mutter ihr versprochen hatte und das offenbar geliefert worden war, während sie unter der Dusche stand. An die Fotos hatte Siena schon gar nicht mehr gedacht. Sie kehrte in die Wohnung zurück, holte die Seiten für das Fotoalbum und ging schließlich nach unten, um ein Taxi zu rufen. Auf dem Weg zu Cash dachte sie erneut über das

Gespräch mit Jewel nach. Sie hatte immer noch keine Ahnung, was sie tun sollte, aber nach ihrem aufschlussreichen Date mit Gunner war die Vorstellung, gelegentlich ein oder zwei Stunden mit ihm zu verbringen, nicht mehr so abschreckend. Was ihr allerdings Sorgen bereitete, war die Tatsache, dass Jewel offenbar einen guten Teil der Geschichte weggelassen hatte. *Ist doch egal, wenn ich als Miss Saubermann gelte.* Sie arbeitete hart daran, jemand zu sein, auf den sie stolz sein konnte. Jemand, auf den ihr Vater stolz sein konnte.

Und das habe ich im Handumdrehen kaputtgemacht.

Nein, ich habe es nicht kaputtgemacht.

Als sie an die Mienen ihrer Brüder dachte, kamen ihr jedoch arge Zweifel, ob sie die Situation wirklich richtig einschätzte. Sie musste mit Cash darüber reden, soviel war klar. Dies war keine Entscheidung, die sie alleine treffen konnte, wenn er ein Teil ihres Lebens sein sollte.

Die ganze Nacht über war Cash das Bild von Siena in diesem sexy schwarzen Kleid nicht aus dem Kopf gegangen. Was sie wohl darunter anhatte – oder auch nicht? Mit ihren frechen Kommentaren und Anspielungen traf sie jeden Nerv in seinem Körper. Gott, er liebte sie. Als er nach seiner Schicht nach Hause kam, duschte er, dann räumte er eine Schublade im Schlafzimmer aus, machte in seinem Kleiderschrank Platz für alles, was sie aufhängen wollte, und leerte ein Fach im Schrank unter dem Waschbecken. Und mit jedem Zentimeter, den er freiräumte, wuchs seine freudige Erwartung. Vielleicht griff er zu weit vor, aber seinem Herzen, das wild in seiner Brust pochte, war das egal. Er wollte sich einfach vorstellen, wie er jeden Morgen neben ihr aufwachte und abends zu ihr nach Hause kam, wie er das Wohnzimmer betrat, wo sie es sich in Jogginghose und einem seiner viel zu großen T-Shirts unter einer Decke gemütlich gemacht hatte. Es war fast zu schön, darauf zu hoffen.

Er ließ die Jalousien im Wohnzimmer und Schlafzimmer herunter und zündete ein paar Kerzen an. Dann schaltete er die Stereoanlage ein und ging nervös auf und ab. Er hatte nur seine Schutzhose an – und vielleicht griff er auch in diesem Punkt zu weit vor. Möglicherweise hatte sie etwas ganz anderes für den Vormittag geplant, aber er sehnte sich danach, ihr nahe zu sein. Endlich hatten sie die Sache mit Gunner hinter sich gebracht und das war für ihn Anlass genug für eine Feier nur für sie beide.

Als es an der Tür klopfte, spannte sich jeder Muskel in seinem Körper an. Ob er ihre Neckereien völlig falsch eingeschätzt hatte? *Mist.* Er sah sich in der Wohnung um und überlegte, ob er die Kerzen löschen sollte. Sie klopfte erneut.

Ach, verdammt.

Er öffnete die Tür und Sienas Augen weiteten sich. Im nächsten Atemzug hatte sie ihre Tasche fallen gelassen, ihren Mantel ausgezogen und war in seine Arme gesprungen. Sie fuhr mit ihren Händen durch seine Haare und küsste seine Lippen, seine Wangen, sein Kinn.

»Oh mein Gott. Wir sind so synchron.« Sie küsste ihn erneut. »Es ist verrückt.«

Ohne Siena loszulassen, kickte er ihre Tasche in die Wohnung und warf die Tür zu. Er küsste sie mit der Hitze der Leidenschaft, die sich in den letzten Stunden aufgebaut hatte.

»Ich habe dich vermisst.« Er küsste sie erneut. »Du hast so

heiß ausgesehen in diesem Kleid.« Er vergrub seine Nase an ihrem Hals und saugte an der Stelle unter ihrem Ohr, was ein Stöhnen der Lust auf ihre Lippen zauberte.

»Hast du die Stiefel für mich mitgebracht?« Sie sah in seine Augen, und er entdeckte die kokette kleine Wildkatze in ihr, die seine geheimsten Wünsche erriet.

»Oh Baby. Ich hab deine Stiefel mitgebracht, aber sobald du diese Sachen ausgezogen hast, kann ich nicht versprechen, dass ich warte, bis du sie angezogen hast.« Er nahm sie in einem weiteren gierigen Kuss.

»Ich dachte, du bist der Herr der Flammen.« Als sie sich mit der Zunge über die Unterlippe fuhr, unterdrückte er ein Stöhnen.

Sie wand sich aus seinen Armen und begann, ihre Bluse aufzuknöpfen. »Wo sind sie?«

»Meinst du das ernst?«

»Und ob!« Sie warf die Bluse auf den Boden. »Aber wenn du dich nicht beeilst, bin ich vielleicht diejenige, die nicht mehr warten kann.« Mit einer geschickten Bewegung streifte sie ihre Jeans ab.

Allmächtiger! Sie stand vor ihm, in nichts als einem winzigen blauen String und einem dieser sagenhaften BHs, die kaum ihre Brustwarzen bedeckten, geschweige denn den Rest ihrer köstlichen Brüste. Er trat auf sie zu, hart und bereit. Sie verschränkte die Arme und sah sich suchend um.

»Die Stiefel?«

»Du bringst mich um.«

Sie blickte sich um. »Du hast Kerzen angezündet.«

»Ja.« Sein keuchender Atem verriet die Wirkung, die sie auf ihn hatte. Er trat einen Schritt näher und sie schluckte schwer und leckte sich dann die Lippen.

»Die Stiefel«, flüsterte sie, als er zuerst eine Hüfte und dann die andere packte. »Die St-Stiefel.«

Er senkte den Mund auf ihre Schulter und fuhr mit den Zähnen an ihrem Hals entlang. Seine Hand glitt über ihre Seite, sein Daumen streifte die Unterseite ihrer Brust.

»Stiefel«, flüsterte sie in einem langen Atemzug.

»An der Schlafzimmertür«, erwiderte er im Flüsterton, während er eines der BH-Körbchen herunterschob und eine harte Brustwarze zum Vorschein kam, die er mit Daumen und Zeigefinger rieb und drückte, bevor er sie in den Mund nahm und ihre Brust mit sanften Zungenschlägen und sanftem Saugen verwöhnte. Mit der anderen Hand glitt er von ihrer Hüfte zwischen ihre Schenkel und reizte sie durch den seidigen Stoff.

»Cash«, flüsterte sie.

»Viel besser als die Stiefel«, sagte er und widmete sich ihrer anderen Brust. Er fuhr mit dem Finger unter den Stoff und konnte ein Stöhnen nicht unterdrücken. Sie war so nass, dass er sie einfach schmecken musste. Er sah ihr in die Augen, als er sie gegen die Tür lehnte.

»Beweg dich nicht.« Es klang wie ein Befehl, aber verdammt, er meinte es auch ernst. Er holte die Stiefel, stellte ihre Füße hinein und ließ seinen Blick über ihren Körper wandern. In seinen Stiefeln sah sie noch unwiderstehlicher aus, und er spürte, wie er noch härter wurde.

Sie grinste.

»Ich hätte es nicht für möglich gehalten, aber du bist gerade zehnmal verführerischer geworden.« Mit seinem Körper hielt er sie an der Tür gefangen, küsste sie fordernd und fing hungrig jeden ihrer Atemzüge auf, während seine Hände ihre Hüften streichelten. Er liebte ihre Hüften. Zum Teufel, er liebte jeden Teil ihres Körpers bis hinunter zu ihren Zehen. Am liebsten wäre er auf der Stelle in sie eingedrungen, doch er hielt sich mit Mühe zurück. Stattdessen sah er ihr in die Augen, während er mit den Füßen ihre Beine spreizte. Sie schnappte nach Luft, als er ihr einen weiteren hitzigen Befehl gab. »Halt still.« Er drückte beide Hände auf ihre Brust und spürte ihr Herz, das ebenso wild pochte wie seins. Ohne sie aus den Augen zu lassen, ließ er seine Hände über ihren Körper gleiten. Mit gespreizten Fingern zog er eine Spur über den Spitzenstoff ihres BHs, und der Drang in ihm, sie mit seiner Hitze zu füllen, wurde nur noch stärker. Dann waren seine Hände auf ihren Rippen, die sich mit jedem keuchenden, berauschenden Atemzug hoben und senkten. Wieder saugte sie scharf die Luft ein und er nahm ihren Mund mit seinen Lippen gefangen, liebte, leckte, schmeckte sie. Er konnte nicht genug von ihr bekommen. Als sich seine Hände um ihre Hüften wölbten, packte er fest zu. Er wusste, dass ihr das gefiel. Sie versuchte, sich an ihn zu drängen, doch er presste sie unerbittlich an die Tür, die Beine von seinen bloßen Füßen gespreizt. Er leckte ihre Unterlippe und sie wimmerte an seiner Zunge.

»Beweg dich nicht«, sagte er erneut. Die Schroffheit seiner eigenen Stimme spornte ihn noch mehr an, als er sich Kuss für Kuss bis zu ihrem Bauchnabel vorarbeitete, ihn mit der Zunge umschmeichelte, um sie dann einzutauchen. Siena schrie auf, ein betörender Laut voller Lust. Er senkte den Mund auf die Innenseite ihres Oberschenkels, glitt mit der Zunge hoch bis zu ihrem String und machte dann auf der anderen Seite weiter. Er spürte, wie sich ihre Muskeln anspannten und ihre Hüften unter seinem Griff zitterten.

»Cash, bitte.«

Seine Zunge tastete sich am Rand ihres Strings entlang, saugte dann an der empfindlichen Haut, bis sie die Zehen krümmte und sich ihre Finger in seine Schultern bohrten.

»Oh Gott … nicht … fair.«

Mit den Zähnen zupfte er den Stoff beiseite, bis seine Zunge sie fand. So geschwollen und feucht.

»Oh Gott«, rief sie.

Wimmernd krallte sie die Hände in sein Haar.

»Du bist so süß«, flüsterte er und streichelte sie durch den Stoff hindurch. »Wie viel liegt dir an diesem Höschen?«

Verwirrt sah sie ihn an. Im nächsten Atemzug hatte er den kleinen Stofffetzen zerrissen, sodass er zu Boden fiel. Siena keuchte auf, als seine Zunge ihr betörendes Spiel fortsetzte und die empfindliche Stelle reizte, die sie wieder die Zehen zusammenkrümmen ließ. Mit einer Hand drückte er sie gegen die Tür, während die Finger der anderen Hand in ihre Mitte tauchten und sie geradewegs auf den Gipfel der Leidenschaft trieben. Ein Schauder durchfuhr ihren ganzen Körper. Ohne seine Finger zurückzuziehen, richtete er sich auf, packte eines ihrer Handgelenke und drückte es über ihrem Kopf an die Tür.

»Die andere Hand«, keuchte er. »Nach oben.«

Sie hob die Hand, er packte beide Handgelenke mit einer Hand, drückte seine Brust an ihre und nahm sie in einem dringenden Kuss, während er sie unten neckte. Sie drängte sich an seine Hand und stöhnte in seinen Mund.

»Zu viel?«, fragte er und suchte in ihren Augen nach der Antwort, doch sie schüttelte nur den Kopf, die Lippen leicht geöffnet, während sich ihre Brüste mit jedem Atemzug hoben und senkten.

»Mehr«, flüsterte sie.

»Himmel, ich liebe dich.« Seine Lippen hielten ihre gefangen, seine harte Länge war an ihre Hüfte gedrückt und seine Finger stießen immer schneller in ihre Mitte. Sekunden später spürte er, wie sich ihr Körper um seine Finger spannte, und sie schnappte nach Luft und stahl die Luft aus seinen Lungen. Die Hüften gegen seine gewölbt, raste sie auf den Höhepunkt zu. Ihr Herz schlug wie wild, als winzige Nachbeben sie durchzuckten.

»Mehr.« Sie kniff die Augen zusammen. Eine Herausforderung.

Er zog eine Augenbraue hoch, als er seine Schutzhose abstreifte. Mit einer geschickten Bewegung warf er sich Siena über die Schulter und trug sie ins Schlafzimmer, wo er sie auf dem Bett absetzte. Lachend kniete sie sich hin und stützte sich mit den Händen auf die Matratze. Das Haar fiel ihr über Schultern und Rücken, die Augen hatte sie halb geschlossen, voller Lust und sündiger Verführung. Zögernd sah Cash sie an, er war sich nicht sicher, was sie wirklich wollte.

»Komm her«, sagte sie.

Er folgte seinem Herzen, trat zum Bett und stellte sich hinter sie. Ihr schöner Hintern war einladend in die Höhe gereckt, ihr Geschlecht bereit, abwartend. Er wollte sie umdrehen, doch sie warf ihm über die Schulter einen verführerischen Blick zu und schüttelte den Kopf. *Grundgütiger.* Atemlos legte er seine Hand an ihre Mitte, während ihm alle möglichen schmutzigen Gedanken durch den Kopf gingen, doch er liebte sie zu sehr und wollte ihr auf keinen Fall wehtun. Er führte die Spitze seiner harten Länge zu ihrer Mitte und sie drängte ihm ihren Hintern entgegen, nahm ihn auf und bewegte sich dann langsam und zielstrebig vor und zurück.

»Fass mich an«, flüsterte sie.

Mit einer Hand umfasste er ihre Brust, mit der anderen streichelte er ihre empfindlichen Falten, als sie sich in seinen Schoß lehnte und er sie neckte, packte und immer wieder in ihre feuchte Hitze stieß. Seine Stöße wurden heftiger, Flammen ergriffen seine Schenkel und mit jedem Stoß spannten sich seine Muskeln mehr an. Mit den Zähnen berührte er ihre Schulter, streifte ihre Haut und entlockte ihr ein bedürftiges Stöhnen.

»Oh, Cash, mehr. Ich will mehr von dir.«

Von purer, ungebändigter Lust getrieben brachte er sie erneut auf Hände und Knie. Sie krallte die Hände ins Laken, ihr Innerstes zog sich um ihn zusammen, als er ihre Hüften mit beiden Händen packte, um noch härter zustoßen zu können.

Sie schrie auf und er hielt inne.

»Tu ich dir weh?«

»Nein, nein. Nein, hör nicht auf.«

Großer Gott. Im selben Moment, als sich ihr Geschlecht fest um ihn schloss und sie seinen Namen rief, spürte er die eigene verheißungsvolle Spannung in sich hochkochen. Mit jedem Stoß füllte er sie mit seiner Liebe, während sie von der Woge ihrer Erlösung mitgerissen wurde. Schließlich lehnte er schwer atmend seine Wange an ihren Rücken und spürte ihren Herzschlag durch die Rippen. Er bedeckte ihre Schultern mit sanften Küssen und ließ sich dann auf die Matratze sinken, immer noch tief in ihr vergraben.

Er schlang die Arme um sie und küsste ihr Gesicht. »Geht's dir gut?«

»Mmm. Besser als gut.«

»War ich zu grob?« Es würde ihn schier umbringen, wenn er ihr wehgetan hätte.

»Nein, du warst perfekt.« Sie wandte sich zu ihm um. »War ich zu wild?«

Die Art, wie sie sich auf die Unterlippe biss, stahl ihm sein Herz. Er küsste sie auf die Stirn. »Nein, Baby. Wenn du von der Liebe getrieben wirst, ist nichts zu wild.«

Siebenundzwanzig

Am Nachmittag kuschelten Cash und Siena auf der Couch und sahen sich gerade das Ende von *Million Dollar Baby* an, als Sienas Handy klingelte. Sie stand auf und suchte danach. »Weißt du, wo meine Handtasche gelandet ist?«

»Babe, ich kann mich kaum erinnern, die Tür hinter dir zugemacht zu haben.« Cash folgte dem Klingeln bis zu Sienas Reisetasche auf dem Boden neben der Tür. Darunter lag ihre Handtasche. Er gab ihr das Handy und trug ihre Tasche ins Schlafzimmer.

»Hallo, Mom.«

»Hi, Schatz. Wie geht es dir?«

»Gut, warum?«

»Ich habe neue Fotos von Gunner und dir gesehen …«

»Ja, das werden dann die letzten sein.« Jewel hatte von ein *paar Dates* gesprochen. Sie hatte keine Ahnung, warum sie ihrer Mutter sagte, dass keine weiteren Fotos folgen würden. Wahrscheinlich war es reines Wunschdenken.

»Ah, dann ist ja gut. Triffst du dich noch mit Cash? Hat er die Bilder gesehen?«

Siena ging ins Schlafzimmer, wo Cash ihre Sachen in eine Schublade räumte. »Danke«, formte sie mit den Lippen. »Ja, mit

Cash treffe ich mich immer noch, aber selbst ich habe sie noch nicht gesehen.«

Cash sah sie stirnrunzelnd an.

Sie hielt einen Finger hoch und ging zurück ins Wohnzimmer. Sie wusste, dass sie das Unvermeidliche nur hinauszögerte.

»Nun, ein Bild sieht nach einem sehr romantischen Dinner aus und auf dem anderen kommt ihr gerade aus dem Restaurant und wirkt wie das perfekte Paar. Es gibt noch ein paar andere Aufnahmen, aber darauf ist nichts Besonderes zu sehen.«

»Prima, Mom. Ich schau sie mir mal an.« Sie ließ sich seufzend auf die Couch fallen. Bis jetzt war ihr gemeinsamer Tag so schön gewesen. Sie hatten sich geliebt, zu Mittag gegessen und gekuschelt, während sie sich den Film ansahen. Der Gedanke, mit Jewels geforderten paar Dates möglicherweise den Abend zu verderben, war schrecklich, aber es musste sein.

»Siena, bist du sicher, dass es dir gut geht?«

»Ja, und ich bin sicher, du weißt, dass Jack und die anderen sich gestern Abend zusammengerottet und mir die Meinung gesagt haben, oder?« Sie lehnte sich tief ausatmend zurück.

»Ja, ich kann mir vorstellen, dass es sich so angefühlt hat, aber sie machen sich doch nur Sorgen um dich.«

»Ich mache mir auch Sorgen um mich, also haben wir das wohl alle gemeinsam.«

»Oh. Äh. Tja …«

»Mach dir keine Gedanken, Mom. Mir geht es gut.« Sie beugte sich vor und fragte leise: »Hat Dad die Bilder gesehen?«

»Dein Vater liest diese Zeitschriften nicht.«

»Gut. Okay. Danke, Mom. Ich bin bei Cash, also mach ich jetzt lieber Schluss. Hab dich lieb, Mom. Danke für den Anruf.«

»Ich hab dich auch lieb, Siena. Und, Schatz?«

»Ja?«

»Ich würde dir niemals sagen, wie du dein Leben leben sollst, aber sei dir selbst treu, okay?«

In Sienas Brust krampfte sich alles zusammen. »Ja, okay, Mom.«

Nachdem sie den Anruf beendet hatte, straffte sie die Schultern und ging, um mit Cash zu sprechen. Er war im Badezimmer und stellte ihre Toilettenartikel in den Schrank unter dem Waschbecken.

»Ich hoffe, es macht dir nichts aus. Ich dachte, wir könnten uns hier mal einrichten.«

Sie lehnte sich gegen den Türrahmen und sah ihm zu. Was hatte sie doch für ein Glück! »Du hast hier und in deinem Schlafzimmer Platz für mich gemacht?«

»Ich habe in meinem Leben Platz für dich gemacht.« Er tätschelte ihre Hüfte, als er an ihr vorbei ins Wohnzimmer ging. »Es gibt da ein paar Dinge, die ich über dich wissen muss.«

Sie folgte ihm. »Und ein paar Dinge, über die wir reden müssen.«

Siena ließ sich wieder auf dem Sofa nieder, während sich Cash mit den Händen auf den Knien vor sie auf den Couchtisch setzte.

»Ich zuerst. Ich habe festgestellt, dass ich einige wichtige Dinge über dich nicht weiß. Wie zum Beispiel deinen Lieblingskaffee und welche Snacks du für zwischendurch am liebsten magst. Was deine Lieblings-Bodylotion ist, habe ich gerade herausgefunden. Irgendwelche speziellen Seifen, die du gerne benutzt? Und was isst du zum Frühstück?« Er fuhr mit den Händen über ihre Beine, beugte sich vor und küsste sie auf den Mund.

»French Vanilla. Karotten und Heidelbeeren. Ähm … Seifen? Meine Güte, mein heimlicher Favorit ist eine

Allerweltsmarke, aber die Maskenbildner haben es lieber, wenn ich dieses andere teure Zeug nehme. Zum Frühstück? Obst, denke ich. Ein Croissant, wenn ich sündigen will, und gekochtes Eiweiß, wenn ich ausgehungert bin. Und wie ist es bei dir?«

»Schwarzer Kaffee und Müsli. Ich bin ein Mann, also sind Lotionen und Seifen nicht wirklich mein Ding.«

»Ich finde es toll, dass du mich nach diesen Dingen fragst.«

»Ich habe noch viel mehr Fragen, aber ich weiß schon, dass du lieber Salat als Fleisch isst und lieber Seide als Baumwolle trägst.« Er trat näher, und sie spürte, wie all die richtigen Stellen plötzlich wieder hellwach waren. »Wenn wir uns geliebt haben, kuschelst du gerne. Und wenn ich dich hier küsse …«, mit seiner rauen Hand berührte er die Haut unter ihrem Ohrläppchen und Siena hielt den Atem an, »dann lässt es deinen ganzen Körper erzittern.«

»Alles … was du tust, lässt meinen ganzen Körper zittern.« Am liebsten hätte sie ihn an sich gezogen und mit ihm rumgemacht wie ein Teenager. Es wäre so einfach, sich in ihm zu verlieren, statt sich der Situation mit Gunner zu stellen, aber sie war kein Feigling und sie liebte Cash zu sehr, um ihm etwas zu verschweigen.

Er schob ihr eine Haarsträhne hinters Ohr und rieb sich den Nacken. »Tja, meine süße Siena, dasselbe könnte ich von dir sagen.«

»Cash.«

»Deine Stimme klingt ernst. Warum habe ich das Gefühl, dass das nichts mit unserem Lieblings-irgendwas zu tun hat?«

»Weil es nicht so ist. Ich habe mit Jewel gesprochen und …«

Er setzte sich auf und hob abwehrend die Hände. »Warte. Wenn das mit Gunner zu tun hat, lass mich eins sagen.« Unter der Zeitung auf dem Beistelltisch neben der Couch holte er drei Klatschblätter hervor und warf sie Siena in den Schoß. »Die Bilder von heute.«

Mist. »Du hast sie schon gesehen? Ich nicht.«

Er zuckte mit den Schultern. »Die hab ich auf dem Nachhauseweg gekauft. Es ist immer besser, vorbereitet zu sein.« Er legte seine Hand auf ihre. »Es ist okay, Baby. Ich habe sie gesehen und nichts hat sich geändert. Aber ehrlich gesagt bin ich froh, dass wir mit diesem Mist durch sind. Ich lasse mich nicht leicht verunsichern, aber die hier«, er tippte auf die Zeitschriften, »die waren hart. Besonders das Bild, als ihr aus dem Restaurant kommt.« Er stieß einen anerkennenden Pfiff aus. »Dein Gesichtsausdruck ... nicht gut für mein Ego. Aber nachdem ich ungefähr eine Viertelstunde darüber gebrütet und dann angefangen hab, Platz für deine Sachen zu schaffen, war ich drüber hinweg.«

Sie sah auf die Zeitschriften hinunter.

»Seite zwei.« Cash blätterte die Seite um und zeigte auf das Foto von Gunner und Siena, die gerade das Restaurant verließen. Sie sah aus wie eine verliebte Frau mit verträumtem Blick, die Gunner etwas ins Ohr flüstert.

»Er sagte, ich sollte versuchen, so auszusehen, als hätte ich nur Augen für ihn. Also hab ich an dich gedacht.« Sie fuhr mit dem Finger über ihr Bild. »Es hat funktioniert, meinst du nicht?«

»Das ergibt Sinn.« Er setzte sich neben sie auf das Sofa und legte seinen Arm um ihre Schulter. »Und jetzt erzähl mal, was Jewel zu sagen hatte.«

Sie lehnte sich an ihn, fühlte seine Stärke, und als er sie an sich zog, spürte sie seine Liebe. »Sie sagte, Track Sports zeigt Interesse an mir. Sie überlegen, mir einen Fünfjahresvertrag anzubieten.«

»Das ist gut, oder? War das nicht das Ziel der ganzen Aktion?«

»Ja, es ist, als wäre ein Traum in Erfüllung gegangen, aber sie deutete auch an, dass ich mich weiter mit Gunner treffen müsste.« Sie griff nach seiner Hand, doch Cash zog seine Hand zurück und rieb sich den Unterarm. »Cash?«

Er stützte die Ellbogen auf die Schenkel und rieb die Hände aneinander, ohne ein Wort zu sagen und ohne sie anzusehen. Siena legte ihm die Hand auf den Rücken und fühlte, wie er unter ihrer Berührung zusammenzuckte.

»Cash? Sprich mit mir.«

Er wandte den Kopf und begegnete ihrem Blick. Ihr wurde mit einem Mal ganz kalt.

»Denkst du ernsthaft darüber nach?«

»Nein. Ja. Ich weiß es nicht.« Sie zupfte an ihren Haarspitzen. »Ich bin ziemlich durcheinander. Die Rede ist von einem Fünfjahresvertrag und einer Menge Geld.«

Mit verschränkten Armen lehnte er sich zurück. Sie beobachtete, wie seine Muskeln zuckten und die Ader an seinem Hals pochte. »Und?«

»Und? Ich versuche herauszufinden, was ich tun soll. Ich meine, du weißt, dass ich dich liebe. Gunner weiß, dass ich dich liebe.«

Für einen Moment schloss Cash die Augen, dann stützte er wieder die Ellbogen auf die Schenkel und seufzte. »Ich dachte, wir hätten das alles besprochen.«

»Haben wir auch, aber jetzt hat sich die Situation verändert. Ich meine, ich habe Gunner von dir erzählt. Und er ist nicht einfach nur ein muskelbepackter Hohlkopf. Diesmal war es besser. Netter.«

»Diesmal war es besser? Siena, ich verstehe nicht, was du meinst.«

»Jewel hat gesagt, sie bieten einen wirklich lukrativen Vertrag.«

»Also geht es um Geld?«

Sie hörte den Zorn, der sich in seine Stimme schlich, sah, wie er die Kiefer zusammenpresste, und spürte dann, wie sich in ihrem Magen alles zusammenzog, als ihr klar wurde, dass es tatsächlich auch um Geld ging. »Ich werde das Gesicht von Track Sports sein. Das ist riesig.«

»Brauchst du das Geld?«, fragte er mit ernster Miene.

»Nein, aber –«

»Ist das der Vertrag, von dem du immer geträumt hast? Der Vertrag, der eine ganz neue Dimension in deiner Karriere bedeutet?«

»Nicht wirklich, aber er bietet Sicherheit.«

»Und eine Herabwürdigung unserer Beziehung. Ich weiß nicht, was du verdienst, und ich will es auch gar nicht wissen, aber was ist dir unsere Beziehung wert?«

Siena konnte kaum atmen, geschweige denn nachdenken.

»Was bieten sie dir? Eine halbe Million?«

Sie schüttelte den Kopf. »Noch gibt es kein konkretes Angebot, aber die Rede ist von zwanzigmal so viel.«

Cash ließ stöhnend den Kopf in die Hände sinken. »Mist. Das ist mehr Geld, als meine Kumpels und ich zusammen in unserem gesamten Berufsleben verdienen.«

Er sah Siena an und legte ihr die Hand auf die Wange. Sie bedeckte seine Hand mit ihrer, während sich seine Augen mit Traurigkeit füllten.

»Baby, ich liebe dich.«

Seine Hand zitterte. »Ich liebe dich auch.«

Er senkte den Blick. »Aber ich kann nicht zwischen dir und einer solchen Gelegenheit stehen.«

»Danke, aber ich habe noch gar keine Entscheidung getroffen. Ich wollte nur mit dir darüber reden.«

»Siena«, sagte er, ohne sie anzusehen, »ich liebe dich zu sehr, als dass ich der Typ im Hintergrund sein könnte.«

»Was willst du damit sagen?« Sie umklammerte seinen Arm. Er schüttelte den Kopf.

»Cash?« Tränen stiegen ihr in die Augen, ihr Atem ging stoßweise. »Cash … du …« Das Schweigen zwischen ihnen wurde nur von ihren mühsamen Atemzügen unterbrochen.

»Ich habe gesagt, dass ich mich nie in deinen Beruf einmischen würde, und ich werde dich nicht vor die Wahl stellen. Lieber Himmel, wie solltest du eine solche Wahl auch treffen?« Er legte ihr die Hand auf den Oberschenkel. »Dir bietet sich die Chance deines Lebens. Und der Preis? Ein paar Verabredungen mit einem Typen? Klingt doch harmlos.«

Trotz ihrer Tränen musste Siena lachen. »Ja, tut es.«

»Aber leider bin ich ziemlich eifersüchtig. Man merkt es vielleicht nicht gleich, aber als wir gesagt haben, dass unsere Beziehung exklusiv ist, habe ich das ernst genommen.«

»Ich habe es auch ernst genommen. Ich nehme es ernst.« Siena griff nach seiner Hand und legte sie an ihre Brust. »Cash, bitte. Ich liebe dich. Ich habe nicht zugesagt, also nicht wirklich …« *Aber irgendwie schon. Oh nein, nein, nein!*

»Die Tatsache, dass du darüber nachgedacht hast, bedeutet, dass dir diese Chance ziemlich wichtig ist. Und verdammt, Siena, das sollte sie auch sein.«

»Cash, ich will dich nicht verlieren. Ich möchte uns nicht verlieren.«

»Ehrlich? Nun, ich auch nicht.« Cash stand auf und ging im

Wohnzimmer auf und ab.

Sofort sprang Siena auf und begleitete ihn auf seiner ruhelosen Wanderung. »Warum quälen wir uns dann gegenseitig? Mir wurde bis jetzt nicht einmal ein Vertrag angeboten. Ich wollte nur mit dir darüber reden, falls Jewel tatsächlich ein Angebot bekommt.«

Cash blieb stehen. »Ach, komm, Siena. Du wolltest mit mir reden, um auszuloten, ob ich damit einverstanden bin, dass du dich weiterhin mit Gunner triffst.«

»Jewel hat über all das Geld und über finanzielle Absicherung gesprochen, falls ich einmal Kinder habe.« Sie wollte ihre Stimme nicht erheben, konnte es aber nicht verhindern. »Und ich fing an, zu überlegen. Was ist, wenn wir heiraten und du dich bei einem Brand verletzt? Und wenn wir Kinder hätten und ich mich um sie kümmern will? Was dann?« Nun begann sie, auf und ab zu gehen. »Ich dachte … ich dachte … es würde uns einfach mehr finanzielle Sicherheit geben.« Sie ließ sich auf die Couch fallen und verbarg das Gesicht in den Händen. »Ach, Cash, ich weiß nicht, was ich gedacht habe, aber es hat nichts damit zu tun, dass ich mit dem verfluchten Gunner zusammen sein will.«

Er trat zu ihr. »Das weiß ich doch, Siena. Ich glaube nicht, dass du romantische Gefühle für Gunner hegst. Und ich weiß, dass du mich liebst.«

Sie stand ruckartig auf. »Und was zum Teufel soll das ganze Theater dann?«

»Ich dachte einfach, die Geschichte mit Gunner sei vorbei.« Heller Zorn loderte auf und bildete eine Feuerwand zwischen ihnen.

»Das war sie auch.«

»Wobei die Betonung auf ›war‹ liegt.« Er kniff die Augen

zusammen und trat einen Schritt näher. »Hier geht es nicht einmal um Gunner. Es geht darum, was du bereit bist, für deine Karriere aufzugeben.«

»Verdammt, Cash. Wie konnte das passieren? Eben waren wir noch dort« – sie deutete auf das Schlafzimmer – »und jetzt stehen wir hier.«

Er legte die Arme um sie und Siena spürte seinen Herzschlag an ihrer Brust. Sie wollte nicht mit ihm streiten und war zu durcheinander, um einen Ausweg aus diesem Dickicht zu finden. Cash nahm ihr Gesicht in beide Hände.

»Ich denke, dies ist einer der Momente, in denen wir einen Waffenstillstand schließen und einen Schritt zurücktreten müssen. Wir müssen jetzt nichts entscheiden, oder?«, flüsterte er.

Seine leisen Worte schienen so gar nicht zu seinen angespannten Muskeln und dem rasenden Puls zu passen. Siena sah ihn verwirrt an.

»Nein.«

Er küsste sie auf die Stirn. »Okay, dann atmen wir tief durch und versuchen, unsere gemeinsame Zeit zu genießen.«

Seine Stimme klang rau und trug einen Hauch von Schmerz und etwas anderem mit sich. Zorn? Enttäuschung? Sie war sich nicht sicher. Er wischte ihr die Tränen mit der Hand ab. »Nichts passiert ohne Grund, nicht wahr?«

»Sagt Vetta.«

Er nickte. »Dann würde ich sagen, dass wir für eine Weile in Vettas Welt leben sollten.«

»Willst du mich immer noch hier haben? Willst du immer noch am Wochenende mit mir nach Colorado fliegen? Es ist okay, wenn du willst, dass ich gehe.« *Bitte, schick mich nicht weg.*

»Baby, ich will dich jeden Tag, jede Stunde, jede Minute bei mir haben. Das ist ja das Problem.«

Achtundzwanzig

Für den Rest des Mittwochs und am Donnerstag herrschte stille Zufriedenheit zwischen ihnen. Siena und Cash schafften es, das Problem mit Jewel beiseitezuschieben und ihre gemeinsame Zeit zu genießen. Sie gingen auf den Markt und kauften ein, was sie beide mochten, machten Spaziergänge und ließen das Abendessen aus, um sich zu lieben. Danach standen sie auf und knabberten Snacks, bis sie sich wieder in die Arme fielen. Als der Freitag dämmerte, hätte ein Außenstehender denken können, dass es die Auseinandersetzung wegen Gunner nie gegeben hatte, doch Cashs Inneres war seitdem in heller Aufruhr.

Als das Flugzeug zum Landeanflug ansetzte, drückte Siena seine Hand. »Alles okay?«

»Ja. Ich finde es nur schrecklich, dass wir zwei Nächte voneinander getrennt sind.«

Sie lehnte ihren Kopf an seine Schulter und eine Woge von Liebe erfasste ihn. Er legte den Arm um sie, zog sie an sich und wünschte, er könnte die Armlehne zwischen ihnen herausreißen und spüren, wie sie sich ganz an ihn schmiegte. Er hatte über ihr Gespräch nachgedacht, und es fiel ihm unendlich schwer, das Thema nicht erneut zur Sprache zu bringen. Einerseits wollte er ihr nicht im Weg stehen, wenn sich ihr die Chance ihres Lebens bot, die ihr mehr einbringen würde, als er sich je erträumen konnte. Andererseits liebte er alles an ihr, liebte sie ganz und gar, und für die Rolle als der Mann im Hintergrund war er einfach nicht geschaffen. Er hatte viele unterschiedliche Seiten und, ja, vielleicht war er tatsächlich ein Softie. Aber nur, wenn es um sie ging, und erst, seit er sie kannte. Und was ihre Beziehung betraf, wollte er einfach keine Abstriche machen. Er wusste aber auch, was dieses Angebot bedeutete. In der Welt, aus der er kam, würde niemand, weder Mann noch Frau, zehn Millionen Dollar für jemanden links liegen lassen, in den er sich gerade erst verliebt hatte. Selbst wenn diese Liebe so überwältigend war, dass sie ohne den anderen kaum atmen konnten. Er schloss kurz die Augen, als sich das Flugzeug der Landebahn näherte. Tief in seinem Herzen hatte er das Gefühl, dass Vetta wahrscheinlich recht hatte. Vielleicht hatten er und Siena sich aus einem bestimmten Grund ineinander verliebt. Damit er seine Risikobereitschaft in den Griff bekam und aufhörte, sich und andere unnötigen Gefahren auszusetzen, und um ihr einen Karrieresprung zu ermöglichen. *Mist, ganz großer Mist.*

»Hast du Angst bei der Landung?«, fragte Siena.

Er riss die Augen auf. »Nein. Warum?«

»Dein ganzer Körper ist wie ein einziger angespannter Muskel. Und du presst den Kiefer zusammen.« Sie legte ihm die Hand auf den Oberschenkel. »Fühl mal.«

Mittlerweile kannte sie ihn so gut, dass der Gedanke, sie zu verlieren, noch viel mehr schmerzte. Vorsichtshalber baute er eine Mauer um sein Herz.

»Alles okay.« *Verdammt, reiß dich zusammen.*

»Okay, entspann dich. Also, wie geht es weiter? Du setzt mich bei Savannahs Vater ab und fährst dann zu Gage, richtig?

Und holst mich am Sonntagmorgen wieder ab?«

»So haben wir es besprochen.«

»Wo genau wohnt Gage?«

Er wusste, dass sie versuchte, ihn aus seiner Höhle zu locken, in der er wütend vor sich hin grummelte. Das liebte er an ihr, wie so vieles andere. Die meisten Leute verstummten, wenn er ruppig reagierte, aber Siena ließ sich nicht einschüchtern. Sie schaffte es jedes Mal, ihn da herauszuholen. Diesmal war er sich jedoch nicht sicher, ob es ihr gelingen würde. Er wusste, dass Jewel sie irgendwann vor die Wahl stellen würde, und dann musste sie sich entscheiden: für oder gegen Track Sports – und Gunner. Die Flammen züngelten. Eine offene Wunde. Irgendwann würde sie zuwachsen, aber noch war es nicht so weit.

»Mount Grail Road. Ganz oben auf dem Berg.«

Das Flugzeug setzte auf und Siena griff nach ihrer Handtasche.

»Das sagt mir überhaupt nichts. Ich kenne genau eine Auffahrt in Weston, und das ist die von Hal Braden. Hab ich ein Glück, dass du mich herumkutschierst.«

Fast hätte er gesagt: *Immer wieder gern*, aber er musste sich an den Gedanken gewöhnen, dass er vielleicht nicht immer bei ihr sein würde. Er gab ihr einen Kuss auf die Schläfe. »Ich kann mich auch glücklich schätzen. Zumindest weiß ich, dass du diesmal auf das Wetter vorbereitet bist.«

»Tja, es gibt da diesen netten Feuerwehrmann, der darauf aufpasst.«

Hand in Hand gingen sie zum Gepäckband, wo Cash seine schwarze Reisetasche und ihr restliches Gepäck schnappte und alles zum Mietwagenschalter schleppte.

»Warum wolltest du unbedingt diese Reisetasche mitnehmen? Es ist doch kein Schneesturm angesagt, oder?«

Es war seine Notfalltasche. Die Tasche, die er bei sich gehabt hatte, als er Siena gerettet hatte, und die er auf alle Reisen mitnahm.

»Moment, sag's nicht.« Sie stupste ihn mit der Hüfte an und legte ihm die flache Hand auf den Bauch.

Oh Gott, ich liebe deine Berührungen.

»Vorbereitung ist alles.« Sie küsste seine stoppelige Wange.

Und deshalb ziehe ich eine Mauer um mein Herz.

Einige Reisen brachten Paare näher zusammen und einige trieben sie weiter auseinander. Siena und Cash waren einander so nahegekommen, dass sie jeden Stimmungswandel spürte. Die Luft, die ihn umgab, fühlte sich plötzlich anders an, seine Gesichtszüge waren angespannt oder wurden weicher, die Atmung wurde schneller oder flacher, und seine Augen waren wie Fenster zu seinem Herzen. Seit ihrer Diskussion am Mittwoch hatte er alle erdenklichen Emotionen unter der Sonne durchlebt, und ihr war klar, dass er einen Kampf mit sich selbst ausfocht, weil er sich vorgenommen hatte, alles, was in seinem schönen Kopf vorging, unter Verschluss zu halten. Als sie jedoch im Auto saßen, kam ihr die plötzliche Abkühlung in der Atmosphäre vor, als würde sich ein Riss zwischen ihnen auftun, und das erschreckte sie.

»Cash, gibt es etwas, über das wir reden sollten? Immerhin werden wir uns fast zwei Tage nicht sehen.« Sie setzte sich vorsichtshalber auf ihre Hände, um nicht mit den Fingern zu zappeln. Ihr war aufgefallen, dass er auf ihre Stimmungen reagierte, und wenn er ihre Nervosität spürte, würde er wahrscheinlich gar nichts sagen, um sie nicht zusätzlich zu stressen, bevor sie auf der Ranch der Bradens ankamen.

»Nicht wirklich.«

Autsch. »Aber diese ganze Sache mit Jewel steht unausgesprochen zwischen uns, nicht wahr? Oder bilde ich mir das nur ein?«

Er packte das Lenkrad fester. Den Blick starr auf die Straße gerichtet fragte er: »Willst du wirklich jetzt darüber reden?«

»Nein, eigentlich nicht. Am liebsten würde ich nie wieder darüber reden, aber …«

»Schau mal, Siena. Wir wohnen mittlerweile fast zusammen und du siehst gleich deine Familie und ihr werdet einen der schönsten Tage im Leben von Savannah und Jack feiern. Lass es uns nicht verderben. Uns geht es gut. Dieser ganze Mist mit deiner Karriere wird sich von selbst erledigen, und dann werden wir sehen, wo wir stehen.« Er sah sie kurz an. »Nichts davon wird etwas an meinen Gefühlen für dich ändern.«

Trotz seiner beruhigenden Worte hatte Siena das Gefühl, als sei aus dem Riss eine unüberbrückbare Schlucht geworden. »Aber du hast gesagt, du könntest nicht der Typ im Hintergrund sein.«

Er antwortete nicht, und sie konnte förmlich fühlen, wie sich seine Muskeln unter seinem Parka spannten. Sie wusste verdammt gut, dass er sie niemals in eine solche Situation gebracht hätte. Natürlich war der Vertrag mit Track Sports noch lange nicht unter Dach und Fach, aber sie kannte Jewel zu gut. Ohne eine realistische Aussicht auf diesen Vertrag hätte sie Siena nicht zu den Dates mit Gunner gedrängt. *Track Sports.* Das wäre ein Riesending, fast so wie ihre Arbeit für diese Kosmetikfirma, nur mit einer viel besseren Bezahlung. Jedes

Model würde eine solche Chance nutzen, und sie fragte sich, ob die meisten Männer auf die Dates mit Gunner so unnachgiebig reagieren würden wie Cash. Wahrscheinlich nicht. Andererseits war sie nicht in die meisten Männer verliebt. Und wenn sie ehrlich zu sich selbst wäre, müsste sie sich eingestehen, dass sie überhaupt keine Lust hatte, sich weiterhin mit Gunner blicken zu lassen. Aber ganz auf den Vertrag verzichten? Das wäre ein großes Opfer – falls man ihn ihr überhaupt anbieten würde.

Als sie Hal Bradens Ranch erreichten, beschloss Siena, Jewel später anzurufen. Sie musste genau wissen, worauf sie sich möglicherweise einließ. Vielleicht musste sie sich ja gar nicht mehr mit Gunner treffen. Vielleicht hatte sie alles falsch verstanden. Der Gedanke ließ sie ein wenig leichter atmen.

Schneeflocken wirbelten durch die Luft und landeten auf einer zehn Zentimeter dicken Schneedecke. Cash wäre nicht Cash, wenn er vor ihrer Abreise aus New York nicht alle Wettervorhersagen eingehend geprüft hätte. Für Weston waren ein paar Schneeschauer angekündigt, aber keine Unwetter oder dergleichen. Cash öffnete die Heckklappe ihres gemieteten Land Rovers. Siena wollte gerade ihre Tasche nehmen, als er ihr sanft die Hand auf die Hüfte legte und seine Wange an ihre lehnte. Sie schmolz fast dahin, dankbar für die innige Umarmung nach der unterkühlten Stimmung während der Fahrt.

»Ich liebe dich, Siena«, flüsterte er an ihrem Hals, bevor er sie fest umarmte.

»Ich liebe dich auch.«

»Ich möchte, dass du dich auf deine Familie und Freunde konzentrierst. Dass du Spaß hast. Mach dir keine Sorgen um uns, okay?« Er sah sie fragend an, und sie spürte, wie ihr das Herz eng wurde. »Denk daran, dass wir in Vettas Welt leben. Was immer sich auch ergibt, es wird das Richtige sein. Aber lass nicht zu, dass es dir deinen Besuch kaputtmacht. Es tut mir leid, dass ich unterwegs so mürrisch war.«

Sie küsste ihn sanft. »Ich weiß. Wir sind beide durcheinander, aber ich bin froh, dass du mitgekommen bist. Zu wissen, dass du ganz in der Nähe bist, ist viel besser, als wenn du weit weg in New York wärst. Ich weiß, es klingt albern, aber ...« Sie zuckte die Achseln. In ihrer Tasche vibrierte ihr Handy, doch sie ignorierte es. Sie wollte so viel Zeit wie möglich mit Cash, und wenn es Jewel war, wollte sie lieber nicht wissen, was sie zu sagen hatte. Zumindest jetzt nicht.

»Nein, es ist nicht albern. Deshalb bin ich ja mitgekommen.« Er hob ihre Taschen aus dem Auto. »Es ist Liebe, Baby. Komm, wir bringen dich ins Warme, bevor du blaue Lippen bekommst.«

Hal, in Jeans, einem dicken Flanellhemd mit einem weißen T-Shirt darunter und mit einem einladenden Lächeln auf den Lippen, öffnete ihnen. »Siena. Wir sind so froh, dass du hier bist«, sagte er und breitete die Arme aus. Siena hatte Hal vom ersten Moment an gemocht. Sie hatte ihn kennengelernt, als Savannah und Jack ihre Verlobung feierten. Er war eins achtzig groß und hatte dichtes Haar, das eher grau als schwarz war, freundliche dunkle Augen, die er an seine gut aussehenden Söhne vererbt hatte, und Schultern, die fast den Türrahmen ausfüllten. Er wirkte wie ein großer, gemütlicher Bär.

»Es ist schön, dich zu sehen, Hal«, sagte Siena und sank in seine Arme.

»Jetzt komm rein aus der Kälte und sag mir, wer der fesche junge Mann hier ist.« Er streckte Cash die Hand entgegen. »Hal Braden.«

»Cash Ryder, Sir.« Cash schüttelte ihm die Hand, während Hal neugierig zwischen ihm und Siena hin- und herblickte.

»Schön, Sie kennenzulernen, Cash. Bleiben Sie dieses Wochenende bei uns?«

Sie stellten ihre Schuhe an der Tür ab, wo schon jede Menge Schuhpaare standen, und betraten das weitläufige zweistöckige Haus im Ranchstil. Von der geräumigen, mit Holzdielen ausgelegten Eingangshalle kam man zum offenen Wohnzimmer und dem Eingang zur Küche. Siena erinnerte sich an ihren letzten Besuch, als Savannah ihre Verlobung bekannt gegeben und die Hochzeit von Savannahs Bruder Hugh im Garten stattfand. Es war so romantisch gewesen, dass sie tatsächlich geweint hatte.

»Nein, Sir. Mein Bruder wohnt oben auf dem Berg und ich übernachte bei ihm«, sagte Cash und legte Siena seine Hand auf den Rücken. Sie war so stolz auf ihn. Er würde jedem mit dem gleichen Respekt begegnen, seien es Kellnerinnen oder Geschäftsleute. Und das war mehr, als sie von einigen der reichen Männer sagen konnte, mit denen sie in der Vergangenheit zu tun gehabt hatte.

»Ach, das ist wahrscheinlich gut so. Zu viele Frauen in einem Haus können einen Mann in den Suff treiben.« Hal zwinkerte ihm zu, als Savannah freudig kreischend aus der Küche kam.

»Da bist du ja endlich!« Sie umarmte Siena. »Und du hast den attraktiven Feuerwehrmann mitgebracht!« Lachend umarmte sie auch Cash. »Ich mach nur Quatsch, Cash. Schön, dass du da bist.«

»Freut mich, dich wiederzusehen, Savannah. Ich bin gleich wieder weg, ich übernachte bei meinem Bruder Gage. Ich wollte nur kurz Hallo sagen, dann lasse ich euch feiern.«

»Dein Bruder lebt hier in der Nähe? Was für ein Zufall.« Savannah spähte in die Küche. »Hast du Zeit, dass ich dir ein paar Leute vorstelle, bevor du wieder verschwindest?«

»Sicher.«

Sie ging voraus in die Küche, und Siena sah, wie Hal Cash kurz zurückhielt und ihm etwas zuflüsterte. Was auch immer es war: Es veränderte die Atmosphäre, die ihn umgab, doch diesmal wusste sie diese Veränderung nicht zu deuten.

Treat und Rex, zwei von Savannahs älteren Brüdern, die lässig an den Küchenschränken lehnten, kamen auf sie zu, um sie zu begrüßen. Treat war genauso groß wie Hal und damit eine Handbreit größer als Rex. Sie hatten das gleiche schwarze Haar, obwohl Rex seins etwas länger trug und es unter einem Stetson versteckte, während Treats kurz geschnitten war und eher korrekt und förmlich wirkte. Treat besaß Resorts auf der ganzen Welt, aber als er sich in Max verliebt hatte, hatte er das Nachbargrundstück neben Hal gekauft. Mittlerweile war er mit Max verheiratet und die beiden erwarteten ihr erstes Kind. Jetzt arbeitete er meist von Weston aus und half seinem Vater zwischendurch auf der Ranch.

»Siena.« Er umarmte sie und gab ihr einen Kuss auf jede Wange. »Du siehst wunderschön aus.« Er gab Cash die Hand. »Treat Braden, und das ist Rex. Wir sind Savannahs Brüder. Zumindest zwei davon.«

»Cash Ryder.« Er schüttelte ihnen die Hände. »Freut mich, euch kennenzulernen.«

Rex schob den Hut hoch, nachdem er Cash begrüßt und Siena umarmt hatte. Er half seinem Vater bei der Pferdezucht, einem alteingesessenen Familienunternehmen, und man sah ihm an, dass er harte körperliche Arbeit gewohnt war. Treat mit seinen breiten Schultern und seinem muskulösen Körper war eine beeindruckende Erscheinung, doch Rex war ein Kraftpaket, dessen Muskeln kaum von seinem engen grauen T-Shirt gebändigt wurden. Der Waschbrettbauch trug seinen Teil zu seinem Cowboy-Image bei. Und als seine dunkelhaarige Freundin Jade hinter Siena auftauchte, sie ebenfalls mit einem Kreischen umarmte und sich dann neben Rex stellte, sahen sie aus wie das perfekte Paar. *Genau wie Cash und ich.*

Sie griff nach Cashs Hand.

»Und wer ist dieser hübsche Fremde?«, fragte Jade und sah Siena mit hochgezogener Augenbraue an.

»Das ist mein Freund, Cash.«

»Cash? Toller Name. Ihr wisst ja: Von beidem kann man nie zu viel haben, von Geld und von …«

»Hey.« Rex zog sie an sich. »Von ›und‹ hast du doch wohl genug.«

»Versteht ihr, warum ich das mache? Seht nur, was ich davon habe.« Sie war eine zierliche Frau, und als sie sich auf die Zehenspitzen stellte, senkte Rex seine Lippen auf ihre. »Du weißt, ich habe nur Augen für einen ganz bestimmten sexy Cowboy.«

Siena drückte Cashs Hand. Das war es, was sie für ihn empfand. Sie hatte nur Augen für Cash.

»Wo ist Max?« Siena sah sich nach Treats Frau um.

»Hier bin ich.« Max kam durch die Tür und umarmte Siena. »Schön, dich wiederzusehen.« Ihr Bauch wölbte sich zwischen ihnen, und Siena wollte gerade die Hand danach ausstrecken, zögerte dann aber. »Keine Bange, das machen alle.« Sie lächelte Cash an. »Hallo. Cash, richtig?«

Er nickte. »Herzlichen Glückwunsch zu deiner Schwangerschaft.«

Max strich sich die dunklen Haare von den Schultern, lächelte Cash an und sah dann zu Treat hinüber. »Vielen Dank. Wir freuen uns schon sehr.«

»Okay, Babe, ich lasse euch quatschen und mache mich auf den Weg auf den Berg.«

Siena umklammerte seine Hand. Sie wollte, dass er blieb, aber es war Savannahs Party, nicht ihre.

»Cash, wir Männer treffen uns morgen Abend, während die Mädels feiern. Warum kommst du nicht auch und bringst deinen Bruder mit?« Treat wandte sich an Rex. »Wissen wir schon, wo?«

»Geht es hier?« Rex sah ihren Vater an.

»Hier? Muss das sein, Rex? Ihr seid dann die ganze Nacht wach und ich bin ein alter Mann.« Hal lehnte sich an die Wand und kreuzte die Beine an den Knöcheln. »Wie wäre es bei euch?«

»Geht nicht, Hal«, sagte Jade. »Wir streichen gerade die Wände, die Möbel stehen also wild durcheinander. Was ist mit Treats Haus? Unglaublich, dass ihr euch nicht früher darum gekümmert habt.«

»Ich wollte ja, aber Treat hat gesagt, Rex würde das übernehmen«, sagte Max grinsend.

Rex warf Treat einen Blick zu. »Soso.«

»Ähm, ich weiß nicht, was ihr geplant habt, aber wenn ihr es auf den Berg schafft, dann könntet ihr zu Gage kommen. Ich weiß, dass er einmal in der Woche seine Freunde zum Pokern einlädt, und ich bin mir sicher, dass es ihm nichts ausmacht, wenn ihr euch bei ihm trefft. Außer Wald, Bier und Poker gibt es da nicht viel.« Er zuckte die Achseln. »Ich meine, es sei denn, ihr habt eine Stripperparty geplant …«

»Nein, darauf kann ich verzichten, vielen Dank«, sagte Savannah.

Treat und Rex tauschten einen Blick.

»Ist Gage verheiratet?«, fragte Treat.

»Treat!« Max legte die Hand auf ihren vorgewölbten Bauch.

»Ich meine nur, dass er dann die Frau seines Bruders fragen müsste, nicht seinen Bruder.« Treat legte ihr die Hand auf die Schulter. »Wir könnten uns bei uns treffen.«

»Das ist doch langweilig«, sagte Rex. »Nichts für ungut, aber ich bin für Poker auf dem Berg.«

»Siehst du, du hättest mich das planen lassen sollen«, sagte Max und tätschelte Treat die Hand. »Der arme Jack wird enttäuscht sein, dass ihr euch nicht richtig ins Zeug gelegt habt.«

»Das meinst du nicht ernst, oder?«, sagte Savannah. »Jack hasst so etwas. Außerdem sind seine Brüder nicht hier, es ist also nicht so, als wäre es sein Junggesellenabschied. Seine Vor-stellung von einem netten Abend ist, dass man mit einem Bier dasitzt und über Überlebensstrategien redet. Egal, was es zu überleben gilt.«

»Ich hatte keinen Junggesellenabschied«, setzte Treat hinzu. »Ich denke, für Männer ist es anders als für Frauen, jedenfalls wenn wir dreiundzwanzig wären und das Gefühl hätten, unser Leben sei vorbei, sobald wir in den Stand der Ehe treten.« Er wich Max aus, die in gespieltem Ärger nach ihm schlug. »Aber wir sind alt. Für uns, oder zumindest für mich, war unsere Hochzeit der Tag, auf den ich immer gewartet hatte, ohne es zu wissen. Und der Höhepunkt des Festes war, als Max *Ja* gesagt hat.«

Siena seufzte. »Wie wunderbar.« Cash drückte ihre Hand, und sie wusste, dass sie all das auch wollte.

»So ist es bei Jack auch. Ihr solltet auf den Berg steigen und durch die Wälder streifen oder so. Das fände er toll und es würde vollkommen reichen.« Savannah sah Cash an. »Danke, dass du das klargemacht hast. Ich dachte, nachdem Treat geholfen hat, die Hochzeit unseres Cousins Blake zu retten, hätte er diesen Abend bis ins letzte Detail geplant.«

»Moment mal, Rex ist schuld, nicht ich.«

Rex starrte ihn an. »Rutsch mir doch den –«

Cash unterbrach ihn. »Alles klar. Gebt mir eine Handynummer und ich schicke euch eine Nachricht, sobald ich oben bin und mit Gage gesprochen hab. Aber ich bin mir sicher, dass er nichts dagegen hat.« Cash küsste Siena auf die Wange. »Ich sollte mich auf den Weg machen, der Berg kann nachts ziemlich ungemütlich sein. Habt ihr Allradantrieb?«

»Ich hab bisher noch jeden Berg bezwungen.« Rex verschränkte die Arme und Jade verdrehte die Augen.

Treat und Cash tauschten ihre Telefonnummern, und Siena begleitete Cash zur Tür, nachdem er sich von allen verabschiedet hatte.

»Das ist wirklich nett von dir, aber fühl dich nicht verpflichtet, mitzumachen. Wenn du Zeit mit deinem Bruder allein haben willst, haben sie sicher Verständnis dafür.«

Er sah sie an, mit einem ungewohnten Ausdruck in den Augen. »Um ehrlich zu sein, kann ich die Ablenkung gebrauchen. Ich liebe meinen Bruder, aber ein Abend zu zweit macht bei Weitem nicht so viel Spaß wie eine Pokerrunde.«

Er drückte ihr einen süßen, liebevollen Kuss auf die Lippen, der kaum für die kommenden zwei Nächte reichen würde. Als sie die Tür hinter ihm zugemacht hatte, drehte sie sich um und prallte förmlich gegen Savannah, Max und Jade und eine Mauer aus besorgten Gesichtern.

Savannah hakte Siena auf der einen Seite unter, Jade übernahm die andere Seite und gemeinsam brachten sie sie ins Wohnzimmer. Als sie den Blick in Savannahs grünen Augen sah, wünschte sie, sie wäre mit Cash zur Tür hinausgegangen.

Neunundzwanzig

Cash fuhr den Berg hinauf zu Gages Haus, das Radio bis zum Anschlag aufgedreht, und hoffte, dass sein Bruder ein Bier für ihn kaltgestellt hatte. Er holperte durch tiefe Furchen und Schlaglöcher und nahm sich vor, Treat und Rex vor dem traurigen Zustand der steilen Bergstraße zu warnen. Er wusste, dass es seinem Bruder nichts ausmachte, wenn er sie einlud, und er hatte nicht gelogen, als er sagte, er könne die Ablenkung brauchen. Siena und er waren ein wunderbares Paar, aber ihm war auch klar, warum sie die Nachricht nicht lesen wollte, die sie bekommen hatte, als sie vor der Ranch der Bradens standen. In den letzten Tagen hatte sie immer wieder gezögert, ihre Nachrichten zu lesen, und wenn sie es tat, dann hielt sie besorgt den Atem an. Cash hatte einen Entschluss gefasst. Er würde sie nicht zwingen, zwischen ihm und dem Vertrag zu wählen, wenn er tatsächlich zustande kam und vorsah, dass sie sich weiterhin mit Gunner oder einem anderen prominenten Sportler in der Öffentlichkeit zeigte. Allerdings hatte Cashs Entschluss einen Haken. Er wusste zwar, dass es die richtige Entscheidung war, ihr ihre Chance zu lassen, wenn sie sich bot – und er war sich sicher, dass sich Track Sports um sie reißen würde –, doch er liebte sie zu sehr und kannte sich selbst zu gut, als dass er sich einfach auf dem Fuße umdrehen und weggehen konnte.

Siena war das heißeste Model weit und breit und Track Sports könnte sich glücklich schätzen, sie für sich zu gewinnen. Er verstand sogar, warum es aussehen sollte, als hätte sie eine Beziehung zu jemandem aus der Sportbranche, auch wenn er nicht damit einverstanden war. Eins wusste er jedoch nur zu gut: Dass seine Freundin einen anderen Mann küsste und die Aufnahmen von diesem Kuss in allen Zeitungen erschienen, würde er nie akzeptieren. Allein bei dem Gedanken daran hätte er am liebsten jemanden umgebracht. Doch die Sache ging tiefer. Bevor er Siena kennenlernte, hatte er gar nicht wahrgenommen, wie sehr er an die Macht der Liebe glaubte, und im tiefsten Innern seines Herzens war er überzeugt, dass sie, wenn sie ihn wirklich liebte, ein Angebot mit diesen Bedingungen zwar staunend zur Kenntnis nehmen, aber nie wirklich in Betracht ziehen würde. Er wusste, dass es nicht fair war, das zu erwarten, andererseits hatte sich ihm noch nie die Chance seines Lebens geboten. Nein, das stimmte nicht ganz. Die Chance seines Lebens hatte nicht mit Geld, sondern mit Liebe zu tun. *Siena.*

Gage lebte auf einem zwei Hektar großen bewaldeten Grundstück in einem urigen Haus aus Stein und Holz mit vier Schlafzimmern, das aussah, als sei es aus der Landschaft hervorgewachsen. An der Vorderseite des Hauses sah man tief in die Mauern eingelassene Fenster, massive Steinwände mit schokoladenbraunen Holzverschalungen darüber und eine bogenförmige Holztür mit schweren schwarzen Beschlägen, die aussah, als käme sie direkt aus einem Märchen.

Er klopfte zweimal und trat dann ein.

»Gage?«, rief Cash in den großen offenen Raum.

Auf den breiten, abgewetzten Massivholzdielen lagen einige

Teppichläufer mit Ethnomustern. Links schloss sich der Küchenbereich mit grünen Schränken und erdfarbenen Marmorplatten an. Er war nur durch einen stabilen Holztisch vom Rest des Raums abgetrennt. Rechts sah Cash seinen Lieblingsplatz: den gemauerten Kamin, der fast drei Viertel der gegenüberliegenden Wand einnahm. Cash zog die Stiefel aus, holte sich ein kaltes Bier aus dem Kühlschrank – in diesem Punkt war auf Gage immer Verlass – und ließ sich in einen der Ledersessel am lodernden Feuer fallen.

Gleich hinter der Wand mit dem Kamin befanden sich zwei Schlafzimmer und ein schmales Treppenhaus, das nach oben zu zwei weiteren Schlafzimmern und einem Loft führte. Cash horchte, aber bis auf das knisternde Feuer war es still im Haus. Er legte den Kopf in den Nacken und spähte durch die offene Balkendecke zum Loft, doch auch dort war er nicht. Auch gut. Cash brauchte einen Moment, um seine Gedanken zu sortieren. Er trank sein Bier in einem Zug leer und stieß einen tiefen, lange zurückgehaltenen Seufzer aus. Als er den Blick schweifen ließ, entdeckte er ein Foto, das in einer Ecke neben dem Kamin versteckt war. Cash lächelte, als er aufstand und das Bild in die Hand nahm. Es zeigte ihn und seine Brüder Gage und Duke bei einem Basketballspiel. Keiner von ihnen hatte ein T-Shirt an. Gage dribbelte gerade, Duke blockte ihn mit hoch erhobenen Armen und Cash stand unter dem Korb. Blue und Jake sahen vom Rand aus zu, die Hände in die Hüften gestemmt, während ihre Schwester Trish, die er schon ewig nicht mehr gesehen hatte, im Badeanzug mit einer riesigen Sonnenbrille auf dem Rasen neben dem Spielfeld saß. Neben ihr stand ein großes Glas mit irgendeiner Flüssigkeit. Er sehnte sich nach der Zeit zurück, als sie zusammen herumhingen und sich gegenseitig auf die Nerven gingen.

Er hörte, wie die Tür aufging, und stellte den Rahmen wieder auf den Kaminsims. Er atmete den holzigen Geruch des Feuers ein und wünschte, Siena wäre bei ihm. Wie gerne würde sie vor dem Feuer kuscheln. Er schob den Gedanken beiseite. Wahrscheinlich tat er besser daran, nicht ständig an sie zu denken. Irgendwann musste er sich wohl daran gewöhnen.

»Cash, tut mir leid, Mann. Ich war draußen, Holz holen.«

Cash breitete die Arme aus und umarmte seinen älteren Bruder. Alle Ryder-Männer waren über eins achtzig groß, athletisch und sehr ehrgeizig. »Du musst für eine Latte nach draußen gehen? Die bekomme ich normalerweise im Schlafzimmer.«

»Tja, ich bin eben nicht so beschränkt wie du.« Aus Gages Grinsen blitzte der Junge hervor, der er früher einmal gewesen war. Sein dunkelblondes Haar fiel ihm in die blauen Augen, seit Cash sich erinnern konnte. »Allerdings komme ich mit Sally anscheinend nicht weiter.« Gage klopfte sich den Schnee von seinen Stiefeln, stellte sie an die Tür und hängte seinen Mantel auf. Dann holte er ein Holzbündel von der Veranda und legte es neben den Kamin.

»Noch immer keine Fortschritte?«, fragte Cash.

»Das würde ich jetzt nicht sagen. Wir sind gute Freunde.«

»Lieber Himmel, was ist bloß los mit dir und Tommy? Ich habe das Gefühl, dass ihr beide dieses Spielchen schon jahrelang spielt.«

»Es ist kein Spiel, und ja, es geht schon jahrelang so.« Er trank einen großen Schluck Bier, zog dann den dicken Strickpullover aus und warf ihn auf die Couch. »Ich will nicht über Sally reden. Erzähl mir von dir. Duke hat gesagt, du riskierst dein Leben oder so?«

Cash wandte den Blick ab. *Duke und seine große Klappe.*

Gage schüttelte den Kopf. »Cash, du musst das in den Griff kriegen. Es geht um Leben oder Tod, Mann.«

Cash fuhr sich mit der Hand durch die Haare. »Damit bin ich durch, also mach dir keine Sorgen. Ich hab es im Griff. Es hat zwar eine Weile gedauert, und glaub mir, ich weiß, wie dämlich es war. Ich bin wahrhaftig nicht stolz auf den Mist, den ich da gebaut hab.« Er rieb über das Tattoo auf seinem Unterarm und dachte an Tooler und Samuel.

»Tja, also, wenn du Hilfe brauchst, könntest du mit Danica Carter reden. Ihr gehört das No Limitz, wo ich arbeite.«

»Klar, du hast mal von ihr gesprochen. Wieso?« *Bitte versuche nicht, mich zu verkuppeln. Ich habe Siena, und sie ist mehr, als ich mir jemals erträumt hätte.*

»Sie war früher Therapeutin. Im Jugendzentrum hat sie schon so vielen Leuten geholfen, dabei arbeitet sie gar nicht mehr als Therapeutin. Sie kann dir helfen, wenn du jemals wieder in eine solche Situation gerätst.«

Cash stand auf und ging vor dem Kamin auf und ab. »Können wir die Lebensberatung jetzt vielleicht beenden? Lieber Gott, ich bin hierhergekommen, weil ich dich für ein paar Tage besuchen wollte, nicht, um mir sagen zu lassen, wie ich auf den rechten Weg zurückfinde.«

»He, ist ja gut, Mann. Ich wollte nur helfen.« Gage warf ein Holzscheit ins Feuer. »Was ist los mit dir? Du bist so gereizt, als hättest du dich seit Monaten nicht mehr flachlegen lassen. Ich dachte, du wärst mit deiner Freundin hier. Siena, richtig? Lässt sie dich am ausgestreckten Arm verhungern oder was?«

Cash warf ihm einen finsteren Blick zu und Gage hob abwehrend die Hände. »Ich frag ja nur.«

»Nein, sie lässt mich nicht *verhungern*. Mir gehen einfach viele Dinge durch den Kopf, über die ich nicht nachdenken wollte, und jetzt, wo sie nicht bei mir ist, kann ich an nichts anderes denken.«

»Hol dir noch ein Bier und dann sehen wir, ob wir das hinkriegen.«

Cash ging zum Kühlschrank und kam mit zwei Bierflaschen zurück. »Ach, bevor ich es vergesse: Macht es dir etwas aus, wenn morgen ein paar Leute für einen Männerabend kommen? Sienas Bruder Jack heiratet Savannah Braden. Ihr Vater lebt in Weston und die Mädels lassen im Haus ihres Vaters die Brautparty steigen. Die Jungs brauchen also einen Platz, wo sie den Abend verbringen können.«

Gage zuckte die Achseln. »Okay, wenn sie es bis hier oben schaffen.«

»Prima.« Cash reichte ihm ein Bier und ließ sich wieder in den Sessel sinken. Er schickte Treat die Adresse und eine Wegbeschreibung, dann schob er sein Handy in die Tasche und atmete tief aus.

»Also, spuck's aus, kleiner Bruder. Mal sehen, ob wir den Griesgram aus dir rauskriegen.«

Cash hatte keine Lust zu reden. Er hatte Lust, zuzuschlagen. »Machst du dein Holz immer noch selbst klein?«

»Klar. Wieso?«

Cash stellte das Bier ab und ging zur Tür. »Hol deinen Mantel. Ich muss mir deine Axt ausleihen.«

Nach ein paar mächtigen Armschwüngen warf Cash seinen Parka zu Boden. »Es geht doch nichts übers Holzhacken.« In der kalten Luft wurde sein Atem zu weißen Rauchwolken.

Gage lehnte sich mit verschränkten Armen an die Hauswand und beäugte Cash mit dem nachsichtigen Blick des großen Bruders. »Willst du jetzt endlich erzählen, was los ist?«

Cash hielt mitten in der Bewegung inne, ohne aufzusehen.

»Ich liebe sie, Mann.«

Gage nickte ernst. »Und?«

Die Axt sauste auf das Holzscheit nieder und spaltete es mit lautem Krachen mitten durch. Cash warf die Stücke beiseite und stellte einen weiteren Holzklotz auf den breiten Baumstumpf. Er bohrte die Stiefel in den Schnee und hob die Arme. Mit zusammengebissenen Zähnen sagte er: »Und es gibt da ein paar blöde Sachen in ihrem Job.« Angestachelt von seiner Wut donnerte die Axt wieder herab und leistete ganze Arbeit. Kaum war das Holz vom Baumstumpf gepoltert, nahm er sich das nächste Stück vor. Er atmete schwer, seine Lungen brannten vor Kälte, aber sein Körper glühte vor Zorn, als er Gage alles erzählte – wie Siena und er sich kennengelernt hatten, von den Dates mit Gunner, den Fotos und der Möglichkeit, dass sie sich weiterhin mit Gunner oder einem anderen Sportler zeigte, während sie angeblich in einer exklusiven Beziehung waren.

Er beobachtete Gage genau. Seine Augen wurden schmal, er verschränkte die Arme vor der Brust. »Was willst du denn dann mit ihr?«

Cash setzte die Axt ab und stützte sich auf den Stiel. »Habe ich dir nicht gerade gesagt, dass ich sie liebe?« Er schüttelte den Kopf. *Idiot.*

»Klar, aber denk doch mal nach. Wie sehr kann sie dich lieben, wenn sie mit einem anderen Typen ausgeht? Ob es nun mit ihrem Job zusammenhängt oder nicht, ich finde, das allein sagt viel über sie.«

Cash biss die Zähne zusammen. »Vorsicht.«

»Ich mein ja nur. Die ersten beiden Dates – die kann ich ja noch nachvollziehen. Davon wusstest du, als du das mit ihr angefangen hast. Aber jetzt? Ihr lebt mehr oder weniger zusammen, und sie redet davon, sich vielleicht mit einem anderen

Mann zu verabreden?«

»Das ist kein richtiges Date. Eher ein Arbeitsessen oder so.«

»Klar. Und wie würde sie sich fühlen, wenn du das tun würdest?«

Gage sah ihn ernst an, mit dem gleichen Blick, mit dem er Cash früher bedacht hatte, wenn er im Begriff war, etwas Dummes anzustellen, wie vom Rand eines Felsens in einen See zu springen, ohne vorher die Wassertiefe zu testen. Cash holte tief Luft.

»Das würde ich nie tun.« *Mist.* Gage musste ihm nicht erzählen, was er längst wusste.

»Du sagst es. Wach endlich auf, Junge.«

»Zehn Millionen, Gage.« Er sah, wie sich Gages Augen verengten. »Das ist die Summe, um die es geht, und wer bin ich, dass ich ihr im Weg stehe?«

»Verdammt.«

»Du sagst es.«

Gage nahm ihm die Axt ab und stellte sie in den Schuppen zurück. Dann hob er Cashs Jacke vom Boden auf und legte ihm den Arm um die Schulter. »Du brauchst diese Axt nicht. Du solltest dich besser sinnlos betrinken, damit du nicht mehr darüber nachdenkst.«

»Endlich siehst du die Dinge von meiner Warte aus.«

»Du weißt, dass du ihre Entscheidung nicht beeinflussen kannst, oder?«

»Klar.« Das war alles, woran er denken konnte.

»Kein Wunder, dass du so gereizt bist.«

Im Haus schenkte Gage ihnen einen Whiskey ein. »Du kannst die ganze Sache nur aussitzen.« Er reichte Cash seinen Whiskey und erhob sein Glas zu einem Toast. »Auf die Qualen, die das Miststück namens Liebe uns beschert.«

»Sie könnte immer noch entscheiden, dass wir es wert sind, den Vertrag sausen zu lassen.«

Gage nickte. »Wie gesagt: auf die Qualen der Liebe.«

Dreißig

Siena war froh, dass der Samstag wie im Flug verging. Weitere Gäste trafen ein und die Vorbereitungen auf die Party hielten alle auf Trab. Sie hatte kein Auge zugetan, nachdem Savannah, Max und Jade sie nach Strich und Faden über Cash ausgefragt hatten. Sie hatte keine Schwestern und sie mochte ihre offene Art, aber den ganzen Tag und die halbe Nacht über Cash zu sprechen, hatte Jewels Nachricht – *Track Sports schickt Angebot! Ruf mich an!* – und das nachfolgende Telefonat noch schmerzlicher gemacht. *Neuneinhalb Millionen. Fünf Jahre. Es gibt ein paar Bedingungen, und ich weiß, dass du als Erstes wissen willst, was mit Gunner ist. Die Antwort ist Ja. Du musst während der ersten beiden Vertragsmonate in der Öffentlichkeit mit einem prominenten Sportler auftreten und glaubwürdig darstellen, dass ihr euch gut versteht. Das kann eine Freundschaft sein, nicht zwingend eine romantische Beziehung. Wenn du Probleme mit Gunner hast, werden wir ein paar andere in Betracht ziehen.* Sie hatte versucht, mit Jewel zu verhandeln, aber Jewel war lange genug in der Branche tätig, um zu wissen, was verhandelbar war und was nicht. Offenbar war es keine Option, Gunner durch Cash zu ersetzen.

Sie hatte Cash nichts von dem Angebot erzählt und wollte

es auch erst tun, wenn sie ihn sah. Als sie jetzt neben Brianna stand, einer von Savannahs Schwägerinnen, den Sonnenuntergang hinter den Bergen jenseits der Braden-Ranch betrachtete und ihre Mutter ihr die Hand auf die Schulter legte, wünschte sie wieder einmal, sie könnte weinen. Aber anscheinend brachten sie nur ihre Brüder dazu, in Tränen auszubrechen.

»Ist alles in Ordnung, Schatz? Du warst den ganzen Tag so still.« Ihre Mutter trug ihre Haare offen, und als Lacy, die Freundin von Savannahs Bruder Dane, zu ihnen trat, nahm sie ihre Hand von Sienas Schulter.

»Mir geht es gut, Mom. Der Sonnenuntergang ist so schön. Ich wollte ihn einfach nur genießen.«

»Geht's euch gut?« Lacys blonde Korkenzieherlocken umrahmten ihr sonnengebräuntes Gesicht. Dane und sie lebten auf einem Boot vor der Küste Floridas. Er war der Gründer der Brave Foundation, einer Stiftung zum Schutz der Ozeane, und Haiforscher. Lacy arbeitete von ihrem Boot aus für World Geographic und entwickelte und betreute Marketingprogramme für gemeinnützige Organisationen.

»Ja, alles prima«, sagte Siena.

»Wir haben nur die Aussicht bewundert. Natürlich liebe ich diesen Teil des Gartens besonders, weil wir hier geheiratet haben«, sagte Brianna lächelnd.

»Ein Abend, den wir nie vergessen werden.« Lacy legte ihren Arm um Brianna. »Und Hugh ist mit Layla zu Hause?«

»Ja. Er hat sich lauter tolle Vater-Tochter-Sachen für das Wochenende ausgedacht. Layla ist ganz aufgeregt.« Als die beiden heirateten, hatte Hugh Briannas sechsjährige Tochter Layla adoptiert. »Es tut mir leid, dass er Jacks Männerabend verpasst, aber er wollte nicht, dass ich einen Babysitter anheuere, und meine Mutter war schon verplant. Mit Laylas

Betreuung nimmt er es sehr genau.«

»Jack ist ihm bestimmt nicht böse. Er ist wie Treat. Die Familie kommt an erster Stelle und Layla ist Familie. Du hättest sie doch auch mitbringen können«, sagte Savannah.

»Sie wäre liebend gern mitgekommen, aber ich wollte auch einfach ein bisschen Zeit mit euch Mädels haben.« Brianna zuckte die Achseln.

»Kann ich gut verstehen, Liebes.« Sienas Mutter tätschelte Brianna den Rücken.

Ellie, Kate und Riley, die Verlobte von Savannahs Bruder Josh, die wie er als Modedesigner arbeitete und in Manhattan nicht weit von Savannah lebte, schleppten große Kartons ins Wohnzimmer und stellten sie auf den Tisch.

»Seht mal, was wir hier haben!« Riley hatte ihr braunes Haar zu einem Pferdeschwanz gebunden und stemmte nun seufzend die Hände in die Hüften. In ihren Röhrenjeans und dem Pullover sah sie hinreißend aus. Sie war eine kurvige Schönheit, und Siena fand es wunderbar zu sehen, wie wohl sie sich in ihrer Haut fühlte.

»Lustige Brautpartyspiele«, fügte Ellie hinzu.

Siena freute sich, dass Savannah auch Ellie und Kate eingeladen hatte, und der Gedanke, dass Savannahs Brüder und Jack den Abend mit Cash verbrachten, gefiel ihr. Irgendwie wurde er dadurch noch mehr zu einem Teil der Familie.

Die Haustür öffnete und schloss sich. Treat half Max, Mantel und Stiefel auszuziehen. Dann kamen sie Hand in Hand ins Wohnzimmer. Treat umarmte Savannah und begrüßte dann Sienas Mutter. Selbst auf Socken, in Jeans und einer lässigen Lederjacke sah Treat majestätisch aus.

»Ich kann nicht glauben, dass du sie mit dem Auto hergebracht hast«, meinte Savannah kopfschüttelnd. »Max ist eine selbstständige Frau und Rex hat die Straße zwischen deiner Auffahrt und der von Dad perfekt geräumt.«

»Bei Menschen, die man liebt, geht man kein Risiko ein«, erwiderte Treat.

Sienas Herz schmolz ein wenig. Sie wusste noch genau, wie aufmerksam sich Savannahs Brüder bei Hughs Hochzeit um die Frauen an ihrer Seite gekümmert hatten. Das war es, was sie wollte: so geliebt werden. *Das habe ich mit Cash.*

Treat lehnte sich an die Wand, die langen Beine an den Knöcheln gekreuzt. »Ich kann immer noch nicht glauben, dass meine kleine Schwester heiratet.«

Max ging zu ihm und umarmte ihn. »Ich liebe dich, aber siehst du, dass du der einzige Mann im Raum bist?«

Treat sah von einer zur anderen und zog eine Augenbraue hoch.

»Heute ist hier geschlossene Damengesellschaft. Scher dich raus.« Sie küsste ihn, und als er die Arme um sie schlang und den Kuss vertiefte, schien sie in seinem großen Körper zu versinken.

»Zu Dad darf ich aber, oder?« Treat stieß sich von der Wand ab und tätschelte Max' Hinterteil, als sie an ihm vorbeiging.

»Er ist im Stall.« Savannah sah ihn an. »Rex ist bei ihm. Ich glaube, er vermisst Mom.«

Treat nickte. »Amüsiert euch. Hey, Süße, soll ich dich nachher abholen?«

Max gab ihm einen Kuss. »Ich übernachte heute bei den Mädels.«

Savannah schlang den Arm um sie. »Es ist ja nur eine Nacht.«

»Eine Nacht ohne meine Frau – das ist der Preis, den ich

bezahlen muss, um meine kleine Schwester unter die Haube zu kriegen?« Treat lächelte. »Es lohnt sich auf jeden Fall. Viel Spaß. Ich bin noch eine Weile bei Dad und dann fahren wir zu Gage.« Er gab Max einen Kuss auf den Scheitel und wandte sich zum Gehen, doch in der Tür zögerte er. »Wenn ihr heute Abend etwas braucht, ruft mich an. Es macht mir nichts aus, zurückzukommen, aber ihr solltet nachts nicht unterwegs sein. Die Straßen überfrieren hier sehr schnell. Es ist anders als in der Stadt.«

Savannah verdrehte die Augen. »Ja, Daddy.«

Kaum war er verschwunden, sagte Siena zu Max: »Hast du ein Glück.«

Und ich erst.

Max lächelte. »Ja, die Braden-Männer wissen, wie sie ihre Frauen behandeln müssen.«

Jade schenkte Wein ein, reichte Max ein Glas Eiswasser und stieß dann mit ihr an. »Hört, hört«, sagte sie.

Siena lächelte. »Cash ist auch so ein Mann.«

»Und deine Brüder auch«, sagte Savannah.

»Nicht alle.« Siena lehnte sich zurück und dachte an ihre Brüder. »Sieh dir nur Rush an: wild und ganz schön arrogant. Ich hab keine Ahnung, wie er an die Frauen kommt, mit denen er sich umgibt. Sie müssen ein Faible für olympische Skifahrer haben, denn er ist nicht der Typ, der Frauen umwirbt. Nun, Dex und Sage, die sind Schmeichler, wie sie im Buche stehen, und wie Kurt mit Frauen umgeht, weiß ich nicht. Er ist ja fast mit seinem Schreibtisch verheiratet. Wahrscheinlich hat er gar keine Frauenbekanntschaften.«

»Oh Süße, ich glaube schon, dass Kurt Frauenbekanntschaften hat«, meinte ihre Mutter. »Er konzentriert sich nur gerade sehr auf seinen Beruf.«

»Ja, ja, die stillen Wässerchen … die sind im Bett für manche Überraschung gut.« Jade beugte sich vor und meinte mit vielsagendem Blick: »Rex.« Sie nickte.

Sienas Mutter Joanie schüttelte den Kopf.

Savannah hielt sich die Ohren zu und schloss die Augen. »Also bitte. Er ist immerhin mein Bruder.«

»Apropos Brüder. Savannah, Mom und ich haben etwas für dich gemacht, und wenn du nichts dagegen hast, würde ich es dir gerne jetzt geben, bevor du zu viel getrunken hast, um es wirklich zu genießen.«

Savannah schaute zwischen Siena und ihrer Mutter hin und her. »Wow! Natürlich würde ich es gerne sehen.«

Siena lief rasch in das Zimmer, in dem sie übernachtete, und holte das Geschenk. »Wir wollten dir etwas schenken, das du dir nicht kaufen kannst«, sagte sie und reichte es Savannah.

Savannah setzte sich auf das Sofa, während sich die anderen Frauen um sie scharten. »Danke«, sagte sie. Sie packte das hölzerne Fotoalbum aus, auf dem ein hübsches Bergpanorama zu sehen war. Savannah sah Joanie an. »Hast du das gemalt?«

Joanie nickte lächelnd.

»Das erinnert mich daran, als Jack und ich uns kennengelernt haben.« Sie fuhr mit den Fingerspitzen über das Bild mit seinen Bäumen und dem Sonnenuntergang, der die Berggipfel in warmes Licht tauchte. »Es ist wunderschön. Danke.«

Savannah schlug das Album auf. Auf der ersten Seite stand ihr Hochzeitsdatum in silbernen Schnörkelbuchstaben. Langsam blätterte sie eine Seite nach der anderen um. »Ihr habt unser ganzes Leben hier drin. Seht mal, wie süß Jack mit sechs war.« Sie zeigte auf ein Bild von Jack, der eine Schaufel in der Hand hielt und breit lächelnd in die Kamera schaute.

»Wir haben auch die peinlichen Jahre nicht ausgelassen, die man normalerweise am liebsten vergessen würde. Warte ab, bis du die Aufnahmen aus eurer Teenagerzeit siehst.« Siena sah ihre Mutter an und lächelte.

Savannah blätterte weiter. »Oh mein Gott. Schau dir diese Ponyfrisur an! Kaum zu glauben, dass ich meine Haare jemals so getragen hab.«

»Solche Frisuren hatten wir doch alle«, versicherte Jade ihr.

Als Savannah bei der Zeit angelangte, als Jack mit Linda zusammen war, wurde sie still. *Die Zeit dazwischen.* Joanie legte ihr die Hand auf die Schulter und Savannah ergriff sie dankbar.

»Ich bin froh, dass diese Bilder auch dabei sind«, sagte Savannah. Sie sah zu Joanie auf. »Ich will nicht so tun, als hätte Jack kein Leben und keine Frau vor mir gehabt. Ich hatte immer das Gefühl, dass Jack der ist, der er ist, weil er all das durchgemacht hat.« Sie sah Siena an. »Danke dafür.« Mit Tränen in den Augen legte sie das Album beiseite und stand auf, um alle zu umarmen.

»Ich hätte nie gedacht, dass ich jemanden wie Jack kennenlernen würde«, gab Savannah zu. »Und ich kann mir gar nicht vorstellen, wie ich so lange ohne ihn ausgekommen bin.«

»Jack ist ein ganz besonderer Mann«, sagte Joanie und strich Savannah das Haar über die Schulter. »Ich denke, ihr alle habt einen ganz besonderen Mann gefunden.«

»Ich kann nur sagen, dass ich nie gedacht hätte, einen Typen wie Cash kennenzulernen, und ich bin so froh, dass es so gekommen ist.« Siena entging nicht, dass Jade, ihre Mutter und Savannah einen vielsagenden Blick tauschten. Sie wünschte, sie würden das Fotoalbum noch einmal durchblättern. Es war eine willkommene Ablenkung von der Zwickmühle gewesen, in der sie steckte.

»Kommt, wir setzen und entspannen uns.« Savannah lehnte sich in die Polster.

Siena trank einen Schluck Wein. Die unangenehme Anspannung, die sie wahrgenommen hatte, als sie ins Night-Caps kam und sich urplötzlich einem Tribunal gegenübersah, war mit einem Schlag wieder da. Im Zimmer war es so still, dass man eine Stecknadel hätte fallen hören. Sie leerte ihr Glas und stellte es auf den Tisch.

»Also, Siena. Lass uns über den Feuerwehrmann reden, der vom Klugscheißer zum romantischen Traummann mutiert ist und den du so sehr liebst, dass du bereit bist, ihn zum Teufel zu jagen.« Jade füllte ihr Glas auf.

»Warum habe ich auf einmal das Gefühl, wieder in die Falle gelockt worden zu sein?«

»Vielleicht, weil du tatsächlich in eine hineingeraten bist«, antwortete Savannah.

»Und warum meinen alle, sie müssten sich einmischen? Ich liebe Cash und er liebt mich. Das ist das Einzige, was zählt.« Siena setzte sich auf die Couch und wurde sofort von ihrer Mutter auf der einen Seite und Savannah auf der anderen Seite eingerahmt. Ellie und Kate schnappten sich die Lehnsessel gegenüber vom Sofa, Max ließ sich in den Ledersessel sinken, der normalerweise Hal vorbehalten war, und Brianna hockte sich auf den Boden neben Ellies Sessel. Riley trug eine der Kisten ins Zimmer und Jade stellte den Wein auf den Couchtisch, bevor sich beide gegenüber von Siena auf den Boden setzten.

»Schatz, hier kannst du nicht einfach davonlaufen.« Ihre Mutter tätschelte ihr Bein. »Also kannst du genauso gut aufhören zu mauern, sonst wird es eine lange Nacht. Diese Frauen möchten einfach nur ihre Gedanken mit dir teilen. Sie sorgen sich um dich.«

Riley holte die Zeitschriften mit den Fotos von Siena und Gunner heraus und breitete sie auf dem Boden aus. »Hier sind zehn drin«, sagte Riley.

»Und wahrscheinlich noch ungefähr fünfzig Bilder online, zumindest die, die ich gesehen hab«, sagte Ellie.

»Und ich habe dir gesagt, dass Gunner Aidas Klient ist, also kenne ich die ganze Geschichte.« Savannah funkelte Siena an.

Oje!

»Und ich wüsste gern, ob du ernsthaft überlegst, das Angebot von Track Sports anzunehmen, wenn Gunner mit drinsteckt.« Savannah verschränkte die Arme, legte den Kopf schief und sah Siena unverwandt an.

»Nein.« Sie zuckte die Schultern. »Ja. Ich weiß es nicht.« Sie vergrub ihr Gesicht in ihren Händen, dann spürte sie, wie ihre Mutter ihr über den Rücken streichelte. »Was meinst du mit ›du kennst die ganze Geschichte‹?«

»Was ich weiß und was die anderen hier wissen, ist nicht dasselbe. Sagen wir einfach, dass ich alles weiß und sie nur wissen, was in den Zeitschriften steht.« Savannah sah Jade an, die nickte.

»Ich habe nur die Zeitschriften gesehen«, bestätigte Jade.

»Nun, bei mir stimmt das nicht ganz«, sagte Max. Sie sah Siena stirnrunzelnd an. »Es tut mir leid, Siena. Ich weiß, es fühlt sich nicht richtig an. Aber liebst du Cash wirklich?«

»Ja, von ganzem Herzen und mit ganzer Seele.«

»Und liebt er dich auch?«, fragte Max.

»Ja.« Sie war sich nicht sicher, worauf Max hinauswollte, aber ihr Magen krampfte sich zusammen.

»Es wird dir zwar nicht gefallen, aber Treat hat ein bisschen nachgeforscht. So ist er eben.« Max schüttelte den Kopf. »Es tut mir leid. Ich weiß, dass er es nicht hätte tun sollen.«

»Ich verstehe nicht. Warum sollte er Nachforschungen anstellen?«

Savannah seufzte. »Weil mein Bruder jeden ausleuchtet, der mit jemandem zu tun hat, den er liebt. Er hat Jack unter die Lupe genommen, und ich bin sicher, dass er es bei euch auch so gemacht hat, als es für euch mit meinen Brüdern ernst wurde.« Sie sah Lacy, Jade, Max, Riley und Bree der Reihe nach an. »Er macht sich Sorgen. Er ist einfach so. Ich will gar nicht versuchen, sein Verhalten zu entschuldigen. Er … kümmert sich zu sehr.«

»Ich kapiere immer noch nicht …« Sienas Stimme wurde lauter und wieder spürte sie die Hand ihrer Mutter auf dem Rücken.

»Schatz, er wollte helfen«, sagte sie.

»Und was hat er herausgefunden? Mir ist es nämlich egal, ob er irgendwelche Leichen im Keller entdeckt hat. Ich liebe Cash so, wie er jetzt ist, und seine Vergangenheit interessiert mich nicht.« Lieber Himmel, was hatte Cash angestellt, dass Max sie so besorgt ansah?

Max verdrehte die Augen. »Nichts. Eine blütenreine Weste.«

Siena atmete erleichtert auf. »Wahrscheinlich haltet ihr mich für verrückt. Jede von euch.« Sie sah die Frauen an. »Ich bin kein Flittchen, und ich bin auch keine, die sich einen Spaß daraus macht, andere Leute zu verletzen.«

»Das wissen wir alle«, sagte Savannah. »Aber ich muss zugeben, dass ich ganz schön durcheinander bin. Du hast gesagt, dass du einen starken, romantischen Mann willst, der gut zu dir ist und dich so liebst, wie du bist. Und wie es aussieht, hast du genau diesen Mann gefunden. Oder haben wir da etwas falsch verstanden?«

»Nein. Ich habe ihn ganz sicher gefunden. Cash ist …« Sie seufzte. »Cash ist so, wie ich mir einen Mann immer vorgestellt habe. Nur noch besser.«

»Und warum triffst du dich dann mit diesem Trottel?« Bree hielt die *Us Daily* hoch.

Die Schamröte stieg Siena ins Gesicht. Alle starrten sie an. Sie fühlte sich in die Mangel genommen und das Schlimmste war: Sie wusste, dass sie im Unrecht war. Sie hatte es seit dem ersten Date mit Gunner gewusst. »Wollten wir nicht eigentlich Savannahs Verlobung feiern?«

»Wie können wir feiern, wenn wir wissen, dass dich etwas beschäftigt?«, gab Savannah zurück.

»Dann gehe ich vielleicht besser, damit ich euch die Party nicht kaputtmache.« Sie wollte aufstehen, doch Savannah hielt sie zurück.

»Ich weiß, dass du keine Schwestern hast«, begann Savannah. »Ich hatte auch keine, bis ich diese Mädels kennengelernt habe, die jetzt meine besten Freundinnen sind. Durch sie habe ich erfahren, was Schwestern tun.«

»Tja, ich habe fünf Brüder, die es wirklich prima hinkriegen, dass ich mich wie ein Stück Dreck fühle.«

Ihre Mutter schnappte nach Luft. »Siena.«

»Tut mir leid, Mom. Aber meinst du nicht, dass ich mich sowieso schon genug schäme wegen dieser dummen Bilder? Und weil ich mich auf diese dummen Dates überhaupt eingelassen habe? Wisst ihr was? Ich hasse mich selbst dafür, dass ich bei der ganzen Sache mitgespielt habe, und jetzt hat Jewel, meine Agentin, einen Vertrag über fast zehn Millionen Dollar an Land gezogen, weil ich bereit war, mein Miss-Saubermann-Image in den Dreck zu ziehen. Und ich hasse mich dafür. Ich hasse diese blöden Bilder.« Sie kickte die Zeitschriften beiseite und fühlte, wie ihr die Tränen in die Augen stiegen. Wie gerne wollte sie ihnen die Wahrheit sagen! Sie zitterte am ganzen Körper und die Worte sprudelten nur so hervor, während ihr die Tränen übers Gesicht liefen. »Ich kann es nicht ertragen, in den Spiegel zu schauen, und jedes Mal, wenn ich Cash ansehe, weiß ich, wie sehr ihn dieser Anblick getroffen hat, obwohl er von Anfang an wusste, was dahintersteckte.«

»Siena.« Savannah legte ihr die Hand auf den Rücken.

Siena schüttelte sie ab. »Nein. Du hast recht. Ihr habt alle recht. Und ihr seid alle bessere Menschen als ich, weil ich zu schwach war, um meiner Agentin die Stirn zu bieten und ihr zu sagen, dass ich bei so einem Scheiß nicht mitmache. Ich hatte Angst, meine anderen Verträge zu verlieren, als …« Sie wirbelte herum und sah ihre Mutter mit tränennassen Wangen an. »Tut mir leid für den Ausdruck, Mom.«

Ihre Mutter schüttelte den Kopf. »Erzähl verdammt noch mal weiter.«

Als sie ihre Mutter lächeln sah, wusste sie, dass sie sie verstand, und musste trotz der Tränen lachen.

»Ich weiß ja nicht, wie es bei den anderen ist, aber ich bin bestimmt nicht besser als du. Anfangs hab ich Rex das Leben ganz schön schwer gemacht, bis ich mich schließlich hab erweichen lassen«, sagte Jade.

»Aber ich tue es nicht, um Cashs Aufmerksamkeit zu erregen. Ich bin nur schwach.« Wieder verbarg sie das Gesicht in den Händen.

»Das ist nicht wahr«, sagte ihre Mutter. »Du bist eine der stärksten Frauen, die ich kenne.«

»Meinst du? Ich habe meine eigenen Werte verraten, um einen Vertrag zu ergattern, sodass Dad stolz auf mich sein kann.«

Plötzlich senkte sich Stille über den Raum, nur das laute Pochen ihres Herzens war zu hören. »Lieber Himmel. Oh mein Gott.« Siena stand auf. »Wo zum Teufel kam das jetzt her?« Sie ging vor dem Sofa auf und ab, als ihre Mutter aufstand. »Mist, Mist, Mist. Ich habe mehr Geld, als ich jemals ausgeben könnte. Ich habe genug für meine Kinder.«

»Kinder?«, fragte ihre Mutter.

Siena war zu sehr mit ihren wild durcheinanderwirbelnden Gedanken beschäftigt, um ihr zu antworten. »Ich brauche diesen dummen Vertrag nicht, und ich brauche auch keine Agentin, die mich zu solchen Sachen drängt. Was habe ich mir nur dabei gedacht?« Sie umfasste ihr Haar mit einer Hand und zog es über die Schulter. »Oh mein Gott. Cash. Lieber Himmel, was muss er bloß von mir denken?« Sie sah Savannah an. »Ich weiß genau, was er denkt. Das Gleiche wie ich, wenn ich in den Spiegel schaue. Verdammter Mist. So darf das nicht weitergehen.« Sie sah sich mit wildem Blick im Raum um und wusste nicht, wonach sie eigentlich suchte.

»Siena? Schatz?« Ihre Mutter trat zu ihr, doch Siena wandte sich mit einem Ruck ab, zog ihr Handy hervor und wählte. Sie erreichte Jewels Mailbox. »Jewel, hier ist Siena Remington. Lehn das Angebot ab. Ich will nicht zu Track Sports und wir beide müssen uns dringend unterhalten. Ich weigere mich, mein Privatleben mit geschäftlichen Dingen zu verknüpfen. Wenn das bedeutet, dass ich weniger Aufträge bekomme, dann sei's drum. Tut mir leid. Ich bin am Montag zurück in New York. Bitte ruf dieses Wochenende nicht an, weil ich mit meiner Familie zusammen bin.« Sie beendete den Anruf und gab Gages Adresse in das Navigationssystem in ihrem Handy ein.

»Siena, ist alles in Ordnung? Es war nicht unsere Absicht,

dass du dich selbst hasst«, sagte Savannah.

»Ich bin dir so dankbar, Savannah. Ich habe mich selbst gehasst, weil ich das Angebot von Track Sports überhaupt in Betracht gezogen hatte. Ich bin froh, dass ihr mir klargemacht habt, warum ich es getan habe.« Sie wirbelte herum und sah auf die gerunzelte Stirn und den liebevollen Blick ihrer Mutter. »Mom, es tut mir so leid. Ich liebe Dad, das weißt du. Und mir war nicht bewusst, dass ich mein Leben auch seinetwegen so lebe, wie ich es lebe. Ich war selbst überrascht, als die Worte eben herausgeplatzt sind. Vielleicht ist es nur eine Ausrede. Ich weiß nur, dass mich etwas schwach gemacht hat, als ich hätte stark sein müssen. Ob es das Bedürfnis war, Dad zu beeindrucken, oder etwas anderes, weiß ich nicht. Aber eins ist mir sonnenklar. Mein Wunsch, mit Cash Ryder zusammen zu sein, ist stärker als alles andere auf dieser Welt. Stärker als der Wunsch, zu modeln, und das will was heißen.«

»Ja, Liebling, ich weiß, wie viel dir das Modeln bedeutet.« Ihre Mutter umarmte sie. »Dass der Druck, mit dem du aufgewachsen bist, seine Spuren hinterlassen hat, wundert mich nicht. Ich sage nicht, dass dieser Druck, immer mehr zu tun und mehr zu sein, allein von deinem Vater ausgeht. Wahrscheinlich ist es auch dein eigener Drang, aber nichts geschieht ohne Grund.«

»Was hast du da gerade gesagt?«

»Nichts geschieht ohne Grund«, wiederholte ihre Mutter.

»Das hat auch Vetta gesagt. Und allmählich glaube ich, dass sie recht hat.« Siena ging zur Haustür.

»Wohin gehst du?«, rief Savannah ihr nach.

»Ich muss zu Cash.« Sie blieb vor der Tür stehen. »Ich hab kein Auto. Kann ich mir eins ausleihen?« Am ganzen Körper zitternd blickte sie flehend von Jade zu Savannah. Sie musste zu

Cash.

»Ja, natürlich.« Savannah nahm die Schlüssel zu ihrem Mietwagen von der Küchentheke und warf ihn Siena zu. »Aber ich komme mit.«

»Ich auch«, sagte ihre Mutter.

»Ich auch. Das will ich nicht verpassen«, sagte Ellie und rannte zur Tür. Kate folgte ihr auf den Fersen.

»Ich würde schrecklich gerne mitkommen«, sagte Jade, »aber ich bleibe bei Max. Treat mag ja ein vollendeter Gentleman sein, aber wenn er herausfindet, dass Max hier mutterseelenallein zurückbleibt oder nach Einbruch der Dunkelheit durch die Gegend fährt, nachdem es den ganzen Tag immer wieder geschneit hat, dann macht er mich einen Kopf kürzer.«

»Danke, Jade«, sagte Max.

Brianna und Lacy sagten, dass sie auch auf der Ranch bleiben würden, aber Riley folgte den anderen zum Auto.

Schneeflocken setzten sich auf Sienas Haar, als sie den Wagen aufschloss und auf den Fahrersitz kletterte. Als sie aufs Gaspedal trat, fiel ihr auf, dass sie keine Schuhe anhatte. Und keinen Mantel. Ihre Mutter setzte sich neben sie, und Siena beschloss, niemandem von ihrer Dummheit zu erzählen. Savannah, Riley, Ellie und Kate zwängten sich auf den Rücksitz. Von der Stimme ihres Navigationsgeräts geleitet, fuhr sie schnell die dunklen Landstraßen entlang auf den Berg zu.

»Siena, fahr langsam.« Ihre Mutter umklammerte den Haltegriff, als der Geländewagen auf die Mount Grail Road abbog.

Die warnende Stimme ihrer Mutter weckte die Erinnerung an die Nacht, als sie den Unfall hatte und Cash kennenlernte. Sie schob den Gedanken beiseite. »Ich kann es einfach nicht fassen, dass ich beinahe zugelassen hätte, dass sich etwas zwischen Cash und mich drängt. Ich bin eine Idiotin. Vielleicht will er gar nicht mehr mit mir zusammen sein.« Ringsum war alles dunkel, nur die Scheinwerfer durchdrangen die Finsternis. Als der Wagen durch ein Schlagloch fuhr, wurden alle nach vorn geschleudert und landeten im nächsten Moment wieder auf ihren Sitzen. Siena schaute in den Rückspiegel. »Entschuldigung«, sagte sie. Die Straße führte in Serpentinen steil bergan. »Wer will denn hier oben leben?«

»Jack«, sagte Savannah, als sie über eine tiefe Rinne rumpelten und Siena Mühe hatte, den Wagen auf der Straße zu halten. Das Schneetreiben wurde dichter, und sie schaltete die Scheibenwischer ein, um sich freie Sicht zu verschaffen.

Kate und Ellie schrien auf, als sie auf eine Eisfläche gerieten und nach rechts an den Straßenrand rutschten.

»Keine Sorge. Bremsen, das Lenkrad gut festhalten und leicht gegenlenken. Das hat Dad mir beigebracht.« Sie steuerte in die Straßenmitte und nahm ein wenig Gas weg. Sie fragte sich, warum sie das in jener Nacht nicht getan hatte, als sie von der Straße abgekommen war und Cash sie gerettet hatte. *Schicksal. Es muss Schicksal sein.* »Seht ihr, Dad hat mir das beigebracht. Oh Gott, Mom, ich weiß nicht, was ich denken soll. Was ist, wenn Cash nicht mehr mit mir zusammen sein will?«

»Dann ist er ein Idiot«, sagte Ellie.

»Sage meinte, er könnte an Cashs Blick erkennen, dass er dich liebt«, sagte Kate.

Siena drehte sich zu Kate um und prompt geriet der Geländewagen ins Schlingern. »Mist.« Als sie gegensteuerte, trafen sie das nächste Schlagloch und setzten mit lautem Scheppern auf dem Boden auf. »Heiliger Strohsack. Diese

Straße ist eine Zumutung.« Sie starrte angestrengt auf die Fahrbahn. »Das hat Sage gesagt?«

»Ja. Ich habe es auch gesehen. Pass auf die Straße auf, sonst bist du tot und dann ist sowieso alles egal«, warnte Kate sie.

Sie drehte die Scheibenwischer hoch, um gegen den Schnee anzukämpfen, der in immer dichteren Flocken fiel. »Ich dachte, es sei kein Schnee angesagt.«

»In den Bergen ist das Wetter immer anders.« Savannah legte Siena von hinten die Hand auf die Schulter. »Konzentrier dich auf die Straße und hör auf, dir Sorgen wegen Cash zu machen.«

»Na prima. Der einzige Mann, den ich jemals geliebt habe, könnte mich genauso hassen, wie ich mich selbst hasse, und ich soll mir keine Sorgen machen?« Sie schüttelte den Kopf. »Keine Chance. Seht mal, da ist ein Licht. Das muss es sein.«

»Ich sehe kein Licht«, sagte Ellie.

Siena nahm die Hand vom Lenkrad und wies auf einen Lichtschimmer. Im selben Moment gerieten sie in ein weiteres Schlagloch, der Wagen zog nach rechts und dann ertönte ein lauter Knall. Siena schrie: »Haltet euch fest!«, während sie mit aller Kraft versuchte, die Reifen in der Spur zu halten. Es war aussichtslos. Das SUV rutschte von der eisglatten Straße in einen Graben und kam schließlich zum Stehen.

»Verdammter Mist. Mom? Alles okay?«

»Ja. Nichts passiert. Ellie? Kate? Savannah? Riley?«, fragte ihre Mutter.

»Ja«, sagte Ellie mit zittriger Stimme.

»Mir geht's gut«, sagte Riley rasch.

Kate umklammerte Savannahs Arm. »Mhm.«

»Uns auch«, sagte Savannah.

Siena sprang aus dem Truck und rutschte prompt aus und

landete auf dem Hintern. Ihre Füße waren klatschnass.

»Alles in Ordnung?« Ihre Mutter steckte den Kopf aus der Fahrertür.

»Ja, alles okay.« Sie rappelte sich auf und rannte die Straße hinauf.

»Siena!«, rief Savannah ihr nach. »Warte. Nimm meinen Mantel mit.«

Siena winkte ab. *Ich pfeife auf den Mantel. Und auf die Schuhe.* Sie musste zu Cash. Sie zitterte am ganzen Körper, als sie die beleuchtete Auffahrt erreichte, und ihre Füße und Finger waren taub vor Kälte. Ihr Handy klingelte und sie zog es heraus, sah den Namen ihrer Mutter und schob es in ihre Tasche zurück. Sie musste zu Cash. Sie hämmerte an die Tür des kleinen Hauses.

»Cash?« Sie hastete über die Veranda und spähte durch ein Fenster.

Die Haustür öffnete sich und ein alter Mann trat heraus. Er musterte sie von oben bis unten. »Kann ich Ihnen helfen?«

Mit klappernden Zähnen sagte sie: »C-Cash. Ich suche Cash Ryder.«

»Ryder? Meinen Sie das Haus von Gage? Na, das ist eine Meile weiter die Straße hoch.«

Siena rannte die Verandatreppe hinunter durch den Schnee auf die Straße zu.

»Warten Sie. Ohne Schuhe und Mantel kommt man nicht dorthin. Sie werden sich den Tod holen.«

Sie rannte weiter. Wahrscheinlich würde sie erfrieren, bevor sie Cash fand. Ihre Füße waren kaum noch zu spüren, und langsam dämmerte ihr, dass der alte Mann recht hatte. Und als er mit einem Schneemobil aus seiner Einfahrt kam und ihr sagte, sie solle seinen Mantel anziehen und aufsteigen, erhob sie keinerlei Einwände.

Einunddreißig

Eigentlich hätte das Zusammensein mit Jack und den anderen Männern genau das sein sollen, was Cash brauchte. Sie waren ungestüm, intelligent und unkompliziert, aber was Cash brauchte, war Siena.

»Also, du bist in meine Schwester verliebt und sie macht dich verrückt«, sagte Jack.

»Ich bin in sie verliebt, aber sie macht mich nicht verrückt.« *Ich mache mich selbst verrückt.*

»Das ist doch Quatsch«, sagte Rex. »Ich habe die Bilder in der Zeitung gesehen. Ich wollte nichts sagen, aber Jack meinte, du wüsstest Bescheid. Mann, wenn Jade solch einen Mist machen würde, hätte ich …«

Treat schlug Rex auf den Arm. Sie saßen am Tisch und tranken Bier. Mit Pokerspielen hatten sie schon vor einer Stunde aufgehört und stattdessen angefangen, über Brände, über die Natur und über die Hotels zu reden, die Treat besaß, und nun waren sie bei den Frauen in ihrem Leben angekommen.

»Hör nicht auf Rex. Jade hat ihn um den kleinen Finger gewickelt, und wenn sie sagen würde, sie wollte sich für ein paar pressewirksame Fotos mit jemandem treffen, dann —«

Cash beugte sich vor. »Was hast du gesagt?«

»Dass du nicht auf Rex hören sollst?« Treat sah ihn nicht an.

Cashs Herz pochte wie wild gegen seine Rippen. »Nein, du hast etwas über die Presse gesagt. Woher weißt du das?«

Treat verschränkte die Arme und senkte das Kinn. »Ich bin ziemlich gut vernetzt.«

Josh, ein weiterer älterer Bruder von Savannah, der in Manhattan lebte, sagte: »Er weiß es von mir.«

»Und woher hast du es?«

»Wahrscheinlich von Savannah«, sagte Jack.

»Mist. Wisst ihr, was das für Sienas Vertrag bedeuten könnte? Für ihr Image?« Cash wurde ganz anders zumute. »Weiß Siena, dass ihr alle im Bilde seid?«

»Ganz bestimmt nicht. Aber, Cash, was soll das alles?«, fragte Rex. »Nichts für ungut, Jack, aber wo bleibt dein Stolz, Mann?«

»Hey, pass auf, was du sagst«, sagte Gage zu Rex.

»Nein, er hat recht.« In der Ferne hörte Cash das Dröhnen eines Motors. »Deshalb will ich sie nicht vor die Wahl stellen. Wenn ich ihr das Gefühl gebe, dass sie wählen muss, und sie sich für mich entscheidet, wird sie mir insgeheim immer Vorwürfe machen.«

»Also, was hast du vor?«, fragte Jack.

Cash wischte einen unsichtbaren Krümel von der Tischplatte. »Seht mal, deine Schwester hat die Chance, einen millionenschweren Vertrag abzuschließen. Das Einzige, was sie zurückhält, bin ich. So wie ich das sehe, muss ich aus der Gleichung raus, damit sie das erreichen kann, was sie verdient.«

»Und sie weiß das?« Jacks hitziger Blick und seine tiefe Stimme hatten etwas Bedrohliches.

»Nein. Ich werde … Weißt du, Jack, ich liebe sie. Ich

möchte keine Minute ohne sie sein, geschweige denn ein Leben lang. Aber ich kann ihr nicht im Weg stehen.«

Gage stand vom Tisch auf und ging zum Fenster.

»Sie liebt dich.« Jack beugte sich über den Tisch. »Sie hat noch nie einen Mann geliebt, soweit ich weiß. Und das sagt doch wohl einiges.«

»Nein, Jack. Es sagt alles.« Er zuckte die Achseln. »Fändest du es besser, wenn ich sie vor die Wahl stelle und sie ihre Entscheidung später vielleicht bereut?« Er stand auf, um nachzusehen, warum es draußen so laut war. »Ich liebe sie, Jack. Es gibt keine gute Lösung. Ich will mich nicht von ihr trennen und will sie nicht zwingen, sich zwischen mir und dem gottverdammten Vertrag mit Track Sports zu entscheiden.« Eigentlich wollte er gar nicht so laut werden, doch die Wahrheit seiner Worte brannte ihm auf der Zunge.

»Heiliger Strohsack. Cash? Hat Siena lange Haare?« Gage drehte sich zu ihm um und ging zur Tür. »Weil ich glaube, dass sie da draußen ist.«

»Kann nicht sein. Sie ist mit den anderen Mädels bei Hal auf der Ranch.« Cash nahm seinen Parka und trat gerade in dem Moment aus der Tür, als ein Schneemobil anhielt, Siena vom Rücksitz stieg und der Länge nach in den Schnee fiel. Der Mann, der das Schneemobil gelenkt hatte, versuchte, ihr aufzuhelfen. Cash und Jack rannten auf sie zu. Sie rappelte sich auf und stolperte vorwärts. Ihre Arme steckten in einem riesigen Mantel, die Haare waren schneeverkrustet und ihr Gesicht war puterrot. Sie lief zu Cash und klammerte sich an seine Arme. Ihr Körper zitterte und ihre Lippen waren ganz blau. Er sah auf ihre Füße hinunter.

»Du hast keine Schuhe an«, sagten Cash und Jack wie aus einem Munde. Cash funkelte ihn an und Jack trat einen Schritt zurück.

Panische Angst durchfuhr Cash, als er sie auf die Arme hob, sich ihre blauen Lippen und die brennend rote Haut ansah und ihrem Atem lauschte. »Was zum Teufel machst du hier draußen? Wo sind deine Schuhe? Wessen Mantel ist das?« Er trug sie ins Haus, gefolgt von Jack, dem fremden Mann, Savannahs Brüdern und Gage. Auf dem Weg zum Kamin zerrte er eine Decke vom Sofa und setzte sich dann mit ihr auf dem Schoß ans Feuer. »Du bist …«

Ihre Zähne klapperten. »Nnn – nn – nicht gut vorbereitet.«

Er nahm ihr Gesicht in beide Hände, ohne auch nur einen einzigen Gedanken an die anderen Männer zu verschwenden, und starrte in ihre wunderschönen blauen Augen. Er küsste sie auf die kalten Lippen. »Nicht gut vorbereitet.« Er küsste sie erneut und wusste im gleichen Moment, dass er einen Teufel tun und aus ihrem Leben verschwinden würde. Er zog ihr die nassen Socken aus und streifte ihr stattdessen ein Paar trockene, dicke Wollsocken über, die Gage ihm gereicht hatte.

»Also, was machst du hier draußen? Du hättest an Unterkühlung sterben können. Dir hätten die Zehen abfrieren können. Du könntest –«

Sie hob ihre kalten Lippen an seine und küsste ihn. Er hielt sie so fest, dass er durch den dicken Mantel spüren konnte, wie sie zitterte. Er packte sie noch fester, bis das Zittern allmählich nachließ und ihre Lippen wieder ihre normale Farbe annahmen. »Gage, heiße Schokolade, bitte.«

Sienas Lippen verzogen sich zu einem schiefen Lächeln.

»Dein Gesicht fühlt sich taub an, nicht wahr?«

Sie nickte.

»Verdammt noch mal, Siena.« Er wölbte die Hand um ihren Hinterkopf und drückte ihre Wange gegen seine. Gott, er liebte es, sie zu spüren. Die Angst, die ihn ergriffen hatte, als er sie nass und kalt da draußen sah, mit einem Fremden – *oh Gott*. Er sah den alten Mann an, der sie mit Sorge in den müden Augen beobachtete. »Danke, Sir. Ich kann Ihnen nicht genug danken.«

Siena lehnte ihre Stirn an seine. »Ich habe … Jewel gesagt, dass sie … abschreiben kann. Ich möchte mit diesem Vertrag nichts zu tun haben.«

»Psst, ganz ruhig.« Heiliger Bimbam, was hatte sie da gerade gesagt? Er nahm den warmen Becher, den Gage ihm reichte, und führte ihn an ihre Lippen. Sie schloss die Augen und trank einen Schluck.

»Cash, ich schäme mich für das, was ich getan habe.«

»Schhh, alles okay.«

Sie schüttelte den Kopf und er strich ihr vorsichtig die nassen Haarsträhnen aus dem Gesicht.

»Nein. Nein, ist es nicht. Ich habe mich schon vor unserem ersten Date geschämt, weil ich mich auf das Date mit Gunner überhaupt eingelassen habe.«

Jack stellte sich neben sie. Siena sah zu ihm auf, dann wandte sie sich wieder Cash zu.

»Ich … ich wollte es nie tun. Ich hatte Angst davor, was passieren würde, wenn ich mich weigern würde. Aber ich werde nie …« Ihre Zähne klapperten derart, dass sie nicht weitersprechen konnte, und Cash half ihr, einen weiteren Schluck Kakao zu trinken. »Ich werde meine Überzeugungen nie wieder verraten. Ich werde uns nie wieder verraten.«

»Babe, es ist okay.« In seinem Herzen wusste er, dass ihre Liebe ihr genauso viel bedeutete wie ihm. In seinem Herzen hatte er die ganze Zeit gewusst, dass sie das Richtige tun würde, und als er es aus ihrem Mund hörte, traten ihm doch tatsächlich Tränen in die Augen.

Wieder schüttelte sie den Kopf. »Nein. Es ist nicht okay.« Mit einem Ruck setzte sie sich auf. »Oh Mist. Jack, Savannah, Mom, Ellie, Riley und Kate sind in einem Geländewagen auf der Mount Grail Road. Ich bin von der Straße abgekommen und zum Haus dieses Mannes gelaufen.«

»Los, komm mit.« Jack packte Rex und rannte hinaus.

»Ich komme mit meinem Truck nach. Er hat eine Abschleppkette«, sagte Gage.

Treat klopfte dem alten Mann auf die Schulter. »Nehmen Sie mich mit den Berg hinunter? Sie sind schneller als die anderen. Josh —«

»Schon unterwegs.« Josh folgte Gage nach draußen.

»Cash, ich liebe dich. Ich bin nie richtig vorbereitet. Ich bin schrecklich, das weiß ich. Ich war nicht vorbereitet, als Jewel mir sagte, was sie von mir wollte. Und als ich Anfang dieser Woche in ihr Büro ging, war ich fest entschlossen, ihr zu sagen, dass ich nicht mehr mitmache. Ich schwöre, ich wollte es ihr sagen, aber dann hat mich das Track-Sports-Ding aus der Bahn geworfen. Ich begann, über Kinder und Familie nachzudenken und … es gibt keine Entschuldigung. Ich kann mich einfach nicht ordentlich vorbereiten, aber ich kann dich lieben. Ich liebe dich mit meinem ganzen Herzen und meiner ganzen Seele. Ich will dich. Ich will uns.«

Cash traute seinen Ohren kaum. Er wollte sie am liebsten nur festhalten und ihr sagen, wie sehr er sie liebte, aber gleichzeitig wollte er nicht beschönigen, was in den letzten Tagen zwischen ihnen gestanden hatte.

»Siena, sie werden dir Unmengen Geld anbieten. Du könntest es bereuen. Du könntest mich deswegen hassen. Jedes Mal, wenn du das Gesicht eines anderen Models in einer Track-Sports-Anzeige siehst, könntest du denken: Wenn ich doch nur …«

Sie schüttelte den Kopf. »Nein. Werde ich nicht. Weißt du, warum ich mir so sicher bin?«

»Nein, warum denn?«

»Weil ich, wenn ich mit dir zusammen bin, das fühle, was ich beim Modeln fühle.« Sie berührte seine Wange mit ihrer kühlen Hand. »Erinnerst du dich an den Ausdruck in meinen Augen, als ich mit Gunner aus dem Restaurant kam?«

Den würde er nie vergessen. Es war der Blick, den er in ihren Augen sah, wenn sie sich liebten. Er nickte.

»Was ich dir gesagt habe, war die Wahrheit.« Siena nahm seine Hand in ihre. »Es gab nur eine Möglichkeit, diesen Blick hinzubekommen: Ich musste an dich denken, und ich will nicht, dass die Leute meinen, dass dieser Blick einem anderen Mann gilt. Ich will dich, Cash. Nur dich. Wenn du mir verzeihst.«

Cash zog sie an sich und küsste sie. »Dir verzeihen? Du bist die schönste, frustrierendste, dickköpfigste und am schlechtesten vorbereitete Frau, die ich je kennengelernt habe. Und du bist die einzige Frau, die ich jemals haben will. Ich liebe dich, Siena.«

»Siehst du? Nichts im Leben geschieht ohne Grund.«

»Was meinst du denn damit? Immerhin sitzen die anderen auf dieser gefährlichen Straße fest.« Cash gab ihr einen Kuss, bevor sie antworten konnte.

»Ich weiß nicht mehr, was ich damit meinte. Küss mich noch einmal.« Sie wackelte mit den Zehen. »Ich taue langsam auf. Versuch es noch einmal.« Sie senkte ihren Mund auf seinen und er vertiefte den Kuss.

Als sich ihre Lippen trennten, befühlte er erst ihre Finger, dann ihre Zehen. »Geht's wieder?«

»Ja. Mir geht es jetzt gut, weil ich weiß, dass es uns gut geht. Aber die Mädels werden mich verfluchen. Ich habe sie im Auto sitzen lassen und bin losgelaufen, um dich zu finden.«

»Siena Remington, wie sie leibt und lebt. Total unvorbereitet und wild entschlossen, das Leben anderer aufs Spiel zu setzen.«

»Aber dein Herz werde ich nicht aufs Spiel setzen. Nie wieder.«

Von draußen war Motorenlärm zu hören und Siena sah besorgt zur Tür. Sie nahm sein Gesicht in beide Hände und sagte: »Sie werden mich umbringen. Rette mich.«

»Immer wieder gern.«

Er stand mit ihr in den Armen da, als die anderen durch die Tür stürmten.

»Siena Remington!« Ihre Mutter stürzte auf sie zu, und Cash drehte sich zur Seite, während sich Siena an seinen Hals klammerte. »Oh, glaub bloß nicht, dass ich dir nicht die Ohren langziehe, nur weil dein großer, gut aussehender Feuerwehrmann dich wieder einmal rettet.«

»Mom, es tut mir leid. Ich musste ihn einfach finden.«
»Tatsächlich.«
Siena blickte ihre Mutter an und sah zu ihrer Erleichterung ein breites Lächeln auf ihrem Gesicht.

»Was soll ich nur mit dir machen? Dieser arme Mann wird sein Leben damit verbringen, dich vor Schnee, Wind und Eiscreme auf deiner Kleidung zu bewahren, und Gott weiß, vor was sonst noch.« Joanie beugte sich zu Cash. »Mit dieser jungen Dame hier hast du alle Hände voll zu tun.« Dann sah sie Siena an und sagte: »Es wurde auch höchste Zeit, dass du zur Besinnung kommst. Kannst du dir vorstellen, wie fest ich mir auf die Zunge beißen musste, als du mir zum ersten Mal von diesem Gibson erzählt hast?« Sie schüttelte den Kopf und zeigte auf Jack. »Dein Bruder hatte alle Mühe, mich zu beruhigen. Und noch etwas, mein Fräulein: Ruf deinen Vater an und sag ihm, was du mir gesagt hast. So etwas brauchst du nicht mit dir herumzuschleppen.«

Savannah war als Nächste an der Reihe. »Du hast uns sitzen lassen. Hast uns einfach sitzen lassen! Ein Auto hätte uns anfahren oder wir hätten an Unterkühlung sterben können. Und du bist davongestürmt, um Cash deine Liebe zu erklären, und ich habe es nicht einmal gesehen.« Sie schüttelte den Kopf.

Cash stellte Siena auf die Beine, doch sie klammerte sich an ihn, mit dem Mantel des alten Mannes um die Schultern und den Socken seines Bruders an den Füßen.

Dann breitete sie die Arme aus und wedelte mit den Mantelärmeln, in denen ihre Hände verschwanden. »Komm her«, sagte sie zu Savannah.

Savannah umarmte sie.

»Es tut mir leid, dass ich deine Brautparty ruiniert habe. Und danke, dass du mich so wütend gemacht hast, dass ich endlich klar sehen konnte.«

»Glaub mir: Dafür sind Schwestern da.«

»Ah, ich glaube, das nennt man Bonding«, sagte Jack und legte Cash den Arm um die Schultern. »Willkommen in der Familie. Mit allem, was dazugehört.« Dann beugte er sich vor und flüsterte: »Ich bin froh, dass es geklappt hat. Ich hatte schon gar keine Lust mehr, dich umzubringen, wenn du meiner Schwester wehgetan hättest.«

»Wahrscheinlich bekomme ich es nicht nur mit dir zu tun, wenn ich Siena jemals wehtun sollte.« Er wies mit dem Kopf auf die Frauen, die alle zusammenstanden und sich umarmten. »Deine Schwester hält mein Herz in der Hand. Ich werde ihr niemals wehtun.«

»Ach, Alter, so sind sie eben. Sie treiben dich in den Wahnsinn, und dann bringen sie dich dazu, sie zu lieben. Dann treiben sie dich wieder in den Wahnsinn, aber dann kommst du aus der Nummer nicht mehr raus und kannst sie nur noch mehr lieben.« Rex nickte Cash zu.

»Ja, das stimmt«, sagte Jack.

Savannah löste sich von der Gruppenumarmung und sagte zu den anderen Frauen: »Sind sie nicht süß? Sie denken, sie wissen, wie Frauen ticken.«

Die Männer hielten die Hände hoch, als würden sie sich ergeben.

»Tja«, flüsterte Gage seinem Bruder ins Ohr, »und wer sagt dem armen Gunner, dass er sich jemand anderen suchen muss?«

In einer schnellen Bewegung stieß Cash ihm den Ellbogen in den Bauch.

Siena schlang ihre Arme um Cash und küsste ihn. »In jener Nacht von der Straße abzukommen, war das Beste, was mir je passiert ist.«

Cash zog sie an sich und lehnte seine Stirn an ihre. »Nein, Baby. Das Beste kommt erst noch.«

Danksagung

Meine Leserinnen sind mir ein ständiger Quell der Inspiration und der Kraft. Ich freue mich immer, von Ihnen zu hören, und hoffe, dass Sie auch weiterhin in den sozialen Medien und per E-Mail mit mir in Kontakt bleiben werden. Danke, dass Sie sich für meine Bücher und für meine Arbeit interessieren.

Ich möchte allen Feuerwehrleuten danken, die tagtäglich ihr Leben riskieren, um für unsere Sicherheit zu sorgen. Ich glaube, vielen Leuten ist nicht bewusst, mit welchen Ängsten und Gefahren sie bei ihrer Arbeit konfrontiert sind. Bevor ich mit Gary Hoffman, einem Feuerwehrmann und Sanitäter der Einheit Williamsport Company 2, gesprochen hatte, wusste ich es auch nicht. Danke, dass Sie sich die Zeit genommen haben, meine Fragen zu beantworten, Gary. Ich habe mir in meiner Geschichte einige dichterische Freiheiten herausgenommen und möchte betonen, dass alle Fehler und Irrtümer auf meine Kappe gehen.

Herzlichen Dank an Freunde und Familie, die mich so beständig bei meiner Arbeit unterstützen, sich verschiedene Szenen durchgelesen und mich bisweilen eines Besseren belehrt haben, wenn ich an einzelnen Passagen herumgefeilt habe. Mein Lektoratsteam überrascht mich immer wieder mit seiner Geduld, Hartnäckigkeit und seinem unfehlbaren Auge für Details. Danke, Kristen Weber, Penina Lopez, Jenna Bagnini,

Juliette Hill, Marlene Engel und Lynn Mullan sowie an mein deutsches Team Rita Kloosterziel, Catherine Fischer, Rabea Güttler und Judith Zimmer.

Zu guter Letzt kann ich dir, Les, nicht genug dafür danken, dass du mir zur Seite stehst, während ich mich immer wieder aufs Neue in Fantasiemänner verliebe.

Herzen im Schnee

Die Remingtons

LOVE IN BLOOM – HERZEN IM AUFBRUCH

Eins

Beim Blick aus dem Fenster hinaus in den Schnee, der seit der Landung in Colorado unablässig vom Himmel rieselte, spannten sich Rush Remingtons Kiefermuskeln. Eigentlich brauchte er nicht viel zu seinem Glück: einen verschneiten Hang, ein Paar Skier, täglich ein, zwei Portionen Proteinpulver und ein paar gemütliche Stunden mit seiner besten Freundin. Die Ausrüstung des Skiteams war vorausgeschickt worden und bereits im »Colorado Ski Center« angekommen, wo er und einige andere Mitglieder der Olympiamannschaft diese Woche Workshops geben würden. Rush zog zwei Sporttaschen unter seinem Sitz hervor. Eine war prallvoll mit Proteinpulver, DVDs und Gummibärchen, dem Lieblingssnack seiner besten Freundin. In der anderen transportierte er sein Reisegepäck.

Sein Telefon vibrierte. Wieder ein Text von Jayla. Er und Jayla Stone waren seit fünfzehn Jahren beste Freunde und hatten sich in der Workshop-Woche ein paar gemütliche Abende machen wollen. Er warf einen Blick zu den Reportern vor dem Eingang der Lodge, dann drehte er sich verstohlen zu Jayla, die hinten im Van neben Marcus White saß und so tat, als suchte sie etwas in ihrer Handtasche. Rush war absolut sicher, dass sie nur wegen Marcus den Blickkontakt mit ihm vermied. Denn das Einzige, was es in der verdammten Handtasche zu finden gab, war eine Männergeldbörse – *weil Frauengeldbörsen zu unhandlich sind* –, ihre Schlüssel, ein paar Hygieneprodukte (in Papiertaschentücher gewickelt und in einem Extrafach mit Reißverschluss versteckt, *weil die so peinlich sind*) und vermutlich einige leere Gummibärchentüten.

Er las Jaylas Textnachricht. *Süße Reporterin. Blond. Rote Jacke.*

Die Medien – und die Frauen – liebten Rush mit seinen knapp eins neunzig, dem vollen dunkelbraunen Haar, der stets leicht sonnengebräunten Haut, dem perfekten Lächeln und seinem unersättlichen Appetit auf Sport und Training. Aber heute hielt sich seine Lust, in eine Kamera zu lächeln, in Grenzen.

Er lachte leise auf und schüttelte den Kopf. Noch vor einem Jahr hätte er die süße Blondine abgecheckt, sie spätestens um Mitternacht in seinem Bett gehabt und ihren Namen schon vor dem gemeinsamen Frühstück mit Jayla wieder vergessen. Jayla hätte ihn damit aufgezogen, dass er nun eine weitere Kerbe in seinen Gürtel ritzen könnte. Irgendeinen Spruch hätte sie auf jeden Fall parat gehabt. Und dann wären sie zusammen raus auf die Piste gegangen. Vor einem Jahr war er noch ein völlig anderer Mann gewesen.

Ist sie aus Pulverschnee? Sonst kein Interesse. Ich will nur Skifahren, schrieb er zurück.

In einer Woche endete die Wettkampfsaison. Dann konnte Rush so viele Frauen haben, wie er wollte, ohne sich Gedanken wegen der Ablenkung machen und in der Folge um seinen Platz ganz oben auf dem Podest fürchten zu müssen. Doch mit irgendeiner Unbekannten ins Bett zu gehen, hatte er gar nicht im Sinn. Eigentlich hatte er Jayla in dieser Woche gestehen wollen, dass er, verdammt noch mal, aus ganzem Herzen und bis über beide Ohren in sie verliebt war. Doch leider war dieser Plan implodiert. Jetzt wollte er nur noch irgendwie durch die nächsten Tage kommen und bei der North Face Competition, dem letzten Rennen der Saison, die Nase vorn haben.

Auch ohne hinzusehen, wusste er, dass Jayla die Augenbrauen zusammenzog und in der Hoffnung, zur Beruhigung ihrer Nerven noch ein letztes Gummibärchen zu finden, nach einer leider leeren Tüte tastete. Mit Sicherheit beobachtete dieser bescheuerte Marcus White sie dabei mit Adleraugen.

Rush ließ den anderen Mitgliedern der Skimannschaft, die sich zur Mitarbeit bei den Workshops bereiterklärt hatten, den Vortritt. Dann stieg auch er aus dem Van. Cliff Bail und Patrick Staller sahen mit ihrem athletischen Körperbau und dem von der Sonne aufgehellten Haar aus, als wären sie direkt aus einer Skizeitschrift spaziert. Dicht gefolgt von Kia Lyle und Teri Martin checkten sie auf dem kurzen Weg zum Eingang der Lodge die Reporterinnen ab. Rush ließ sich ein wenig zurückfallen. Vielleicht interviewten die Medienleute ja dann die anderen Teammitglieder und ließen ihn in Ruhe. Er atmete die frische, kühle Bergluft ein, stieß die Stiefelspitze in den lockeren Neuschnee und ließ den Blick über die Hotelanlage schweifen, die in der kommenden Woche ihr Zuhause sein würde. Hinter der imposanten dreigeschossigen Lodge aus Naturstein und Zedernholz ragten schneebedeckte Berge auf. Von den Gipfeln wanden sich die Pisten als weiße Schneisen zwischen Baumgruppen hindurch bis in die Täler. Für einen Skifahrer gab es nichts Schöneres.

Noch ein paar Schritte und er war von Reportern und Kameraleuten umringt, hatte Mikrofone vor der Nase und wurde x-mal fotografiert.

»Rush, was möchten Sie Ihren Fans gerne sagen?«

Ohne stehenzubleiben, beantwortete er die Frage mit ernsten Augen und einem medienerprobten Lächeln. »Ich möchte mich für ihre Unterstützung bedanken. Sie können darauf zählen, dass ich auch zu den nächsten Olympischen Spielen wieder in Topform bin.«

Die letzten Worte hätte er sich vermutlich sparen können, denn Jayla war aus dem Van gestiegen und stand sofort im Zentrum der medialen Aufmerksamkeit. Seit sie zwei olympische Goldmedaillen gewonnen hatte, wurde sie noch hartnäckiger belagert als er. Es ging doch nichts über eine brandheiße Olympiasiegerin. Er und Jayla waren seit vielen Jahren eng befreundet und er gönnte ihr den Erfolg von Herzen. Auch wenn sein männliches Ego ein wenig daran zu knabbern hatte, dass er der Presse schnurz war, sobald sie auf der Bildfläche erschien. Im Grunde konnte er den Reportern keinen Vorwurf machen. Jayla war der Liebling der Nation, das neue Gesicht von Dove und das beste verdammte Vorbild, das junge Frauen sich wünschen konnten.

Die Olympiamannschaft wurde von führenden Skiherstellern und Sportbekleidungsfirmen gesponsert. Seit er olympisches Gold in der Tasche hatte, hatte Rush zusätzlich eigene Sponsoren gewonnen. Hersteller von Sonnencreme und Energydrinks hatten ihm lukrative Verträge vorgelegt. Und seit der Goldmedaille im Abfahrtslauf hatte auch Jayla eigene Sponsoren aus dem Haarpflege- und Beautybereich.

»Bist du hier festgefroren, Kumpel? Komm, lass uns reingehen.« Marcus warf sich seine Ledertasche über die Schulter und schob sich an ihm vorbei.

Der Liebling der Nation und die neue Freundin dieses

Arschlochs.

»Drei Taschen. Hier rüber«, blaffte Marcus den Hotelpagen an. Der braungebrannte junge Mann, dem der sonnengebleichte Pony in die Augen fiel, hätte gut an einen Surfstrand gepasst.

Rush knirschte mit den Zähnen. Am liebsten hätte er Marcus, dem Arschloch, mit den Fäusten Manieren eingebläut. Sie trainierten seit drei Jahren zusammen. Bei der Winterolympiade vor zwei Jahren hatte Marcus keinerlei Aussicht auf die vorderen Ränge gehabt, während Rush geschafft hatte, was nur sehr wenigen Athleten gelang. Er hatte in allen alpinen Skidisziplinen Medaillen gewonnen: Gold im Slalom und Riesenslalom, Silber im Super-G, bei der Abfahrt und in der Kombination. Vor Rushs Erfolgen war Marcus ein Idiot gewesen, danach hatte er sich in Lichtgeschwindigkeit zu einem Vollpfosten entwickelt. Und seit drei Wochen nahm er zu allem Überfluss auch noch jede Sekunde von Jaylas knapp bemessener Freizeit in Anspruch. Ziemlich schmerzhaft machte er Rush damit bewusst, dass er schon viel zu lange gewartet hatte und ihr endlich seine Gefühle offenbaren musste, bevor die Sache zwischen ihr und Marcus noch ernster wurde.

Rush schaute zu, wie der Kerl mit hocherhobenem Kopf durch die Glastür in die Lobby stapfte. Zu gern hätte er dem spitzen Kinn mit einem satten linken Haken eine neue Form verpasst.

Eigentlich sollte Marcus nicht einmal hier sein. Im Gegensatz zu Rush und einigen anderen aus dem Team hatte er sich nicht bereiterklärt, »No Limitz« mit Workshops zu unterstützen. »No Limitz« war eine Jugendeinrichtung, die Danica, die Ehefrau von Rushs Freund Blake Carter, ins Leben gerufen hatte. Ehrenamtliches Engagement war gut für das Image von Spitzensportlern, aber Rush hatte nicht deshalb zugestimmt. Er war froh, Blake und Danica einen Gefallen tun zu können, und Jugendlichen seinen Sport näherzubringen, machte ihm immer Freude. Verdammt, wenn es nach ihm ginge, würde er allen Kindern ein paar Skier unter die Füße schnallen, sobald sie laufen konnten.

Rush hielt den Freiwilligen aus der Frauen-Skimannschaft die Tür auf. Nur Jayla hatte sich noch immer nicht aus den Fängen der Reporter befreien können.

»Und was sagen Sie Ihren Fans?« Die Reporterin in der roten Jacke hielt ihr ein Mikrofon unter die Nase.

Seit Jaylas Goldmedaillengewinn berichtete das Fernsehen regelmäßig über sie. Man hörte im Radio von ihr und sah ihr Gesicht in den Werbeanzeigen ihrer Sponsoren. Unzählige junge Mädchen und Frauen schrieben ihr Fan-Mails. Viele dankten ihr, weil ihr Werdegang ihnen Mut machte, ihren Weg zu gehen. Zum Glück neigte Jayla nicht dazu abzuheben. Bevor Marcus sich in ihrem Leben breitgemacht hatte, hatte Rush oft gesehen, wie sie viele dieser Mails persönlich beantwortet hatte. Die tiefe Dankbarkeit für ihre Erfolge hatte ihr die Tür zu seinem Herzen noch weiter geöffnet. Andererseits hatte er sie für ihre Einstellung, ihre Bodenhaftung und ihr ungekünsteltes, natürliches Wesen schon immer bewundert. Sie war unglaublich warmherzig und liebenswert.

»Dass ich sehr dankbar bin für ihre Unterstützung. Ich freue mich sehr über die vielen Briefe und Nachrichten, und möchte am nächsten Wochenende gern dafür sorgen, dass sie stolz auf mich sein können.«

»Gibt es schon Pläne für die nächsten Olympischen Spiele?«, fragte eine andere Reporterin.

Bis dahin waren es zwar noch zwei Jahre, aber Rush, Jayla und die anderen in der Mannschaft trainierten, als stünden die

Wettkämpfe bereits vor der Tür.

»Hart trainieren und gewinnen.« Jayla warf sich ihre Tasche über die Schulter und ging freundlich winkend weiter. Ein Reporter heftete sich an ihre Seite. Sie verlangsamte kurz ihren Schritt, bedankte sich und eilte dann zur Tür.

»Danke, Rush«, sagte sie auf der Schwelle.

Rush beugte sich zu ihr. »Ich dachte, du kommst allein.« Er gab sich Mühe, sich den Sturm nicht anmerken zu lassen, der sich in seiner Magengegend zusammenbraute.

Sie kniff die Augen zusammen. »Das dachte ich auch.«

Wie sie beim Griff nach ihrem Gepäck fast unmerklich zusammengezuckt war, hatte er gesehen. Wohl wissend, dass sie bereits zwei Schulterverletzungen hinter sich hatte, tat er, was er immer tat. Er streckte die Hand nach ihrer Tasche aus.

Sie funkelte ihn an. »Danke. Nicht nötig. Das schaffe ich schon.«

Rush hob beschwichtigend die Hände.

Die meisten Frauen waren furchtbare Kletten und brauchten ständig Bestätigung. Ein paar Stunden lang tat er ihnen gerne den Gefallen und bereitete ihnen und sich selbst dabei viel Vergnügen. Doch für Tratsch, Klagen und Fragen wie *Habe ich in diesen Jeans einen dicken Hintern?*, war er nicht der richtige Mann. Das hatte er schon vor Jahren auf die harte Tour gelernt, wenn er hin und wieder eine ehrliche Antwort gegeben hatte. *Nein, dick macht dich eher die Sahne auf dem Kuchen, den du gerade gefuttert hast.* Jayla war anders als andere Frauen. Sie war unabhängig, ehrgeizig und stark. Das und noch vieles andere liebte er so an ihr. Wenn es darauf ankam, konnte sie sich in eine Aufgabe verbeißen wie ein Bullterrier. Oder stur sein wie ein Esel.

Rush versuchte, nicht auf den Stich in seiner Brust zu

achten, als sie ihr langes braunes Haar über die Schulter warf und Marcus ein Lächeln schenkte. Jayla und er hatten sich als Teenager bei einem Ski-Camp kennengelernt und waren binnen kürzester Zeit die dicksten Freunde geworden. Er vertraute ihr seine schmutzigsten Geheimnisse an und kannte ihre größten Ängste. Oft staunte er darüber, dass sie es so viele Jahre mit ihm ausgehalten und er diese Freundschaft nicht an die Wand gefahren hatte. Besonders wenn er sich klarmachte, was für ein unverbesserlicher Playboy und Frauenheld er während dieser ganzen Zeit gewesen war. Er hatte nie versucht, das vor ihr zu verbergen. Dass er endlich der Wahrheit über sich ins Auge sah, verdankte er seinem ältesten Bruder Jack und einem Kommentar von Jayla. Mit ihr sprach er oft über sehr persönliche Dinge, aber sie mischten sich nie ein oder maßten sich ein Urteil an. Doch was diesen Marcus anging, fiel es Rush, anders als sonst, unendlich schwer, den Mund zu halten. Um es irgendwie durch die verdammte Woche mit den Workshops zu schaffen, beschloss er, die Gedanken an Jayla und Marcus vorerst beiseitezuschieben und sich lieber auf das letzte Rennen zu konzentrieren, das noch vor ihnen lag.

»Autsch!«

Rush fuhr herum und sah, wie Jayla sich den Arm rieb. Sofort standen seine Kiefermuskeln wieder unter Spannung und er feuerte aus zusammengekniffenen Augen versengende Blicke auf Marcus ab. Schon dass Jayla sich auf ein einziges Date mit dem Kotzbrocken eingelassen hatte, hatte er nicht glauben wollen. Und dass die beiden jetzt bereits drei Wochen zusammen waren, machte ihn fassungslos. Wie sollte er das bloß verstehen? Marcus war ein selbstverliebter Kontrollfreak, während Jayla ... Er verbot sich, an die endlose Liste von Eigenschaften zu denken, die er an ihr liebte, geschweige denn daran, wie hoffnungslos lange er gebraucht hatte, um das zu merken.

Jayla stand mit dem Rücken zu ihm, deshalb konnte er nicht beurteilen, ob Marcus ihr wehgetan hatte oder ob sie nur über einen abgebrochenen Fingernagel stöhnte. Wobei Jayla ihre Nägel ziemlich egal waren. Schon immer.

Marcus legte seinen Arm um ihre Schultern und wandte sich grinsend ab. Rush entging nicht, dass Jayla unter dieser Berührung starr wurde.

Nicht mein Problem.

Ende des Auszugs

Wenn Ihnen die Vorschau gefallen hat, können Sie *Herzen im Schnee* gleich bei Ihrem Online-Buchhändler bestellen und weiterlesen!

Neu bei »Love in Bloom – Herzen im Aufbruch«?

Beginnen Sie doch am Anfang der Reihe mit ihren weitverzweigten Familien und verlieben Sie sich mit Treat und Max in *Im Herzen eins – neu erzählt*.

Treat Braden ist eigentlich gar nicht auf der Suche nach Liebe, als Max Armstrong in seine Hotelanlage in Nassau spaziert, aber er erkennt hinter dem Schutzschild ihrer effizienten Fassade schnell die liebenswerte, sinnliche Frau. Ein geradezu magischer gemeinsamer Abend lässt ein enges Band zwischen ihnen entstehen, und zum ersten Mal in seinem Leben verspürt Treat den Wunsch nach viel mehr als einem kurzen Abenteuer. Doch dann macht er einen Fehler und sie zieht sich zurück. Nachdem er sich wochenlang nach der einen Frau, die er nicht haben kann, verzehrt hat, fliegt er nach Hause auf die Ranch seiner Familie, um sie endlich zu vergessen.

Eine zufällige Begegnung bringt die beiden wieder zusammen und führt zu einer Nacht voller Leidenschaft und Aufrichtigkeit. Als Max ihre schmerzhafte Vergangenheit offenbart, ist Treat bereit, alles zu geben, um ihr Herz für immer zu erobern – und ihr zu helfen, sich von ihren Dämonen zu befreien.

Sie können *Im Herzen eins – neu erzählt* bei Ihrem Online-Buchhändler bestellen!

Die Bradens (Peaceful Harbor)

Geheilte Herzen
Voller Einsatz für die Liebe
Liebe gegen den Strom
Vereinte Herzen
Melodie der Liebe
Sieg für die Liebe
Endlich Liebe – ein Braden-Flirt

Die Remingtons

Spiel der Herzen
Im Dschungel der Liebe
Herzen in Flammen
Herzen im Schnee
Liebe zwischen den Zeilen

Die Bradens & Montgomerys (Pleasant Hill and Oak Falls)

Von der Liebe umarmt
Alles für die Liebe
Pfade der Liebe
Wilde Herzen

…

Entdecken Sie Melissa Fosters Bücher auch auf:
www.MelissaFoster.com/Herzen-im-Aufbruch